suhrkamp taschenbuch 2633

Ohne daß die Einwohnerschaft das geringste davon bemerkt, wird Baker's Barn, ein Dorf in der kanadischen Provinz Alberta, zum Schauplatz der Entscheidung im Existenzkampf zwischen einer zu allem entschlossenen Gruppe krankhafter Ideologen und einem korrupten Militärregime, das keine Ziele hat außer dem einen, die eigene Macht zu erhalten. Eine dritte Gruppe zerstört sich durch übermäßige Vermehrung selbst. Das Ausmaß der Gewalt überschreitet die Grenzen des Vorstellbaren, die Verluste sind so entsetzlich, daß der Militärgruppe nur noch übrigbleibt, all ihre Hoffnungen – auf ein Baby zu setzen. Oder ist alles ganz anders?

Von Ady Henry Kiss erschien zuletzt der Roman *Manhattan II* (st 2416), der in Zusammenarbeit mit den virtuellen Studios der GMD, St. Augustin, als Film realisiert wird. – Wie für *Manhattan II* ist auch für *Baker's Barn* eine CD mit Musik von Carlos Peron erhältlich, die es ermöglicht, Passagen des Romans während des Lesens mit eigens entwickelten Klangatmosphären zu kombinieren und den Film aus Papier, der die Zukunft beschreibt, mit der passenden Musik zu erleben. *Baker's Barn* by Ady Henry Kiss, Original Novel Soundtrack by Carlos Peron, Dark Star CD, Bestellnummer INDIGO 1476-2, Strange Ways Records, im INDIGO Vertrieb, Hamburg.

Ady Henry Kiss
Baker's Barn

Roman

Phantastische Bibliothek
Band 337

Suhrkamp

Redaktion und Beratung: Franz Rottensteiner
Umschlagillustration: Hans-Jörg Brehm

suhrkamp taschenbuch 2633
Erste Auflage 1996

Satz: MZ-Verlagsdruckerei, Memmingen
Druck: Nomos Verlagsgesellschaft, Baden-Baden
Printed in Germany
Umschlag nach Entwürfen von
Willy Fleckhaus und Rolf Staudt

1 2 3 4 5 6 – 01 00 99 98 97 96

Zwischen den Sternen

Was nicht Mist ist, wird weggeschmissen.

Es brach die fünfte Stunde an, in der ich mich vom Flughafen entfernte. Ich fuhr, seit einer Weile schon, nur noch am Wochenende nach Hause, da ich auch nachts jetzt viel zu arbeiten hatte: unter Zuhilfenahme des Flughafenrechners wurden zahllose einzelne Daten, die ich seit vielen Jahren gesammelt hatte, allmählich zu begreifbaren Komplexen, die wiederum zum Plan einer Maschine werden sollten, die meine Frau nie zu Gesicht bekommen würde.

Die Straße, auf der ich fuhr, war eine der alten Trassen, über die Goldgräber vor mehr als 150 Jahren bis nach Alaska zogen. Inzwischen war es einsamer geworden, die schlecht unterhaltene Strecke gehörte mir meistens allein.

Ich schob den Aschenbecher zu und spürte kleine Schmerzen. Im Mai fuhr es sich angenehmer. Während die einzige Grenze früher der Himmel gewesen war, der hier weit höher hing als irgendwo sonst auf der Erde, sah man sich jetzt in einem Leinwandzylinder, der flugstaubbeschmiert von seiner Horizont-Basis aus bis unmittelbar unter die Wolken ragte und den Himmel zum Dekkel hatte. Sogar die Krähen wagten nicht, in dieser Hutschachtel zu starten.

Ich spürte dennoch keine Gleich-Form, fühlte mich nicht gelangweilt. Bereits jahrzehntelang hatte ich Langeweile nicht mehr erleben dürfen, und ihr letztes Erscheinen stand mir noch deutlich vor Augen: Ich hatte eine Ausstrahlung gesehen, in der der Kriegsverlauf während der letzten fünfzig Jahre analysiert wurde. Nur einfache Soldaten waren bereit gewesen, im Studio zu den Abläufen während des Krieges Stellung zu beziehen. Ein paar erklärten, Angst davor zu haben, daß sie verhaftet werden könnten, sobald sie das Studio verlassen hätten.

Doch meine Fassungslosigkeit ob dieser Zustände ging bald in Lethargie über.

Das war die letzte Langeweile. Aber noch innerhalb der Stunde, in der die Langeweile eingesetzt hatte, erreichte mich ein Brief der Militärverwaltung –

›Werter Herr,
gemäß Tradition und Gepflogenheit werden Sie hiermit dazu eingeladen, einem Verwaltungsakt nach den Bestimmungen der II. Konstitution beizuwohnen ...‹

Schon mit dem Lesen dieser Zeilen wurde die Gleich-Form für immer getötet. Seit diesem Augenblick hatten Ereignisse auch stets Erlebnispotential.

Die pockennarbige Straße hatte besonders tiefe Schlaglöcher an ihrem Rand und in der Mitte, so daß ein Ausweichen nichts brachte. Das Schild, das auf sie hinwies, nützte mir auch nicht viel.

Die Orte hier bestanden meistens nur aus einer Tankstelle, um die herum lagen dann unsichtbar einige wenige Gehöfte. Manchmal kam man auch an Ortsschildern vorüber, zu denen es gar keine Gebäude gab (die Straße hatte die Ziele überlebt).

Die Pockennarben-Löcher setzten belebende Akzente auf die nur mäßig amüsanten, viel zu linearen Schlagergebilde, aus denen aber dank der Bewegungen des Wagens, wenn er mit Löchern korrespondierte, eine freudige Tanzmusik wurde.

Aber vielleicht war ich im Unrecht, und diese Schlager waren ganz bewußt für Schlaglöcher gemacht worden.

Den kalten ozonigen Grasgeruch, der diese Gegend dominierte, bemerkte man bald nicht mehr und hatte dadurch das Gefühl, als habe man seinen Geruchssinn verloren. Befand man sich inmitten der Ebenen, die optisch nicht begrenzt waren, weil die Höhen um sie herum vom grauen Zylinder verschluckt wurden, dann konnten sonderbare psychische Effekte sich entwickeln. Man hörte von Personen, welche die Wiesen, wie gebannt, nicht mehr hatten verlassen können und, teils über Tage, verzweifelt in ihnen umhergeirrt waren. Es wußte niemand so recht, wodurch dieser Effekt hervorgerufen wurde, aber die Flächen übten fraglos eine Anziehung aus, welche auch physisch bemerkt werden konnte. Sie war schon klar zu verspüren, wenn man nur zwanzig oder dreißig Schritte weit vom Auto aus in eine dieser Ebenen spazierte: es war ein Sog im Raum vorhanden, den man als eine horizontale Version jener Anziehung erfuhr, welche beim Blick von einem Hochbau hinunter aus der Tiefe auf den Betrachter wirkte, den starken Drang in ihm erzeugte, sich ohne jeden Grund hinabfallen zu lassen.

Es zeigten sich nun in minutenlangen Abständen Briefkästen auf buntlackierten Pfählen, die man am rechten Rand der Straße aufgestellt hatte. Am linken Rand verdeckten meterhohe Sträucher was immer dort sein mochte.

In meinem Intermentalen Display ließ ich die Briefkästen der Reihe nach noch einmal erscheinen. Anstelle der Original-Namen jedoch waren nun die Namen der Leute zu sehen, in deren Sinne ich hier zu arbeiten hatte. Von Postbediensteten, die aussahen, als seien sie weibliche Exponenten aus der Familie von Yogi-Bär, wurden dann Schreiben zugestellt, in denen ich mich für frei erklärte. – Wer sonst würde das tun?

Solche gelegentlichen kleinen Tests waren erforderlich, da mein Display sich nach jahrzehntelanger Nutzung nun einer Phase näherte, in welcher Ausfälle wahrscheinlich wurden.

Die Pfähle mit den Briefkästen waren ersichtlich schlecht verankert. Ich hätte sie alle leicht umfahren können, ohne dabei zu verlangsamen. Das *Zerstörungspotential* eines Fahrzeugs, ausgedrückt in ›Kilopond‹ oder in ›Newton‹, dachte ich, beschrieb die Realität des hiesigen Verkehrs weitaus besser als die bisherigen Kategorien wie etwa ›Wendekreis‹, ›PS‹ oder ›Toyota‹.

Ich schloß allmählich auf zu etwas, dessen zwei riesenhafte Türen aus einstmals rotlackiertem Stahl jetzt fast nur noch aus Rostflekken bestanden, unter denen sich eine mannsdicke Achse drehte. Aus meiner Perspektive schien dieses stählerne Quadrat ganz ungesichert über der Achse zu schweben, die Unterboden-Dunkelheit des LKW ließ keinerlei Verbindungen erkennen. Vielleicht hatte die Achse sich tatsächlich vom Container getrennt, und ich erlebte eben die Sekunde, bevor die Achse ihre Umdrehungen plötzlich verlangsamen, unter dem Fahrzeug hervorrollen und mich in meinem Wagen erschlagen würde. Als nächstes prallte mein Wagen dann gegen den Lasten-Aufsatz, der ja nun einfach auf der Straße läge (bestenfalls ganz langsam noch weitergeschleift würde).

Diese Doppeltüre aus Stahl, die ihr Rost erst hatte schwach erscheinen lassen, konnte durch einfachen Aufprall zur Pforte einer Auslöschung werden, wo unter Schmerz, welchen herauszuschreien nicht mehr möglich sein würde, die Reise in den traurigen Tod ihren Ausgang nahm.

Die Türen dieses LKW konnten in Hunderten von Denkmodellen der Tod im Straßenverkehr sein. Doch war nun alles, was den

Tod bloß bringen *mochte*, bereits identisch mit dem Sterben selber? Ich verneinte dieses Axiom: den LKW würde ich einfach überholen. Ich fuhr noch näher ans Gesicht des Todes.

*

Das Kleine muß immer auf dem Großen liegen.

*

Der LKW bog überraschend ab. Auf dem Container-Kasten sah ich beim Abbiegen den Namenszug ›Laval‹ (graphisch verstärkt) und gleich daneben, auch in der Schrift eher neutral, ›Zubehör‹. Weiter stand nichts geschrieben. Doch mit der Tatsache allein, daß eine Einrichtung ›Laval‹ hier ihr ›Zubehör‹ für unbekannte Dinge fahren ließ, konnte ein Werbezweck nicht mehr erreicht werden. Vermutlich war ein Geiz-Auftritt bei der Beschriftung daran schuld. Der Chef hatte die Aufschrift ohne Rückfrage verkürzt oder gleich selber eine entworfen. Er hatte dabei übersehen, daß mangels weiterer Details auch der belassene Text getrost hätte fortbleiben können, da er nun nicht mehr informierte und, in der Tat, bloß noch Geld kostete.

Es schien aber alles so unwahrscheinlich.

In mir kam schließlich der Verdacht auf, daß es – im Gegenteil – besonders umsichtige Leute sein mochten, welche sich solcher Aufschrift bedienten. In ihrer, leider Alltag gewordenen, Blödigkeit konnte sie kaum jemandem auffallen. Als habe der Chef sie persönlich gemacht (nachts: noch am Schreibtisch).

An Bord waren mit Sicherheit bloß Waren anzutreffen, die auch mit ›Zubehör‹ nicht das geringste zu tun hatten.

In den Ebenen häuften sich Hügel, die mir erschienen wie riesige Helme. Es hatte eine gewaltige Faust von unten gegen die Erde geschlagen, daß sich die Hügel so aus dem Gras stülpten. In der Luft plötzlich einige Krähen (also ein gutes Zeichen).

Noch ziemlich blaß kämpften sich Sonnenbündel durch die hellgrauen Schichten der Wolken. An wenigen verteilten Punkten jedoch vermochten es die Strahlen der Sonne, mit höchster Intensität durchzubrechen. Sie zuckten, durch die Wolkenbewegung, einmal hierhin, einmal dorthin, vergleichbar einer Laserbündelung von gigantischer Größe. Ich wußte, was Lasersysteme von solcher Stärke ausrichten konnten, und achtete, was ich hier sah.

Heute bin ich nicht mehr der Ansicht, daß dieses Durchbrechen des Lichtes nur ein natürlicher ästhetischer Effekt gewesen ist. Ich fuhr mit meinem Wagen in einen dieser Kegel aus Strahlen, der deutlich umrissene Grenzen hatte. Nach dem Eintritt in den Kegel blieb mein Auto plötzlich stehen. Es rollte übrigens nicht aus, sondern es fuhr einfach nicht mehr. Nichts hatte sein Stehenbleiben angekündigt.

Im Leerlauf schob ich den Wagen an die Seite. Die Idee, daß jenes Licht dem Auto seine Kraft entzogen habe, bedachte ich damals zwar kurz, doch ich verwarf sie schließlich wieder.

Ich untersuchte den Wagen, so gut ich es konnte, zu finden war aber gar nichts. Nur an der Batterie saß eine Klemme etwas locker, ich zog sie fest (und hoffte bei mir, den Fehler damit behoben zu haben).

Doch Startversuche mißlangen. Ich kam zu der Vermutung, daß irgendein nicht einsehbares Teil beim Tanz auf dem schlaglochverseuchten Streckenabschnitt furchtbar gelitten haben mußte, womöglich war auch ›etwas‹ ganz verlorengegangen.

Die Umstände des Ausfalls aber wurden auch dadurch nicht erklärt. Zagend, aber auch ärgerlich umschritt ich hin und her das Auto.

Lautlos kreuzte ein Jet zwischen den Wolken.

Es war alles in Ordnung.

»Disziplin ... Disziplin!«

Mein Hirn sprach immer lauter zu mir. Es blieb mir nichts anderes übrig, als mein Fahrzeug hier zu verlassen.

Es war kurz nach zwei Uhr mittags.

Nach der laut Tacho zurückgelegten Strecke seit meiner letzten Tankfüllung sowie den Angaben der Karte befand ich mich noch drei bis vier Meilen vor Baker's Barn. Die Tankstelle dort kannte ich und ebenfalls die Raststätte, zu der auch ein Hotelgebäude und eine altertümliche Bar gehörten. Dies war genau die Art von Einöde, die sämtliche Geschäfte möglich machte und wo das Glücksspiel nur offiziell fehlte.

Selbst mit Gepäck konnte ich Baker's Barn in höchstens zwei

Stunden erreichen. Obwohl das Mitgenommenwerden kaum ein besonderes Problem darstellen würde, schien es mir sinnlos, hier auf das Erscheinen eines Fahrzeugs zu hoffen; seit ›Laval‹ mit seinem Zubehör hatte ich keines mehr gesehen.

Das Radio baute ich aus und umhüllte es sorgsam mit Plastik. Ich vergrub es neben dem Wagen.

Was mir am meisten gefiel an meinem Koffer, war sein geringes Eigengewicht. Der Koffer selber wog so wenig, daß man es ahnen konnte, wenn von den üblichen Reiseutensilien eines vergessen worden war.

Ich hatte erst kürzlich sonntagabends den Koffer für meine Arbeitswoche auf dem Flughafen gepackt. Als ich zur Abfahrt schon bereit zu sein glaubte, hob Stella ihn kurz an –

Danach war sie sich sicher, daß ich mein Shampoo nicht dabeihatte. Und in der Tat, das stand noch auf dem Packtisch.

»Hätte ich notfalls auch beschaffen können«, gab ich betroffen zu bedenken. Meine Frau sah mich nun an, als sei es nicht besonders sinnvoll gewesen, daß sie das Fehlen des Schaums bemerkt hatte. In Wirklichkeit spürte ich lediglich Scham darüber, daß mir das Fehlen des Objekts hatte entgehen können. Es mochten sich, gerade für mich, Situationen ergeben, bei denen Elend oder Sieg davon abhängen konnten, ob man das Fehlen eines Objektes von der Größe einer Shampoo-Flasche noch rechtzeitig bemerkte.

*

Mein Wagen war schon lange hinter mir unsichtbar geworden. Während ich voranschritt, blickte ich starr auf die Leibesgrenze der Straße hinab, wo Wiese und Asphalt durch einen Todesstreifen aus Sand und Blei voneinander getrennt waren. Im Sand, wo keine Pflanzen mehr wuchsen, befanden sich Teile, die Autos auf der Fahrt verloren hatten, viel Federchen und Schräubchen, aber auch Radkappen und Scheinwerferstücke, ein Schiebedach rostete ebenfalls dahin, auch zahlreicher leichter Fenstermüll, also solcher, den man hinauswerfen konnte, ohne dabei zu verlangsamen (oder gar anzuhalten), meist Dinge, die nicht weit fliegen, weil ihr cw-Wert zu hoch ist: Lampenschirme, Alu-Büchsen, mittleres Plastikspielzeug, Strümpfe fast aller Sorten, ein seltsam verlängerter Fahrradhelm mit Kopf-Spoiler, dazu Cassetten, die sich ausgewickelt hatten.

Wo die Wiese begann, befand sich eine Zone, in der man schwerere Objekte wie Batterien, Flaschen, Schuhe und kleinere Geräte aus dem Haushalt sehen konnte.

Noch weiter in der Wiese lagen die Dinge, deren Entladung einen Halt erfordert hatte.

Vom riesigen hölzernen Zuber bis hin zum Tiefkühlschrank war hier fast alles vorhanden, was man in den Behausungen benutzte. Ich fragte mich, ob wohl im Laufe eines Jahres mehr Menschen starben oder mehr Gegenstände, die von den Menschen gemacht worden waren.

Wieviel Millionen Einrichtungsstücke wurden in einem Jahr vernichtet?

Wie viele Menschen starben?

Wie sah die Relation aus?

Wenn alle vier Sekunden ein Mensch starb, wie viele Dinge starben dann in diesem Zeitraum?

Starben dann gleichzeitig zwei Schränke, zerfielen 25 Stühle oder zersprangen fünfzehn Tische?

Starben die Gegenstände alle gleich schwer?

Zählten sie alle gleich viel?

Wog denn der Tod eines Schrankes schwerer als der eines Beistelltischchens?

(Ein Wagen hinter mir hupte.)

*

Was nicht Mist ist, wird weggeschmissen.

*

Der Fahrer hatte von sich aus angehalten. Sein Wagen war ein älterer Benz, dessen Scheinwerfer noch doppelte Umfassungen aus Chrom hatten, während der frischgewaschene Lack kastanienbraun spiegelte. Der Fahrer stellte sich als Tierarzt vor, der über lange Stunden ein Kälbchen aus der Kuh zu bergen gehabt hatte. Er müsse jetzt mit jemandem darüber sprechen, der Bauer habe ihn bloß mit Schnaps abgefertigt, ehe er widerwillig zahlte.

Schon eine kurze Meile weiter mußte der Tierarzt wieder abbiegen. Zum Reden war ich gar nicht gekommen. Bis Baker's Barn, so meinte er, sei es nur noch eine Stunde.

Ich winkte ihm noch freundlich hinterher, während Karnickel nach Osten flohen.

Wiesen also, unter verborgenen Zeichen.

Entlang der Straße lagen die Hügel immer dichter, verwehrten mir jetzt, über das Land zu schauen. Immer öfter auch zweigten nun Wege von der Straße, einfache Schotterpisten meist, von denen man nicht wußte, wo sie ankamen, denn Schilder wurden nur dann aufgestellt, wenn jemand etwas zu verkaufen hatte.

Eines der Ziele, dachte ich, konnte das Zirkuszelt sein, welches sich links halb verdeckt zwischen den Erdkuppen emporplusterte, keinesfalls weiter entfernt als eine Viertelmeile. Mein Hirn hatte die Zeltkuppel, da schmutzig-weiß, zuerst dem Himmel zugerechnet, doch zwang der Wind sie dann, sich zu bewegen, wodurch ich endlich erkannte. Die Strahlungskegel aus Sonnenlicht, welche gelegentlich die Zeltplane bestrichen, ließen sie freundlicher erscheinen, allmählich sogar anziehend; querfeldein tappte ich bald schon darauf zu.

Umgeben war das Zelt von einer Großbaustelle für Wohnblocks. Die Baustelle war von den Arbeitern jedoch wohl mitten im Betrieb plötzlich verlassen worden.

Das Sägeblatt drehte sich, und auch der winzige Zement-Misch-Mechanismus bewegte noch unter lautem Geholper eine von Kieseln durchschossene Pampe.

Ein Elektrobohr-Gerät an der Wand eines knapp halbgedeckten Hauses drehte sich, erst langsam, am im Zement steckenden Bohrer. Doch die Maschine wurde schneller, und ihre Teile rissen sich los von ihr; sie flogen in jede Richtung. Als der Motor endlich abriß, erstarben bald die Umdrehungen, der Selbstmord war gelungen.

*

Ein Vogel ersehnte den Tod. Seinen Schnabel steckte er in den Phasenleiter der Steckdose.

*

In einer Art von provisorischem Verschlag, wo dem Anschein nach die Elektriker hausten, fanden sich Bierflaschen und Stullen, Pornographie und andere Hefte, meist über ›das Auto‹ …

Zwischen den Blocks und den Maschinen standen ein altes Karussell, in vielen Teilen noch geschnitzt, ein Zuckerbäcker-Wagen und ein Schwerkraft-Container (in dem einem, durch raffiniertes Bewegen des Kastens, jede Wahrnehmung der Gravitation genommen wurde). Ein Wurst-Stand und ein Podest mit einer schönen Ballerina waren von Arbeitern umlagert.

Sekunden, bevor ich erschien, mußte die Kirmes eröffnet worden sein. Die Arbeiter schienen sich über die Abwechslung zu freuen.

Aber warum war dieser Jahrmarkt zu der Baustelle gekommen? War ihnen das Benzin ausgegangen?

Ich fand die Umstände gefährlich: Was war, wenn ein Betrunkener die Ballerina packte und in die Kreissäge stürzte?

Wer kümmerte sich hier um die Hygiene?

Ich mußte austreten und fand keinen Ort dafür. Daher entschloß ich mich, in einen der nicht einsehbaren Roh-Keller zu gehen, um dort in anonymer Weise das nötige zu vollziehen.

Als ich nun in den Keller steigen wollte, schoben die Treppenstufen sich senkrecht nach oben, wuchsen als Hindernisse aus der Treppe. Ich überwand die erste Stufe, es wuchsen gleich darauf zwei neue, auch sehr viel schneller als die erste. Sie schossen aus den Stufenflächen nach oben wie senkrechte Schubladen, herausgedrückt von einem Federmechanismus.

Erst nach Minuten war die Treppe bewältigt.

Die aus den Stufen wachsenden Hindernisse führten mich logisch zu der Einsicht, daß mich wohl irgendein Effekt beim Gehen über die Wiese dazu gebracht hatte, dies alles zu halluzinieren.

Es mochten Pflanzen dort gedeihen, deren verströmende Aerosole die menschlichen Assoziationen verstärkten, bis sie am Ende real zu sein schienen.

Ich setzte mich hin und entschloß mich zu warten, bis der Effekt sich neutralisierte. Wenn es tatsächlich Pflanzen waren, die diesen sonderbaren Jahrmarkt hier hervorgerufen hatten, dann gab es endlich eine Erklärung dafür, weshalb man Leute in den Ebenen entdeckte, die nicht mehr fähig waren, sie wieder zu verlassen.

Als ich wieder in der Lage dazu war, die Dinge in ihrer eigenen Gestalt wahrzunehmen, entdeckte ich als erstes, daß der gedachte ›Keller‹ ein schattiges Halbrund zwischen zwei Ginster-Gruppen war.

Mein Koffer hatte arg gelitten, zum Glück jedoch waren nicht mehr als fünfzehn Minuten vergangen, seit ich die Straße verlassen hatte (es hätten ja auch Tage werden können).

»Komische Gegend«, dachte ich, während noch immer erst der Bann von mir abfiel.

Ich kehrte zurück auf die Straße und wollte mir zur Erinnerung die Hügel photographieren, in deren Mitte ich das Zirkuszelt geglaubt hatte.

Ein Polizist hielt neben mir, in einem sehr gepflegten Fahrzeug. Ich stand nur Zentimeter vom Wagen, noch immer meine Kamera in Kopfhöhe erhoben.

Der Polizist drehte das Fenster herab, er sagte aber gar nichts.

Er sah mich an, als stünde ich hier zum Verkauf auf der Straße. Ich kannte ihn aus der Stadt. Vor Jahren war er bei Howards gewesen, hatte als dessen Assistent durch energische Arbeit die meisten Fälle der Abteilung lösen können.

Howards jedoch trat bei den Vorgesetzten so auf, als seien die Erfolge nur ihm selber zu verdanken, wodurch er auf eine Rangerhöhung und vermehrte Bezüge hoffen konnte.

»Was machen Sie da?«

Um zu verhindern, daß die Behördenleiter die tatsächliche Lage der Dinge durch weitere, vielleicht nicht mehr usurpierbare Erfolge seines tüchtigen Assistenten doch noch erkannten, ließ Howards ihn ›zur Durchführung der Straßenpatrouille‹ in den Distrikt von Baker's Barn versetzen. Howards hatte Glück: Ein Bandenkonflikt in der Stadt führte zu gegenseitigen Denunziationen der beteiligten Kriminellen, so daß die Aufklärungsquote nicht sank …

Den Polizisten sah ich häufig, beinahe bei jeder Durchfahrt. Um sich zu rächen, schikanierte er Menschen, welche auf irgendeine Weise mit Howards etwas zu tun hatten.

»Was machen Sie da?«

Ich aber war nicht allein ein enger Verwandter von Howards, sondern dazu noch jener Mann, welcher die Assistentenstelle des Polizisten eingenommen hatte.

»Jetzt sagen Sie, was Sie da machen …«

»Photos vom Land, mit der Kamera hier.«

Er forderte meine Papiere.

»Nur Photos, soso.«

»Mein Wagen blieb stehen.«

»Hm.«

Endloser Haß durchquälte ihn. Ein fleißiger Bibliothekar in der Stadt war sein erstes Opfer gewesen. Der alte Mann hatte seine Freizeit geopfert, um Bücher vor dem Verfall zu bewahren, die Bände mit sich nach Hause genommen und sie dort nachts und an den Wochenenden sorgsam restauriert, in einer Kellerwerkstatt, die ihn sein ganzes Geld gekostet hatte.

Ein paar Benutzer der Bibliothek gaben zum Dank dafür ein Fest, das in der Zeitung kurz erwähnt wurde.

Der Polizist aber schrieb an die Stadt: der Bibliothekar hätte die Bücher nicht mit nach Hause nehmen dürfen, ohne die Leihgebühr zu entrichten. Ferner hätte die Obrigkeit verhindern müssen, daß eigenmächtig irgendein Mitarbeiter an jenen kostbaren Bänden herumbastele. Der Polizist brachte bald Bürger auf die Beine, um Druck auf die Verwaltung auszuüben.

Der alte Mann wurde entlassen.

Seine ›Beziehung‹ zu Howards hatte im übrigen lediglich darin bestanden, daß eine Tochter halbtags Bürohilfe war. Nach der Entlassung ihres Vaters hatte ich kurz mit ihr gesprochen: seit Jahren schon hatte sie keinerlei Kontakte mehr mit ihm. Ihr Vater, meinte sie, könne unmöglich davon wissen, daß sie für Howards arbeite.

Er gab mir meinen Ausweis zurück. Ich hoffte, daß ein freundliches Betragen ihn etwas milder stimmen könne.

»Wo Sie jetzt wissen, wer ich bin, kann ich doch sicher etwas mitkommen?«

»Nach Baker's Barn ist es nicht weit, Sie brauchen da kein Auto.«

»Sie fahren doch sowieso in die Richtung.«

»Ich fahre, wohin ich will.«

»Sie müssen jedem Bürger helfen, selbst wenn er ebenfalls ein Polizist sein sollte ...«

»So?«

»Sie sollten –«

»Wir, bei der Polizei, klären nicht Ursache und Wirkung, sondern erhalten den sozialen Vertrag.«

»Das klingt wie eine Ablehnung.«

»Fragen Sie Howards, ob er hilft!«

Er kurbelte hinauf und fuhr weiter. Ich hoffte, daß er mich nicht in Baker's Barn erwarten würde. Ein solcher Polizist war vielleicht auch als Verbrecher ziemlich tauglich ...

Fast eine Stunde später sah ich das Ortsschild endlich stehen, danach dann gleich die Tankstelle und, etwas hinter sie gerückt, Hotel-Bar-Restaurant. Außerhalb der Tankstelle hatte ich niemals hier gehalten.

Baker's Barn. Ein Barn war eine Art Unterstand ohne Mauern, ein Dach auf Stelzen, wo man das Erntegut oder das Vieh bei Regen unterstellen konnte, im Sommer auch Geräte aus Metall lagerte.

Der Ort kam zu dem Namen, nachdem die Siedler in der Landschaft, welche doch vorher niemals bebaut worden war, einen intakten Barn entdeckten, in dem sich das Grab eines Mannes befand. Als Name des Bestatteten war ›Baker‹ angegeben. Die Indizien, die man fand, sprachen dafür, daß ›Baker‹ einige Männer nach Alaska führte, als wochenlanger Dauerregen die Gegend unpassierbar machte und ihn und seine Gruppe hier festhielt. Mit Werkzeug reichlich ausgestattet, entschloß sich die Gruppe, als Regenschutz den Barn zu erstellen. Darunter wurde gelagert.

Mehrere Mitglieder der Gruppe schienen an Krankheiten zu leiden, doch lediglich für Baker verlief das Leiden tödlich. Da die anderen ihn im Schlamm um den Barn nicht begraben konnten, begrub man Baker eben unter dem Dach.

Dort war die Erde trocken.

Im Sommer wurden Zettel verteilt, mit denen man dazu anregen wollte, Fahrten zu dem Barn zu unternehmen. Ein Photo zeigte den gegenwärtigen Zustand. Die Seiten des Barns waren inzwischen verglast, der freie Raum um Bakers Grab mit Stücken aus der Goldrauschzeit aufgefüllt worden.

Die Legende von Baker's Barn mit einer angefügten Karte war an der Tankstelle erhältlich. Sie kostete nur einen Dollar. Schon mehrfach hatte ich sie meiner Frau vorgelesen.

Wir spekulierten, wie es sein mochte, als Wanderer nachts, glücklich erst, im Regen diesen Barn aufzufinden, um dann am Morgen aber gewahr werden zu müssen, daß man dort stundenlang auf einem Grab gelegen hat.

Direkt neben dem Tankstellengelände befanden sich auch ein Münztelephon und eine Bushaltestelle, wobei das Telephon an einem mannshohen grauen Mast befestigt war, an dem man es auch zertreten hatte. Die zerfetzte Elektronik des Telephons hing kataraktartig vom Stamm. Zu dem Betriebsalter der Haltestelle wagte ich keine Hypothese. Den feuchtbraun verschrumpelten Abfahrtszeiten schenkte ich soviel Vertrauen wie seinerzeit den Daten der sowjetischen Fünfjahrespläne.

Ich reiste selten mit dem Bus. Mußte man sein Ticket bereits beim Einstieg haben? Ich war nicht auf dem laufenden. Gegebenenfalls (wenn ich genügend Zeit hatte) konnte ich fragen, wo sich der Schalter hier befand, und dort ein Ticket kaufen. Am Schalter würde ich auch Auskünfte erlangen. Ich sagte mir, das sei viel besser als einfach eine Karte am Automaten zu holen. Vielleicht gab es lokale Besonderheiten, die ich am Automaten nicht in Erfahrung bringen würde.

Im nachhinein wurde mein Plan rein akademisch. Es gab hier Karten nicht zu kaufen, weder auf Knopfdruck noch per Schalter. Der Tankwart, ein Japaner vielleicht, hatte an ›Busse‹ keine Erinnerung. Der Fahrer, dessen Wagen eben betankt wurde, raunte mir zu, daß es hier Busdienst früher gegeben habe. Dann aber sei ›Collins‹ gekommen. Dem habe der Busdienst sehr mißfallen, aber das Taxi habe er auch nicht gemocht.

Ich war entschlossen, diesem Mann noch nicht zu glauben.

Die Bar schien stark besetzt. Nach außen dröhnten Laute Dutzender von Menschen, obwohl man auf dem Parkplatz nur zwei Wagen sehen konnte. Vielleicht hatte ja ›Collins‹ gegen Autos-an-sich etwas.

An einem der beiden Wagen waren die Seitenfenster mit Hilfe von Klebeband ›vergittert‹ worden. Im Falle eines Brechens der Scheibe, zum Beispiel bei einem Aufprall, passierte vermutlich folgendes: die Splitter wurden durch das Klebeband zusammengehalten und konnten so, bei entsprechender Wucht, einen der Mitfahrer enthaupten.

Ohne das Klebeband jedoch wären die Splitter bloß harmlos zerstoben; der Halter hatte sich selbst eine Gefahr gebastelt.

Ich ging zurück zur Bushaltestelle. Der Tankwart fegte sinnlos um seine Zapfsäulen herum, während vom Wind kontinuierlich Ersatzstaub aus der Steppe herangeführt wurde.

Direkt vor meinen Füßen hielt ein Auto, ein Olds von Anfang der 90er. Ein Mann im Fond, gekleidet wie ein Direktor, schien einen schweren Herzanfall zu haben.

Der Fahrer schrie ihn an und fuhr gleich weiter.

Der Mann im Fond hatte mich angestarrt, als flehe er um meine Hilfe.

Ich nahm den Koffer in die Hand und trat in die Bar. Eine beunruhigend magere Frau, für ihre Fünfzig viel zu bunt und sportlich gekleidet, lehnte apathisch hinter dem Tresen. Aber vielleicht hatte sie auch seit ihrer Mädchenzeit nur einfach kein neues Kleid mehr bekommen.

Der Gastraum lag als exaktes Quadrat der Theke genau gegenüber. Im Hintergrund saßen zwei Paare, die ein Mobil-Telephon zwischen Getränken auf dem Tisch liegen hatten. Die Sitzplätze waren schon knapp, bei ungefähr dreißig Besuchern. Die meisten hier waren wohl Fremde, so wie ich. Nur die sechs Männer, die am Ofen saßen, schienen Bewohner der Gegend zu sein, denn sie verhielten sich, als wäre die Ecke am Ofen ihr Stammplatz.

Ich murmelte einen Gruß, winkte dazu.

Kaum einer blickte mich an. Ob Collins wohl hier drin war?

»Kann mir wer sagen, ob der Bus hier noch hält?«

Ein paar sahen sich an. Niemand im Raum schien es zu wissen. Ich fragte mich, wo all die Leute her-, wie sie in diese Bar gekommen waren.

Die Frau hinter der Theke sah mich an, und ich sah ihre Tränensäcke. Sie hingen schlaff übers Gesicht, als kleine trockene Brüste.

»Es gibt hier keinen Bus.«

*

Ich erwog, ob diese Leute mich hereinlegten. Befand sich der von ihnen benutzte Parkplatz vielleicht irgendwo zwischen den Büschen oder hatten sie ihre Autos hinter dem Haus abgestellt?

Sie alle hatten versichert, nicht mit dem Auto hier zu sein, als ich sie einzeln leise gefragt hatte.

Sie hatten mich aber womöglich schon an der Haltestelle gesehen und, während ich noch draußen stand, vielleicht verabredet, sich einen Spaß auf meine Kosten zu machen.

Wenn ein Busverkehr nicht existierte und niemand mit dem Auto gekommen war, wie hatten diese Leute dann in die Bar gelangen können?

Vielleicht waren die Insassen ja in der Kneipe bereits zur Welt gekommen, aber noch nie nach draußen. Hier gab es ja fast alles, Hotel-Bar-Restaurant.

Das konnte auch eine Erklärung für die seltsame Bekleidung der Barkeeperin sein. Vermutlich kamen an neuer Kleidung immer nur die Stücke herein, welche die Laufkundschaft vergessen hatte (sie lief also nur deshalb so herum, weil sie noch niemals hatte zum Einkaufen nach draußen gehen dürfen).

Wurden, durch ›Collins‹ vielleicht, diese Menschen hier alle gefangengehalten?

Deshalb auch hatte niemand ein Auto. Den Beweis schließlich sah ich darin, daß zwar fast alle gesagt hatten, sie seien von außerhalb, aber keiner mir einen Weg nennen konnte, Baker's Barn bequem zu verlassen. Und das, obwohl sie, ohne Autos, zu Dutzenden hier saßen.

Leidiglich die sechs am Ofen hatten sich als ›aus dem Ort‹ zu erkennen gegeben, aber dann weiter nichts gewußt. Sie waren Landarbeiter und lebten den Winter über in einem Dachraum des Hotels, während sie den Rest des Jahres bei ihren Lohnherren in der Umgebung verbrachten.

Die von außerhalb aber erwiesen sich schließlich als Reisegruppe, von einem Bus über das Wochenende hier abgeladen, um eine Wandertour zum See oder zum Barn zu unternehmen. Das zeigte sich, als jemand darauf aufmerksam machte, daß das Gepäck nun auf den Zimmern sei. Sogar von Skiern war die Rede.

Am Sonntagabend würde der Bus sie wieder abholen.

Sie brauchten gar keine Autos.

Seit ich hereingekommen war, sprachen die Menschen in der Kneipe kaum noch miteinander. Die lebhaften lauten Stimmen, die ich von außen noch gehört hatte, waren inzwischen einer Stumpfheit gewichen, die man beflissen nicht zu durchbrechen wagte, als habe sie jemand verordnet.

Die Schweigekluft im Wirtshaus wurde nur dann etwas geflutet, wenn das altertümliche Telephon (aus Bakelit und Drähten von Herstellerfirmen, die es der neuen Glasfasern wegen wohl längst nicht mehr gab) sein auf nicht zu benennende Art sentimental stimmendes Bimmeln hören ließ.

Bakelit zählte mit Resopal, dem Zellophan und Hostalen zu einer Gruppe alter Kunststoffe, welche zu Hause schon als museal empfunden wurden.

Zu Hause gab es viel zu berichten, sehr bald schon, wie ich hoffte, denn die Dinge waren in Gang gekommen. Zwar fehlten noch die sichtbaren Ergebnisse, aber die Vorbereitung, nachts am Flughafen-Computer, hätte nicht besser sein können.

Ich war gewiß, auch noch das weitere zu meistern.

An einem Tisch, dicht an der Theke, waren zwei Plätze freigeworden. Ich fragte die zwei mittelalten Damen an dem Tisch, ob ich bei ihnen Platz nehmen könne. Sie sahen sich kurz an, aber sie gaben keine Antwort. Ich nickte und setzte mich nieder. Den Koffer stellte ich, damit ich ihn bestens im Auge hatte, auf den anderen freien Stuhl.

Hinter mir stand, die Arme auf die Theke gestemmt, ein Mann, dessen jahrzehntealte Waschbärjacke eine Geruchsmischung verströmte, als schliefe der Mann in der Jacke auf einer Unterlage aus Moos und geflochtenen Gräsern.

Ich stellte mir vor, daß der Mann eine Gruppe von Menschen irgendwo draußen in den Ebenen beherrschte, eine Sekte vielleicht, deren Leiter er war. Gemeinsam begingen sie Überfälle und verbrannten die Beute als Opfer. War dies vielleicht Collins?

Zwei Soldaten, die aus dem Restaurant kamen, setzten den Billardtisch in Gang. Das Gebolze ihrer Kugeln auf der versteinerten, welligen Filzunterlage wurde bald beherrschend – als sollte die Bar nun akustisch zerbombt werden.

Ich nahm mir vor, meine Befragung im Restaurant fortzusetzen.

Mein Cola kostete zwei Dollar.

*

Im Restaurant befand sich niemand, der mir helfen konnte.

Ich bestellte mir schließlich Suppe, die aber lange Zeit auf sich warten ließ. Der Inhaber servierte persönlich, eine unangenehme Gestalt, bei der man sofort wußte, daß sie beim kleinsten Anlaß schon ihre Gewalt entfalten würde.

Ich fragte ihn, was/ob es an/hier Neuigkeiten gebe.

Die Zeitung war schon so verstaubt, daß ich beim Lesen dauernd niesen mußte. Die Mehrzahl der Artikel war lediglich von lokaler Bedeutung, es ging um Vieh-Angebote, Maschinen für die Bauern, Auktionen von Holz und Geflügel und um Offerten aus dem Handwerk. Die Annoncen deckten einen Umkreis von etwa fünfzig Meilen ab.

Der Koch war kurz zu sehen, ein älterer Indianer, durchgeschwitzt und mager, als sei die Küche für ihn eine quälende Sauna.

»Da.«

Die Suppe stand vollständig vor mir, dampfend. Der Wirt hatte im Abstellverlauf das Überschwappen nicht zugelassen und strahlte nun triumphierend. Zum Ausgleich gab es kein Brot zu der Suppe. Hätte ich deshalb reklamiert, wäre die Suppe bis zum Eintreffen des Brots längst erkaltet (was auch dem Wirt bekannt sein mußte). Die Suppe war überbacken mit einer Schicht aus Kartoffeln und Käse und enthielt neben ausreichend Fleischbrocken auch Spargel und grünes Gemüse. Meine Gefühle waren angenehm, und ich griff wieder zur Zeitung. Eine Notiz, weit unten auf Seite 1, fiel mir beim Niesen zufällig ins Auge:

Unbekannte hatten am ›Rand‹ von Baker's Barn ein dort legal parkendes Auto angezündet: »Das Fahrzeug brannte völlig aus.«

Doch in dem Wagen war keiner gewesen, Getümmel um ein paar tausend Dollar Schaden. Das Ausmaß der Verwerflichkeit solcher Aktionen wurde nicht selten davon abhängig gemacht, auf welcher Seite die Kriminellen sich politisch installiert hatten.

Am Ende des Berichts über das Auto war das Photo des mir bekannten Polizisten abgedruckt, welchem man Hinweise und Unterstützung geben solle. Neben dem Photo des Polizisten war eine Anzeige von einem Mietwagenverleiher im ersten Weiler in westlicher Richtung plaziert, wie ich der Skizze in der Anzeige entnehmen konnte.

Ich fragte die Gäste um mich herum nach der realen Entfernung.

Zu Fuß zwei bis drei Stunden, sagte man.

»Sie sollten sich jetzt aber vorsehen, wegen der Kälte wird das glatt. Das ist schon anders als im Auto.«

Der Wirt sagte zu mir, es wäre sicherer für mich, ich würde gleich hier übernachten, statt mich bei Dämmerung in eine Landschaft zu begeben, deren Tücken mir – als Fußgänger – doch völlig unbekannt seien. In spätestens einer Stunde werde schon Dunkelheit herrschen und für die Nacht sei heute Schneefall angekündigt.

Die Straße sei zudem auch nicht beleuchtet, ich solle lieber in der Nähe der Tankstelle bleiben, nichts hier sei besser, um weiterzukommen.

Einige Gäste pflichteten bei.

Bestimmt waren die Männer hier nicht sonderlich gut zu Fuß. Auf dem Flughafen jedoch legte ich täglich viele Meilen zurück. Um Zeit zu sparen, ließ ich meine Bürohilfe auf einem Mini-Rad neben mir herfahren, wenn ich mit ihr zu sprechen hatte.

»Ich zahle jetzt lieber und mache, daß ich fortkomme.«

Er nahm die Zeitung wieder an sich, als hätte ich nicht mehr das Recht, sie zu lesen.

»Die Suppe macht zwei Dollar, Mister.«

Die Karte jedoch gab für die Suppe fünf Dollar an. Er wollte scheinbar allen demonstrieren, daß er nicht nötig habe, an einem Todeskandidaten auch noch zu verdienen.

Ich zerrte eine Faustvoll Münzen aus der Tasche. Die ausgestreckte Hand des Mannes schien, durch Hornhaut, nichts als ein Schimmer von mattem Rotgrau zu sein. In ihren Rillen und Verwerfungen erspähte ich winzige Klümpchen, wohl Rosenerde und Torfpartikel. Kupfermünzen, so dachte ich, würden auf solch eine Hand einen recht angenehmen optischen Akzent setzen. Und außerdem war dies die beste Chance, vor dem geplanten langen Marsch das viele Kleingeld loszuwerden.

Der Wirt sah mit erstaunlicher Geduld, wie ich ihm, zählend, Münze für Münze in den vom Ausgestreckt-Sein bereits zitternden Handteller plazierte. Zum Abschluß, als auch sein Arm schon zu zittern begann, legte ich freundlich noch ein Kupferstück als kleine Anerkennung seiner Mühen mit dazu.

Die Hand jedoch legte das Kupfergeld abweisend wieder vor mich.

»Kleinstwerte akzeptieren wir hier nicht.«

*

Die Pforte des Hotels, so rief er mir noch hinterher, werde bis zwei Uhr früh besetzt bleiben …

Noch ein paar mehr solcher geschmackloser Attrappen (ein ausgestopftes Eichhorn zum Beispiel, unter dessen Leichnam nun ein Kleinkind streng seine Suppe essen mußte), und das Lokal hätte man, der zynischen Verlogenheit heutiger Werbung entsprechend,

›La Coeur de la correlation‹ oder ähnlich nennen können, passend zu seinem Besitzer. Unter den Blicken dieses Mannes nahm man die Nahrung in sich auf, als würde dies im Rahmen einer Testreihe erfolgen, als irgendein Experiment, dessen Ausgang niemand vorhersagen könnte, in einem ausbruchsicheren Lager. Sein Verhalten zeigte mir deutlich, daß dieser Wirt mich vielleicht gar nicht so ungern tatsächlich in einem Lager gesehen hätte. – Und dann erst sein Gebaren auf mein Trinkgeld hin! War dies die neue Art, dem Kunden die ihm mögliche Wohltat zu danken?

Und dann auch dort noch schlafen womöglich?

So etwas ging doch gar nicht.

Die Landstraße war von der Tankstelle an etwas moderner, zugleich aber auch schmaler als zuvor. Ich führte das auf Collins zurück, der sicher nachts über verbissen an den Rändern des Asphaltbelages schabte und den Abrieb, als würde er säen, am Morgen in alle Winde zerstreute. Ich stellte mir Collins als einen Mann vor, der mindestens siebzig Jahre alt war, meistens karierte Hemden trug, recht helles schmutzig-graues Haar hatte, leicht ins Keuchen geriet und einen immer nur unfreundlich anschaute. ›Collins‹ hatte in meiner Vorstellung auch eine kaum merkbare Gehbehinderung. War er nachts draußen in Aktion, dann sah man ihn meist leicht gebeugt, stärker gebeugt natürlich beim Schaben, wobei sein Atem als wandernder Dampf gegen den Nachthimmel driftete.

Ich bewegte mich am Rande der Gegenspur, den Blick mal auf die Straße, mal auf den Seitenstreifen gerichtet, der seinerseits an einen Graben mit stinkender Brühe grenzte. Der Seitenstreifen war hier gärtnerisch gestaltet, man hatte einheitlich nur eine Grassorte belassen und alle zwanzig Schritte Birken eingepflanzt, die zwischen Jauchegraben und Straße gewiß keine guten Gefühle hatten.

Diese Bäume taten mir leid.

Der Boden hier war locker und feucht, weit weniger sandig als vorher. Entlang der Straße lagen Felder, die jetzt wie graue, schartige Gesteinspanzer erschienen, weggeworfen nach der Schlacht um die Ernte.

Das Ausblenden des Sonnenlichts wurde vom Einsetzen starker Böen begleitet, während die Lufttemperatur binnen Minuten die Gefrierzone erreichte. Ich kam an eine Gruppe von sechs Häusern, die das Ende der Ortschaft waren.

Um einen Schaukasten mit einer Karte lungerten Jugendliche, von denen einige abwechselnd auf einem leichten Motorrad fuhren. Sie reichten sich gegenseitig billige Zigaretten, deren Hülsen mit Hilfe einer kleinen Maschine von ihnen selber mit Tabak beschickt worden waren.

Mein Vorbeilauf wurde beachtet, aber von keinem kommentiert. Vor einem der Gebäude stand ein Mann an der Straße, der nur darauf zu warten schien, daß ich an ihm vorbei mußte. Ungeachtet der Kälte schien er hier ständig auf Leute zu lauern, die dann Verständnis für sein Schicksal haben sollten, ein Fremdenführer für die eigene Person, der aber keinen interessierte. Statt sich zu heilen, war er entschlossen, sich auf andere zu laden.

Obwohl ich es hinauszuzögern suchte und mich zusammengenommen hatte, mußte ich doch ganz nah bei ihm stehenbleiben, um die Hand für den Koffer zu wechseln. Ich hatte mir beim Essen durch eine nicht verrundete Kante des Suppenlöffels eine Verletzung an den Fingern meiner rechten Hand zugezogen. Es waren besonders jene Punkte betroffen, die durch das Tragen des Koffers am meisten beansprucht wurden.

Er trat gleich dicht an mich heran, ein wenig noch nach einem Volkswaschmittel riechend, aber am meisten nach Liqueuren und Whisky, die er sich offenbar reichlich beigebracht hatte. Er schlug auf meinen Oberarm, damit ich ihn ansah. Aber die Hände waren inzwischen gewechselt und meine Rechte endlich frei.

Ich schob ihn lächelnd beiseite und wünschte ›Guten Abend‹, was von den Jugendlichen mit Sympathie verfolgt wurde. Der Kerl war sicher eine Last für die gesamte Ortschaft. Nachdem ich sie endlich verlassen hatte, färbte das Zwielicht sich bereits zu einer dumpfen grauen Strahlung, wurde die Straße erst von Hainen flankiert und zog sich dann durch einen Wald, in dem ich Kiefern, Birken und Pappeln sehen konnte, umgeben von dichtem Gebüsch.

Eine Folge von rasenden Sportwagen steuerte dicht an mir vorbei, womöglich mit dem Ziel, mich zu erschrecken. Aber ihr Kommen hatte ich schon gehört und war sofort auf die Seite gegangen. Die schlechte Sicht machte mich mißmutig, ich konnte vielleicht von den Fahrern gar nicht gesehen werden. Daher versuchte ich eine Weile, auf dem zum Wald scharf abfallenden Seitenstreifen zu gehen, einer gefrierenden schlammigen Pampe jedoch, die kaum noch ein Vorankommen erlaubte und außerdem gefährlich werden konnte; rutschte ich aus, in diesem Zeug, dann würde dieser Schlamm bald an mir frieren. Mich trocknen konnte ich nicht, hier draußen im Wald. Ungewollt scheuchte ich Spitzmäuse auf, weil ich beim Fortbewegen einen nur selten hörbaren Klang erzeugte, einen ganz anderen, als die schon längst gewohnten Fahrzeuge ihn hatten.

Kurz bevor es dunkel wurde, endete der Wald. Nicht weit vom anderen Straßenrand sah ich am Waldsaum eine Hirschkuh, die mich beim Gehen genau betrachtete. Sie schien vor mir keine Furcht zu haben.

Vielleicht konnten die Tiere die Personen in den Autos gar nicht (oder nicht als ›Menschen‹) erkennen und sahen beides, Personen und Maschine, als einen einzigen Komplex, als Kraftfahrzeug, das sie bedrohte. Und da die Menschen sich nur mit dem Wagen durch den Wald hier bewegten, hatte die Hirschkuh womöglich noch nie einen Menschen als solchen gesehen und zeigte deshalb keine Furcht.

Ich blieb stehen und schaute die Hirschkuh an, so wie sie mich anschaute. Aus der Ferne suchte sie meinen Geruch zu erfassen, ich dagegen ihre Gestalt aufzunehmen. Das Ansehen währte fast eine Minute, bis sich vom Wald her etwas näherte, das auch ich hören konnte. Sie nickte noch rasch und lief weg. Ich nahm den Koffer wieder auf und ging weiter. Meine Füße waren schon kalt geworden.

Die Menschen sind zu bequem, dachte ich, sich selber wollten sie abschaffen durch die Maschinen, die sie bauten. In denen gingen sie auf, waren optisch vom Auto, wie man sah, schon nicht mehr zu trennen. Von der Natur konnten sie nicht mehr als Menschen erkannt werden, weil sie sich nicht mehr als Menschen zeigten. Übriggeblieben waren nur noch die linear agierenden Automaten.

*

Ich dachte an die Taschenlampe, die ich – als einziges technisches Stück aus dem Auto – eingesteckt hatte. Ein paar der Bäume und Telephonmasten waren mit Leuchtstreifen versehen, die mir im Lampenschein die Richtung der Straße zeigten.

Ein Motorrad, dessen Fahrer in weißen Pelzen steckte, knallte nur einen Schritt entfernt mit einem Luftdruckschlag an mir vorüber. Die Überraschung hatte mich zusammenfahren lassen.

Ich fragte mich, ob ich nicht doch lieber zurückkehren und mich zunächst einmal ins Bett legen sollte. Es war nun schon das zweitemal, daß ich hätte verletzt werden können, und mehr als ein Drittel der Strecke hatte ich keinesfalls bewältigt.

Wenn ich den weißbepelzten Raser nach Baker's Barn hätte vorausschicken können, um dort zuerst den Wirt umzufahren, wäre ich später gern nachgekommen. So jedoch wäre die Schmach einfach zu groß, ich mußte durchhalten und gehen.

Die Schmerzen wurden nun intensiver. Die Blasen an meiner Rechten schienen mir kurz vor dem Springen zu stehen, eine Folge davon, daß ich der Löffel-Verletzungen wegen die weniger geübten Teile der Finger hatte belasten müssen. Ich dachte kurz an meine Handschuhe, die es im Schreibtischfach/Flughafenbüro nun angenehm wohlig und warm haben würden.

Ich ging stoisch weiter und konzentrierte mich auf den Verkehr und die Geräusche, die aus der Dunkelheit des Waldes hervordrangen. Einmal war ich unsicher, ob sich dort nicht etwas bewegte, in gleicher Richtung und genauso schnell gehend wie ich.

Doch mit der Lampe konnte ich nichts ausmachen.

Nach einer Weile wurde mir klar, daß ich real gar nichts gehört, sondern nur den Wunsch gehabt hatte. Ich kam mir vor, als wäre ich, ohne es gleich zu merken, taub geworden, nachdem jenes Motorrad mich passiert hatte.

Ich lauschte: Man ahnte, daß der Wind nun in der Ferne über die Ränder des Horizontzylinders pfiff.

Aber zu hören war das nicht.

War ich vielleicht in eine Zone eingetreten, in welcher sich akustische Effekte nicht manifestieren konnten?

Ich fühlte mich aufgeregt und unsicher wie schon seit Jahren nicht mehr.

Ich hatte früher noch gelegentlich Versuche unternommen, etwas wie ›Langeweile‹ künstlich zu erzeugen. Bei einem Aufenthalt in New York, bedingt durch meine Tätigkeit am Flughafen, fuhr ich auch einmal zur Grand Central Station.

Ich löste mir Tickets, so daß ich auf die Bahnsteige konnte, setzte mich hin und wartete dann stundenlang auf Züge, mit denen ich gar nicht abfahren wollte. Nach dem, was andere mir über das Warten dort erzählt hatten, war ich mir sicher, gerade an Bahnhöfen zu einem wirklichen Erfolg kommen zu können, was die Erzeugung von Langeweile betraf.

Obwohl die Wartenden ersichtlich nichts gemein hatten, nahm aber jeder es in Kauf, zusammen mit den anderen zu reisen. Die Menschen auf dem Bahnsteig sahen sich unauffällig an, als wollten sie sich gegenseitig für die Abteile kombinieren.

Vielleicht war ›Warten‹ ja etwas ganz Sinnvolles; Ruhezeiten, unvermeidbare, um die Menschen anzusehen und sich zu überlegen, wie sie selbst einen sahen, ohne Beziehungen, als solche, gereinigt von allem Wissen und ohne Aufträge oder Zwang. Man brauchte nichts mit ihnen zu machen, sie noch nicht einmal anzuhören.

Der Bahnhof kam mir plötzlich so vor, als sei das Leben in ihm nur teilweise sichtbar, allein einem Verweilenden zu hundert Prozent gegenwärtig, während ein Reisender nichts erkannte.

Der Bahnhof wurde mir dadurch verdächtig. Einen Moment lang meinte ich, er sei nur mir zuliebe hier erstellt worden, um mir durch ihn zu zeigen, wie wenig ich *überhaupt* sah. Der ganze Bahnhof als ein Hinweis von feindlichen Leuten, daß man die Rolle, die ich spielte, durchschaut hatte. Diese Warnung konnte bedeuten, daß man beschlossen hatte, mich zu töten, mir aber Zeit gewähren wollte, mich auf die Hinnahme des Todes vorzubereiten, aus Sadismus –

Ich spürte plötzlich eine Hand, die meinen Arm flüchtig berührte. »Is this right here the perron the train from Kansas City will arrive at?«

Ein junges Mädchen aus der Schweiz, sie mußte mir ›perron‹ erst mal erklären.

Zum Glück geschah weiter nichts, meine Befürchtungen waren voreilig gewesen.

Später, im Hotelzimmer, versuchte ich mir Sachen vorzustellen, die vielleicht doch noch Langeweile auslösen konnten.

Ich legte mich aufs Bett und erweckte in mir die Vorstellung, daß ich gewaltige Mengen von Text auf der Maschine tippen würde, ohne Papier einzuspannen. Als ich mich ganz dareinversetzte, war es schon nah an Langeweile. Doch dann mußte ich wieder überlegen, ob es zum Beispiel Sinn machte, die Schreibmaschine noch ein

Farbband haben zu lassen, und wie der Raum aussehen müßte, in dem ich so etwas tun sollte.

Tippte ich auf dem Flughafengelände?

Fahndungsberichte?

Die Langeweile kam nicht mehr zustande.

Ich schlich betreten aus dem Zimmer und ging hinab zum Keller. Dort gab es Müll und ein paar Räder, doch Menschen schienen nie da zu weilen.

Ich lehnte mich an die Wand und dachte gar nichts, lauschte nur in mich hinein. Dann hatte ich ein Bild vor Augen, wie ich im Keller sitzen mußte, um dort jahrhundertelang Kartoffeln zu schälen. Ich sah mich schälen, unter der dreckigen 15-Watt-Birne, die wohl noch bis zum Abriß des Gebäudes brennen würde, bis zu dem Ende aller Zeiten. Dieses Bild wirkte ganz gut –

Dann aber erschien ein Wachmann, welcher fürchterlich vor mir erschrak und aus dem Keller davonrannte.

Es klappte weder live, noch funktionierte es im Studio. Ich konnte Langeweile nicht selber herstellen.

Mir fehlte einfach mein altes Heim.

*

Beim Gehen hatte ich einen Rhythmus angenommen, der mich das Gehen hatte vergessen lassen. Ich dachte glücklich an das Mädchen aus der Schweiz, das mich am Bahnsteig in New York gefragt hatte; sie wäre schön genug für eine Fahrt bis nach Los Angeles gewesen. Hinter Gebüsch, dicht an der Straße, fiel ihr Gesicht bald wieder von mir.

Aufgrund der Lufttemperatur und der Bewölkung, die ich am Tage schon gesehen hatte, war meine Überraschung mäßig, als bald der erste Schnee dieses Jahres in Böen um mein Gesicht fegte. Es war der 26. Oktober, meine Uhr zeigte mir ›08.17‹ –

Die von dem Sturm gebrachten Schneeflocken waren briefmarkengroße tiefgefrorene Plättchen, beim Auftreffen kratzten sie im Gesicht. Im Schein der kleinen Taschenlampe schienen sie unzweideutig gelblich, als winterliche kristalline Form der durchs Abgas verbreiteten Schwefelsäure. Wenn ich nicht schnellstens umkehrte, konnte es sein, daß ich die Nacht nicht überlebte. Ich drehte um, während ich langsam durchnäßt wurde, zu fühlen meinte, wie ich vom schwefeligen Schnee langsam verätzt wurde.

Das Dunkel und der Sturm um mich herum ließen gesehene furchtbare Dinge in mir wieder wach werden.

So mußte ich zum Beispiel daran denken, welches Entsetzen im Sommer eine mit Froschlaich gefüllte Pfütze hervorrief, deren Vertrocknung nur eine Frage von Tagen war, was aber die Frösche nicht hatten bemerken können.

Der Gedanke an die Dürre ließ mich die Nässe mit verstärkten Kräften angehen.

Die Reflexe der Schneekristalle machten es mit dem Fortgang des Sturmes unmöglich, die Leuchtstreifen am Straßenrand noch zu erkennen. Hinzu kam allmählich eine tückische Glätte, die auf der groben Landstraße nur hier und da vorhanden war. Das brauchte die volle Konzentration des Geistes, während bei durchgehender Glätte die Möglichkeit einer konstanten Anpassung bestand, die nicht so viel an Energie beansprucht hätte.

Und nun konnte ich nicht einmal mehr abschätzen, wohin ich eigentlich gehen sollte. Ich konnte jetzt nur noch ein Auto stoppen.

*

Verglichen mit dem Gehen war meine Anstrengung beim Halten kaum geringer, da das bewegungslose Verharren an einem Punkt bald starke Auskühlung hervorrief. Die Vorratslage war aussichtslos: statt einer kleinen Protein-Ration und eines Getränks mit reichlich Traubenzucker hatte ich, ein Mann mit größter Verantwortung, bei diesem aufzehrenden Marsch nichts weiter in der Tasche als einen Suppenlöffel mit gefährlicher Kante.

Den Löffel hatte ich mitgenommen, weil er als Waffe gegen die Bergkatzen oder creeptures dienen konnte. Tollwutfälle tauchten hier immer wieder auf.

An meinen Fingern hatte der Löffel gut gewirkt.

Den Wagen erkannte ich erst im letzten Moment. Ich hatte mir zwei Unterhosen aus dem Koffer als Wärmer über die Hände gezogen und war noch mit deren Fixierung beschäftigt.

Als ich dem Wagen heftig winkte, flogen die Hosen sofort ins Gebüsch: wie sollte ich das zu Hause erklären?

Das Fahrzeug war ein Lieferwagen mit Kühlkammer. Am Steuer

saß ein Handwerker-Typ, ein wenig dicklich. Im Sitz daneben kauerte bang ein Bündelchen aus schwarzer Kleidung, vom Fahrer mit den Worten »Keine Angst, Mom!« tituliert.

Er führte mich um den Wagen.

In der Kühlkammer hingen zahllose Tiere. Ich konnte Füchse sehen und Eichhörnchen, und sogar Wölfe hingen dort.

Der Fahrer führte aus, er sei ein Präparator und hole wöchentlich die Tiere, welche er ausstopfen solle, tiefgefroren in einer Rundfahrt überall ab.

Die meisten ›Stücke‹ kämen natürlich von den Jägern, aber auch manche aus Zoos seien darunter, denen der Tod ihrer Tiere, aufgrund hoher Gewinne aus dem Trophäengeschäft mitunter attraktiver erschiene als deren unbeschadetes Dasein, was in Gefangenschaft doch das mindeste sei, was den Tieren gewährt werden müsse.

Der Ängstlichkeit seiner Mutter wegen könne ich nicht mit ihnen im Führerhaus sitzen. Wenn ich mit ihnen also nach Baker's Barn kommen wolle, so sei dies nur in der Kühlkammer möglich.

»Auf noch mehr Kälte bin ich nicht gerade versessen.«

Er versprach, daß er die Werte etwas anheben wolle.

Ich beeilte mich, meinen Platz einzunehmen.

*

Ein Mufflon und ein Zwergpapagei baumelten dicht um meinen Kopf. In einem Plastik-Sack sah ich ein nicht definierbares Wesen, das irgendwie in sich zusammengekrümmt wirkte, als habe man es fürchterlich zerschlagen.

Es dauerte zwanzig Minuten, bis Baker's Barn endlich erreicht wurde. Tankstelle und Bar waren schon nicht mehr in Betrieb. Die Hälfte der Autos war vom Parkplatz verschwunden, nur jener Wagen stand noch dort, dessen Seitenfenster ›vergittert‹ waren. Hundekot, der sich durch Frost mit dem Zement verbunden hatte, ließ mich gefährlich stolpern, mein Koffer klöterte davon.

Ich folgte ihm bis dicht vor eine Zapfsäule, deren schadhafte hellgraue Neonbeleuchtung mich wiederholt verheißend anflakkerte, als folgte gleich eine spannende Szene: An den Fenstern des Restaurants nebenan drängten sich schon die Gesichter.

Als ich dann eintrat, feixte dort alles über mich. Der Wirt

stemmte die Arme in die Hüften und sagte mehrmals laut »Ho-Ho«. Mit Tränen in den Augen trat er dann siegreich auf mich zu. »Wir werden sehen, ob noch Platz ist.«

Mein Koffer wurde mir an die Rezeption getragen. Inzwischen wurde nicht mehr gelacht. Im Restaurant war ich nach wenigen Minuten, wohl vor Erschöpfung, zusammengebrochen. Über eine Stunde lang war ich danach wie ohne Leben. Und jetzt freuten sich alle mit, daß es mir endlich wieder besser ging.

Der Wirt bediente mich selbst. Er nickte mehrmals ohne Interesse bei der Bearbeitung meiner Kreditkarte. Ich müsse mich jedoch auf einem ›Gästeblatt‹ noch einschreiben (»Nur für die Steuer«, meinte er, ich mußte aber auch eine Vorauszahlung leisten).

Als wir die Zimmertür erreichten, bat er mich beiläufig noch um den Löffel, der seit dem Nachmittag vermißt werde.

Was er nun über mich dachte, war mir schon vollkommen egal; mich störten aber die fünf Gäste, die uns gefolgt waren und nun auch noch die Rückgabe des Löffels sehen würden.

Mechanisch untersuchte ich das Zimmer.

Nur an der Bettstelle machte ich eine seltsame Entdeckung: der entferntesten Ecke des Lakens war ein ›A‹ aufgedruckt, und ihrer Rückseite ein ›B‹. In ungeraden Quartalen lag also die ›A‹-Seite oben, in den geraden aber die ›B‹-Seite.

Nach Neujahr dann wurden die Laken unter Anleitung des Tierarztes einer Schmierkur mit entseuchendem Quecksilberbrei unterzogen, und später noch gründlich gesaugt, ehe sie wieder ihren Platz auf den Matratzen einnahmen.

In einem sonderbaren Widerspruch dazu stand eine in Plastik verschweißte 5er-Packung blauer Einmal-Rasierer, die in der Reinigungsnische bereitgelegt war.

*

Beim Einschlafen wurde mir nach und nach bewußt, daß ich laut die Stimme des Wirtes hörte. Ich fuhr erschrocken aus dem Kissen, doch dann hörte ich nichts mehr.

Schließlich stellte ich fest, daß mein Kissen, wenn ich lag, zum Teil gegen die Wand drückte: der Schall aus dieser Mauer wurde auf diese Weise deutlich an mein Ohr geleitet.

Das Kissen drückte ich wieder an die Wand und ein Ohr fest in das Kissen –

Der Wirt schrie fürchterlich mit einer Frau, ganz und gar außer sich.

Die Frau aber hörte man nie, auf sie war das Schimpfen nur bezogen.

Man hörte Gegenstände prallen, vielleicht gar einen Menschen.

In Spekulationen über die Umstände versenkt, verfiel ich in behagliches Dösen.

Beim Auspacken meines Koffers hatte ich mir gesagt, daß es zu kalt werden würde, wenn ich ein Fenster die Nacht über ganz geöffnet lassen würde (es war nicht möglich, sie bloß einfach etwas zu kippen).

Ich zog, als Kompromiß, die dicke Wollgardine vor die Fensteröffnung. Frische Luft, so dachte ich, kann eigentlich nie schaden.

Im Liegen aber wurde mir klar, daß dieses Zimmer gar nicht beheizt wurde, es war genauso kalt wie draußen.

Man hatte mir ein Zimmer ohne Heizung gegeben.

Ich war zu müde, um aufzustehen, und drückte mich verzweifelt in die Decke. Es wurde mir schließlich so kalt, daß mir nichts übrigblieb, als mich doch zu erheben: Das Problem mit der Heizung mußte beseitigt werden, sonst war das Zimmer nicht benutzbar, nicht besser als die Straße und genauso gefährlich. Vielleicht war dies der Strafraum des Hotels, für unbeliebte Gäste.

Nachdem ich das Licht angeknipst hatte, mir unschlüssig, ob durch Entkräftung oder die Kälte wie versteinert, entdeckte ich, daß man die Heizung zwischen landestypischen Wanddekorationen und der tatsächlichen Wand bloß gut versteckt hatte.

Das Arrangement aus groben Brettern, das man der Mauer appliziert hatte, sollte wohl jedermann beweisen, wie primitiv man gute Hölzer verarbeiten konnte.

Mir aber kam es mit jenen Holzstücken so vor, als hätte ich Teile von Leichen im Zimmer.

Ich träumte zuerst von den Hindernissen, die aus den Stufenflächen der Treppe wuchsen, so wie ich es noch am Nachmittag auf der ›Baustelle‹ gesehen hatte.

Danach wurde ich in ein Zimmer gesperrt, wo sich ein Lämpchen mit bigott verziertem Kunsthelm auf einem Beistelltisch befand.

Hallbindend war die eingebaute Wand, eine Stimme ließ mich wissen, daß dahinter spastisch sich verkrümmernder carbonbeschmierter Kupferdraht (Elektrocarbonat) und ›Wüste Musik‹ lagerten. Zwei Batterien sah ich noch und einen Gegenstand ohne Beschriftung, der mir beunruhigend rätselhaft blieb, obwohl ich ihn halten und in Ruhe betrachten konnte. Ich konnte aber weiter nichts erkennen als eine Art dreidimensionalen Röntgenbildes, das ich betastete, bis ich erwachte, doch ohne zu einem Ergebnis zu kommen. Ich war mir nicht einmal sicher, ob dieser Gegenstand zum Beispiel wirklich eine physische Präsenz hatte.

Im Zimmer war es warm, und durch den Vorhang schien die Sonne. Ich konnte es kaum erwarten, endlich nach Hause zu meiner Frau zu gelangen, stand auf und trat in die Reinigungsnische. Rasierschaum und eine Anzahl von Pflegeartikeln hatte ich abends noch zu den Rasierern gelegt.

Ich schaute auf die Uhr, ›12.58‹.

Aber der Sonnenstand stimmte mich mißtrauisch.

In der Tat, meine Uhr hatte Schaden genommen. Um ein Uhr nachts, als jene Frost-Welle im Zimmer wohl ihre größte Macht erreichte – womöglich war auf meiner Wanderung Nässe ins Gehäuse eingedrungen und hatte beim Gefrieren den Mikrochip zerstört.

Ich fragte mich, was mit der Uhr geschehen sollte.

Einmal in Südamerika (per Luftfracht) oder in Rußland (Zug) zum Transport aufgegeben, verschwanden sämtliche Gegenstände. Die Flugmaschinen und Eisenbahnzüge verschollen meistens, und für Kontrollen fehlte das Geld. Man konnte, auf immer, alles beseitigen, wenn man es solchen Transporten anvertraute, sicher auch Opfer von Morden.

Einmal so auf die Reise geschickt, tauchten auch Tote nie mehr auf.

Im Gegensatz zu den mobilen Formen ›Luft-‹ oder ›Eisenbahnbestattung‹ stand das immobile Konzept der ›Grundsteinbestattung‹, wie es im Norden von Amerika überall angewandt wurde.

Dieses System hing davon ab, daß überall rege gebaut wurde, damit sich in Zement gegossene Opfer auf ewig in der Baumasse verloren. Im Sudan oder in Paraguay, wo praktisch kaum etwas gebaut wurde, wäre dieses Verfahren nicht möglich gewesen, da die geringe Anzahl der Rohbauten zur Aufnahme von vielen Toten niemals gereicht hätte, sie hätten sonst fast nur noch aus Toten und kaum noch aus Zement bestehen können. In derart armen Ländern wurden die Leichen eher zerhackt und den Geiern zum Fraß vorgeworfen.

Ich legte Schaum auf meine Züge, ließ heißes Wasser in das Bekken, rührte mein Zahnpulver darunter und mußte plötzlich daran denken, daß ich statt Pulver für die Zähne ja auch Zement verrühren könnte, mit dessen Hilfe ich den Wirt zu einem Grundstein machen würde, vielleicht mit einem eingemeißelten winzigen Kochlöffel (oder dem Löffel, der mich verletzt hatte).

Im Spiegel sah ich mich, als wäre ich ein Filmstar, welcher bis eben noch ein nach Wiese duftendes Mädchen mit lecker geleckten Schenkeln in seinem Zimmer zu Gast gehabt hatte, wenn auch bloß imaginär.

Innen/Tag
(in der Hygiene-Nische eines Hotels. Eine klare, wohlige Helligkeit strahlt angenehm in die Kammer. Ein Mann in schwarzen Bermuda-Shorts, verhältnismäßig größer als die Kammer, nicht maßstabsgerecht, begibt sich vor das Waschbecken. Die Kamera blickt über seine Schulter, während der Mann sich im Spiegel betrachtet)

Der Mann In der Hygiene-Nische eines Hotels ...

(der Mann prüft die vorhandenen Präparate und will den Wasserhahn anstellen. Wasser jedoch läuft dann nicht aus dem Hahn, statt dessen spritzen klickernd Rost- und Steinbröckchen ins Bekken, schnalzen aus diesem in die Kammer und hüpfen dort von Ecke zu Ecke. Der Mann betrachtet seufzend seine Stoppeln. Mit einem Nicken verläßt er die Kammer)

Innen/Tag
(neben dem Bett: Aus der Heizung zapft sich der Mann dampfendes heißes Wasser in einen Übertopf für Pflanzen. Er kehrt zurück in die Hygiene-Kammer, wobei die Kamera ihm folgt.

Der Mann stellt dort den Übertopf aufs Waschbecken, als plötzlich, von hustendem, dumpfem Gepolter begleitet, sich Wasser in großen Platschern aus dem Wasserhahn zu ergießen beginnt. Das kleine Waschbecken hält dem nicht stand: mit einem Schmatzen reißt es ab und fällt direkt auf die Füße des Mannes)

Innen/Tag
(im Aufzug eines Krankenhauses. Ein Reporter und ein grinsender Arzt. Der Reporter scheint besorgt zu sein, der Arzt dagegen macht einen entspannten Eindruck)

Reporter Wird er je wieder gehen können?

Arzt (optimistisch) In ein bis zwei Jahren werden wir sicher sein können …

Mir kam es beim Rasieren so vor, als wäre ich festgebannt in einem Mobiliar, welches bestenfalls für Zwerge konzipiert worden sein konnte. Fast ständig tat man sich weh.

Als der Rasierschaum mir herabfiel und ich die Dose wieder aufnehmen wollte, schlug ich so hart mit meinem Kopf gegen ein Heizrohr, daß ich schon glaubte, wieder ohnmächtig zu werden. In Nackenhöhe verlief es knapp unter der Decke.

Immer noch etwas benommen trat ich endlich auf den Korridor. Vom Restaurant roch ich Kaffee, hörte Geräusche von Leuten beim Essen. Ganz nah bei mir im Korridor sah ich ein Ehepaar mit Koffern, die mir aus irgendeinem Grunde so erschienen, als enthielten sie Heroin.

Als wäre ich innerlich ganz lahm und willenlos geworden, fiel es mir schwer, mich von dem Ehepaar zu entfernen, über den frischgemähten Flor des Korridors zu gehen.

Ich frühstückte von einem Hocker aus am Restaurant-Tresen. Es gab ›neutrale‹ Brötchen, die weder schmeckten noch schlecht waren. Und immer noch lag da nur die sich selber zerstäubende Zeitung, angeknackste Morgenzeilen, mit den Seiten zusammen verfallend. Der Wirt winkte mir mehrmals mahnend zu, nicht auch die Zeitung einzustecken.

Ich fragte ihn, warum er in der Nacht denn so gebrüllt habe … Statt mir zu antworten, schaute der Wirt rasch auf den Bildschirm, der zwischen Durchreiche und Mikrowellenkasten eine brisante Position hatte. Das Vormittagsprogramm hatte die Zeitung abgelöst, weil sich die Zeitung auf dem Fenstersims in Staub verwandeln konnte, während das Vormittagsprogramm hinter dem Bildschirmglas mit ein paar Haushaltsmitteln leicht in Form zu halten war.

In einer Talkshow erkannte ich einen Popcorn-Industriellen, der sich auf Madagaskar soeben ein Haus gekauft hatte. Er wolle nun in die Politik gehen ... (Das Haus hatte er sicher nur gekauft, damit es einen Grund gab, ihn in die Talkshow einzuladen, wo er dann Werbung für seine Politik machen konnte.)

Seine Erklärungen gingen in Sportberichte über, die sehr viel mehr Interesse weckten. Sogar der Wirt schien fasziniert.

Bei Ausschnitten aus einem Eishockey-Turnier tippte er dauernd auf den Bildschirm –

»Seht, das ist Rick!« kreischte er ständig und tippte heftig auf den Schirm. Wie sich herausstellte, war dieser ›Rick‹ kein Spieler, sondern ein Mann, der mitten im Publikum saß.

Rick, sagte der Wirt, sei der Verlobte seiner Tochter, und jetzt sei er im Fernsehen ...

Mein Einwand, daß sein ›Rick‹ bloß einfach zwischen den Zuschauern sitze, wurde erst gar nicht zur Kenntnis genommen.

Alle waren beeindruckt.

Niemand hier schien unzufrieden zu sein.

Der Mann, der am Tresen rechts von mir saß, starrte bewegungslos auf den Bildschirm. Auf ein paar Ansprachen des Wirts zeigte er keine Reaktion. Er rauchte nicht, nippte noch nicht mal an der Tasse.

»Alles in Ordnung?« fragte ich.

»Alles in Ordnung, zwei zu null«, sagte er rasch, während der Wirt mit einem Johlen die Trainer und die Mannschaften zum Teufel wünschte.

Die meisten Gäste wählten sich ›Coco Pops‹ als Frühstück, die ich schon deshalb nie bestellte, weil sich die Worte zu ›Popo Cocks‹ umdrehen ließen, was mich beim Essen wohl irritiert hätte (was die Erfinder des Namens aber auch gerade gewollt haben mochten; nur schade, daß man es nie erfahren würde). Dem Coco-Konzern mochte es nützlich erscheinen, das Publikum mit der Bezeichnung seiner Ware emotional zu attackieren.

Die Eishockey-Stars rutschten nun bäuchlings über das halbe Spielfeld, wozu der Wirt teilnehmend keuchte, ehe er johlend wieder alle zum Teufel wünschte und mit dem Finger aggressiv gegen den Bildschirm pickte.

Ich fühlte mich wie ausgestopft mit Glaswolle, fand die Umstände im Restaurant aber keineswegs seltsam. An vielen Tausenden von Plätzen hätte man gleiches finden können.

Nicht weit von mir entfernt saßen an einem Tisch zwei Männer und zwei Frauen. Die Männer waren dick und schlecht gekleidet, die Frauen schienen angespannt/traurig. Schon am Vortag waren die Leute mir aufgefallen, als ich die Bar betreten hatte. Sie nutzten zu viert ein Mobiltelephon, sprachen fast ohne Unterbrechung mit einer großen Zahl von Menschen, mit denen lautstark diskutiert wurde, denen sie Informationen gaben oder auch abforderten, ohne daß die vier sich von dem Mithören der Gäste sonderlich stören ließen. Gerade diese Offenheit, so dachte ich, konnte ein Mittel der Tarnung sein.

Vielleicht verkauften diese vier dort ja Raketen.

Cognac und heißer Kaffee waren der Abschluß meines Frühstücks, es zerrte in mir, nun meine Reise fortzusetzen. Zum wiederholten Mal rief ich zu Hause an, doch niemand nahm dort ab.

Bezahlt hatte ich schon bei Ankunft. Ohne besonderen Abschied verließ ich das Hotel.

Inzwischen war es wirklich schon ein Uhr. Der Japaner schippte jetzt Schnee von seiner Auffahrt, die Fläche um die Zapfsäulen herum war bereits freigelegt worden. Es stellte sich heraus, daß der Distrikts-Vertreter von der Ölgesellschaft für den Nachmittag hier erwartet wurde.

Dieser Vertreter sei noch neu und jetzt dabei, sich bei den Kunden vorzustellen. Nach ein paar Worten mit dem Wirt fahre der Mann sicher gleich weiter. Ich gab dem Tankwart eine Zehn-Dollar-Note und bat ihn darum, für mich sicherzustellen, daß ich im Auto des Vertreters bis in den Nachbarort mitfahren könnte. Der Tankwart sah keine Probleme und war bereit, in seinem Häuslein bis zur Abfahrt auf meinen Koffer aufzupassen. Ich solle mich ab vier bereithalten.

Ich überlegte, ob ich Lust hatte, mir ›den See‹ anzuschauen, den wohl einzigen Punkt außer dem Barn der Legende, der über die Grenzen der Ortschaft hinaus eine gewisse Bekanntheit besaß. Der See gehörte zu einer Art Sanatorium, das von den Deutschen stammte; noch aus der Zeit, als ihre Luftwaffe hier übte. Premierminister Trudeau und eine Anzahl seiner Nachfolger hatten der Luftwaffe die Erlaubnis gegeben, über unbewohnten Naturgebieten Operationen im Tiefflug zu üben, deren donnernde Begleitgeräusche ungeheure Lautstärken erreichten.

Doch wie sich allzu bald herausstellte, lebten auch dort einige Menschen.

Nachdem die Deutschen ihre Übungen eingestellt hatten, waren die Menschen aus den Wäldern nicht mehr imstande, die wieder eingekehrte Stille als normal und wohltuend zu empfinden. Sie schickten Gesuche an die Regierung, den Lärm wieder zurückzubringen.

Der Premier hielt eine Rede im Fernsehen und schob den Wahnsinn dieser Leute in die Verantwortung der Deutschen, die das Dilemma sicher gern wieder in Ordnung bringen würden.

Und in der Tat, man gab sich Mühe: die Deutschen, deren Wohlstand damals noch groß war, kauften den dicht bei Baker's Barn in einer Mulde liegenden See, in dessen Mitte sie eine Plattform erbauten. Auf die Plattform wurden dann Triebwerke montiert, die den authentischen Maschinen von damals, über dem Wald, entstammten. Gemäß dem damaligen Flugplan wurden die Triebwerke befeuert, das stundenlange Gedröhne wurde exakt rekonstruiert. Es wurden auch Triebwerkstypen in verschiedenen Kombinationen befeuert, um alte Übungen von Formationen akustisch zu wiederholen.

Die Exilanten aus dem Wald wurden am See-Ufer untergebracht, sie wohnten dort in einfachen Hütten, welche die Luftwaffe ihnen errichtet hatte. Am Uferpfad hatte ›die Hardthöhe‹ ein Schild aufstellen lassen.

*

<u>LUFTWAFFENGELÄNDE</u>
EINRICHTUNG
ZUR ERZEUGUNG
KÜNSTLICHEN
FLUGLÄRMS
-
ARTIFICIAL
AIRCRAFT SOUND DEVELOPMENT
EXPERIMENTAL
INSTALLATION
-

Die Verrückten standen oft stundenlang am See-Ufer und nahmen willig das Gedonner der Triebwerke auf. Aus atavistischen Wildbeutern und ein paar Frauen, die überwiegend indianischer Abstammung waren, wurden in der Versuchsanlage rasch Leute, die sich anzogen wie Heavy-Metal-Fans, was aber nur kurze Zeit anhalten sollte. Die Männer hockten bald ständig vor den Videoanlagen, trugen Schnauzbärte, karierte Hemden und tranken, während die Frauen immer dicker wurden und sich in Kittelschürzen aus dem Kaufhaus sehen ließen, mit denen sie sich nachts kasteiten, weil die Männer keine Zeit für sie hatten …

Eines Tages brannte plötzlich einer der Großtanks, welche die Treibstoffmischung für die Triebwerke enthielten. Binnen Sekunden wurden die Menschen und die Anlage überspült von einer tosenden Flut des Feuers.

Niemand überlebte.

Auch keiner der vor dem großen Feuer in der Fluglärmsiedlung zu beklagenden Todesfälle war auf natürliche Art eingetreten; man starb durch Morde untereinander oder bei selbstverschuldeten Unfällen auf der Straße. An der binnen kurzem erreichten hundertprozentigen Sterberate konnte man ablesen, daß die Anlage von Deutschen erdacht worden war. Das Abschaffen/Vermeiden von Gefahren oder Gewalt hätte auch nicht ihrer Identität entsprochen.

Der von den Kelten hinterlassene ›Menhir‹ wurde in Deutschland noch verbessert und von den Deutschen dann als ›Spitzbunker‹ bezeichnet.

Statt aber an den See zu spazieren, um traurig die Ruinen zu betrachten, lief ich ziellos zwischen den Höfen umher, weil ich mir davon mehr Entspannung erhoffte. Ich hatte Angst davor, daß mich der See an etwas erinnern würde, was sich im Krieg ereignet hatte.

Aber der Krieg ging immer noch weiter, nur wußte das hier niemand. Ich wurde unruhig, nahm mir vor, es zu vergessen: sie würden zu Hause schon gut auf sich achten.

Mir fiel auf, daß Höfe nicht mehr bewirtschaftet wurden. Einige mußten versucht haben, hier einen neuen Weizen anzupflanzen, für den der Boden aber – wie für die gängigen Sorten auch – einfach zu feucht gewesen war.

Im ganzen sah ich zwölf Wirtschaften, von denen vier nicht mehr betrieben wurden. Zwischen verrotteten Gebäuden eines aufgelassenen Hofs entdeckte ich eine Großfamilie von Katzen, zu denen, neugierig, aus jedem Winkel immer noch weitere hinzukamen. Die eingeschweißte Milchportion, die ich vom Frühstück zurückbehalten hatte, war auf fünfzehn oder zwanzig Katzen allerdings nicht gerecht zu verteilen. Ich ließ sie schließlich in der Brusttasche, nachdem ein Altkater mir anfangs ›bedürftig‹ erschien ...

Über die Felder, die Hügel und Dächer hatte sich strahlender pulvernder Schnee in einer Dicke von ungefähr einem Fuß ausgebreitet. Rutschig war es jetzt nicht mehr, doch ohne die Stangen am Fahrbahnrand wäre die Grenze zwischen den Feldern und der Straße wohl nicht mehr zu bestimmen gewesen.

Im Schnee entdeckte ich Spuren eines Kampfes zwischen Uhu und Hase, sah einen Waldkauz und als nächstes eine Schleiereule, die wie ein symbolisches Wappentier im weißen Giebel-Dreieck über einer Tür hockte. Und überall hüpften die Krähen: vielleicht hatten die den Weizen gefressen. Eine Krähe schaute mich an und verneinte. »Den Vorwurf nimmst du zurück ...«

Ich mußte austreten und stapfte zwischen eine Anordnung von Eiben, welche sich neben einer Einfahrt befanden. Als ich mich wieder ordnen wollte, bemerkte ich plötzlich, daß der Baumstamm, bei dem ich stand, ein Auge hatte. Erschrocken trat ich zurück, aber das Auge war verschwunden.

Ich überlegte, ob nun die Zeit gekommen war, in der die Bäume sich rächten.

*

Der ›neue‹ Vertreter des Ölkonzerns war ein schon greisenhaft gehender Mann, der kaum noch einen Zahn hatte. Er war nicht um vier Uhr eingetroffen und auch während des späteren Nachmittags nicht. Erst um acht Uhr abends tauchte der Mann in einem Ford an der Tankstelle auf.

Zu Verhandlungen über die neuen Konditionen kam es erst gar nicht, da der Vertreter seine Instruktionen in der Stadt hatte liegenlassen. Es machte ihm nichts aus, mich bis zur Mietwagenvertretung im Nachbarort mitzunehmen.

In seinem Wagen roch es beim Einsteigen nach Schnaps. Im Rückspiegel konnte ich sehen, wie ihm der Wirt hinter dem Auto eine

Flasche überreichte, die der Vertreter, jedermann sichtbar, noch auf dem Parkplatz stehend aufschraubte und sich dann ins Gesicht pfropfte.

Als er den Wagen schließlich bestieg, war ihm bereits wieder entfallen, daß ich mit ihm zusammen in den Nachbarort fahren wollte. Der Tankwart wurde gerufen und mußte dann ein zweitesmal alles erklären. Der Wirt, gleich mit herausgekommen, schien ziemlich erstaunt darüber, wie jämmerlich die Speicherfähigkeit des Großhirns sich beim Verhandlungspartner von der Ölgesellschaft darstellte. Er raunte mir beiläufig zu, der Mann sei ein sicherer Fahrer.

Wir waren kaum ein paar Minuten unterwegs, als ich bemerkte, daß sich beim Fahrer eine beklemmte Nervosität entwickelte, deren Ursache offenbar meine Anwesenheit war.

Er schien der Auffassung zu sein, es könne irgendwer von vornherein geplant haben, mich ohne Aufsehen zu ihm ins Auto zu setzen. Es mochte sein, daß seine Firma ihren Außendienst durch raffinierte Detektiv-Kontrollen und diskrete Überwachungsberichte am besten zu motivieren glaubte.

Ich erwähnte meine Tätigkeit am Flughafen, was aber keine Reaktionen bei ihm auslöste.

Vielleicht war ja auch ich das Opfer hier, hatte es bloß noch nicht begriffen; man hatte mich manipuliert, exakt in diesem Auto zu fahren. Der freundliche Tip des Japaners, die kunstreiche Verspätung (um keinerlei Verdacht aufkommen zu lassen); vielleicht waren dies Teile eines Plans, durch den man mich gefangenzunehmen hoffte. Ich überlegte mir, ob ich im Augenblick noch frei war –

(in einer Landschaft aus schlechten Gefühlen)

Nachdem ich ›einen Schluck?‹ aus seiner Flasche wohl schon zum dritten Mal abgelehnt hatte, teilte der Mann mir plötzlich mit, er müsse vor dem Erreichen des Ziels in der Nähe noch etwas abgeben. ›In der Nähe‹ konnte hier leicht ›fünfzig Meilen‹ bedeuten.

Diese Verzögerung schien mir ein Vorzeichen zu sein, daß ich den unbekannten Gegnern bereits in Kürze überstellt werden würde. Trotzdem war es eigentlich unmöglich, daß sie es wirklich geschafft haben sollten, mich hier zu finden und dingfest zu machen. Hatten sie irgendwelche Hinweise bekommen?

Der Vertreter jedoch war nicht in der Lage, die Adresse aufzufinden. Das beruhigte mich gleich wieder, denn als Bestandteil eines Plans hätte der Fahrer seinen Weg ja nicht erst lange suchen müssen.

Was er dort abgeben sollte, sah aus wie eine Mappe, wie sie Familien für die Aufbewahrung von Briefen, Photographien und Dokumenten gebrauchten.

Bemerkenswert an dem Stück war ein funkelndes Hologramm, das den Eindruck hervorrief, es liege ein mit Weltraum und Sternen gefüllter Quader wie zufällig auf dem Einband. Ich fand es lustig, weil man sich ständig dazu aufgefordert fühlte, das Stückchen Weltraum vom Buch abzunehmen, obwohl man wußte, daß es nicht möglich sein würde. Als ich die Mappe etwas drehte, verschwand damit auch der Würfel, statt dessen sah es nun aus, als befände sich in der Mappe ein quadratisches Loch, in dessen Mitte man einen einzelnen Stern stehen sah.

Am Montag, erklärte der Fahrer, sei ein Kollege verstorben, der in der Stadt die Interessen einer Sekte verfolgte. Gewisse Unterlagen der Sekte, eben jene, welche sich hier in der Mappe befänden, habe die Witwe des Verstorbenen nicht länger behalten wollen und den Vertreter deshalb gefragt, ob er die Mappe der Sekte zurückgeben könne.

»Bis jetzt wissen die nicht mal, daß er tot ist.«

»Und hier soll sich das Bethaus befinden?«

»Wenn die Adresse richtig ist ... Es gingen immer Briefe hin und her.«

Er überlegte einen Moment und schien mir noch etwas sagen zu wollen, zuckte statt dessen aber mit einem Schrei aus seinem Sitz und knallte fürchterlich mit seinem Schädel gegen das Dach.

Der Wagen rutschte führungslos über den Randstreifen. Es gelang mir nach bangen Sekunden, den gleich Bewußtlosen auf die Seite zu drücken und den Wagen dann stotternd zu bremsen.

Ich stieg aus, riß meinen Mantel herunter und legte ihn in den Schnee. Dann zerrte ich den Fahrer aus dem Auto.

Als er am Boden lag, mußte ich feststellen, daß sich der Mann bei seinem Anfall das Genick gebrochen hatte. Das wäre sicher auch dann eingetreten, wenn er allein gefahren wäre. Die Ursachen waren der Alkohol und daß der Anfall sich während der Fahrt ereignet hatte (im Freien wäre es nie so weit gekommen, er hätte dort mit seinem Kopf ja kaum irgendwo anstoßen können).

Das einfachste würde es sein, so dachte ich, ihn bei dem Bethaus abzugeben, nach dem er ja gesucht hatte.

Ich fragte mich, ob es richtig wäre, den Wagen jetzt noch weiterhin zu benutzen. Wenn ich mich hinter das Lenkrad setzte, so würden einerseits Spuren vernichtet, welche im Notfall hätten beweisen können, daß der Vertreter wirklich verunglückt war. – Ich sah es andererseits als nicht zumutbar an, auf einer Nebenstrecke, deren Verlauf ich nicht einmal kannte, die Nacht über allmählich in Gesellschaft einer Leiche zu erfrieren, mit der Gewißheit, daß keiner vorbeikommen würde.

Ich verglich die Notizen des Fahrers über die Anfahrt zur Kirche mit topographischen Kennzeichen, die wir bereits passiert hatten. Den Toten legte ich auf die Rückbank und deckte ihn mit dem Teppichboden aus dem Kofferraum ab, weil es mir ohne meinen Mantel einfach zu kalt wurde.

Bevor ich weiterfuhr, durchsuchte ich die Mappe, die aber nur wenige kleine Zettel enthielt. Zahlen und Bezeichnungen wie ›Stunde‹, ›Tag‹ und ›Uhrzeit‹, dazu einige Buchstaben waren die einzigen Informationen. Es konnten Nachweise für Gebetstreffen sein, so dachte ich anfangs, die Anhänger der Kirche in der Stadt ihrer Gemeinde hier draußen zukommen ließen, denn den ersten der Zettel konnte man durchaus so interpretieren:

*

›House 24-36, Oct 27th

11.14 AM CWL START
11.17 AM CWL END‹

Der nächste aber lautete so:

›Street 1-13, Oct 26th

01.13 PM SE START
05.08 PM SE END‹

Die Theorie war damit hinfällig geworden. Ende Oktober über vier lange Stunden in der Stadt auf der Straße zu beten hätte wohl kaum einer vermocht. Außerdem fiel mir nun auf, daß auf den

Zetteln ja schon das heutige und das Datum vom Freitag standen, obwohl mir der Vertreter doch gesagt hatte, daß sein Kollege seit Montag nicht mehr lebte.

Wie dem auch war, ihre Mappe sollten sie haben und außerdem den Vertreter. Mir blieb nichts anderes übrig, als hier korrekt vorzugehen, wenn ich noch irgendwann nach Hause kommen wollte. Die Informierung der Behörden, die Aufnahme meiner Personalien, ja selbst eine Befragung würden in Stunden zu bewältigen sein – und dann konnte ich unbeschwert weiter.

Verärgert ließ ich den Wagen an: Kam jetzt das Ende aller Probleme?

Während ich mißtrauisch bedachte, ob in dem Bethaus überhaupt noch jemand sein würde, zeigte sich schneeverweht ein Schild. Widerwillig stieg ich aus und wischte es frei:

– THE SYNODISTS –
OPEN FOR PRAYER
0.5 MILES LEFT

Ich dachte kurz an Stella. Sie war am Nachmittag nicht zu Hause gewesen, auf alle Fälle war sie nicht ans Telephon gegangen. Ihr Vater hörte das Klingeln nur selten, da er meistens in der Küche saß und das TV-Programm verfolgte, welches akustisch alles andere erdrückte.

Ein Pfeil mit dem Wort ›Service‹ wies mich weiter, als ich die Abzweigung schließlich erreichte. Die Synodisten. Ich hatte nie davon gehört. Die Synodisten aber sammelten codierte Informationen.

Je näher ich der Kirche kam, desto unwohler fühlte ich mich. Das Gotteshaus war ein gedrungener Flachbau, der wohl in früheren Zeiten zur Unterbringung von Arbeitern diente. Weder ein Glockentürmchen noch ein Kreuz konnte ich sehen, und das ›Haus‹ schien noch nicht einmal Fenster zu haben.

Ich bremste, denn ich erkannte Metall in einer Hecke neben dem Fahrweg. Der Gegenstand blitzte im Scheinwerferlicht. Ich setzte den Wagen etwas zurück, stieg aus und stöberte beunruhigt, bis ich das Ding wiederentdeckte. Es war ein Kasten aus Aluminium, in dem sich der Reflektor einer Lichtschranke befand. Die Lichtquelle, schräg gegenüber, hatte man weitaus raffinierter zwischen den Rippen eines zylinderförmigen metallenen Papierkorbs installiert.

Voller Mißmut ging ich zurück an den Wagen. Ich fragte mich, was wohl geschehen würde, wenn man die Schranke durchquerte. Es war verwunderlich, daß man vor einem Bethaus auf dem Lande eine solche Installation antraf.

Ich machte Lichter und Motor, am Ende sogar die Standheizung aus. Das Fahrzeug sollte nun keinerlei Energie mehr in die Außenwelt verstrahlen; eine zu Hause übliche Regel, solange man die Sicherheit eines Terrains noch nicht bestimmt hatte, denn Diffusion von Energie konnte die Lokalisierung erleichtern.

Ich starrte lange hinaus in den Abend, gewöhnte meine Augen daran, Details in der Dunkelheit wahrzunehmen.

Ich konnte nach und nach erkennen, daß sich nur wenig hinter der Hecke, die man wohl erst in einer Schleife zu umfahren hatte, zwei Stahlgerüste wie von Wachtürmen befanden, und außerdem, daß Zigarettenrauch sich von den Plattformen der Türme aus in die Nacht emporbewegte.

Im Rückspiegel schaute ich mir in meine Augen und fragte mich, was ich hier eigentlich machte.

An einem Vormittag vor vielen Jahren war ich noch ein zufriedener Mensch gewesen: Institutsleiter, erst 42, auf seinem Sofa ausgestreckt und unter Anflügen von ›Langeweile‹ gelegentlich blätternd in Forschungsberichten …

Ein kleines Schreiben hatte genügt, und binnen Stunden war die Zufriedenheit mir von mir selbst, gleich auf Jahrzehnte, entzogen worden.

Die Generäle jedoch saßen gemütlich zu Hause.

*

»Was nicht Mist ist, wird weggeschmissen.«

Unser Leben wurde bestimmt von einem Mangel an Energie.

Seit der Gewandmeister-Attacke, die fast ein völliger Erfolg geworden wäre, lag die Leistung unserer Sonnen schon unter einem tausendstel Prozent ihrer normalen Werte und fiel immer noch weiter. Der Gewandmeister hatte man Herr werden können, aber die Schäden waren nicht zu reparieren.

Betroffen waren 8092 Sterne, also fast alle, die sich innerhalb unserer Grenzen befanden. Um sie herum hatte man Netze aus Kollektoren angelegt, welche Bevölkerung und Fahrzeuge direkt mit Energie versorgen konnten, nun aber nichts mehr aufzusammeln hatten.

Neue Kollektoren herzustellen wäre zwar wenig problematisch gewesen, sie aber weiterhin zu noch intakten Sternen jenseits unserer Grenzen zu schaffen, ließen die knappen Energiereserven jetzt schon nicht mehr zu.

Das alles stand in einem weißen Ordner.

*

Ich wachte auf, hörte Gemurmel meiner Frau. Im Hauptraum hatten wir zwei weiße Sofas, auf einem davon lag ich, doch auf dem schöneren saß meine Frau, mit einem Schreibblock in der Hand. Die Jalousie war geöffnet, und von der Straße gaben uns Wagen manchmal Licht.

Im Zuge der Sparmaßnahmen war alles Schriftliche zurück auf das Papier befohlen worden, weil Terminals in jedem Haus mit Strom nicht mehr versorgt werden konnten. Die privaten Telephone waren ebenfalls verschwunden, statt ihrer zog man Rentner zu Post- und Botendiensten ein (im Weigerungsfall wurde die Rente gestrichen, der Service kostete nichts), wenig intim wurden auf Fluren und in Hauseingängen Briefkästen montiert. Die Kästen waren aus Plexiglas, und jedermann konnte sehen, wer einem etwas geschickt hatte. Das Grundrecht auf Kontaktverborgenheit wurde so praktisch beseitigt.

Dem Volk wurde das Schreiben beigebracht, nachdem zuvor noch die Computer mündlich gegebene Inhalte in Zeichen übertrugen beziehungsweise diese Zeichen wieder in Sprache übersetzten, im Umgang mit einer Behörde zum Beispiel. Doch selbst die Ämter hielten sich nun mit ihren Anfragen zurück, denn außer der Primär-Versorgungswirtschaft wurde den Staatseinrichtungen nur an zwei Tagen in der Woche noch das Erbringen ihrer Leistungen gestattet. Der Energiemangel hatte für jedermann bald deutlich werden lassen, daß die Behörden während der früheren fünf Tage Dienstzeit offenbar kaum etwas zu tun fanden, als die Bevölkerung mit sinnlosen Schikanen einzudecken, während sie jetzt nur noch die Zeit dazu hatten, sich selbst zu verwalten. Ansonsten blieben sie leise und dunkel.

Lediglich der Sitz der Militärverwaltung wurde elektrisch noch ständig erleuchtet, nur dort wurden die Fahrzeuge wie früher noch in computergesteuertem Langsamflug voll Eleganz auf ihre Parkflächen geleitet, durften die Generäle nach wie vor den ganzen Tag nach Essen und Genußmitteln verlangen.

Nahverkehr und Straßenbeleuchtung waren abgeschafft worden, und selbst privat durfte man Lampen nicht benutzen, es drohten sonst extreme Strafen aufgrund der Sabotage-Gesetze. Die Haushalte hatten mit Kerzen auszukommen, hergestellt aus Abfällen der großen Schlachtereien. Dort wurden seit Jahren nur noch Pflanzen, mannshohe schnatternde Gebilde verwertet, Stauden (vermutlich denkfähige), deren Samen man von einer Speermann-Kolonie geraubt hatte. Von ›Fleisch‹ hatten die meisten nur aus Erzählungen der Alten je erfahren.

Von allen öffentlichen Leistungen waren nur zwei erhalten, das Wasser und die Sendungen, die man zu jeder Zeit betrachten konnte, so lange man es wollte.

Die Physikalisch-technische Bewertungsstelle durfte ebenfalls nur an zwei Tagen in der Woche ihre Arbeiten verfolgen.

Als deren Chef hatte ich Muße, mich oft auf meinem Sofa auszustrecken. Dort las ich mißtrauisch in den Berichten meiner Leute, hörte die Stimme meiner Frau und blickte manchmal auf die Seite, um in die Sendungen zu schauen.

Das Militär hatte, wie jedes Jahr, zum Gründungstag zwei braune Kerzen angewiesen, mit einem einfach geritzten Ornament. Um dieses Übermaß an Aufwand wieder auszugleichen, wurden die Braunkerzen nur halb so lang wie andere gefertigt.

Ich hatte sie zu seiten unseres Monitors entzündet, was die Ereignisse im Kasten oft zu intim beleuchteten Gemälden werden ließ, zum Beispiel wenn General Roderich mit seinem Schädel den Schirm fast völlig ausfüllte, während er lange Kommentare zu alten Kriegsberichten sprach.

Doch unerwartet wurde ein Beitrag eingeschoben, in welchem frühere Soldaten offen zu Wort kommen sollten. General Roderich, der nicht im Studio war, wurde nun heftig widersprochen. Einer der Soldaten war der Auffassung, wir hätten die Gewandmeister in Wirklichkeit zuerst angegriffen, um ihren Vorrat an Bewaffnung zu erbeuten. Dies jedoch sei nachlässig geplant worden, weil Generäle nur durch Beziehungen ernannt würden und nicht aufgrund von Fähigkeiten. Im Generalstab seien Talente nicht zu sehen, der Krieg werde statt dessen von Versagern geführt, die außer Kriegsgerichts-Verfahren zum Kampf nie etwas beigetragen hätten; man hätte die Gewandmeister in Ruhe lassen sollen.

Zwei andere Soldaten sagten, sie würden sicher gleich verhaftet, wenn sie das Sendehaus verließen. Roderich sei nur dazu imstande, eigene Leute umzubringen, sein Militärgericht habe man ›Blutkonzil‹ getauft.

Während sie noch darüber sprachen, wurde der Beitrag unterbrochen, zumindestens für mich, denn es klopfte an der Tür.

Eine großgewachsene Frau mit netzstrumpfverpackten vollkommen weißen Beinen fixierte mich voller Neugierde und streckte mir ihre Hand schließlich entgegen.

»Meyer-Optik, grüß Gott ...«

Ich schaute angeregt auf ihren mondesrunden Hintern, auf ihre Fersen, Waden und Knöchel, während sie abgewandten Kopfes direkt vor meinen Füßen auf dem Korridor kniete, um dort in einer Schachtel zu fummeln, die sie zuerst noch hinter sich versteckt hatte.

Mit einer heftigen Bewegung erhob sie sich wieder, um mir unvermittelt eine Linse zu zeigen, wie sie von ›Meyer-Optik‹ verkauft wurde. Durch den Türspalt war vom Hauptraum noch das Kläffen des Apparats zu hören, während Frau Meyer mir alles erklärte. Die Linse wirke dergestalt, daß sie den Lichterschein in den Behausungen verstärke, auf rein mechanischer Basis, und hierzu diene auch der Aufzieh-Mechanismus. Man wisse, aus dem alten Telephonverzeichnis, ich sei ein führender Gelehrter, welcher den Wert ihres Produkts wohl zu ermessen verstünde ...

»Das kann-ich-auch«, erklärte ich, ging wieder rein und schloß die Tür.

»Was war denn los?«

»Meyer-Optik ...«, gab ich achselzuckend Auskunft.

Zum erstenmal erschien General Roderich bereits vor über vierzig Jahren in einer Ausstrahlung, er hatte damals die Vernichtung der Gewandmeister gemeldet. Die Nachricht war soeben aus dem Kosmos eingetroffen, doch von den alten Generälen und Politikern befand sich keiner in der Hauptstadt. General Roderich nutzte die Lage, um auch die Verfassung zu vernichten.

Seit den direkt folgenden Kämpfen hatte die Militärverwaltung sich allmählich die Herrschaft über den Staat angeeignet. Ihre Kontrolle wurde stets dann offenbar, wenn wieder etwas Neues rationiert oder auch ganz abgeschafft wurde.

Die Kriegsberichte, die man sah, ließen kaum eine Planung erkennen. Es wurde dort zugeschlagen, wo der Gegner besonders schwach zu sein schien, aber Erfolge waren selten.

Nominell wurde der Staat von einer Einrichtung geleitet, die ursprünglich ein Parlament gewesen war, jetzt aber nur noch aus Vertretern der verschiedenen Armeegruppen bestand. Um den Anschein zu wahren, tagten die Waffengattungen, als seien sie verschiedene Fraktionen, und hatten dafür auch die Namen der alten Parteien angenommen.

Als ›Disponierendes Komitee‹ bezeichnet, trat diese Versammlung nur einmal jährlich zusammen, was aber guten Grund hatte, denn zu bewilligen waren die Mittel für die Fortsetzung des Krieges. War dies geschehen, so vertagte man sich wieder, und den Rest des Jahres über regierte die Militärverwaltung.

Trotzdem war ein Sitz im Komitee mit stattlichen Privilegien verbunden. Die Mitglieder hatten Reiseerlaubnis und das Recht, sich Luxusartikel und Lebensmittel unter Vorzugskonditionen durch die Armee von überall her beschaffen zu lassen.

Das Komitee sollte aus 125 Delegierten bestehen, es tagten aber immer bloß drei Personen weniger. Aufgrund einer historischen Regelung durften die fehlenden drei nur dann zu einer Sitzung erscheinen, wenn eine Katastrophe nach neuen Ideen verlangte. Diese Leute waren nach einer Art Zufallsprinzip aus dem Volk entnommen und erhielten keine Bezahlung. Sie wurden von Generation zu Generation aus den gleichen Familien berufen, aber die jetzigen drei Zusatz-Delegierten wurden noch nie zu einer Beratung gebeten.

Das Militär beriet sich am liebsten im eigenen Saft.

*

Erneut blockierte Roderich den Bildschirm.

Er schaute traurig auf sein Pult.

Wir seien damals grundlos von den Gewandmeistern überfallen worden, man habe sie deshalb ausrotten müssen, das Militär habe geplant und dann gehandelt –

»Ich mach's jetzt aus«, seufzte ich; kurz nickte dazu meine Frau. Es wäre einfach, dachte ich, auf jenen Teil der Sendungen, der aus Rede bestand, akustisch zu verzichten und ihn durch Untertitel zu ersetzen, also alles nur noch stumm auszustrahlen. Das würde die Lesefähigkeit der Bevölkerung steigern und Energie sparen helfen.

Ich machte mir eine Notiz. Meine Frau nickte halb zustimmend, während sie weiter unsere Ausgaben addierte.

Kennengelernt hatte ich sie auf einer Party, welche im Hauptquartier der Fernaufklärung stattgefunden hatte. Ich war dort schon am Nachmittag erschienen, um zur Ersatzteillage bei den Maschinen mit Besatzung vorzutragen. Auf Anregung der Aufklärer hatten wir Möglichkeiten überprüft, die Herstellungsverfahren billiger zu machen. Ich war zu dieser Zeit am Institut noch kommissarischer Leiter gewesen. Dessen eigentlicher Chef hatte bei der Begleitung eines Kampfgeschwaders den Tod gefunden, und eine Einigung über die Nachfolge wollte nicht gleich zustande kommen.

General Kast empfing mich freundlich. Ich trug ihm vor, daß es die Rohstoff-Lage schon in Kürze erzwingen werde, anstelle aufgedampfter Schaltkreise für einfache Funktionen wieder die ›Röhren‹ einzuführen, für deren frühere Verwendung sich im Archiv des Instituts mancher Beweis gefunden hatte. Kast sah mich achselzuckend an und bat, die Konsequenzen zu erläutern.

»Die Schaltgeschwindigkeit dürfte erheblich abnehmen, um Faktor Hunderttausend etwa. Doch daß man Reinigungsklappen oder Herde in Nanosekunden bereitschalten kann, ist auf den Kampf ohne Einfluß. Wenn wir moderne Schaltungen bloß noch für kampfrelevante Geräte verwenden, den Rest aber durch Röhren ersetzen, hätten wir mittelfristig viel mehr Luft, denn Röhren kann man viel einfacher bauen.«

Kast ließ sich dies durch den Kopf gehen und gab mir schließlich Vollmacht, die Röhren nach den Hinweisen aus dem Archiv zu entwickeln.

Während gewöhnliche Bürger mit täglich ein bis zwei Kerzen auskommen mußten, um in der Wohnung etwas sehen zu können, wurde allein schon der Schreibtisch des Generals von mehreren Strahlern beleuchtet. Die Wände seiner Zimmer waren mit einer Verkleidung aus geschliffenen Rinden versehen, deren Herkunft aus dem Schlachthof mich schaudern ließ. Kast ging wie erwägend vor den dort angebrachten Karten auf und ab, dann blieb er plötzlich stehen.

»Ihr Institut, hat es morgen geöffnet?«

»Nein, wir kriegen Strom erst wieder nach dem Wochenende.«

»Gut, das freut mich; es kommen nachher ein paar Gäste, dann bleiben Sie doch bei uns ...«

Auf einen unsichtbaren Knopfdruck von ihm hin erschienen Stücke von Melonen und Brot auf dem Tisch, auch Flaschen mit schweren Getränken. Ich konnte sehen, daß die Melonenstücke sorgsam entkernt worden waren.

Ich dachte mir, daß es hier später vielleicht Fleisch und Wurst geben könnte.

*

Die Party fing damit an, daß man eine Reihe beschlagnahmter Schriften des Freien Offiziersrates verteilte, dessen Mitglieder man liquidiert hatte. General Kast merkte pflichtgemäß an, die Materialien seien rein verderblich. Seit den Anfängen des Kriegs waren Verschwörungen gegen denselben an der Tagesordnung gewesen ...

Anschließend wurde das Grußwort der Militärverwaltung gespielt, eine pathetisch-optimistische Ansage, die bei Zusammenkünften von Menschen obligatorisch zum Programm gehörte. Es wurde dazu aufgefordert, Speermänner und Skench zu vernichten, den Sprialarm wieder sicher zu machen und dem Handel neue Basen zu eröffnen. Schon jetzt sei durch den Krieg die Vollbeschäftigung wieder erreicht worden.

General Kast mußte lachen.

»Pro Woche sterben im Krieg Zigtausende von Menschen, die müssen an den Arbeitsstellen natürlich ersetzt werden.«

Ein Mädchen in Leutnantsanorak sagte, durch den Krieg werde der Reichtum der Gesellschaft vergrößert, da sich das Eigentum am Ende auf viel weniger verteile.

Am Morgen saß ich zur einen Hälfte auf der Lehne eines Sessels, zur andern auf den Schenkeln meiner späteren Frau. Sie war die Nichte General Kasts und erst eingetroffen, als sich der größte Teil der Gäste wieder verabschiedet hatte. Kast selber stand, ein Fernglas aus einer Vitrine vor den Augen, besoffen vor einem Gemälde, welches heroisch die Bekanntgabe des Krieges vor achthundert Jahren im früheren Palast des Disponierenden Komitees zeigte.

In jener Kriegserklärung, die man auf allen Schulen lehrte, war die Rede davon gewesen, es sei nichts weiter als human, nun mit dem Kampf gegen die Speermänner und Skench zu beginnen, welche sich zunehmend dreister auf hilflose Opfer stürzten.

Kast drehte sich um zu uns, fixierte uns durch das Fernglas. Meine Hände hatte ich in die Strümpfe seiner Nichte geschoben, die mich unausgesetzt anstrahlte und Kast schon gar nicht mehr bemerkte.

Kast sank betrunken auf die Knie und starrte mit dem Fernglas auf den Teppich. Ich ging danach mit seiner Nichte in das Quartier des Generals.

In dessen Schlafzimmer befanden sich zwei Betten, die voneinander getrennt standen. Von draußen hörte man Kast besoffen grölen. Seine Nichte und ich stellten fest, daß in dem zweiten Bett schon jemand lag; ein junges Mädchen in einem Mantel, das kurze schwarze Haare und mit Tusche umrahmte Augen hatte, vielleicht die Geliebte von Kast. Zwischen der Nichte und dem Mädchen in dem Bett kam es zu einem Streit, weil es verlangte, mit in *unser* Bett kommen zu dürfen.

Es gelang mir, keine Stellung zu beziehen.

Doch meine Frau warf das Mädchen hinaus.

*

Meine Frau saß da und addierte. Ich lag auf meinem Sofa, mürrisch las ich in Forschungsberichten. Mein Institut betrieb nicht Forschungen im eigentlichen Sinne, wenn es auch manchmal dazu kam. Die Stätten wirklicher Forschung waren zerstört, aber nicht wiederhergestellt worden, und wir hatten deren Archive. Die alte

Technik darin wurde bewertet, ob sie uns Nutzen bringen konnte. War dies der Fall, wie bei den Röhren zum Beispiel, wurde ein Prototyp gebaut und nach erfolgreicher Erprobung die Produktion aufgenommen. Häufig waren wir auch auf Pläne für Apparate gestoßen, die früher nicht realisiert worden waren, obwohl sie über Vorteile verfügten, die deutlich auf der Hand lagen.

Firmen hatten meistens die Patente aufgekauft, damit den eigenen, schlechteren Produkten nicht Konkurrenz erwachsen konnte. So waren sie in die Archive eingegangen.

Die Physikalisch-technische Bewertungsstelle wurde nur deshalb noch geduldet, weil Leute in der Militärverwaltung sich die Entdeckung einer Vorrichtung erhofften, mit deren Hilfe wir den Krieg beenden könnten.

Die Berichte, die ich las, enthielten nichts. Das Beste noch war der Vorschlag, die in Gebrauch befindlichen Solar-Akkus für leichte Satelliten-Trägerraketen durch Stromspeicher auf Blei- und Säurebasis zu ersetzen ...

Neugierig geworden, suchte ich rasch meine Tafeln zusammen und führte (mit dem Schreibzeug meiner Frau) eine Prüfung der ballistischen Tüchtigkeit durch, die ein solcher Antrieb verleihen würde.

Ich stellte fest, daß eine solche Batterie 150 Tonnen wiegen mußte, um einen Satelliten von der Plattform durch die Atmosphäre und die Schwerefelder unserer Monde schließlich in das System zu befördern, in dem er dann kreisen würde. Noch völlig unklar blieb dabei, wie denn ein Antrieb aussehen sollte, der Batteriespeicherkraft zu einem Weltraumstart zu nutzen vermochte. Das Problem erschien mir schwierig.

Die gebräuchlichen Solar-Akkus nutzten die Spannung der Gravitation zwischen in Opposition stehenden Himmelskörpern aus. Auf den Linien der Gravitationsspannung zwischen Planeten oder Monden wurden Objekte fast wie auf Fließbändern befördert, man mußte sie nur draufpacken. Bei günstiger Deklination wurde ein Atmosphärenstart so einfach, daß nur noch Kleinstantriebe zur Navigation nötig waren. Der Nachteil bestand darin, daß diese Technik auf der Anziehungskraft von Planeten oder vergleichbaren Objekten basierte, also auf Sonnensysteme beschränkt war. Zum Ausgleich jedoch war sie sicher und preiswert.

Dagegen würde es schwierig sein, überhaupt Blei für die zitierten Batterien zu beschaffen, die Mannschaften brachten es immer mit Radioaktivität in Verbindung. – Ich schrieb mir auf, wer dieses Gutachten verfaßt hatte, um die Person recht bald zu befragen.

Keinerlei Hinweis ließ mich ahnen, daß es niemals mehr dazu kommen sollte.

»Hast du den Briefkasten geleert?«

Sie sei heute noch nicht draußen gewesen.

»Der Briefträger müßte schon dagewesen sein.«

Das wisse sie nicht, es habe mehrmals schon geklingelt, wahrscheinlich Leute wie Meyer-Optik.

Nach dem Briefkasten mußte ich selbst sehen. Meiner Frau erklärte ich, ich würde auch noch kurz hinausgehen, um etwas Sauerstoff zu fassen. Sie begleitete mich an die Tür, um hinter mir wieder die Kette vorzulegen.

Als würde sie gleich weinen, verzog sich plötzlich ihr Gesicht; sie pflückte mir ein Staubnest von der Jacke, das – unsichtbar für mich – irgendwo zwischen der Schulter und meinem Hals gehangen hatte. Es gibt Frauen, deren Gefühle sich darin offenbaren, daß ihr Schmerz angesichts von Fehlern des Geliebten erheblich größer ist als jener, welchen eigene Fehler in ihnen hervorrufen können.

Ich nahm das Staubnest in die Hand und schloß die Türe zwischen uns.

Auf dem Flur traf ich Herrn Kremer, einen Schwerinvaliden. Kremer trug oft weite Mäntel, damit seine Verstümmlung nicht auffiel, und daher kam auch seine Vorliebe für Hüte.

Die Speermänner hatten Kremer gefangengenommen, als dieser (auf an sich neutralem Territorium) Informationen sammelte. Sie brachten ihn in ihre Hauptstadt, um ihn dort wochenlang zu foltern. Ihm wurde ein Teil des Kopfs abgesägt, sein Körper mit Teilen von Leichen ergänzt.

Kremer aber zeigte keine Wehleidigkeit. Nur wenn er keine Gefühle hatte, konnte er dergestalt überleben. Das Militär ermahnte mit Bildern von Kremer die Rekruten dazu, stets Vorsicht walten zu lassen. Nur durch die Bilder kannte ich Kremers wahre Gestalt, im Hause war sie niemals zu erahnen. Kremer war ein Märtyrer der Politik, sie hatte sich nicht sonderlich entwickelt, bewegte sich bloß langweilig dahin.

Meine Frau, so dachte ich, würde sich selber ihre Augen aus dem Kopf kratzen, wenn ich durch irgendwelche Fehler jemals so aussehen sollte wie Kremer.

Auch Kremer ging an seinen Briefkasten. Ich sah ihn zweifelnd stehen, mit einer Karte in der Hand, wie sie Soldaten zur Ermutigung oft vor dem Ausrücken erhielten. Das Bild war weithin sichtbar: zerhackte Teile eines Mannes, die aber gleichgerichtet weitermarschierten.

Ich war der Auffassung, daß wohl der Absender der Karte Herrn Kremer hatte seiner Sympathie versichern wollen, bloß auf sehr ungeschickte Weise. In der Tat schien Kremer bekümmert, denn seufzend verließ er das Haus.

Meine eigene Post war ein Brief mit dem Zeichen der Militärverwaltung. Ich war verwundert, denn normalerweise schrieben sie immer nur ins Institut, von mir als Mensch hatten sie nie etwas gewollt. Obwohl es sonst nicht meine Art ist, war ich begierig, diesen Brief sofort zu lesen –

Werter Herr,
gemäß Tradition und Gepflogenheit werden Sie hiermit dazu eingeladen, einem Verwaltungsakt nach den Bestimmungen der II. Konstitution beizuwohnen.
Als Termin wurde der Gründungstag, als Zeit die erste Stunde nach dem Mittag festgelegt. Das Komitee erwartet bis dahin Ihr Eintreffen.
Verspätungen, die über nachweislich verkehrsbedingte Toleranzen hinausgehen, werden mit Ordnungsgeld geahndet.

Ruhnde
(Oberst) ./. Anlage

Verwundert hielt ich inne, um kurz noch einmal nachzudenken, doch es war tatsächlich der Gründungstag.

Es waren vierzig Minuten bis zum angegebenen Termin, und die ›./. Anlage‹ war auch noch zu lesen. Das Disponierende Komitee hatte sein Haus in der Mitte der Stadt, zu Fuß zu gehen würde aber reichen.

Ich trat an die Klingel- und Sprechanlage neben dem Hauseingang, um meiner Frau die Lage rasch noch zu erklären. Zu diesem Zweck wieder hoch in die Wohnung zu laufen, hätte bloß wertvolle Zeit gekostet. Ich klingelte, doch meine Frau ignorierte es leider. – Ich wandte mich zur Straße.

Eine Ladung gemäß der II. Konstitution – einer Bestimmung, die besagte, daß vor Entscheidungen, welche den Fortbestand der Kolonie berühren können, die Nachkommen der Gründer ihre Meinung äußern müssen.

Vierzehn Jahrhunderte zuvor waren die ersten Kolonisten eingetroffen. Um sie zu ehren, war der Beschluß gefaßt worden, daß stets auch ihre Nachkommen zu wichtigen Dingen befragt werden sollten. Derzeit lebten drei Personen, die von den Gründern abstammten.

Obwohl sie laut Verfassung, die aus sechzehn Konstitutionen bestand, automatisch dem Komitee angehörten, erhielten sie weder Sitzungsgeld, noch durften sie ohne Ladung zu den Aussprachen erscheinen.

Die Verfassung ließ nämlich offen, welche speziellen Situationen denn nun ›wichtig für den Fortbestand der Kolonie‹ waren. Die Militärverwaltung hielt die kraft familiärer Abkunft Delegierten schon seit Jahrzehnten von den Tagungen fern.

An meinem zwanzigsten Geburtstag hatte ich eine Urkunde erhalten, die mich darüber informierte, daß ich aufgrund familiärer Verflechtung nunmehr den Status eines Delegierten gemäß der II. Konstitution innehabe. Man werde mich zur Beratung laden, wie die Verfassung dies gebiete.

Aber bisher war ich niemals geladen worden.

Inzwischen war ich zweiundvierzig.

Daß ich zum erstenmal gehört werden sollte, konnte eigentlich nur mit dem Krieg zusammenhängen. Während der Ausstrahlungen heute, am Gründungstag, hatte der Krieg klar dominiert; Kubik-Lichtjahre Blut waren im Rückblick nochmals vergossen, eine Zukunft ›hinter den Gräbern‹ ausgemalt worden …

Als würden Schwierigkeiten gar nicht existieren, hatte Roderich bequem in Mundart gesprochen, eine höhnische Demonstration von Zynismus, die leider niemanden aufrütteln würde.

Die letzte Beratung mit Gründer-Nachkommen lag bereits 52 Jahre zurück; Mutter referierte sie oft. Sie war einberufen worden, weil man fast waffenlose Skench auf einem isolierten Planeten entdeckte. Die Militärs hatten den Plan, an ihnen taktische Atomwaffen zu testen, was aber verhindert werden konnte.

Statt dessen wurde ein Kompromiß gefunden, einen Teil der Skench am Leben zu lassen, um ihn in Tiergärten gedemütigt zur

Schau zu stellen. Der Rest sollte in Kunstharz eingegossen, und jeweils ein ›Trophäenblock‹ pro Steuerbürger sollte bereitgestellt werden. Viele Leute nahmen das Angebot an.

Beim Sperrmüll waren dies die häufigsten Objekte.

Ich erreichte gerade das Gebäude der Staatsanwaltschaft, als mir einfiel, daß ich die ›./. Anlage‹ noch lesen mußte. Auf der anderen Seite der Straße befanden sich Pflanzenkübel und ein Bänkchen vor der Vitrine eines Bekleidungsgeschäfts. Ich setzte mich dort nieder. Dem Brief lag ein Heftchen aus Photokopien bei, eine Zusammenfassung von Ereignissen des Kriegs während der letzten zweihundert Jahre.

Begonnen hatten die Kämpfe vor achthundert Jahren.

Der Krieg war so weit fortgeschritten, daß man schon Sonnen und Planeten des Gegners zerstörte. So waren durch den Angriff der Gewandmeister auch unsere eigenen Welten fast vollzählig zerstört worden, lediglich zwei waren übriggeblieben. Experten waren bemüht, sie wieder instand zu setzen.

Wenn nicht aufgrund der Feriensaison ein erheblicher Teil der Bevölkerung auf Plattformen im All geweilt hätte, so wäre den Gewandmeistern der Triumph über uns sicher gewesen.

Die 5. Flotte verfolgte die Gewandmeister-Truppen, bis schließlich deren eigene Heimat erreicht wurde. Man blies ihnen sämtliche Sonnen aus.

Die Gewandmeister froren ein.

Es überlebten bloß achtzehn von ihnen, die Angehörigen ihrer Botschaft bei uns, die gleich zu Anfang des Konflikts interniert worden waren. In einer Wanderinszenierung wurden sie später auf den Plattformen gezeigt.

An die Plattformen anstelle einer natürlichen Heimat hatten die meisten sich gewöhnt. Es gab davon elftausend, die allerdings vorher nur zum Teil als Urlaubsziele gedient hatten, andere waren Radar-Stationen, Fabriken und Depots, oder auch kleine Botschaftsresidenzen, zum Beispiel der Gewandmeister.

Man mußte die Bevölkerung im Lauf der Zeit immer weiter verteilen, denn sie vermehrte sich ja schließlich. Zu ihrer Unterbringung wurden bald auch Plattformen verwendet, die zum Bewohnen gar nicht gedacht waren.

Millionen hatten in Zelten zu hausen, auf abgelegenen Manöverstationen, wo gleichzeitig noch Militärs übten. Auf Werften, die noch laufend Satelliten fertigten, vergriffen sich die Produktionsroboter nicht selten an den Kindern, denen zum Spielen nur Nischen in den Werkhallen verblieben. Auf Druck der Eltern mußten die Roboter beim Arbeiten dann angekettet werden ...

Ich selber war auf ›Wochenwelt‹ geboren, einer Groß-Plattform moderner Bauart, auf welcher man die Staatshauptstadt rekonstruiert hatte. Sie verfügte über künstliche Teilatmosphäre, mit oft glaubhaften Simulationen von Wetter, jedenfalls früher, bis man auch diese Art von Service aus Energiemangel ›bis auf weiteres‹ eingestellt hatte.

Das Nachbauen der planetaren Original-Hauptstadt war lange schon vollendet; nur am Distrikt vor ihren Toren wurden Details jetzt noch bearbeitet. Vier Millionen Menschen in Hauptstadt und Distrikt lebten auf dieser Plattform.

›Wochenwelt‹ war eigentlich eine Art Freizeitbetrieb mit Glücksspielerlaubnis und einer Vielzahl verschiedener Landschaften gewesen, wo sich Besucher von allen Planeten auf häufig seltsame Art amüsierten (es läßt sich anders kaum bezeichnen, wenn ein damaliger Gast etwa Wert darauf legte, von Tieren erheblich verletzt zu werden, wie es die ›Reziprok-Jagd‹ mit sich brachte, ein Spiel, bei dem man nicht einmal etwas gewinnen konnte).

Unsere einstigen Planeten durften bald öffentlich nicht mehr erwähnt werden, wie früher ›verstrahlte Gebiete‹ wurden sie rasch aus der Geschichte ausgeblendet.

Die Kriegserklärung gegen die Gewandmeister, die schließlich schuld an allem war, wurde von Mitgliedern des Generalstabs betrieben, denen die Lebensart auf deren Welten einen zu menschenfreundlichen Eindruck machte. Die Gewandmeister waren nämlich der Auffassung, man müsse die Bevölkerung erst unterbringen, nähren und kleiden, bevor man Gelder geben könne, um die Armee auf Kriegsfahrt auszuschicken. Sie boten uns dennoch ein Bündnis an, weil die Speermänner auch sie schon bedrohten.

Statt dieses Angebot erleichtert zu begrüßen und sich zu alliieren, wurde der Vorwurf gegen die Gewandmeister erhoben, uns lediglich infiltrieren zu wollen. Es gab eine Reihe von Zeichen dafür, daß man entlegene Planeten der Gewandmeister schon lange vor der Kriegserklärung angegriffen hatte; die Generäle hatten wohl Angst davor bekommen, daß viele aus der eigenen Bevölkerung die beim Verbündeten geltenden Rechte fordern könnten.

Die Kriegserklärung schließlich wurde beantwortet durch die Vernichtung unserer Planeten, doch daß man die Gewandmeister nicht vorher selbst schon attackiert hatte, erschien bei solch brutaler Antwort nur den wenigsten wahrscheinlich.

In der ›./. Anlage‹ wurde es so dargestellt, als wären wir ohne jeglichen Grund zum Ziel ihres Hasses geworden –

Bis dahin hatte sich Neues nicht ergeben. Die letzte Seite des Berichts jedoch schien größte Tragweite zu haben:

TRUPPENMELDUNG
Ereignis, 12. Tag, 17. Monat, im Jahre 1402

für
6. Flotte

[redacted]

Arthurowitz
(Kommandant)

*

Nur soviel war sicher, daß ein Ereignis bei der 6. Flotte der Anlaß für die Sitzung war.

Die 6. Flotte stand nun 67 Jahre weit entfernt, daß heißt, so lange hätte es gedauert, bis sie aus ihrem Operationsgebiet wieder zurückgekehrt wäre, wenn sie jetzt von dort aufbräche. Nachrichten jedoch konnten verzögerungsfrei in der Galaxis übertragen werden, jedoch nicht durch Funk-Formen.

Die Skench hatten vor langer Zeit zwei Sorten Teilchen entdeckt, zu deren Eigenschaften es zählte, daß sie keinerlei Masse besaßen. Gerüchte wollten wissen, daß die Skench sie sich aus einem Quasar geholt hatten, um sie dann zu kopieren.

Wenn man die beiden Sorten Teilchen systematisch konfigurierte (zum Beispiel zu codierten Informationen auf binärer Basis), dann ahmten alle gleichartigen Teilchen, wo immer sie auch sein mochten, dieses Muster sofort nach.

Abhörsicher war diese Technik zwar nicht, denn jeder, der solche Teilchen besaß, konnte die Nachrichten empfangen – aber ein schnelleres System würde wohl niemals entdeckt werden.

Die Bank, auf der ich saß, war kaum einen halben Block vom Haus mit unserer Wohnung entfernt. Gerührt mußte ich denken, wie meine Frau dort nun die Blumen gießen würde, deren Setzlinge ich einst dem Institutsgarten entnommen hatte.

Mir blieben noch dreißig Minuten, um pünktlich zu der Sitzung zu erscheinen. Ich ordnete mich anhand meines Vitrinenbilds am Kleidungsgeschäft, perfektionierte meine Frisur, blickte entschlossen und wollte mich aufmachen –

Ich wurde grob an der Linken gepackt, der Arm sogleich auf die Seite gerissen, so daß mein Körper ihm zu folgen hatte.

Ein hagerer, aber trainierter Polizist stand vor mir, sein Anorak zeigte traurige Falten. Wie er stand, kam er wohl aus der Staatsanwaltschaft, denn von den Seiten kommend hätte er kaum verborgen bleiben können. Er hatte sich also angeschlichen und dabei ausgenutzt, daß ich in die Vitrine blickte. Mein eigenes Bild hatte ihn unsichtbar gemacht.

Er rüttelte mich.

»Was machen Sie da?«

»Ins Schaufenster gucken.«

»Ins ›Schaufenster‹ ... – Das ist eine Vitrine.«

»Traditionell ...«

»Kommen Sie mit auf die Wache!«

Er ließ mich nicht los.

»Warum eigentlich?«

Das schien ihn fast zum Schlagen zu bringen.

»... Routinekontrolle.«

Auf dem Revier nahm er die Zensuskarteien hervor; Ausweise waren abgeschafft worden, Kunststoff wurde nur noch für die Waffen produziert.

»Zuerst mal müssen wir wissen, wer Sie sind ... Wo haben denn Ihre Eltern gelebt?!«

Obwohl es sonst nicht meine Art ist, zwang mich das Risiko einer Verspätung, nun meinen Status auszunutzen. Ich bat den Polizisten, den Präsidenten des Parlaments anzurufen und diesen davon in Kenntnis zu setzen, daß ich zur Sitzung verspätet erscheinen würde.

»Geben Sie auch noch Ihren Namen dazu an, damit Sie später bestraft werden können ...«

Ich wurde nicht gerade hinausgeworfen, war aber doch dazu veranlaßt, die Intaktheit meiner Kleidung im Davongehen zu prüfen.

*

Die 6. Flotte war im Grenzgebiet zwischen den Speermännern und den Skench engagiert. Fast ungestört, so hatte man berichtet, wurden dort Sterne ausgeblasen, Planeten mit Plasma aus Fusions-Reaktoren beschossen, was deren Oberflächen regelrecht flambierte, oder durch die Zerstörung von Monden riesige Flutwellen erzeugt, in denen Speermänner und Skench oft zu Millionen ihren Tod fanden.

Die Entsendung der 6. Flotte in das Grenzgebiet zwischen den beiden Völkern war ein strategisch kluges Vorgehen gewesen, denn unsere Feinde waren dort schwach. Ursache dafür war eine Friedensregelung, die seit Jahrhunderten von ihnen eingehalten wurde. Sie waren übereingekommen, getrennt erst alle anderen zu töten, bevor sie ihre gegenseitige Vernichtung wiederaufnehmen würden. Daß sich die Skench an das Abkommen hielten, wurde von niemandem bezweifelt.

Die Speermänner dagegen, das war uns wohlbekannt, nutzten den Frieden dazu aus, durch kleine Gruppen von Agenten auf den grenznahen Welten der Skench – zum Teil eigens entwickelte – Infektionen auszubringen, wodurch die klinische Säuberung dieser Planeten erfolgte. Am Ende siedelten Speermänner dort, doch die Skench schienen das nicht zu bemerken. In dieses Chaos war die 6. Flotte eingebrochen und sandte nun eine dringende Meldung.

Ob Arthurowitz etwa entscheidend gesiegt hatte?

Im Heeresbericht wurde oft so getan, als sei es nur eine Frage der Zeit, bis Speermänner und Skench wieder offen aneinandergeraten würden, wodurch der Sieg uns dann sicher wäre.

*

Satelliten haben die Welt für manche besser erfaßbar gemacht.

*

Auch die Läden an den zentralen Geschäftsstraßen waren fast vollständig an Offiziere übergegangen. Vor den ›Vitrinen‹, in denen kaum etwas auslag, hockten meist Krüppel, auf Planen hatten sie ihre Ware ausgebreitet. Verschlissene Teile von Ausrüstung bot man als Sexualartikel an, wegen des Kunststoffmangels eine sichere Erwerbsquelle.

Murmelnd prüften zwei Jugendliche einen Strahlungskonverter für reaktorgestützte Waffen, suchten nach Gründen, um dessen Preis etwas zu drücken. Eine Zivil-Patrouille stoppte bei ihnen, der Konverter wurde beschlagnahmt. Der Krüppel auf der Plane protestierte. Die Polizisten belehrten ihn böse, daß auch *Teile* von Waffen hier strengstens verboten seien.

»Beim nächstenmal wird deine Lizenz eingezogen.«

Den beiden Jugendlichen wurden Ohrfeigen verabreicht, und die Patrouille schlenderte weiter.

Wie jeder wußte, befand sich unterhalb dieser Gegend die Anlage zur Wasseraufbereitung, von der die Lebensfähigkeit der Plattform abhing. Die Straße war in Abständen mit Zellen bestückt, die Ähnlichkeit mit Telephonkabinen hatten. In diesen saßen Beamte der Polizei, welche durch klarbelassene Schlitze in den sonst dunkel getönten Scheiben der Zellen das Treiben auf der Straße verfolgten. Man hoffte, durch die offene Beobachtung etwaige negative Kräfte von einem Vorgehen gegen das Wasserwerk abhalten zu können ...

Ich schritt auf lunarem Potenzgestein, einem Ergebnis unserer Forschung. Dieses Gestein war derart teuer, daß bereits wenige Quadratfuß die ganze jährliche Steuerkraft eines Bürgers verbrauchten. Sämtliche Straßen, die auf das Parlamentsgebäude zuliefen, waren mit diesem Stein gestaltet.

Das Disponierende Komitee hatte beim Nachbau unserer Hauptstadt als einzige Institution ein nicht dem Original entsprechendes Gebäude erhalten. Anstelle des historischen Palasts aus planetaren Tagen wurde ein riesenhaftes Bauwerk aufgerichtet, dessen Kosten sich auf Milliarden beliefen. Die Gelder wären ausreichend gewesen, um lebenswerte Plattformen für die Millionen zu bauen, welche auf Werften oder in Zelten auf den Übungsplätzen hausten. Die Militärverwaltung jedoch zog es vor, mit der Durchsetzung des neuen Parlamentsgebäudes ihre Macht zu beweisen – und daß die Leiden der Bevölkerung ihr völlig egal sein konnten.

Ich schaute auf die Schilder der vom Weg abgehenden Straßen, dachte nach über die Namen, wie etwa ›Straße der Gesundheit‹. Es war seltsam, wenn man sich vorstellte, daß die historisch bedingten Straßenverläufe nichts weiter als getreue Kopien waren, daß sie in einer Umlaufbahn um ihren früheren Planeten, auch um die Trümmer ihrer Original-Stadt, und damit um sich selbst kreisten.

›Straße der Gesundheit‹. Die Frühdemokraten hatten in vielen Punkten Ähnlichkeiten mit den Gewandmeistern gehabt, das Wohl der Menschen war das Ziel ihrer Bemühungen gewesen.

In dieser Epoche begannen die Kolonien damit, sich in Bündnissen zu organisieren. Der daraus logisch folgende Krieg war derselbe, den wir immer noch kämpften.

Die Straßen direkt im Regierungsviertel waren nach Landschaften in der Galaxis benannt, die man zum Teil nur von Sternkarten kannte. Der Gedanke daran war mir unangenehm: was war, wenn es eine Verbindung zwischen den wirklichen Orten und den Straßen gab, die nach ihnen benannt waren?

Was würde sein, wenn die Ereignisse an einem Ort sich auf die Straßen und die Plätze übertrügen, die nach dem Ort benannt waren?

Das Parlamentsgebäude lag nur noch einen Block voraus, ich passierte bereits die Parkplatzzone.

Seltsam war es jedoch, daß dort, wo sonst bei Tagungen weit über hundert Vehikel parkten, sich heute bloß acht Gefährte verloren, darunter ein leichter Truppentransporter.

Es war nicht möglich, daß sich alle verspätet hatten, es hätten dann auch ständig noch Delegierte eintreffen müssen.

Es blieb aber ruhig. Eine Soldatin hockte im Einstieg des Transporters und blies auf ihren Kaffee. Sie nickte mir zu, nur weiterzugehen.

An der Wachstelle im Vorgarten mußte ich meine Einladung zeigen. Im ›Siegesbrunnen‹ vor dem Parlamentseingang schwammen in Spiritus die Leichen der achtzehn Gewandmeister, die den Krieg zunächst überlebt hatten. Nach Abschluß ihrer Zurschaustellung befahl die Militärverwaltung, sie als Siegesmonument zu konservieren.

Die Gewandmeister hatten als Folge einer Nuklearkatastrophe stark verkürzte Gliedmaßen. Ihren Namen, ›die Gewandmeister‹, trugen sie deshalb, weil sie perfekte Prothesen erfanden, welche sie Fremden gegenüber etwas mißverständlich als ›Gewand‹ bezeichneten.

Die Leichen dort trieben ohne Prothesen. Diese hatte man eingeschmolzen, um Edelmetall zu gewinnen.

General Roderich beanspruchte das Recht, über Beute frei zu verfügen.

*

Der Plenarsaal lag im ersten Stock, aber von oben kamen keine Geräusche.

Im Erdgeschoß passierte ich zunächst die Garderobe. Ganze zwei Mützen zu Uniformen wurden dort von sechs Frauen betreut. Sonst war niemand zu sehen, es war so still wie auf dem Parkplatz. Die Frauen warfen mir Blicke zu, ob ich ablegen wolle – (ich entschloß mich aber, meine Jacke anzubehalten).

Es war mir seltsam, daß man hier/nun Wert auf mich legte. Wenn ich in meiner Eigenschaft als Leiter der Bewertungsstelle gelegentlich Vorschläge überbrachte, so war die Militärverwaltung kaum je interessiert an ihnen.

Aus Sicht der Militärverwaltung hatte die Wissenschaft nichts mehr zu bieten; im Krieg war ja schon alles versucht worden. 650 Jahre zuvor setzte man Hoffnungen auf die Verbesserung der Zeittechnologie, die vorher eigentlich nur theoretisch existierte. Physikalisch hing sie prinzipiell mit unserem Raumantrieb zusammen. Nachdem das temporäre Potential der Raumreise in zahlreichen Experimenten analysiert worden war, erwies es sich als absolut problemlos, tonnenweise Gegenstände und Personen auch über Jahrtausende hinweg zurückzuversetzen.

Doch in die Zukunft zu gehen, war mit dieser Methode nicht möglich, allenfalls konnte die Gegenwart wieder erreicht werden, wenn man aus der Vergangenheit in die entgegengesetzte Richtung wollte.

Es stellte sich bald heraus, daß auch die Speermänner und Skench die Zeit durchdringen konnten.

Das anfangs von sämtlichen Parteien durchgehaltene – völlig naive – Vorgehen in der Zeit bestand darin, vergangene Entdekkungen und Schlachten zu verändern, was losgeschickte Agenten besorgten. Durch Manipulationen dieser Art erlangte jedoch keiner der Gegner Vorteile für sich.

Veränderungen in der Zeit, die man für zuträglich gehalten hatte, lösten oft fürchterliche Sekundär-Effekte aus, die jeden Vorteil wieder zunichte machten. Immer öfter kamen so Wirkungen zustande, die ihren Auslöser und Planer erheblich schlimmer trafen als das auserkorene Opfer.

Am Ende waren die Nachteile für alle größer als der geringe strategische Nutzen einiger rückwirkend gewonnener Schlachten.

Dieser Fehlschlag hatte zur Folge, daß die Feinde einen strengen Vertrag schlossen, auf diese Technik während der Fortdauer des Krieges zu verzichten. Es wurden Schutzgebiete festgelegt, deren Geschichte, aufgrund ihrer Bedeutung für die Kolonien insgesamt, auf ewig respektiert werden sollte. In diese historischen Schutzgebiete, auf die Erde zum Beispiel, sollten Personen sich bloß noch begeben dürfen, um dort passive Studien in der sie jeweils interessierenden Vergangenheit zu treiben. Traf man auf Feinde aus der Jetzt-Zeit, so durften diese nicht bekämpft werden.

Die Zeitfelder jedoch boten auch taktische Optionen, es ließ sich nämlich nicht nur die Vergangenheit verändern, sondern die Gegenwart konnte man ebenfalls gestalten. Um Dinge, die sich in Bewegung befanden, ließen sich Stopp-Zonen legen, welche die Dinge immer wieder zurückwerfen konnten, gegen sich selbst räumlich verdrehen, verlangsamen fast bis zum Stillstand, was den Aufmarsch gegnerischer Truppen bis in die Ewigkeit hinein zu verzögern vermochte.

Die erforderliche große Energie jedoch gestattete die Anwendung nur selten, und auch den Speermännern und Skench waren die Stopp-Zonen zu teuer.

Nach Auffassung der meisten Generäle war dies ein klarer Beweis dafür, daß Wissenschaft und Forschung sich einfach überlebt hatten, die Gutachten meiner Bewertungsstelle waren der Militärverwaltung gleichgültig.

Ersparnisse von Energie und stark verbesserte Raumantriebe schienen den Planern dort kaum zu imponieren, obwohl ich Hinweise auf entsprechende Technologien in meinem Frühjahrsbericht hatte anführen können. Den Bericht ließ man verschimmeln.

Energie aber war unser wichtigstes Gut.

(vollarrangierte Rückhalteserie)

Die Treppe ins Obergeschoß war spiralförmig, mit einem Durchmesser von fünfzehn Fuß. Durch einfache architektonische Maßnahmen war dieser Treppe ein besonderer Effekt verliehen worden; ein Ingenieur der Pionier-Einheiten hatte entdeckt, daß ungleich große Stufensegmente, deren Winkeldifferenzen einem exakten Schema folgen mußten, auf Wendeltreppen eine berechenbare Zone etablierten, in der für den Heruntergehenden keinerlei Gravitation mehr existierte.

Beim Heraufgehen wäre das besser gewesen, doch da zeigte sich keinerlei Effekt.

Die Eingangshalle, in die ich hinabblickte, wurde geprägt von beigem Marmor, mit dem die Wände verkleidet waren. In die spiegelnde schwarze Decke waren die Strahler nach einem Muster eingelassen, welches die Sternensysteme unseres Landes zeigte, soweit sie von der Hauptstadt aus sichtbar waren. Gemächlich schritt ich die Treppe herauf.

Die Luft war klimatisiert und mit beliebten Gerüchen versetzt. Während ich diese zu unterscheiden versuchte, wäre ich plötzlich beinahe gefallen, ich war ausgerutscht und brauchte etliche Sekunden, um mich wieder zu fangen: auf der Treppe hatte jemand ein Paar Handschuhe, wirklich gleich beide, verloren. Schöne, grau befingerte Wollhandschuhe.

*

Ich erreichte einen quadratischen Vorraum mit einem weißen Teppich. Das Wendeltreppen-Ende lag exakt in seiner Mitte. Beim Eintreten befanden sich links und rechts der Treppe weit entfernt zwei riesige Fenster und vor mir eine Reihe von Flügeltüren, von denen aber keine geöffnet war (die Zugänge zum Sitzungssaal vermutlich).

Zwei rauchende Offiziere hockten auf einem Schreibtisch dicht an der Treppe. Mehrere weibliche Rekruten in Gala-Uniformen standen bei ihnen. Man musterte mich amüsiert und bat mich, meine Einladung zu zeigen.

Eines der Mädchen reichte sie weiter, und auf der Treppe hörte ich jemanden kommen, der in Kürze heran sein mußte. Ich fragte mich, ob ich nun gleich festgenommen würde; vorgeladen zur Verhaftung.

»Gehört tatsächlich dazu«, murrte der jüngere der beiden Offiziere, »dann wollen wir den Kerl jetzt mal durchsuchen ...«

Der andere gab nun den Mädchen einen Wink. Ich wurde umgeworfen und auf den Boden gedrückt, während sich überall kühle Hände zwischen den Kleidern und der Haut umherdrängelten. Eine, die mich in den Magen boxen wollte, prügelte derart heftig auf den offenen Sporn meines Gürtels, daß ihre Hand dabei durchbohrt wurde; Blut spritzte auf mich, der Offizier gebot ihr Einhalt.

Ich wurde wieder hingestellt und konnte sehen, wie General Weikoff (der meine Gutachten nie las) langsam die Treppe emporschritt. Obwohl er alles gesehen haben mußte, sagte er gar nichts. Der jüngere der beiden Offiziere winkte mir zu, ich könne nun in den Saal gehen.

Ich sah erst ihn an und dann Weikoff.

»Ist das die Ordnung, die ihr verteidigt?«

»Was wollen Sie?« zischte Weikoff. »Ihre Arbeiten versprechen keinerlei Ergebnis. Volksvermögen wird verschwendet, die Menschen sind halt zornig ...«

Weikoff wurde unbehelligt durchgewunken, während ich meinen Anzug glattzuziehen suchte. Nach der Kontrolle durch den Polizisten war ich nun binnen einer Stunde zum zweitenmal von Offiziellen in meinem Aussehen ruiniert worden. Kein Wunder also, wenn moderne Denker gelegentlich zerlumpt erschienen ...

Neugierig betrat ich den Plenarsaal. 150 Polstersessel, für Delegierte und Beobachter, von denen aber nur fünf besetzt waren, am Tisch des Tagungspräsidenten, der wohl als Moderator dienen sollte. Ich setzte mich auf den noch leeren sechsten Sessel, der am Tisch stand. Niemand begrüßte mich, General Roderich las eine Akte.

Zu meiner Rechten saß eine Frau in einem knappen schwarzen Kettenkostüm aus filigranem Aluminium, einem Modell mit eingebautem Trafo, das sich in energiereicheren Tagen per Steckdose unter Strom setzen ließ. Die Frau war schlank und braunäugig, mit ohrenlangen dunkelblonden Haaren, nach ihrem Namensschildchen auf dem Tisch war es ›Brigitte Larner‹. Rechts von ihr saß der Tagungspräsident, und mir gegenüber befanden sich General Roderich und Fräulein Hofmann aus dem Supermarkt. Zwischen mir und Fräulein Hofmann saß an der linken Seite des Tisches General Weikoff:

	Frl. Hofmann	General Roderich	
General Weikoff			Tagungspräsident
	Ich	Brigitte Larner	

Fräulein Hofmann war eine häßliche Frau, die unweit meiner Wohnung in einer staatlichen Verkaufsstelle tagaus, tagein Pakete schleppen mußte, welche oft Dutzende schwerer Dosen enthielten. Fräulein Hofmann war knochig und brustlos. Man sah sie oft im Dreck kriechen, wenn sie die Waren ganz weit unten in die Regale stellen mußte, beaufsichtigt von einem Unteroffizier, der als Filialleiter fungierte. Skench hatten ihm seine Beine ausgerissen, statt einer Rente aber erhielt er die Filiale.

Die Einnahmen holte der Unteroffizier sich stets gleich aus der Kasse, und seltene und frische Waren, die der Filiale zugewiesen wurden, verkaufte er lieber auf dem Schwarzmarkt als zu den festgelegten Preisen.

Fräulein Hofmann hatte oft nichts als faule Früchte, von Würmern durchlochte Süßwarenriegel oder vergammelte Konserven vorzuweisen, die aufquellend vor Überlagerung aus den Regalen holperten. Erst kürzlich war sie mir in einem Traum erschienen, in einer Schürze, die aus Würsten bestand – doch Würste konnte man im Laden gar nicht kaufen.

General Weikoff hatte Augen bloß für Brigitte Larner, General Roderich stand auf. Seine Akte hatte er fertiggelesen.

»Die Sitzung kann beginnen.«

Er setzte sich, doch es blieb still.

Ich zeigte hüstelnd auf die Kameras, die überall im Saal hingen. »Die Menschen werden sich fragen, wo sich der Rest der Versammlung befindet.«

Weikoff grinste mich an.

»Wir haben alles gut bedacht. Im Moment lassen wir Bilder von der Parlamentszusammenkunft vor 16 Jahren übertragen. Absolut nichtssagende Tagesordnungspunkte; daß sie schon mal gesendet wurden, wird sicher keiner in der Bevölkerung bemerken.«

Fräulein Hofmann schien das verlegen zu machen.

»Warum sollten die Leute denn nicht wissen, daß nur wir sechs uns diesmal treffen?«

Roderich gab keine Auskunft, aber der Tagungspräsident ergriff nun das Wort.

»Fräulein Larner, Fräulein Hofmann und der Direktor der Bewertungsstelle«, er zeigte kurz in meine Richtung, »gelten als letzte Nachkommen der Gründer unseres Staates. Vor sämtlichen Entscheidungen, welche den Fortbestand der Kolonie berühren können, müssen sie angehört werden. Eine solche Entscheidung muß fallen ...«

»Wo sind die anderen?« Brigitte Larner quengelte unangenehm, der Präsident fuhr einfach fort –

»... General Roderich hat eine Vollmacht vorgewiesen, die Stimmrechte von allen Delegierten wahrzunehmen, die heute hier nicht anwesend sind« – Roderich hob lächelnd einen Zettel in die Luft –, »General Weikoff kommt als Einzeldelegierter.«

Roderich ließ seinen Zettel wieder sinken und tippte dann energisch auf den Tisch.

»Daß wir anstelle unserer eigenen eine schon ältere Debatte zeigen, liegt daran, daß wir Unruhen vermeiden wollen. Es ist zu Vorfällen gekommen, die –«

Brigitte Larner schien beunruhigt und wollte wissen, was das heiße.

Fräulein Hofmann starrte zweifelnd an die Decke, wo die Kameras hingen. Wie ich der Zugluft zu entnehmen vermochte, roch sie nach Bohnerwachs und alten Backwaren.

Sie merkte, daß ich sie angeschaut hatte.

Ob ich ihr auch im Traum erschien?

General Weikoff und die Larner schrieen sich gegenseitig nieder, noch immer ging es um falsche Übertragung. General Roderich versuchte zu vermitteln, um die Sache zu einer Entscheidung zu bringen. Er brachte Kompromisse in Vorschlag, die sein Kollege aber erst gar nicht überdachte.

»Ausschlaggebend«, meinte Weikoff, »sind nur die Mittel für die Fortsetzung des Kampfes. Man muß eben die Dinge von mehreren Seiten betrachten, und deswegen lehne ich ab.«

»Von mehreren Seiten betrachten?!« lachte die Larner. »Sie suchen, äh ... Sie wollen Ausreden; Ausreden und Gründe finden, zur Sicherung ... zum Abdecken von Ihren Vorurteilen suchen Sie irgendwelche Gründe, so sehe ich Ihre Betrachtungen!«

Fräulein Hofmann nickte mutig.

Weikoff erwiderte freundlich, daß Fräulein Larners stockende Rede kein sonderlich klares Denken bezeuge, dessen Voraussetzung sei nämlich die Konzentration. Und ein Gestammel sei auch inhaltlich nie richtig.

Der Tagungspräsident jedoch hielt dagegen, Brigitte Larner deutlich verstanden zu haben. Aber Weikoff legte noch nach –

»Mit diesen künstlichen Versprechern will sie die Leute hier bloß zwingen, ganz aufmerksam auf ihre Meinungen zu lauschen ...«

Brigitte Larner stand auf.

»Ich habe jetzt noch einen wichtigen Termin, meine Stimme übertrage ich dem da.«

Sie deutete, schon abgehend, auf mich.

»Hat jemand Einwände dagegen?«

»Sie war korrekt erschienen, also geht es.«

»Dann zähle ich jetzt also doppelt?« fragte ich.

»Von mir aus.«

»Also weiter ...«

General Roderich erhob sich.

»Um die Lage, wie sie jetzt ist, verständlich darstellen zu können, muß ich zuerst etwas zurückgehen ...«

Er nahm einen Schluck Wasser.

»Die Speermänner und Skench schlossen ein Bündnis, wie wir wissen. Die Skench zogen sämtliche Truppen von ihrer Grenze ab, um sie zur Expansion in der Galaxis zu verwenden, genauer: um die Bewohnerschaft der kleinen Kolonien auszuschalten, die sie dann selber in Besitz nahmen. Die Speermänner schützten die Grenze dagegen durch ihre üblichen Agenten, welche für uns natürlich keine Gefahr bedeuten konnten. Wir faßten also den Beschluß, die 6. Flotte aufzustellen und sie ins Grenzgebiet zwischen den Speermännern und Skench zu entsenden. Die Grenzregionen wurden erwartungsgemäß ohne Schutz vorgefunden. Die 6. Flotte konnte dort, ohne auf Widerstand zu stoßen, eine Vielzahl von erfolgreichen Angriffen führen auf das Heimatterritorium beider Gegner. Nachdem wir mit der 5. Flotte schon die Gewandmeister besiegten ...«

Fräulein Hofmann bat ums Wort.

»Von mir aus.«

»Was machen jetzt die Flotten Eins bis Vier eigentlich?«

»Naja. Die Erste Flotte ist eben die erste gewesen, die wir bei Kriegsbeginn entsandten. Als die dann nicht mehr da war, wurden neue aufgestellt, die fortlaufend gezählt werden. Jetzt stehen die Fünfte und die Sechste im Einsatz.«

»Und alle anderen sind verloren?«

»Nur diese zwei nicht«, sagte Weikoff, »und unser Heimatschutz natürlich. Die ersten vier wären inzwischen sowieso schon veraltet.«

»Frage beantwortet? Fahren Sie fort, General.«

Roderich nickte.

»Nachdem wir aber die Gewandmeister besiegten, schien uns der Augenblick gekommen, unseren Gegnern eine Teilung des Spiralarms vorzuschlagen und den Krieg zu beenden. Erklären Sie das bitte, Weikoff ...«

»Ich ließ Arthurowitz, dem Chef der 6. Flotte, den Befehl übermitteln, er solle Speermännern und Skench unsere Friedensabsicht unterbreiten.«

»Und?«

»Die waren gar nicht interessiert, trotz ihrer Verluste. Die Speermänner gaben uns nicht einmal Antwort. Die Skench teilten lediglich mit, eine Rückkehr in die Zeiten vor dem Töten wäre mit ihnen nicht zu machen; unsere Kriegsverbrechen seien zu schlimm, um noch Verhandlungen zu führen ...«

Roderich selbst hatte in Sendungen zahlreiche Kriegsverbrechen und Gewaltaktionen öffentlich begründet und sogar dazu aufgefordert, den Kampf noch zu verschärfen.

Als noch genügend Energie vorhanden war, wurden die Skench-Gefangenen bei uns, egal was sie im Einzelfall getan hatten, dazu verurteilt, 125 Jahre auf dem elektrischen Stuhl zu verbringen. Die Skench wurden in kaum kaschierten Lagern auf energiedurchflossene Metallgitter gekettet, wo nur Maschinen sie versorgten. Verstöße gegen das Redeverbot wurden mit Folter durch Automaten sowie Erhöhung der Stromkraft in den Sitzen geahndet. Mediziner standen nicht zur Verfügung, die Kranken überließ man sich selber. Waren sie tot, blieben sie sitzen, skelettierten inmitten der Lebenden. Nach der Verbüßung ihrer Strafe wurden die Überlebenden ins freie Weltall ausgestoßen –

»... nachdem man ihre Körper mit Leuchtmitteln markiert hatte. Bei Übungen der Truppen, dem Zielschießen vor allem, haben die Toten uns gute Dienste geleistet. Es wirkte alles sehr viel echter, und die Soldaten waren besser motiviert.«

»Das ist ja wohl selbst für die Skench ein Verbrechen«, meinte der Tagungspräsident, aber Weikoff zog das in Zweifel –

»Was aus der Sicht eines Verbrechers an Handlungen anderer als verbrecherisch erscheint, das ist moralisch nicht fixierbar.«

»Ganz schlimm ist das«, sagte auf einmal Fräulein Hofmann, die vorher gar nicht gewirkt hatte, als würde dieses Thema von Interesse für sie sein.

Der Präsident zeigte auf Weikoff.

»Leute wie Sie haben gesagt, wir müßten zeitweilig so tun, als seien wir genauso wie die anderen. Aber in Wirklichkeit sind wir noch schlimmer geworden.«

»Nun ja«, grinste Weikoff, »wenn's aber funktioniert hätte ...«

Roderich hielt plötzlich eine Folie in der Hand und klappte einen Projektor aus dem Tisch. Im Saal wurde es dunkel –

»Was Sie gleich sehen werden, das ist die Umschrift einer Meldung, die aus dem Kriegsgebiet hier eintraf. Ihren Einladungen hat sie beigelegen ...«

›Beigelegen‹ war gut, es war die Meldung von Arthurowitz, dem Chef der 6. Flotte, die außer Datumsblock und Unterschrift geschwärzt gewesen war.

Nun sah man sie komplett.

*

TRUPPENMELDUNG
Ereignis, 12. Tag, 17. Monat, im Jahre 1402

für
6. Flotte

Roderich!
Sie haben meinen Vater und meine Mutter umgebracht, wie ich aus sicherer Quelle erfahre. Sie scheinen jedoch vergessen zu haben, daß sich ein Großteil unserer Kräfte hier und unter meinem Kommando befindet.
Man kann wohl schlecht von mir verlangen, Roderich, daß ich noch weiter für Sie kämpfe.
Folgendes wird unternommen:
– Die 6. Flotte wird dem Feind übergeben.
– Ich trete selbst in dessen Dienste.

Arthurowitz
(Kommandant)

*

»Haben Sie wirklich seine Eltern erschossen?«

»So halb und halb«, erklärte Weikoff, »ein Fehlgriff bei der Ausführungsstelle.«

»Die 6. Flotte verloren ...«, murmelte vollkommen ermattet der Tagungspräsident.

»Nicht nur verloren«, schimpfte Weikoff, »dem Feind auch noch übergeben. Fünfzehn Millionen Soldaten weg, 40 % der Waffen, die Hälfte der Transportmaschinen ...«

Wenn man bedachte, daß sich die Reste der Armee, bis auf die 5. Flotte, auf Beobachtungsflügen im Spiralarm befanden und daß die 5. Flotte noch viele Jahrzehnte brauchen würde, um von den Welten der Gewandmeister wieder zurückzukehren, so waren wir nun beinahe ohne Waffen. Lediglich über die ›Heimatschutz‹-Verbände konnte Roderich jetzt noch verfügen. Doch deren 22 Einheiten waren wohl kaum imstande, bei einem Angriff auch nur Teile unserer Wohnplätze zu halten.

Die 6. Flotte war verloren.

Der Tagungspräsident rupfte nervös in seinen Haaren, während die Hofmann ihrer Tasche einige Süßwaren entnahm und sie reihum an alle verteilte. Nur ich lehnte es ab, in dieser Lage etwas zu essen. Der Tagungspräsident forderte kauend, man solle etwas unternehmen. Einfache Schritte seien besser, als nun in Lähmung zu verfallen. Fräulein Hofmann stimmte ihm zu.

»Wir sollten so viele Waffen und Transportmaschinen bauen, wie wir nur können.«

»Es fehlt an Energie«, erklärte Weikoff, und Roderich ergänzte, er fände es nicht sinnvoll, mühselig Waffen herzustellen, wenn man die Leute nicht mehr habe, um sie auch einzusetzen.

»Im Augenblick gibt es in sämtlichen Distrikten kaum 700000 Leute, die zum Kriegseinsatz taugen, und das sind viel zu wenig – Einziehen müßten wir etwa acht Millionen, um etwas ausrichten zu können, doch dann bricht uns die ganze Industrie zusammen, nicht mal das Wasserwerk wäre dann mehr zu betreiben, denn für den Krieg brauchen wir Kräfte, die technisch qualifiziert sind.«

Weikoff lehnte sich ausatmend zurück.

»Es bleibt ein weiteres Problem: Arthurowitz hat nicht gesagt, an *wen* er übergibt, ob an die Speermänner oder an Skench –«

»Was spielt das schon für eine Rolle, erobert werden wir trotzdem.«

Der Präsident schien gehen zu wollen, aber ich hielt ihn durch ein Handzeichen noch ab.

Roderich spekulierte:

»Die Skench würden erst sämtliche Soldaten schlachten und die Vehikel nebst Vorräten und Waffen dann im Raum treiben lassen. Arthurowitz stand immer gut mit seinen Leuten, an Skench würde er niemals übergeben ... Arthurowitz wird für die Speermänner kämpfen.«

*

Am Anfang waren die Speermänner noch Kolonisten wie alle anderen gewesen und lebten mit ihren Nachbarn in Frieden. Diese Nachbarn besaßen kaum Technik, sie hingen Religionen an und kannten nicht ein freies Denken, welches das Dasein erst wirklich erschließt.

Den Speermännern ging es wirtschaftlich immer schlechter. Sie nahmen die Gewohnheit an, Expeditionen in den Weltraum auszuschicken, wenn ihre Ernten den Bedarf nicht zu decken vermochten. Die Überfälle auf ihre unterentwickelten Nachbarn brachten den Speermännern bald Wohlstand, denn schließlich raubten sie alles, und nicht nur Nahrung wie am Anfang. Trieben sie vorher noch einen Kult der Askese, was beim Stand ihrer Ökonomie nur opportun gewesen war, so wurde nun eine Versammlung einberufen, um das genaue Gegenteil zu fordern. Es wurde der Beschluß gefaßt, das Universum zu erobern, und mit den Sternen alle Lüste.

Dic Erfüllung dieses Plans wurde zur Pflicht für alle Nachkommen erklärt und ein Speer an dem Platz in die Erde gerammt, wo die Erklärung verfaßt wurde. Am Tag des unwiderruflich errungenen Sieges sollte der Speer wieder herausgezogen und feierlich verbrannt werden. Von seinem Feuer gezogene Flammen sollten auf alle eroberten Welten verbracht und dort für immer erhalten werden.

Der Plan wurde bald überall bekannt.

Aber die Speermänner ließen sich Zeit. Zunächst kam wieder eine Krise ihrer Wirtschaft auf sie zu, weil sie übermäßig in der nächsten Umgebung geplündert hatten. Doch ihre Flotte war zu schwach und zu veraltet, um tiefer in das Weltall vorzustoßen, die Vehikel, die sie hatten, waren jahrhundertelang technisch vernachlässigt worden.

Fast jede ernstliche Arbeit war durch den Luxus zum Erliegen gekommen, die Lehranstalten kümmerten dahin (so wie bei uns), und eine aufgeblähte Militärkaste, eine Vielzahl von Privilegien genießend, machte alle Versuche zunichte, endlich Reformen einzuleiten.

Die einfache Bevölkerung wurde mit Nahrung kaum noch versorgt, zwei Drittel der Einwohner starben. Ein Teil der Überlebenden jedoch trat bei dem Speer zu einer Beratung zusammen.

Sie beschlossen, den Staat vollkommen neu zu strukturieren, damit die Ziele, welche die Vorfahren gesetzt hatten, wieder verfolgt werden konnten. Regierung und Militärspitze wurden beseitigt, die Streitkräfte löste man auf, und ihre Waffensysteme vernichtete man. Die Bevölkerung wurde in Gruppen aufgeteilt, welche zu fälligen Entscheidungen die jeweils bestqualifizierten Personen entsandten; die Staatsführung also bestand nicht länger bloß aus den immer gleichen Personen.

Die Speermänner baten die anderen Kolonien, ihnen beim Neuaufbau technische Hilfe zu leisten. Um ihren Ernst jedermann deutlich zu machen, gaben die Speermänner an ihre Nachbarwelten gar Teile der früheren Beute zurück.

Technische Hilfe wurde gewährt, die Kolonien schickten Experten. Sie hielten Kurse ab, die lebhaft frequentiert wurden, vermittelten ökonomisches Wissen, bauten die Lehranstalten und Institute wieder auf, erklärten Systeme des Denkens.

Die Speermänner fanden Gefallen am Forschen, besonders an der Geschichtsanalyse. Sie stellten fest, daß man auch Kriege führen konnte, ohne dabei Militär zu benutzen. Von Wichtigkeit war allein ein besonnenes Vorgehen.

Die Berater wurden nach Hause geschickt.

Ihre Nachbarwelten brachten die Speermänner schon bald wieder unter Kontrolle, denn Perspektiv-Agenten, welche in gut plazierten Gruppen agierten, verstanden es durch Sabotagemittel, Bestechungen, Intrigen und die Ermordung von Personen, die militärisch oder wirtschaftlich bedeutend waren, sich selber zu den eigentlichen Herren dieser Welten zu machen.

Nach außen hin blieb alles ruhig. Die Speermänner blieben auch weiter ohne Flotte, ihr Einfluß allerdings vergrößerte sich ständig.

Die Bewohner der unterwanderten Planeten wurden ungefragt ihrem bisherigen Dasein entrissen und zügig in die Fabriken überführt, die man nun überall erbaute. Ihre Kinder hatten tagsüber in ›Horten‹ zu verweilen, wo eine Mischung aus Drogen und Terror sie zu Parteigängern der Speermänner machte.

Die Kolonien im Spiralarm aber glaubten, daß diese Welten unabhängig seien.

Nachdem die Basis-Industrien sich stabilisiert hatten, gingen die Speermänner-Agenten zur nächsten Stufe über. Es wurden Produktionsstätten errichtet, welche dem Flottenbau dienten. Einesteils wurden mit diesen Einheiten weitere Gruppen von Agenten in die entfernteren Gebiete des Spiralarms eingeschleust, während man andere Teile dieser Flotten gegen die übrigen Kolonien ausschickte. Es wurde stets darauf geachtet, daß zwischen dem aggressiven Vorgehen von scheinbar unabhängigen Planeten und den – nie aufgegebenen – Ideen der Speermänner keine Verbindung sichtbar wurde.

Es dauerte über hundert Jahre, ehe man merkte, daß es in Wirklichkeit sie waren, die hinter den Angriffen standen. Entsetzt sahen die sonstigen Kolonien, daß die Speermänner schon 4 % der Welten des Spiralarms innehatten.

Das aber war vor 700 Jahren gewesen: inzwischen waren es 18 %.

Wenn die Bevölkerungen ihrer Vasallenplaneten sich durch rücksichtslose Ausbeutung und Kriegszüge verbraucht hatten, vergifteten die Speermänner die Reste und siedelten schließlich selbst auf den Planeten.

Bei jeder derartigen Besitznahme wurde als erstes eine Schale installiert, um einst das Feuer des Speers aufzunehmen.

Kaum vorstellbar, was uns nun alles passieren konnte, denn mit Arthurowitz und seiner 6. Flotte hatten die Speermänner einen zur Rache entschlossenen, kreativen Planer erhalten und dazu noch die modernsten Waffen zur Verfügung, die im Spiralarm jemals produziert wurden.

Ich blickte abschätzend auf Roderich und Weikoff.

So wütend wie Arthurowitz schienen sie nicht.

*

An eines hatte noch keiner gedacht, und erstmals nahm ich das Wort.

»Was wird nun mit den Leuten von Arthurowitz passieren, die nicht mit den Speermännern kämpfen wollen?«

Roderich nickte bedenklich.

»Haben die Speermänner einen erstmal in der Hand, hat er nur die Gewißheit, von dieser Hand bald zu sterben.«

»Abzüglich der 6. Flotte: wieviel Leute haben wir dann noch?«

»Mit diesem Abzug stehen praktisch keine Truppen mehr bereit, die wir den Speermännern entgegenschicken könnten. Außer dem Heimatschutz ist im Moment nichts verfügbar.«

Der Projektor wurde abgeschaltet, die Meldung von Arthurowitz verschwand vom weißen Vorhang. General Roderich gab Weikoff rasch ein Zeichen, und dieser zeigte sein Feiergesicht.

»Es mangelt zwar an jungen Kämpfern, doch in der Not ...«

Der Vorhang hinter dem Tisch wurde beiseite gezogen, und ein Mann kam gehumpelt, der mich an Kremer, meinen Nachbarn mit dem angesägten Kopf erinnerte. Wie Weikoff uns erläuterte, war auf der Plattform, wo der Mann früher gewohnt hatte, ein ›Kleineintritt‹ von Skench vorgegangen, die sich dort Vorräte verschaffen wollten. Das taten sie immer erst dann, wenn sie schon nichts mehr hatten. Dem Mann fehlte der halbe Brustkorb, anstelle seiner Augen trug er Zellenverbände, welche ihm lediglich zu zeigen vermochten, ob um ihn Helligkeit war oder Dunkel.

»Der erste Erfolg unseres Aufrufs: Versehrte können sich jetzt für die Front schulen lassen ...«

Weikoff klatschte kurz in die Hände, und der Beschädigte stand stramm, wobei ihm aber ein Stahlstift aus dem Kniegelenk schnappte.

»Weikoff, das ist Blödsinn. Wir *haben* doch genügend Leute – die 5. Flotte, sie ist stark und kann uns schützen.«

»Die ist noch immer auf dem Heimflug und erst vor vierzig Jahren von den Welten der Gewandmeister gestartet. Sie kann hier frühestens eintreffen –«, Roderich nahm sein Notizbuch zu Hilfe, »in ... etwa achtzig Jahren.«

»Eben«, meinte Weikoff, »aber Arthurowitz, die 6. Flotte und die Speermänner werden uns schon vorher erreichen. Das ist es ja eben.«

»Wann?« fragte ich sachlich.

»In siebzig Jahren ungefähr.«

Fräulein Hofmann schien erleichtert, ich aber klopfte auf den Tisch.

»Da wir in Wirklichkeit genügend Truppen haben, die 5. Flotte nämlich, müßten wir eigentlich nur einen Weg finden, sie innerhalb der nächsten siebzig Jahre schon herzubekommen. Man müßte ihnen jemanden entgegenschicken können, der sehr viel schneller ist als sie und der die Antriebe der 5. Flotte entsprechend verändert.«

Roderich klatschte feixend.

»Bravo, Herr Direktor, und die Technik?«

»Unmöglich«, stöhnte Weikoff.

Ich senkte drohend meine Stimme.

»Ich glaube, es ist der einzige Weg. Wir haben siebzig Jahre Zeit, ehe der Gegner bei uns eintrifft. Diese Zeit müssen wir nutzen, um eine Form schnelleren Reisens zu entwickeln, mit kleinerem Verbrauch von Energie ... General Weikoff hat mein Dossier dazu bekommen.«

»Gelesen hab ich's noch nicht«, gestand Weikoff.

Verantwortlich dafür, daß Raumfahrten in der Galaxis Jahrzehnte und Jahrhunderte in Anspruch nahmen, waren die Physiker der vorkolonialen Epoche, die das zuerst entdeckte theoretische Konzept, das Fahrten über Tausende von Lichtjahren gestattete, sogleich auch als das beste empfanden. Daß auch andere Wege zum Ziel führen konnten, stellten sie selbstgewiß in Abrede – doch fälschlich, wie ich glaubte.

Ihre Ausgangsüberlegungen waren einfach: die Galaxis drehte sich ständig um sich selbst, doch gleichzeitig war sie vom Punkt ihrer Entstehung, im Zentrum des Alls, noch unterwegs zu dessen Grenze. Die Sterne und Planeten der Galaxis also kreisten wie Zeiger einer Uhr auf einer Ziffernscheibe, während die Galaxis als Ganzes sich synchron vom Zentrum des Universums zu dessen Rand hin bewegte.

Ein Planet oder ein Stern, welcher vor 25 000 Jahren die Position 9 Uhr in der Galaxis innehatte, war mit der übrigen Galaxis inzwischen weiterrotiert auf eine 12-Uhr-Position. Zusätzlich hatte er sich durch die Verschiebung der Galaxis vom Zentrum zu den Randzonen des Weltraums auch noch auf Positionen befunden, die die Galaxis nun schon lange Zeit passiert hatte und die inzwischen wieder leerer Raum oder von anderer Materie erreicht worden waren.

Aus diesen Überlegungen ergaben sich zwei Fragen:

1. Können stabile physikalische Beziehungen zwischen den alten Positionen und der neuen Position von Materie bestehen?

2. Können Beziehungen dieser Art ausgenutzt werden, um Vehikel von einem Planeten aus durch die Schneise seiner bisherigen Positionen im Weltraum ›zurückzuversetzen‹?

In der Tat konnten, von einer Basis aus Materie, Vehikel durch die Schneisen früherer Bewegungen dieser Materie in der Galaxis transportiert werden.

Das Navigieren dabei erwies sich als einfach.

Die Positionen, welche von Sternen oder Planeten in früherer Zeit eingenommen wurden, ließen sich mühelos berechnen, denn Rotationszyklus und Fluchtgeschwindigkeit der Galaxis waren bekannt. Wo sich heute beispielsweise durch die Galaxis-Rotation die Hauptwelten der Speermänner befanden, waren vor 16 000 Jahren noch die Centauri-Sterne und das Erdsystem gewesen. Von der Erde also hätten sich Flotten (ohne Umprogrammierung zum Abbiegen) auf direktem Wege zu den Speermännern versetzen lassen, weil die Erde früher einmal deren heutige Position gehabt hatte.

Bewegungen entgegen oder seitlich zu den reinen Rotationskreisen wurden ermöglicht, da die Gesamtverschiebung der Galaxis die Rotationskreise ja überschnitt. Doch die Galaxis konnte deswegen auch nur in einer einzigen Richtung verlassen werden, zum Kern des Universums hin, wo sie einst ihre Reise begonnen hatte.

Das zentrale strukturelle Problem bei dieser Methode bestand darin, daß ›Hüllen‹ (die Vehikel), Fracht und Passagiere nur *räumlich* versetzt werden sollten, die physikalische Basis dieser Versetzung jedoch auf den Verbindungen der Gegenwart zu der Vergangenheit beruhte, und daß die Ziele, die man anflog, aus Koordinaten von Materie in der Vergangenheit bestanden.

Die Hüllen mußten sich also *räumlich* in die Vergangenheit bewegen, doch *zeitlich* in der Gegenwart verbleiben.

Um diesen Spagat leisten zu können (Bewegungen auf vergangene Positionen des Startplatzes, Eintreffen am Ziel in der Gegenwartszeit), war eine enorme Energie erforderlich, die nach dem Ausglimmen unserer Sonnen einfach nicht mehr beschafft werden konnte.

Aufgrund des nötigen künstlichen Verbleibens in ihr wurde die Gegenwart künstlich gedehnt, wodurch die Reisezeit der Flotten, für den Beobachter, sich leicht über Jahrzehnte und Jahrhunderte erstreckte (die Besatzungen dagegen glaubten, am einen Tag zu starten und am anderen bereits am Ziel einzutreffen). Die große Energie war also – wie zum Hohn – nicht etwa nötig, um die Fahrt zu beschleunigen, sondern um die Flotten künstlich gebremst zu halten, damit sie zeitlich nicht abschmieren konnten.

Energie jedoch war unser kostbarstes Gut.

Ich mußte unwillkürlich auf die Handgelenke der Konferenzteilnehmer sehen. Nicht einer hatte eine Uhr zum Aufziehen, sie verbrauchten unnötig Kraft.

Die meisten Kinder konnten Uhren ohne Flüssigkristall-Displays oder sonstige elektronische Anzeigen schon gar nicht mehr lesen; die Teilnehmer der Konferenz offenbar auch nicht. Und ähnlich stand es mit dem Aufziehen: wenn diese Art von Faulheit nicht schnellstens aus unserem Leben verschwand, dann war es sogar richtig, daß uns die Speermänner besiegten, mit Hilfe von

Arthurowitz, den Roderich und Weikoff ihnen zugetrieben hatten.

*

Fräulein Hofmann machte den Vorschlag, einen Ruf auszusenden, in dem wir uns unbekannte Rassen um Beistand bitten sollten.

»Das dürfen wir nicht«, sagte ich. »Schon in den Anfängen der Kolonien wurde ein Abkommen zum Informationsschutz geschlossen. Wir dürfen keinerlei Signal aussenden, dessen Empfänger uns nicht vorher schon bekannt ist ...«

Der Präsident erklärte weiter.

»Sehen Sie, Fräulein, an dieses Abkommen haben sich stets alle gehalten, auch als sie später Krieg führten. Scheren wir aus, dann könnten auch die anderen, zum Beispiel, damit aufhören, die Erde als historisches Schutzgebiet zu betrachten, oder auch sonst Veränderungen der Geschichte wiederaufnehmen.«

»Man sollte lieber nicht dran rühren«, gab ihr auch Roderich zu verstehen.

»Außerdem«, meinte ich, »kann niemand mit Sicherheit sagen, ob wir durch einen Hilferuf nicht noch weitere Gegner bekommen.«

»Und die Speermänner erreichen uns trotzdem.«

General Weikoff regte an, daß die zum Heimatschutz bei uns zurückgebliebenen Streitkräfte die Bevölkerung lieber selbst töten sollten, statt sie dem Tode durch den Feind zu überlassen.

Der Sitzungspräsident sprang heftig auf.

»Wegen Leuten wie Ihnen, Weikoff, werden wir von den Speermännern bald nicht mehr zu unterscheiden sein«, tobte er, »für Sie ist die Bevölkerung nichts weiter als eine Landschaftsdekoration, damit das Töten nicht zu abstrakt wird –«

General Weikoff aber fuhr fort.

»... um etwas Schwung in dieses letzte Verfahren zu bringen ...«

»Sie suchen sich die Allmacht anzumaßen«, entlarvte ihn Fräulein Hofmann.

Von Weikoff wußte die ganze Galaxis, daß er zuerst eine Frau gewesen war. Da sie der Ansicht war, als Mann noch härter vorgehen zu können, genehmigte die Militärverwaltung Weikoff, sich einer Modifikation seines Geschlechts zu unterziehen. Aufgrund dieses zur Schau gestellten Heroismus berief man Weikoff ohne weitere Bewährung direkt in die Militärverwaltung.

Die Front hatte er nie zu Gesicht bekommen.

Ich sah mich genötigt, erneut aufzustehen.

»Ja, was noch?« fragte Roderich.

»Ich wurde jahrelang ignoriert, aber jetzt müssen Sie hören, Roderich. Ihre sogenannte Vollmacht –«, ich wies auf seinen Zettel, » – akzeptiere ich nicht. Ich verzichte auch auf die, die mir Brigitte Larner erteilt hat. Ich kenne die Verfassung: Nach der IV. Konstitution dürfen nur Anwesende stimmen. ›Das *tagende* Parlament‹, heißt es dort, ›trifft nach der Auffassung der Mehrheit seine Entscheidung.‹ Und diese Mehrheit dürften wohl hier der Präsident, Fräulein Hofmann und ich sein ...«

Ich reckte mich etwas.

»Sie, General Roderich, haben vor 40 Jahren den Sieg der 5. Flotte über die Gewandmeister verkündet; Sie haben seither bloß geredet. Und Weikoff soll als Oberster Stratege Ihr Vertrauen genießen, so sagt man. Aufgrund der Meldung von Arthurowitz stelle ich fest, daß Sie beide völlig versagt haben. Sie sollten lieber privatisieren, dem Staat kann das bloß helfen. Sie könnten auf den Rummelplätzen, die auf den Plattformen herumziehen, mit Glück vielleicht die Schießstände betreiben, zu mehr sind Sie nicht fähig –«

Weikoff wollte losbrüllen, aber der Tagungspräsident erteilte ihm das Wort nicht. General Roderich hatte den Kopf schwer in die Hände gestützt und starrte senkrecht auf den Tisch, er zeigte keine weiteren Reaktionen, ich konnte also fortfahren.

»Im Frühjahrsdossier der Bewertungsstelle, das Weikoff bis heute nicht gelesen hat, sehe ich Ansätze zu einer Lösung. Im Institut stellten wir fest, daß in vergangenen Epochen Erfindungen häufig verdrängt oder nicht weiter verfolgt wurden, aus vielerlei Gründen. Ich habe Weikoff sogar mündlich erklärt, daß die weitere Erforschung dieses Umstandes sich durchaus lohnen könnte. Wir haben jetzt schon Material, daß uns die Reisen etwas erleichtern könnte, Hinweise auf bessere Computer, weniger Bremserfordernis, im ganzen Energieeinsparung also. Der Hauptpunkt aber ist folgender: Wenn die Geschichte unseres Staates schon konkurrierende Erfindungen bezeugt, dann war es damals auf der Erde vielleicht auch so. Von dort stammt unser Antriebssystem.

Wahrscheinlich ist es aber, daß man dort weitere Systeme diskutierte, die seither in Vergessenheit gerieten ...«

»Diese Systeme, wirklich schneller?«

Roderich schien wieder zu leben.

»Sicher kann ich das nicht sagen, aber Wahrscheinlichkeiten, wie gesagt, gibt es dafür. Selbst noch bei uns trugen die Physiker stets harte Kämpfe aus, waren in Schulen aufgespalten; es wäre sonderbar, wenn jene, die dann offiziell gewannen, immer im Recht gewesen wären ...«

»Sie wollen zu den Anfängen der Raumfahrtkonstruktionen?«

»Der Konstruktionen weniger. Ich will Einsicht nehmen in die Theorien, die in der Frühphase des Raumfahrens erstellt wurden – nur das kann uns noch retten. Es wird ein Aufholsieg, wenn überhaupt, wir haben siebzig Jahre Zeit.«

»Sie können nicht auf die Erde zurückgehen«, ermahnte mich Fräulein Hofmann. »Unter den Menschen von damals würden Sie viel zu sehr auffallen ...«

In der Tat, wir hatten uns weiterentwickelt, vor allem waren wir größer als Menschen, die meisten um zwei bis drei Fuß, und manche waren noch größer.

»Das ist doch kein Problem«, erklärte Roderich, »wir schießen ihn in ein Embryo, so wie bei Langzeitspionage.«

Die Methode war mir bekannt. Die geistige Identität eines Menschen ließ sich bündeln auf mikromechanische Gitter, als schriebe man sie auf Lochkarten um, wobei das Ich-Gefühl nicht beeinträchtigt wurde. Als Arbeitshilfe wurden dem Gitter die Bausteine eines ›Intermentalen Displays‹ beigefügt, das photographieren, filmen, verarbeiten, speichern und Gedanken auch bildlich animieren konnte.

Die gesamte Apparatur, Identität und das Display, war kleiner als der Baustein eines Gens. Sie ließ sich aus der Umlaufbahn von Welten präzise in die Föten schwangerer Frauen plazieren. Der Nachteil war das Aufwachsen-Müssen.

»Ich kann auch nachforschen, wenn ich noch klein bin«, sagte ich, »ich habe Zugriff auf die Nachrichtensysteme, kann Kommunikationsnetze benutzen, lesen – fast alles, was ich jetzt kann; nur keine Reisen unternehmen oder schwer körperlich arbeiten.«

»Das können Sie erst, wenn Sie größer sind.«

»Was stört, sind diese zwanzig Jahre, die er zum Aufwachsen braucht.«

»Wenn ich nicht Techniken entdecke, bei denen die Reisezeit keine Rolle mehr spielt, müssen wir sowieso kapitulieren. Und habe ich doch einen Erfolg, dann reicht es auch, wenn ich die 5. Flotte erst in zwanzig oder auch 69 Jahren herbringen kann.«

»In welche Zone der Vergangenheit wollen Sie denn etwa?«

»Zu den Anfängen der Teilchenphysik und höheren Kosmologie. Ich dachte an die Zeiten größter Anspannung. Die ersten Reisen in den Raum müssen stark angeregt haben, Mondlandungszeit, später die Flüge zum Saturn.«

»Nun ja«, murmelte Roderich, »das kostet auch viel Energie.«

»Immerhin«, sagte der Präsident, »wird er von Gegnern nicht bedrängt werden. Nach dem Abkommen über historische Schutzzonen dürfen die Speermänner, wir und die Skench uns auf der Erde nicht bekämpfen.«

Von Residenten der noch nicht zerstörten kleineren Kolonien wurde der Frieden überwacht. Verstöße würden sie sofort im Spiralarm bekanntmachen.

»Das steigert die Erfolgs-Chancen beträchtlich.«

»Und meine Tarnung ist perfekt. Wer würde schon vermuten, daß ich als Kind von frühen Menschen dort Materialien suchen könnte. Selbst bei Verrat«, ich blickte drohend in die Runde, »werden die Feinde mich nicht finden – *falls* sie das Abkommen zu brechen wagen sollten.«

Die Erde war 551 Lichtjahre entfernt von unserer Hauptstadt, lag damit innerhalb unseres Machtbereichs. Durch Verschiebungen des Klimas und eine Reihe von Industriekatastrophen war die Bevölkerungszahl auf 900000 gesunken. Diese Leute hatten keinerlei Ahnung, daß sich im All noch Menschen befanden. Sie hausten permanent in Flugkörpern, den Resten von einer Verteidigungswaffe, weit außerhalb der Atmosphäre (ähnlich wie wir). Daß sie bald aussterben würden, war keinem Zweifel unterworfen, aufgrund des Abkommens jedoch waren uns Eingriffe verboten.

Ich wollte die Erde ja auch in der Vergangenheit besuchen.

*

Roderich schien nun geneigt, mir diese Reise zu erlauben, der Präsident des Parlaments war schon die ganze Zeit dafür gewesen: er stand auf, hatte an Sicherheit gewonnen.

»Es geht hier um gewinnbare Vorteile«, er deutete auf mich, »ich bin dafür, ihn reisen zu lassen.«

Fräulein Hofmann stimmte dafür, doch Weikoff enthielt sich der Stimme. Meine eigene Stimme gab den Ausschlag.

»Von mir aus«, sagte Roderich, »dann wird er eben fliegen ... Sie reisen mit folgendem Auftrag – ich bitte dies zu Protokoll zu nehmen –: Sie werden Hinweise suchen und daraus Pläne für einen Reisetyp schaffen, der uns die 5. Flotte noch rechtzeitig herbringt. Wir brauchen Pläne mit Produktionsreife, am besten wäre ein Musterexemplar ... Dieses erwarten wir zwar nicht, es wäre aber das beste.« »Das alles bleibt unter uns«, befahl Weikoff.

»Gut«, alle nickten. Roderich sah mich an –

»Sie werden es verstehen, Herr Direktor, daß Sie nun bis zu Ihrem Abflug unter strengem Arrest bleiben müssen; wir müssen außerdem Ihre Persönlichkeit messen und die entsprechenden Mechanismen vorbereiten.«

Mir wurde klar, daß ich dies selbst so herausgefordert hatte. Ich hätte besser jemanden aus meinem Institut vorgeschlagen. Doch jetzt war es nicht mehr möglich, wieder in Deckung zu gehen.

»Dann will ich wenigstens noch meine Frau sprechen.«

Roderich lachte mich an.

»Nein-nein, Sie werden verhaftet.« Mit einer höhnischen Grimasse legte er plötzlich seine Hand auf meine Schulter. »Entdekken Sie ein Antriebssystem, das die Zeit überwindet, dann können Sie schon heute Ihre Frau wiedersehen, obwohl Sie jahrzehntelang abwesend waren.«

Weikoff führte mich ab.

Die Telephonzelle am Saalausgang flackerte schwächlichen Salut, als sollte ich vor Untiefen hinter dem Saalausgang gewarnt werden.

*

Man sperrte mich die Nacht über in eine Kammer und maß am Morgen meine Werte.

Ein Gitter wurde geschaffen, das meine Persönlichkeit aufnehmen sollte, dazu das Intermentale Display. Gitter und Display wurden dem General übergeben, der mich zur Erde begleiten sollte. Die Reise würde – aus Sicht der Passagiere – nicht länger als einen Tag dauern, die Eintrittszeit wurde mit Frühjahr 1960 festgelegt, als Raumfahrt euphorisch betrieben wurde.

»Kommen Sie, wir müssen eilen.«

Die Hülle, mit der wir abfliegen sollten, wartete startbereit auf einem unserer verwüsteten Planeten. Um keine Neugier zu erwekken, war für den Flug dorthin ein altes Shuttle vorgesehen, das für die winzige Distanz mehrere Tage brauchen würde, ein wenig Galgenfrist, ehe man Gitter und Display vom Orbit aus in einen Erdenfötus schießen würde.

»Kommen Sie«, sagte der General.

Selbst wenn die Gegner auf der Erde dieser Zeit ihre Beobachter hatten, eine Person, die dort geboren war, würden sie niemals verdächtigen.

»Exakt«, sagte der General.

Den Zufall immer begrüßen.

Im Shuttle, das uns zur Welt unserer Abreise brachte, befanden sich auch zwanzig Soldaten. Um die Geheimhaltung zu sichern, waren die Hörnerven der Männer mit einer handlichen Apparatur betäubt worden. General Reichardt, der mich zur Erde bringen sollte, gab seinen Leuten die Befehle mit Hilfe seines Generalsdolches, wobei die Zustiche einem einfachen Code entsprachen.

Reichardt war mir kein Unbekannter. Vor Jahren war er Mittelpunkt eines Armeeskandals gewesen, der seine Strafversetzung aus dem Hauptquartier zur Folge hatte. Als General Weikoff noch Frauengestalt hatte, war Reichardt mit ihr verheiratet. Nachdem die Militärverwaltung aber Weikoff die geschlechtliche Transformation genehmigt hatte, machte Reichardt, der wohl wirklich an ihr hing, seinen Zorn bald durch Protestaktionen für jedermann zum Thema.

General Reichardt protestierte in den Formen, die für Personen anderer Meinung bei uns eben noch möglich waren. Um die Regierung anzuklagen, hielt er mit seinen Untergebenen Onanie-Orgien ab, die charakteristischen Bewegungen der Hand wurden bei Unzufriedenen als Gruß bald populär ...

Die Regierung allerdings unternahm gar nichts, bis sie widerwillig – auf Druck mehrerer Altenverbände – Reichardt schließlich doch noch strafversetzte. Wohl jeder im Spiralarm kannte daher die Geschichte von Weikoff.

Wie man gerüchtweise ab und zu hören konnte, hielt Reichardt seine Protestinitiative auch in der Strafversetzung unvermindert aufrecht; genau wie seine Gegenspieler in der Militärverwaltung brieten auch er und seine Leute am liebsten im eigenen Saft.

Die Tatsache, daß ihm befohlen war, meinen Transport abzusichern, schien Reichardt auch als Auftrag zu begreifen, mir alles, was er wußte, über den Krieg zu erzählen. Dies Wissen, sagte er, sei von Wichtigkeit für mich, ihm selbst jedoch schien es vor allem um den Spaß dabei zu gehen, daß man ihm stundenlang zuhören mußte.

Reichardt nahm, ohne dies zu verdecken, Alkohol und schwere Tabletten zu sich, was seine Darlegungen in von Lachen und Gefeixe abgehackte Blöcke zerfallen ließ.

»Diese Störa-(...)-aktion der-(...)-Sk-(...)-Sk-(...)-Skench ...«

Es ging um unser Warn-Radar im Kosmos: Die Skench hatten einst irgendwie Kunde erhalten, daß sich ein Großgeleit mit mehreren Millionen Tonnen Kartoffelchips auf dem Weg zur 6. Flotte befand. Andere Verpflegung für die Truppen habe man damals schon nicht mehr bereitstellen können ...

Der vorhersehbare Reiseweg wurde von Skench-Kräften mit Minen präpariert, die Transporthüllen mit Chips konnten dem Anschlag nicht entgehen. Was darauf folgte, war die ›Aufweichung‹, also die ungebremste, auch nicht bremsbare Verteilung der Fracht in Zeit und Weltraum, und dies noch innerhalb unseres Machtbereichs: Hunderte Billionen von Kartoffelchips blendeten seither unser Radar – und das für immer, wie es schien.

»Die Sk-(...)-Sken-(...)-chaben das ir-(...)-gend-(...)-(...)-gendwie-(...)-(...)-(...)-«

»-errechnet?« fragte ich.

»...«

(vor lauter Lachen wie gelähmt)

*

Vor dem Protest hatte Reichardt im Auftrag der Militärverwaltung als Herausgeber von Berichten fungiert, deren Gegenstand die Lage der Bevölkerung auf vom Feind unterworfenen Welten war. Das Material dazu hatten er selbst und eine Reihe von Agenten auf gegnerischem Territorium gesammelt.

Schauplätze der Untersuchungen waren die kleineren Kolonien, welche zum größten Teil schon von den Speermännern und Skench erobert worden waren. Wo die Bewohner nicht sofort getötet wurden, entstanden umfangreiche Lager, wo man Methoden testete, komplette Weltbevölkerungen durch exemplarisch betriebene Härte in den Selbstmord zu treiben.

Führend dabei waren die Speermänner.

Bereits bei seiner Einlieferung sägten sie jedem der Gefangenen ein Körperglied ab; und davon hatten sich die Insassen zu nähren. Nachts wurden Lager meterhoch unter Säure gesetzt, die schließlich auch die Gebäude zerfraß, auf deren Dächern die Verstümmelten sich festzuklammern suchten. Eine Variante war, daß die Speermänner den Insassen erst tagelang das Wasser vorenthielten, um schließlich kommentarlos Kübel aufzustellen, die ebenfalls Säure enthielten ...

Die Ausarbeitung der Vernichtungsmethoden hatten die ›Totenrichter‹ inne, die nach der höchsten Autorität in der früheren Religion der Speermänner benannt waren. Jegliches Mittel wurde verwendet, um den Menschen einen grausamen Tod zu bereiten.

Nach Massenexekutionen wurden die Schädel der Erschossenen zerbrochen, um deren Hirnhaut abzuschälen. Die zarten Lappenstrukturen wurden gefriergetrocknet in Formen gepreßt, die Überlebenden hatten die so erzielten Gegenstände als Geschirr zu verwenden (mit gleichem Schicksal vor Augen).

Auf Anngens, einer verfallenen Kolonie, die durch die Ablagerungen ihrer stark mineralischen Quellen einem bizarren steinernen Garten ähnelte, hatten 80 % der neolithisch existierenden Bewohner binnen der ersten Woche Lager die Flucht in den Freitod gewählt. Die Speermänner jagten die papua-ähnlichen Bewohner zunächst aus deren Bäumen in die Bergwerke, in denen man sie, nur mit Hacken ausgestattet, Granit fördern ließ, der abends vor den Augen der Gefangenen in die Schachtlöcher zurückgekippt und mit dem Berg wieder verschmolzen wurde. Die Nachtzeit war im Lager zu verbringen.

Die Überlebenden wurden mit Alkohol bewegungslos und dickleibig gemacht, hockten in Bergen von Fässern und Dosen, bis der Ekel voreinander auch diese in den Tod getrieben hatte.

Zahlreiche solcher Planeten blieben für lange Zeit kosmische Gräber, weil die Speermänner nicht die Bevölkerung hatten, diese Welten neu zu besiedeln.

*

Historische Gestalten sollte man niemals als Personen, sondern bloß immer in ihrer Funktion sehen.

*

Am letzten Abend im Shuttle, schon im Angesicht des Planeten, von welchem wir zur Erde starten sollten, zeigte mir Reichardt seine Berichte über die Skench.

»Ich bin tatsächlich selbst schon dort gewesen ...« Er legte mir Photographien vor.

»Es ist bei denen derart übervölkert, daß sie selber ihre Ballungszentren mit Nuklearwaffen zerstören. Und die Bevölkerung befürwortet das noch: so zu handeln sei nötig, um sich Luft zu verschaffen.«

»Luft zu verschaffen?«

»Hört sich harmlos an, wie?«

Reichardt nahm eine weitere Pille und trank dazu Rohwein.

»Ich hab' erlebt, wie Großstädte mit Hunderten Millionen Einwohnern von ihnen selbst atomisiert wurden.«

(Eine weitere Photographie: sterilisierter felsiger Grund, mit da und dort Strünken von Bauten, mit Aschen und glühendem Leichtdampf)

»Atombomben gegen das eigene Volk; aber die Führer werden wiedergewählt, oder?«

»Die meisten Skench haben den Traum, als einzelne Bedeutung zu erlangen, Verringerungen ihrer Anzahl sind ihnen durchaus recht. Bedauerlicherweise bringen sie immer nur ein paar Millionen um, für den Krieg nützt uns das gar nichts.«

»Gegen uns finden sich Leute genug.«

Nickend nahm Reichardt eine weitere Pille.

»Wir haben ihnen eine Menge Sonnen ausgeblasen, aber ihr Wachstum überwog –«

»Wenn die Sonnen zerreißen, ist das dann wirklich so wie in den Ausstrahlungen?«

»Sie meinen diese Muster, die wie zerstiebende, zuvor erst breitgelatschte Pfauenaugen sind?«

»Ja-ja ...«

»Genauso sieht das aus«, lachte Reichardt, »ich hab' auch selber schon die Ladungen gesteuert.«

Er knöpfte schwitzend seine Jacke etwas auf. Ehe er aber fortfahren konnte, erklang eine Meldung vom Oberkommando; es ging um Übungspositionen für die ›Heimatschutz‹-Verbände.

»Heimatschutz«, murmelte Reichardt, »das ist doch auch so eine Lüge, das sind nichts weiter als Placebo-Verbände, die zur Beruhigung der Bevölkerung umherfliegen.«

»Aber die Skench haben noch nicht einmal das …«

»Die Art, wie die ihre Gefangenen behandeln, ist doch als Abschreckung viel besser.«

Er hob sich mühsam aus dem Sessel, um seinem Kühlschrank Wasser und Eis zu entnehmen.

»Haben denn Sie je was als Abschreckung empfunden?« fragte ich leise.

Reichardt ließ die Eisbrocken im leergetrunkenen Glas klingeln, fixierte mich, zuckte die Achseln und schenkte sich nach –

»Ich war mal auf einem Planeten der Skench, der fast nur aus Sand und Steinen bestand, die Hälfte war gar nicht bewohnbar. In jenem unbesiedelten Teil waren die Risiken gering. Wir haben da wochenlang Bomben vergraben, um im Bedarfsfall diese Welt sprengen zu können. Nun ja, es war ab und zu nötig, wegen der Vorräte in die Marktstadt zu gehen. Dort hörte ich davon, daß man Agentinnen der Speermänner, so hundertfünfzig ungefähr, auf einen Schlag hatte gefangennehmen können – einhundertfünfzig. Die haben dort Viren und Gift ausgebreitet, entsprechend ihrer üblichen Taktik. In die Marktstadt überführt, wurden die Frauen dort in graue Stoffe eingenäht, sie sahen aus wie große Spindeln, die Frauen lebten aber noch. Man hängte sie in ein hölzernes Fleischhaus, wie Würste mit einer Hülle aus Stoff. Von unten nach oben wurden die Fleischportionen aus den Spindeln geschnitten; die Luft unter den Hüllen war so knapp, daß die Frauen noch nicht einmal schreien konnten. – Die Skench verwendeten zum Schlachten ein seltsames Gerät mit kurzem Griff.«

»Entsetzlich, was Sie da sahen.«

»Das war das schlimmste, was ich jemals gesehen habe!«

Reichardt schenkte sich Wasser nach, wobei ich vor dem Kühlschranklicht ein Zucken seiner Knie erkennen konnte.

»Sie haben jetzt noch Angst, oder?«

»Ich spürte damals keine Angst, ich spürte absoluten Schrecken, der ganze Platz in meinem Kopf wurde vom Schrecken eingenommen. Für Angst war da kein Platz mehr …«

... er weinte und nahm Pillen, ich lehnte mich nur tief in meinen Sessel und schloß wie müde meine Augen.

(strikte Abwesenheit)

*

Der Planet, auf dem die Hülle für die Erd-Reise bereitstand, war eine der zwei Welten, von der unsere Experten annahmen, sie könnten sie wieder bewohnbar machen.

Bisher hatten sie lediglich vermocht, eine neue Atmosphäre zu schaffen.

Das Shuttle flog über schwarzgraue Landstriche. Die Gewandmeister hatten hier nichts weiter getan, als die Fusionsanlagen zu beschießen, wobei das freigesetzte Plasma eines einzigen Reaktors ausgereicht hatte, um in neunzig Meilen Umkreis sämtliches Leben zu verdampfen.

Die gesamte Besatzung des Shuttles hatte sich traurig bei den Fenstern versammelt. Unsere früheren Planeten zu betrachten war nur selten einmal möglich, noch dazu aus solcher Nähe ...

Auf einem sandigen hohen Plateau, in einem Kreis von weißen Lichtern, erwartete uns die Transporthülle, Soldaten davor begannen zu winken.

»Scheint alles in Ordnung zu sein«, meinte Reichardt. Nachdem er ihre Hörfähigkeit wiederhergestellt hatte, gab Reichardt der Besatzung die Order, sofort wieder zurückzufliegen.

Sein Adjutant grüßte nach Vorschrift, der General aber bewegte seine Rechte, als onaniere er heftig ...

Wir verließen das Shuttle. Das Intermentale Display und das Gitter für meine Persönlichkeit, beides in einer Kassette aus Stahl, trug Reichardt in einem Korb, der auch ein Schaltbrett mit zahlreichen Knöpfen enthielt, die aber weiter nicht markiert waren.

Das Shuttle hob ab und schickte sich an, im Steilflug in den Kosmos zu starten. Reichardt nahm das Brett aus dem Korb, betätigte einige Knöpfe, und das Shuttle löste sich auf zu einem Spray aus strahlenden Gasen. Wie ein Netzwerk winziger Sterne stob es noch meilenweit in die Höhe, ehe die Nacht es absorbiert hatte.

»Die Sicherheit, Sie verstehen ...«

Ich war nicht fähig dazu, ihm gleich die geplante Antwort zu geben, denn es lenkte mich etwas ab.

Die Hülle für unsere Reise, als Teil-Horizont vor uns hingebreitet, war an den wohnblockgroßen Strahlungsgeneratoren, die auf dem Rumpf auszumachen waren, als Kampfmodell zu erkennen, bestückt, so dachte ich, wohl auch mit eigenen Fabriken zur Herstellung von Nuklearwaffen.

Reichardt bestätigte lächelnd.

»... spezielle Baureihe zur Planetenzerstörung, fünftausend Mann Personal. Nahrungsmittel werden an Bord hergestellt, allein dafür brauche ich achthundert Leute –«

Andere hatten den Auftrag, unterwegs weitere Waffen zu bauen, neue Giftstoffe zu finden, bakterielle oder auch von Viren übertragene Leiden zu mutieren, nach neuen – härteren – Strahlen zu suchen.

Wir hatten zwar durchaus das Recht, die Erde in jeglicher Zeit aufzusuchen, doch die Verwendung einer derartig großen Hülle zu den vertraglich gestatteten Forschungs- oder Erholungszwecken würde wohl niemandem glaubhaft erscheinen, den Residenten nicht, welche die Respektierung des Vertrages überwachten, und noch viel weniger den Mißtrauensagenten, die unsere Gegner dort unterhalten mochten.

»Wär's kleiner denn nicht besser?«

Der General wiegte den Kopf.

»Ich habe Befehl, Sie sicher auf die Erde zu bringen, verstehen Sie, *sicher*! Bevor nicht Ihr Persönlichkeitsgitter in irgendeinem Fötus sitzt, werde ich nicht von der Sicherheit lassen: Roderich hat mir gesagt, ich solle alles tun für unser Durchkommen.«

Reichardt strahlte mich an.

»Wenn einer durchkommen will, muß er den Zufall begrüßen können ...«

»Sie halten dieses riesige Ding also nicht für gefährlich, nicht für gefährlicher, mein' ich, als die Gefahr, wegen der Größe zum Opfer eines Angriffs zu werden?«

»Patrouillen um die Erde sind normal, und um Sie absetzen zu können, wird es nicht nötig sein, den Aufenthalt im Orbit zu verlängern. Es wird wohl kaum einem was auffallen, wenn wir nach einigen Umkreisungen so weiterfliegen wie gewöhnlich.«

Reichardt grüßte die Wachen. Sie führten uns zum Ladetor der Hülle, wo wir in einen Lift traten.

Reichardt machte den Vorschlag, sich in die Bibliothek zu begeben. – Ich müsse einiges noch wissen, und falls es Fragen geben sollte, fänden wir dort das Material.

Im Vestibül der Bibliothek befanden sich Sessel und eine Bar. Dem Mixer befahl Reichardt, ihm einen Longdrink zu servieren, ich bat um süßen Sprudel.

»Sie wissen viel über die Erde damals, oder?«

»Sie haben nichts vom Plan verstanden, Reichardt. Durch mein Aufwachsen dort kann ich in Ruhe lernen, was im Display an Daten fehlt, das ganze Lernen wird getarnt durch mich im ganzen.«

»Sie müssen aber jetzt schon vieles wissen: was ist, wenn der Mann von der schwangeren Frau, mit Ihnen drin immerhin, wenn der ein ›Geldfälscher‹ ist? Die Polizei wird dann bald kommen und die Familie umbringen.«

»Ich bin zuversichtlich, daß die Schwangere, die wir erwählen, sicher sein wird.«

»In welchem Land, haben Sie daran schon gedacht?«

»Eingeschossen werden sollte ich irgendwo nah den USA, in deren Nachbarschaft läßt sich wohl alles gut verfolgen. Die wurden damals führend in der Raumtechnologie; Sie wissen, Houston ...«

»Dann sollten wir direkt bei Houston suchen.«

»Wenn ich verraten werden sollte, wird man doch dort zuerst nach mir schauen. Sie selbst haben gesagt –«

»Schon gut, schon gut ...«

»Canada wär richtig.«

Fehlgriff: Mistake.

Begütigend wies Reichardt darauf hin, daß auch ein Magazin mit Dingen von der Erde zu dieser Bibliothek gehöre. Gelangweilt winkte ich ab: irgendwelche Stücke, die von der Erde stammen sollten, gab es in jedem Haushalt.

Doch nur die wenigsten stammten wirklich von dort.

Ich folgte Reichardt dennoch in jenes Magazin, welches von mehreren Posten bewacht wurde. Es war ein dunkler stickiger Raum, doch etwas kühler als sonst in der Hülle. Zu sehen waren dort um fünfzig Exponate.

Reichardt schloß eine Vitrine auf und zeigte mir ein Kästchen.

»Sie können gern mal da hineinschauen ...«

Ich klappte es auf und fand Salz darin, etwa ein Pfund.

»Was soll das, Reichardt?«

»Verstehen Sie denn nicht? Was Sie da halten, das ist Salz vom Toten Meer …«

»Tote Meere haben wir selber, seit die Gewandmeister gezielt die Reaktoren zerstörten.«

»Ja, aber das hier ist genauso entstanden.«

»Durch Fusionstechnologie?«

»Das Salz war früher in Leuten enthalten, nicht nur im Wasser. Es hat ein Unglück stattgefunden. Eine Hülle von uns stürzte ab, auf dem Flug in die irdische Vorzeit. Man hat die Angelegenheit aber nicht ruchbar werden lassen; unsere Feinde hätten sonst aufgeschreckt werden können.«

Ich hob das Kästchen in die Höhe und berührte das Salz mit der Zunge. Es schmeckte jodig, aber nicht schlecht.

»Also na schön. Eine Hülle von uns ist also Ursache fürs Tote Meer. Aber warum hat deren Reise überhaupt stattfinden müssen, wohl nicht, um wichtige Studien zu treiben? Ich könnte mir höchstens vorstellen, daß die Entwicklung der Reiterei – oder des Streitwagens später – von einigem Interesse für uns wäre …«

Auch Reichardt mußte lachen.

»Vom Generalstab hat da einer seinen Urlaub machen wollen; die Meere waren ja noch sauber. Beim Absturz ist auch er umgekommen.«

»Und weiter?«

»Die Trümmer wurden natürlich geborgen, das Tote Meer jedoch konnten wir nicht mehr reparieren.«

»Die Residenten auf der Erde haben nichts davon bemerkt?«

»Es gab einen Verweis, aber den Speermännern und Skench ist sowas auch schon widerfahren – es war ja außerdem nicht Absicht.«

Reichardt nahm mir vorsichtig das Kästchen wieder ab und stellte es zurück in die Vitrine. Einen Glaskasten, kein Aquarium jedoch, sondern mit Staub aufgefüllt, zeigte er mir als nächstes.

»Hier; nach einer Strahlenkatastrophe im frühen 21. Jahrhundert, die Bevölkerung einer Großstadt … wollen Sie sehen, was sie wiegt?«

»Für mich nur einfach Staub. Glauben Sie denn, das sei authentisch?«

General Reichardt ließ nicht locker, bis ich das Ding dann schließlich hielt.

»Nicht das Authentische zählt, sondern die Wahrheit.«

Nach eingehender Sichtung der Bestände erhielten wir die Information, daß wir in spätestens zwölf Stunden die Erde erreichen würden. Der Flug verlief vollkommen ruhig, feindliche Truppen wurden nirgends gesichtet.

Reichardt machte ermahnend den Vorschlag, die bis zur Ankunft verbleibende Zeit zu einer Ruhepause zu nutzen.

»Was jetzt noch offen ist, können wir später rasch besprechen.«

Man wies mir eine Kammer zu, mit Spiegel, Stuhl und Bett.

Ich legte mich seufzend auf das Bett und stellte mir dabei vor, wie ich als Fötus neun Monate lang im Bauch einer Frau schwimmen würde. Das Gitter mit meinem Geist und das Intermentale Display mußten ihr frühzeitig eingeschossen werden, damit der Fötus nicht die Chance hatte, ein eigenes Bewußtsein zu entwickeln.

Was sollte ich neun Monate lang tun?

Theoretisch hätte ich Gitter und Display inaktiv schalten können, bis die Geburt endlich erfolgte. Das hätte völlige Ruhe bedeutet. Andererseits würde es, eingeschränkt freilich, die Möglichkeit geben, die Umwelt über Geräusche zu erfahren – auf die Familie, bei der ich aufwachsen sollte, wollte ich vorbereitet sein.

Der Rest der Zeit ließ sich mit Filmen und dem Wissen aus dem Speicher des Displays überbrücken. Vielleicht war dies nicht schlecht, dachte ich, denn einen Weiterbildungsurlaub hatte man mir nie genehmigt.

Ich träumte, zurück in der Hauptstadt zu sein, vor ziemlich vielen Jahren, denn durchs Fenster des Büros war zu beobachten, daß regnerisches Wetter simuliert wurde. Diesen Service gab es schon lange nicht mehr.

Ich saß im Institut an meinem Schreibtisch. Optimismus erfüllte mich. Ich hatte eine Technik durch die Zeit zu reisen entdeckt, mit deren Hilfe man auch endlich in die Zukunft gehen konnte.

Der Nachteil bestand darin, daß man die Nahrung auf Vorrat essen mußte, die man in den übersprungenen Jahren normalerweise gebraucht hätte (sonst traf nur ein Skelett in der Zukunft ein).

Wollte man also fünfhundert Jahre weit in die Zukunft reisen, so war zunächst einmal die Nahrung aufzunehmen, die man in fünfhundert Jahren verbraucht hätte.

Mehrere Testpersonen wurden gezwungen, gleich wochenlang am Stück zu essen, zu diesem Zweck wurden in zahllosen Operationen ihre Körper erweitert, die Mägen und die Darmtrakte vergrößert, bis sie dann mehrere Gallonen Inhalt fassen konnten. Am Schluß sahen sie aus wie aufgequollene Leichen von dickleibigen Leuten, ein- bis zweitausend Pfund schwer.

Sie wurden auf Lafetten in die Transportkammern gefahren, weil sie allein nicht mehr zu gehen vermochten.

Weikoff erschien und schlug mir vor, man solle doch als Nahrung die Gewandmeister verwenden, welche im Siegesbrunnen schwammen, die Lebensmittel seien zu knapp für Versuche.

Durchs Fenster konnte ich sehen, wie sich ein Militärtransporter tausendfüßlerähnlich auf Gewandmeister-Tentakeln allmählich dem Institut näherte.

Weikoff empfahl sich grinsend.

Die Putzfrau erschien und schrubberte meine Füße weg. Um meine Füße wieder erscheinen zu lassen, riß ich fast alle Blätter vom Kalender und klebte sie mit Speichel auf das Fenster.

Die Simulation des Regens draußen war übergegangen in ein Pulsieren von Ereignissen, die flackerten wie alte Lampen; Störungen im Gefüge der Zeit, die aber bald wieder verflogen.

Dies alles sah ich deutlich durch das total verklebte Fenster, welches sich unerklärlich stark erhitzt hatte.

»Each day the war goes on«, sang eine Alte.

*

Reichardt ließ mich wecken, von einem Offizier. Ich fand ihn bald im Restaurant, bei einer großen Tasse Kaffee.

Mir war schon vorher aufgefallen, daß die Besatzung der Hülle einen erstaunlich hohen Prozentsatz von Transvestiten weiblichen Bildes enthielt. Ich fragte mich, ob General Reichardt hinter dem vor Jahren der Steuerverwaltung gemachten Vorschlag gestanden hatte, den Transvestiten steuerlichen Rabatt zu gewähren.

Überall in der Hülle wurde offen mit Drogen gehandelt: ein alter Roboter deckte sich ein.

Ich sah die Nuklear-Depots, wo man Deuterium und Uran für Jahrhunderte des Kriegs gestapelt hatte.

Die Militärverwaltung wollte, daß eine Hülle dieser Größe sich selber erhalten konnte. Ihre Besatzung hatte sich fortzupflanzen. Das Defizit wurde durch Roboter ausgeglichen. Schon bei der Einweisung hatte ein jeglicher Soldat ein Quantum Sperma abzuliefern. Starb der Soldat, ehe er heiraten konnte, wurde das Sperma in eine Witwe gegeben. Auch Frauen ohne Kampfkraft hatten in solchen Zeiten Pflichten ...

Exakt aufgrund dieser Umstände hatte Reichardt auch seine Protestgeste gewählt. Er schaute fragend, ehe auch mir Kaffee bestellt wurde.

»Wenn Ihr Geist sich auf dem Gitter befindet, was sollen wir dann tun – mit Ihrem Körper?«

Bisher hatte ich keine Zeit gehabt, diesen Punkt zu bedenken, aber zum Glück kam nun mein Kaffee. Ich bat um Milch (die ich sonst nie nahm), rührte lange und überlegte ein wenig.

Natürlich wollte ich meinen Körper wieder, wenn ich erfolgreich zurückkehrte. Für den Menschen jedoch, den ich bis dahin okkupiert hatte, würde das sicher den Tod bedeuten. Da er niemals eigene Fähigkeiten würde aufbauen können, war er wohl nicht einmal imstande, ohne Hilfe zu atmen: nach spätestens vier Minuten würde er also tot sein, doch das schien mir recht lange.

»Bringen Sie meinen Körper auf den Planeten, von dem wir gestartet sind, genau auf dieses Plateau. Die Leuchten um das Landefeld herum lassen Sie stehen. Das Kühlaggregat stellen Sie bitte auf 70 Jahre Betriebszeit.«

Man hätte dieses Aggregat auch ohne zeitliche Begrenzung einfach für immer laufen lassen können, ich wollte mich jedoch zwingen, es auf alle Fälle rechtzeitig zu schaffen.

»Ihr Ziel ist also Canada, als Zeit haben wir März 1960 festgelegt. Und welche Mutter darf es sein, welche Familie im ganzen?«

»Die Leute sollten abgelegen wohnen ...«

Wir sahen uns eine Karte an, die Reichardt in der Bibliothek gefunden hatte. In der canadischen Provinz Alberta waren Regionen so zerklüftet, daß sie zum Teil kaum bewohnt wurden. Andererseits erstreckten sich zwischen unwegsamen Gebirgsketten langgezogene flache Landstriche mit Verkehrsadern und mittleren Städten.

»Kam wohl vom Handel mit den US«, meinte Reichardt.

»Wir nehmen irgendeine kleine Familie in einem der Gebirgsnester. Da sind schon derart wenig Leute, daß seltsame Interessen eines Kindes über die eigene Familie oder die Siedlung hinaus gar nicht erst bekannt werden können.«

»Sie dürfen diese Sache nicht zu leichtnehmen. Sie haben doch gar keine Ahnung, wie gefährlich das ist, oder?«

»Ich weiß jedenfalls, wie weit es Sie, Herr General, und Ihre Kollegen mit unserem Staat schon gebracht haben …«

»Na schön, dann eben in die Einöde mit Ihnen.«

Er nahm nun seine Tasche auf den Schoß.

»Das exakte Dorf und die Familie werden wir später vom Orbit aus suchen –«

Der Tasche entnahm er ein Schriftstück.

»General Roderich hat mir befohlen, Ihnen jetzt einiges noch bekanntzumachen. Auf der Erde befinden sich etliche Überlebende von Anngens, wir nehmen an, weil sie keiner dort umbringen darf. Sie selber aber töten. Roderich hat in Erfahrung gebracht, daß sie um 1980 damit anfangen werden, ›Mikrowellen‹ in die Haushalte der Menschen einzuführen …«

»Mikrowellen?«

»Ja. Sie werden gleichzeitig ein Virus züchten, welches nur Leute töten kann, die einen Mikrowellengrill aus ihrer Herstellung besitzen. Sie schalten Besucher von sämtlichen Kolonien aus. Seien Sie vorsichtig, wenn Sie von denen welche treffen.«

»Aber wie sind die von Anngens zur Erde gekommen? Die lebten doch dort auf Steinzeitniveau, sie hatten kaum mehr eine Sprache.«

»Sie waren aber nicht zu dumm, den Speermännern eine Transporthülle zu stehlen.«

»Man hätte Anngens vielleicht helfen sollen, damals.«

Reichardt sah mich an, als sei er auch dieser Meinung, ging aber weiter nicht darauf ein.

»Na schön. Die Funktionsweise des Intermentalen Displays kennen Sie wohl. Unsere Wirtschaftsexperten haben Ihnen eine Datei angelegt, die die Börsenentwicklung ab Ihrem Einschub bis zum Jahr 2050 enthält, durch dieses Wissen können Sie einfach an Geld kommen; Sie müssen nach einem Mann fragen, der als ›Broker‹ bekannt ist …«

»Ist das ein Name?«

»Das weiß ich auch nicht. Sie müssen halt jemanden fragen.«

»Na gut, das werd' ich machen.«

General Reichardt schaute noch einmal auf den Zettel.

»Falls sich Gelegenheit ergibt, hätten wir gerne noch etwas anderes von Ihnen. Das Militär-Archiv will eine Studie über typische Personen aus der damaligen Zeit haben.«

»Ich hab ja auch sonst nichts zu machen ...«

Reichardt griff nervös nach seinem Kaffee, setzte die Tasse aber nicht an.

»Nun, meinetwegen. Dann aber wenigstens über bloß eine Person eine Studie, wählen Sie irgendeinen Durchschnittsmenschen aus.«

Mit einem heuchlerischen Ausdruck lehnte sich Reichardt mir zu.

»Wir alle möchten doch gern was wissen von damals, oder?«

›Damals‹. Er sprach das Wort, als wäre ›Damals‹ eine Art Party gewesen, die man aus irgendwelchen Gründen frühzeitig hatte verlassen müssen, deren Fortlauf aber nun doch noch recherchiert werden sollte.

Ein abgemagerter Soldat erschien.

»Was gibt es?«

»Wir schwenken jetzt in den Orbit.«

Reichardt sah verblüfft auf seine Uhr.

»Die Erde ist noch 15 Minuten entfernt!«

»Die Erde ist deutlich zu sehen, sie wurde soeben erreicht, Herr.«

Doch Reichardt knurrte nur etwas.

»Die Kanzel ist bereitgemacht worden ...«

»Na schön. Befehl: geostationäre Position über Ost-Canada.«

Der Soldat eilte davon.

»Gehen wir in die Kanzel.«

Reichardt zerrte mich regelrecht hinter sich her, bis ich mich zornig von ihm losmachte.

»Ich verstehe einfach nicht, was Sie so aufregt, General, die Reise ist doch gut verlaufen ...«

»Gut verlaufen? Nach den Berechnungen der wissenschaftlichen Abteilung hier an Bord wären wir später eingetroffen!«

»Was sind schon fünfzehn Minuten –«

»Fünfzehn Minuten, das ist im All schon eine Menge, rechnen Sie's selber einmal aus.«

Er stoppte das Herumfuchteln mit seinen Händen und fixierte mich.

»Im Kampf hätten wir tot sein können aufgrund von fünfzehn Minuten.«

»Ich hab' diese Computer nicht gemacht. Nicht meine Schuld, wenn bei uns Wissenschaft nichts gilt. Gehn Sie zu Roderich und Weikoff, General!«

Reichardt machte rasch seine Bewegung.

Die ›Kanzel‹ war nicht etwa eine Glaskuppel zur freien Aussicht, sondern ein Großlabor mit Abtastmechanismen. Die Apparaturen waren zwar nicht mehr ganz intakt, sie lieferten aber immer noch relativ gute elektronische Rasteraufnahmen der Erdoberfläche.

»Was halten Sie davon?«

Wir sahen uns gebirgige Regionen in der canadischen Provinz Alberta an.

Eine Ortschaft namens Refferton schien zum Aufwachsen ideal.

Wir riefen die Geburtseintragungen des Ortes aus dem Bordcomputer ab. Anfang Dezember 1960 würde in Refferton ein Kind geboren werden. Der Vater war im ›Reisegewerbe‹, die Mutter eine Hausfrau. Wir fanden bald auch deren Wohnhaus. Es wirkte hinfällig, das Ehepaar jedoch war wirtschaftlich stabil.

Refferton selber war kaum mehr bewohnt, viele Häuser standen verlassen. Reichardt zählte sechzehn bewohnte und fünfunddreißig verlassene –

»Es donnern andauernd Transporte durch den Ort, wer möchte da schon wohnen ...«

»So wird es eher auffallen, wenn jemand, der mich suchen will, dort auftauchen sollte. Dort bin ich sicher.«

»Na schön, das ist Ihre Entscheidung.«

Auf dem Monitor konnten wir sehen, wie kleine Brocken aus Eis auf Refferton herabfielen; es schien auch Reichardt zu gefallen.

»Ich bin bereit, General.«

»Dann wird man Sie sofort auf dieses Gitter übertragen.«

Das Potential meiner Persönlichkeit auf dem Gitter umfaßte auch eine Körpersimulation. Diese war nötig zur Vermeidung einer Psychose, da sich das Embryo, welches ich geistig übernahm, erst in Wochen würde bewegen können. Ich konnte mir also vormachen, herumzulaufen oder auch Übungen zu machen, obwohl ich den Fötus in Wirklichkeit noch lange nicht würde bewegen können.

Diese Art Täuschung meiner selbst war mir lieber als das Gefühl, wochenlang zur Gänze amputiert worden zu sein.

Das Gitter wurde unauflöslich mit dem ebenso winzigen Intermentalen Display verschaltet, welches auf Wunsch in geistigen Bildern computerähnliche Funktionen übernahm.

Reichardt beugte sich über mich.

»Die Frau ist jetzt im Freien, wir müssen das gleich nutzen. Sie werden jetzt in ein sich auflösendes Mikroprojektil gebettet, das Sie in knapp einer Minute in Ihren Fötus bringen wird – und gute Reise!«

Eine halbtransparente Masse hüllte mich ein, danach war ich im Weltall.

Das Tote Meer, dachte ich.

Mut bewiesen.

Vorwärts gestürmt ...

Hotel Azur

Das erste, woran ich dachte, war die Möglichkeit einer Panne.

Mein Flug aus dem Weltall in das Gehirn des Embryos durfte nicht länger dauern als eine Minute, das hatte Reichardt mir beim Abschuß noch bestätigt. Ich war am Rand einer Panik, aber ich konnte nichts machen. Auf ein Display reduziert, welchem zum Handeln erst ein Körper hätte zur Verfügung stehen müssen, war ich nicht in der Lage, die Entwicklung zu korrigieren.

Am meisten beunruhigte mich eine bedrohliche Kulisse von Geräuschen, welche den Eindruck vermittelte, als würde sich das Projektil durch Überhitzung in eine flüssige Masse verwandeln.

Meinen Tod erwartend fragte ich mich, ob General Reichardt nicht den Befehl bekommen hatte, mich im Display bis an das Ende der Belastbarkeit durch den Raum rasen zu lassen. Eine Erschütterung um mich herum ergänzte meine Gedanken, so mächtig erfaßte sie alles, als würde der ganze Kosmos gerüttelt.

Das Projektil löste sich auf, so daß die Rezeptoren des Displays mir endlich Bilder der Umgebung liefern konnten.

Die Position war stabil. Das Display wurde von Flüssigkeit getragen, die zu 95 % aus Salzwasserlösung und zu 5 % aus noch unorganisierten Zellverbänden bestand. Die Zellen hatten Verbindungen untereinander durch ein elektrisch-chemisches Leitungsgeflecht.

Positionsvergleiche zeigten, daß das Display sich nun tatsächlich nicht mehr bewegte.

*

Nach wenigen Tagen im Fötus kam es bereits zu den ersten Problemen. Ich sah mich gezwungen, die akustischen Sensoren des Displays nur noch gelegentlich zu verwenden und ansonsten über die Lage lieber im unklaren zu bleiben.

Die Geräuschatmosphäre ›im Schoß‹ wurde vom Darmtrakt bestimmt, mit Zwischentönen durch Leber- und Blasentätigkeit.

Ein seltsam klagendes Zischen, der Nieren womöglich, erschreckte mich immer aufs neue, weil es ganz unvermittelt begann, während die sonstigen Organe in den Prozessen ihrer akustischen Entfaltung sich immer nur langsam einspielten.

Obwohl ich mir alle Mühe gab, mir selbst die Disziplin des Kämpfers abverlangte, konnte ich schließlich das stupide Pumpen und die oft stundenlangen Analgeräusche nicht länger ständig ertragen, die Sensoren blieben von da an meist abgeschaltet. Dies brachte freilich den Nachteil mit sich, daß ich einen Angriff auf die Mutter ohne Vorwarnung würde erleben müssen.

Auf der anderen Seite war der Vernetzungsgrad des embryonalen Nervensystems im Augenblick der eines Weichtiers; im Fall einer Gefahr hätte ich ohnehin nichts machen können, es vergingen schließlich zwei Jahre, ehe ein Kind auch bloß laufen konnte. Der Fötus aber konnte sich nicht einmal bewegen. Ihn irgendwie agieren zu lassen, war vorerst illusorisch. Mein Risiko war also nicht größer, wenn ich aufhörte ständig zu lauschen.

Das Ehepaar schien nur selten zusammenzusein, im Hause war meistens die Mutter. Der Mann, so hatte Reichardt erwähnt, sei im ›Reisegewerbe‹. Ich konnte mir nichts darunter vorstellen. Waren die Eheleute einmal zusammen, dann kam die Tätigkeit des Mannes in den Gesprächen niemals vor. Ich folgerte daraus, daß diese Arbeit wohl sehr peinlich sein müsse, ein Betätigungsfeld womöglich, welches man Frauen gegenüber auf keinen Fall zur Sprache bringen durfte.

In der Wohnung hörte man immer Ausstrahlungen, was mich am Anfang stets an zu Hause denken ließ. Während bei uns jedoch fast alles rationiert war, schien hier ein Überfluß zu herrschen, indem die Händler sich bemühen mußten, von ihren Waren, soviel sie irgend konnten, zu *irgendwelchen* Konditionen zu verkaufen, damit sich wenigstens die Lager leerten, und die Preise daher ständig herabsetzten …

In den politischen Berichten wurden Konflikte dargestellt, bei denen es mich am meisten besorgte, daß sie alle auf nur einem Planeten sich abspielten. Wenn mir der Ablauf der Geschichte nicht bekannt gewesen wäre, ich hätte den Kollaps schon damals erwartet.

Es war der zweite Monat nach meiner Einbettung vergangen, als ich zum erstenmal ein längeres Gespräch zwischen den Gatten hören konnte.

Bei dem Gespräch ging es um mich, also den Fötus, und darum, ob das Leben mir Erfolge schenken würde.

Es wurden öfter von der ›Mutter‹ die Meinungen einer Person namens ›Howards‹ zitiert, die mit den Gatten verwandt zu sein schien. Howards' Urteil wurde Gewicht beigemessen, und offensichtlich hatte er Einfluß ›in der Stadt‹, doch kam es leider nicht zur Sprache, was Howards dort eigentlich machte. Dem Ehemann schien Howards die Garantie zu verkörpern, daß seinem Kinde jede nur denkbare Karriere offenstand.

Die Frau aber legte dar, daß ein Vater aus dem ›Reisegewerbe‹ nicht Vorbild für ein Kind sein könne, dem doch vermittelt werden solle, daß es galt, sich hohes Ansehen zu verschaffen –

»Es wird scheitern, so wie du (!)«

Es folgte ein mechanisches Schnappen. Sekunden später war zu hören, wie jemand Flüssigkeit in ein hohes Gefäß kippte.

»Nutte ...«

Ein Gegenstand wurde hart abgesetzt.

»Wo warst du eigentlich heute?«

»War langer Samstag ...«

»Langer Samstag ... langer *Schwanztag* meinst du wohl!«

Als sie das sagte, klang ihre Stimme nicht im geringsten aggressiv, und was sie sagte, war wohl Bestandteil eines speziellen Rituals dieser zwei, denn der Mann schien nicht ernstlich beleidigt zu sein.

Da mein Display mit dem Gehirn des Embryos noch nicht verschaltet werden konnte, bestand meine Persönlichkeit noch immer nur aus elektrischen Mustern ohne eigenes Körpergefühl.

Das Display jedoch bot eine Reihe von Programmen, mit denen man sich Körpergefühl und Eindrücke von eigener Bewegung auf künstlichem Wege verschaffen konnte. Der Rechner extrapolierte aus den Gedächtnisspeichern des Displays stets wechselnde Arrangements, die den bevorzugten Bewegungen des Nutzers das jeweils angenehmste Terrain boten. Diesen Service nicht zu benutzen, hätte nach kürzester Zeit schon den Wahnsinn bedeutet. Ich hatte bereits getestet, wie lange ich ohne Programme als amputiertes geistiges Muster im Display aushalten konnte; nicht länger als zwölf Minuten.

Es nahm dabei ständig die Angst davor zu, das Körpergefühl, wenn länger nicht mehr erfahren, könne vom Geist wegen Entwöhnung am Ende vielleicht gar nicht mehr erkannt werden, auch dann, wenn ein Körper wieder vorhanden war – hinzu trat die Furcht, daß die Entwöhnung schon nach Minuten kommen könnte.

Auch fürchtete ich einen Ausfall in der Technik und wollte dauernd überprüfen, ob die Programme sich wirklich noch abrufen ließen.

Mit einem Schlafmodus konnte ich mein Bewußtsein im Display beliebig lange abschalten, mich auf diese Weise in völlige geistige Ruhe versetzen. Wünschte ich Träume, dann schuf der Rechner sie für mich aus Teilen der Gedanken, die er die Tagesphase über von mir abgespeichert hatte. Natürliche Träume konnten erst wieder kommen, wenn ich Display und Embryonengehirn einmal verbunden haben würde.

Ein Weckmechanismus sorgte dafür, daß ich zu vorgegebener Zeit in mein eigenes Bewußtsein zurückkehren konnte. Nach dem Aufgewecktwerden war es oft schwierig, die gewöhnliche Umgebung auch noch als solche zu erkennen, denn das Fötengewebe um mein Display erschien nach den oft stundenlangen physischen Erlebnissen in Träumen nicht eben sonderlich real.

Wäre ich nie aus den Träumen zurückgeholt worden, hätte ich das wohl kaum bemerkt, sondern statt dessen auf immer geschlafen, träumend im ewigen Tod.

*

Das Zimmer, in welchem er ruhte, war sonnenerfüllt und weiß.

Mit traumverschwitztem Haarbrei reckt sich der Schädel des Mannes nach oben, ein heiseres Schnappen nach Luft, als er die Zeiger betrachtet.

Er muß den Wecker wieder einmal überhört haben.

Halb noch die Decke mit sich reißend, hastet der Mann aus seinem Bett. Grotesk hat sich während des Schlafs die Unterhose um das jetzt steife Genital gewickelt. Als er beim Haarewaschen den Rasierwassergeschmack in seinem Fruchtsaftglas bemerkt, wird dem Mann zugleich deutlich, daß er die Zahnpasta versehentlich als Deo-Stift gebrauchte.

Aber nun bleibt keine Zeit mehr, er springt in seinen Schrank und fönt synchron noch an den Haaren. Während des Schuhebindens bestellt er sich ein Taxi, den lauwarmen Kaffee vom Vortag dabei trinkend, in Überlegungen vertieft, ob sich im Koffer auch das nötige befindet.

Stöhnend, mit dem Koffer gegen die Kniescheiben schlagend,

besteigt der Mann schließlich das Taxi. Die spießige Siedlung mit Gartenhäusern und Zäunen in Weiß wird nach hinten am Auto vorbeigesaugt bis in den Horizont, es scheint so beim Blick aus dem Fenster. Der Mann dreht sich wieder zum Fahrer, der ihn im Spiegel unschlüssig anblickt.

»Wohin eigentlich?«

»Zum Flugplatz.«

Dem Mann gibt der Chauffeur mit einer Geste zu verstehen, daß dieser das Reden von nun an vermeiden solle.

Das Tempo wird merklich erhöht. Der Mann kurbelt schnaufend ein Fenster herunter, aus den Häusern umher riecht es nach Frühstück und sauberer Wäsche. Wie in Kaskaden spritzt eine Gruppe von Kindern auseinander, die über die Straße wollte.

Die Vorstadt wird verlassen.

Um die Straße wuchern nun Maschendrahtzäune, die Horizonte zu den Seiten werden von Wäldern abgedämpft. Zwischen den Bäumen im Nordwesten befanden sich Röhrensysteme einer Fabrik, teils weißlackiert und teils aus blauem Aluminium.

Der Mann hat seinen Koffer geöffnet und überprüft dessen Inhalt. Er sieht die Unterlagen durch, es fehlen keine Blätter; die Tonbänder und seine Mäuse sind vorhanden, und sogar Taschentücher hat er. Der Mann entdeckt eine Münze, die sich im Futter des Koffers verklemmte, aber er läßt die Münze stecken.

Der Flugplatz wird erreicht.

Das Taxi bezahlen, Einchecken und die Kontrollen sind ein Wirbel aus zwei Minuten, der Mann hetzt auf das Flugfeld und stolpert die Gangway empor; die Maschine hat, so scheint es, nur auf ihn gewartet. Als sich die Luke hinter ihm schließt, hebt die Maschine sofort ab. Beim Steigflug wird ihm schwarz vor den Augen, vorher hat er einfach keine Zeit dazu gehabt.

Der Rumpf der Maschine war leer, Passagierkabine und Cockpit waren nicht voneinander geschieden. Den Boden des Rumpfes bildete ein Halbzylinder aus Glas, einen eigentlichen waagerechten Boden gab es nicht in der Maschine.

In einer Tiefe von 5000 Fuß erstreckten sich Wälder.

Der Mann erforschte den Cockpitbereich, fand aber keine Instrumente. Bäuchlings ließ er sich im Halbzylinder nieder, um nach unten zu schauen.

Die Maschine umrundete mehrmals die Erde, bevorzugt über

Wäldern. Die Geschwindigkeit war so bemessen, daß die Tageszeit immer die gleiche blieb. Zwischen dem Flugzeug und dem Urwald spannten sich gazeartig-transparente Wasserdampfflächen, schwer unterscheidbar nur von der Strahlung des frierenden Himmels. Der Mann erkennt, daß sich der Urwald unter ihm verändert. Zwischen den Bäumen wachsen Städte empor, aus Komplexen weißer Gebäude bestehend.

Er schaute die gewaltige Zukunft, die Maschine aber flog weiter. Fast greifbar, doch unerreichbar, sah er die Zukunft unter sich.

Allmählich erreicht die Maschine die Gegenwart wieder, während der Landung wird das Fensterglas von Eistropfen verpickelt.

Der Mann hetzt durch ein Flughafengebäude, eingefaßt in eine Gruppe von Menschen, die mit derselben Maschine kamen.

Der Pulk ist schon in Auflösung begriffen, Geschäftsleute wollen einander loswerden, und Kinder werden herausgefiltert, um sie endlich seitlich versorgen zu können.

*

– Nachdem ich wieder geweckt wurde, horchte ich gleich hinaus in die Wohnung. Die Gatten waren beide zu Hause. Der Mann schien unter Alkohol zu stehen, er johlte laut durch die Wohnung …

»Komm mal rein!«

Die Mutter aber bewegte sich nicht.

»Was ist denn jetzt schon wieder, Jake?«

»… quetsch mir die Warze!«

Nun schnellte die Mutter gleich empor.

Das war im dritten Monat.

Weshalb werden die Neugeborenen eigentlich immer nur geschlagen, warum nicht lieber zum Lachen gebracht?

Das Auf-die-Welt-Kommen erlebte ich als stundenlanges Pumpen und Herumrollen des mütterlichen Körpers, während im Hintergrund im Radio Hypothesen aufgestellt wurden, wie die Maßnahmen Präsident Eisenhowers im Mittelmeer analysiert werden könnten …

Die Entwicklung war nun weit genug fortgeschritten, um Außenweltinformationen direkt über die sinnliche Apparatur des

Säuglings zu gewinnen. Ich stellte Schaltungen zwischen dem Nervensystem des Babys sowie den Steuer- und Sensoriksystemen des Intermentalen Displays her. Von da an kontrollierte ich das Kind, konnte die Außenwelt erfahren und mich in ihr bewegen, als wäre sein Körper mein eigener.

Ich merkte, wie sich der Körper des Kindes zum erstenmal selber mit Sauerstoff füllte, atmete weiter und sah sekundenlang ein gelbliches Licht, während die Haut eine hohe Temperatur spürte.

Mich geistig wieder ganz in das Display zurückzuziehen, war lediglich mit einem Transformator von zu Hause durchführbar, mir selber also ganz und gar unmöglich.

Was immer sich auch abspielen mochte, ich mußte mit dem Körper, den ich eingenommen hatte, in jedem Fall zum Ziel kommen.

Allein lag ich im Dunkeln. Die Erschlaffung war ein wenig von mir abgefallen.

Mich aufzurichten glückte mir nicht. Die Knochen gaben nach, als würde ihre Festigkeit kaum jene zähen Schlamms übertreffen, sich biegend schon unter dem eigenen Gewicht. Im Display ließ ich ein heiteres Programm laufen und schlief so endlich ein.

In der ersten Zeit war das Baby so schwach, daß seine Tätigkeit fast nur aus Schlafen bestand, die Nahrung wurde vegetativ aufgenommen …

Die Ruhezeiten nutzte ich, um die bildlichen Sequenzen zu studieren, die ich die Wachperioden über von den Gatten und der Wohnung aufgezeichnet hatte. Diese Bilder waren noch flach und verschwommen, räumlich fast ohne Dynamik, aber das Sehvermögen des Kindes würde sich schließlich noch differenzieren, wenn sein Gehirn komplexer wurde.

Man hielt mich meist in einem Zimmer, das über Teppiche in mehreren Schichten verfügte. Ein mattes, wie erlahmendes Licht drang durch Fenster und Vorhänge. Eine veraltete graubraune Standuhr befand sich zwischen Fensterfront und Tür.

Ins Zimmer traten die Mutter und ein seltsam kostümierter, aber schon älterer Mann, den ich mit Hilfe meines Displays als ›Mönch‹ eruierte. Eine in Grau gekleidete Person mit gelbem Gallegesicht, nicht männlich im Grunde, sondern vor allem ›trocken‹ erscheinend, aber durchaus massiv von Gestalt, folgte den beiden mit Abstand. ›Howards‹, nahm ich an.

Der Anzug von Howards war ausgebeult. An Ellbogen und

Kniegelenken waren ihm Schoner aufgebügelt, ellipsenförmige Filzelemente, welche im grauen speckigen Glänzen des sonstigen Stoffs zunächst wie riesige Löcher erschienen, da sie rosa waren wie sonst nur Damenunterwäsche …

Die Farbe der Flicken war also nicht bedacht gewählt worden.

Der ›Mönch‹ durchsuchte das Zimmer nach Geistern. Er lief mit einer Kerze auf und ab und murmelte, laut dem Display, die Namen von verstorbenen Leuten.

Abrupt blieb er stehen und löschte die Flamme.

»Damit ich taufen kann, muß ich zuerst noch etwas wissen …«

Howards nickte.

»… es hat mich allein drei Dollar gekostet herzukommen: Meine Kosten will ich ersetzt haben.«

Grimmig lehnte Howards dies ab und deutete dann auf die Tür, die Mutter stand teilnahmslos bei ihm.

Der Mönch ging aus dem Zimmer.

Howards zuckte die Achseln. Dann ging auch er aus dem Zimmer. Das Baby wurde gesäugt.

Sie hielt mich später lange, damit ich aus dem Fenster sehen konnte. Dort draußen war es jetzt ›Dezember‹, wie ich wußte.

Ein spärlicher Garten lag von Eis eingeschlossen, als habe man ihn mit Leichtglas besprüht. Am Himmel konnte ich Tiere erkennen, die flogen; es war ein Eindruck, den ich nur aus den Display-Programmen kannte. Sie konnten sich in der Luft fortbewegen, doch es genügte die eigene Kraft.

›Howards‹ kam ins Zimmer geschritten. Es schien, daß er inzwischen mit dem Mönch verhandelt hatte.

»Er macht es *doch*, für 7.50!«

»Sag ihm, er kann gehen.«

»Aber –«

Sie streckte mich ihm entgegen.

»Hab ihn selber getauft … mit Milch.«

»Na gut«, schnaufte Howards, »soll er halt gehen.«

Mit schwimmenden Bewegungen torkelte Howards aus dem Raum. Ich wurde zurück in die Wiege gelegt, und auch die Frau ging aus dem Zimmer. Während ich döste, stellte ich fest, daß einige Laute, die ich von draußen öfter vernahm, wohl von den ›Vögeln‹ stammen mußten, die über das Haus flogen. Obwohl ich immer noch kaum handlungsfähig war, ließen vor allem die Geräusche aus dem Garten mich niemals Langeweile empfinden. Die ungeplante Zusammensetzung der klanglichen Naturerscheinungen ergab eine Art ständig sich selbst komponierender authentischer Musik zu Haus und Garten.

Als aufregend empfand ich auch die Tatsache, daß die Atemluft nicht ständig künstlich erzeugt werden mußte, sondern frisch und in bemerkenswerter Dichte einfach zur Verfügung stand. Ihr Aroma schien zum Teil davon beeinflußt zu sein, welches Klima gerade herrschte. Ich stellte fest, daß die durchs Fenster ziehende Luft einen ganz anderen Geschmack hatte als die Luft in meinem Zimmer (auf der Plattform machte dies kaum einen Unterschied).

*

Wir bewegten uns durch den Schnee.

In kleinen Stücken fiel er vom Himmel, der in diffusem, aber grellem Weiß strahlte. Ich spürte, wie meine noch dünnen Haare von den Spitzen her naß wurden, obwohl man mir eine Mütze aus Wolle auf den Kopf gesetzt hatte.

Die Wettereffekte, so dachte ich anfangs, sind technisch perfekt.

Ein Aeroplan brummte gemächlich irgendwo jenseits der Grelle.

Mit nassen Hosen ging es wieder nach Hause.

Die Kindesversorgung hatte noch kaum die erste Vorstufe zu jener in meiner Heimat erreicht, man setzte hier auf ›Windeln‹, wo man bei uns durch ›freundliche Bakterien‹ die abführenden Öffnungen des Kindes vom ersten Tage an ständig steril halten ließ (wodurch wir Wasser und Zellstoff sparten). Die Bakterien wurden zeitlebens nicht mehr vom Körper entfernt.

Die übelsten Momente waren mir stets, wenn man mich an- oder auszog. Beengende Textilien aus Synthetik spannte man grob um meinen Leib; beim Aufstülpen der Socken wurden die Zehen oft gegen die Richtung gebogen …

Meine äußere Lage hielt mich nicht davon ab, mir schon Gedanken über den nötigen neuen Raumantrieb zu machen.

Es galt, die Grundstruktur des Universums auf graue Zonen abzuleuchten, was ich mit Hilfe des Displays systematisch betreiben konnte. Eine Reihe von Phänomenen im All hatten die Theoretiker nicht mehr ausdeuten können, bevor die Wissenschaft vom Militär schließlich beseitigt worden war.

Unter den aufgelisteten Fällen und Themenkomplexen in meinem Display befand sich jedoch nur ein einziger, der mit Geschwindigkeit und Reisen wenigstens mittelbar zu tun haben konnte –

Wir hatten bereits vor Jahrhunderten eine Gruppe von Teilchen entdeckt, deren Geschwindigkeit jene des Lichts übertraf. Die einen klassifizierten sie als ›masselose Impulse‹, Bewegungsdynamik also, die keinerlei materiellen Bezug mehr hatte, andere sahen in ihnen ›Schatten von Energie‹, welche sich deshalb manifestierten, weil die Neutronensterne allmählich ›zerfaserten‹. Sie fürchteten, daß es im Weltraum bisher von Menschen nicht erlebte Katastrophen geben könne, deren Erscheinen durch die Teilchen angekündigt werde.

Die ›masselosen Impulse‹, nur darin war man sich einig, wiesen geringe Spuren von Strahlungen auf, die typisch waren für die Umgebung von Neutronensternen.

Jahrzehnte nach dieser Entdeckung führten die Skench einen Großversuch durch. Die Skench hatten nach alten Plänen ein primitives unbemanntes Raumfahrzeug gefertigt, welches sie programmierten, Kurs auf den nächsten Schwere-Stern zu nehmen. Das Raumfahrzeug wurde gestartet und beschleunigt, bis es die Lichtgrenze erreicht hatte.

Das Schicksal des Fahrzeugs schien absehbar. Dennoch war die Theorie noch niemals praktisch überprüft worden.

Während das Raumfahrzeug sich dem Neutronenstern näherte, wurde die Äußerung seiner eigenen Energie (= Lichtgeschwindigkeit) durch die Zugkraft des Neutronensterns noch verstärkt. Das Schiff jedoch konnte nun nicht mehr weiter beschleunigt werden, wodurch die von dem Stern hinzukommenden Kräfte beim Auftreffen aufs Schiff dessen Masse ständig vergrößerten. Es stimmte alles mit den Axiomen überein.

Die in das annähernd lichtschnelle Schiff fließende, immer stärkere Gravitation des Sternes vergrößerte das Raumfahrzeug rasch weiter. Nach wenigen Sekunden bereits hatte die Masse des Schiffes sich derart stark vergrößert, daß der Neutronenstern in Relation zum Raumfahrzeug zu klein geworden war, um es weiterhin anzuziehen.

Das Schiff stürzte durch seine übergroße Masse auf einmal in sich zusammen und wurde selber zum Neutronenstern.

Die Skench ließen sich dadurch nicht entmutigen und wiederholten den Versuch. Erneut wurde ein Raumfahrzeug dicht an der Lichtgeschwindigkeit zu einem kollabierten Stern gesteuert.

Aber das Fahrzeug vergrößerte durch die Anziehungskraft des Sternes diesmal nicht seine Masse, sondern die Anziehungskraft vergrößerte nun die Beschleunigung des Schiffes, das den gewaltigen Beschleunigungsimpulsen im gewöhnlichen Kosmos jedoch nicht zu folgen vermochte, da dort die Lichtgeschwindigkeit nicht überschritten werden konnte.

Diese nicht umsetzbaren überlichtschnellen Bewegungsimpulse wurden zu Teilchen ohne Masse transformiert, die sich vom Fahrzeug trennten und dann aus dem Weltall verschwanden.

Die Erscheinung, daß Beschleunigungsimpulse, welche bei fast erreichter Lichtgeschwindigkeit noch immer weiter energetisch verstärkt wurden, sich aus dem hemmenden Bezugssystem befreiten, nannte man ›Massenkatastrophe‹.

Was mit den ›masselosen Impulsen‹ nach dem Verlassen des Weltalls weiter geschah, unterlag nur der Vermutung.

Die Erfahrungen der Skench bewiesen allerdings, daß die Neutronensterne unterschiedlich wirkten. Sie waren nicht alle gleich. Wenn die Neutronensterne aber unterschiedlich stark waren, dann mußte es aufgrund der Entropie auch ein System des Ausgleichs zwischen ihnen geben, mußten die stärkeren Neutronensterne die schwächeren Exemplare irgendwie aufladen.

Ein starker Stern zog vieles an, ein schwacher aber wenig. Je mehr Objekte ein Stern aber anzog, desto häufiger mußten durch Massenkatastrophen die ›masselosen Impulse‹ entstehen, die gleich in der Vergangenheit verschwanden. Luden sie von dort aus andere Neutronensterne auf? Die Teilchen führten in diesem Fall gezielt eine Bewegung durch, sie reisten zwischen Neutronensternen. Da die Neutronensterne in diesem Teil der Galaxis sowie die Unterschiede zwischen ihnen mittlerweile bekannt waren, ließ sich leicht feststellen, zwischen welchen speziellen Neutronensternen solche Teilchen-Routen bestanden.

Das hätte durchaus das Konzept für einen Raumantrieb sein können: man hätte sich, in einem Kontinuum von höherer Ordnung, an die Teilchen irgendwie anhängen können, um mit gewaltiger Beschleunigung das Universum zu durchqueren. Am Zielort verließ man die Teilchenroute, kehrte zurück in den gewöhnlichen Raum.

Ich dachte aber realistisch.

Das schöne Konzept der Teilchenrouten zwischen Neutronensternen basierte lediglich auf Annahmen. Um es realisieren zu können, hätte ich erst einmal Gewißheit haben müssen, daß diese Teilchen wirklich nur zwischen Neutronensternen reisten.

Es konnte ja auch sein, daß sie nur irre durch die höhere Ordnung stoben und daß ein angehängtes Raumfahrzeug mit ihnen niemals ein Ziel erreichen würde.

Erst wenn man zwingend hätte erklären können, durch welche ihrer Eigenschaften sich die Teilchen nur zwischen Neutronensternen bewegen konnten, wäre es möglich gewesen, einen Antrieb zu konzipieren.

Wenn an den Teilchen aber nichts war, was sie auf diese Weise Richtung nehmen ließ, dann war diese Idee ein Irrtum.

Über die Teilchen mußte ich erst mit einem Physiker sprechen, der ihre Eigenschaften qualifiziert zu deuten vermochte.

Wir selber hatten das nicht mehr geschafft.

Vom Wissen kannten wir nur noch den Kadaver.

Meine Gedanken an die Massenkatastrophe wurden beendet, als man Karottenraspel in einer winzigen Schüssel vor mich stellte. Der Vater hatte mich auf dem Stuhl festgebunden, damit ich einfach zu füttern wäre.

Während das Essen mir mechanisch in den Mund gestopft wurde, verfiel ich auf die Vorstellung, daß die Gefangenen in Diktaturen wohl auf ganz ähnliche Art gedemütigt wurden.

Der Vater schlug mich zweimal kurz nacheinander, weil die Zwangsernährung ihm nicht rasch genug fortschritt.

Als er endlich von mir abließ, die Fütterung zumindest unterbrach, rief ich Kilaska, Suki-Suki und Joe Langsam zu mir. Da Kin der häufig Kontakte mit imaginären Tieren hatten, wollte auch ich mich daran halten.

Kilaska war ein Wesen von ›blonder Farbe‹, das weiblich und positiv ausstrahlte. Kilaska schaute immer sehr freundlich.

Meine Fesseln waren vom Vater gelöst worden. Zuerst gab ich Kilaska einige Späne aus der Karottenschüssel ab, während ich dicht an der Wand Suki-Suki erkannte.

Suki-Suki war weniger intelligent als Kilaska, eher entenartig und kleiner; Suki-Suki strahlte ständig eine dumpfe Art von Zufriedenheit aus, die sich auf eigentlich nichts stützte. Seine (es war aber nicht männlich) Körperfarbe war blau, und Suki-Suki hatte einen goldenen und grauen Streifen um den Hals. Anders als Kilaska, die immer etwas zurückblieb, folgte mir Suki-Suki mit einem Ausdruck von Vertrauen und Optimismus immer dichtauf. Unter wortreichem Dialog ließ ich für Suki-Suki ebenfalls Karottenspäne herabfallen. Sie titschten feuchtlich aufs Linoleum. Der Vater war zu sehr mit Essen beschäftigt, um mich genauer zu beachten. Meine Darbietung schien er kaum wahrzunehmen. Trotzdem machte ich weiter.

Mit ziemlicher Verzögerung erschien nun auch Joe Langsam. Joe war unbestimmt schweineartig, aber nicht höher als die Sitzfläche meines Stuhls, und außerdem nicht dialogfähig. Es kannte keine verbale Sprache, vermochte aber durch ein Stupsen mit der Nase begrenzt zu kommunizieren. Die Augen von Joe Langsam waren stets lebensfroh aufgeschlagen und ihr Blick unendlich tröstend. Seit ich bemerkte, daß mich die Augen von Loe Langsam in meiner Vorstellung manchmal begleiteten, hörte ich auf, die Unterhaltungsprogramme des Displays zu benutzen. Ich träumte nun wieder selbst.

Der Vater schlug mich ein weiteres Mal: wegen des Bodens.

Erneut wurde ich festgebunden, damit er in Ruhe aufräumen konnte; zum ersten Mal sah ich bewußt die Dinge auf dem Tisch.

Es waren einfach geformte Gerätschaften, bemalt mit geometrischen Motiven, die sie freundlicher machen sollten.

›Hallo, Tasse!‹ sagte ich.

Der Effekt war erstaunlich. Der Vater hörte auf, die Töpfe abzuspülen, und ließ statt dessen eine Kette von Ermahnungen über mich peitschen. Ich klickte das Display auf ›Protokollführung‹ und zeichnete sie auf. Ab und zu wiederholte ich ›Tasse‹, so strahlend, als ob er mich herrlich erheiterte.

Später verglich ich im Bettchen die Ermahnungen, die ich gerade gehört hatte, mit den bereits gespeicherten, um Überlappungen herauszufiltern. Ein paar der Gebote waren dermaßen seltsam, daß ich sie ohne das Display wohl niemals hätte behalten können. Insgesamt gab es nun schon 251 Regeln, die man mir laufend wiederholte. Sie reichten von dem Verlangen, Insekten und Igel nicht in das Haus einzuschleppen, bis hin zum strikten Verbot, sich dem Radio auch nur zu nähern, da dessen Tüchtigkeit zusehends nachließ.

Die Eltern warfen sich vor, der jeweils andere Partner habe das Radio durch falsche Behandlung irreparabel beschädigt, sei aber nun eben zu feige, um dies auch einzugestehen.

Im Traum sah ich unser Geschirr, dessen Formen mich mit Unruhe erfüllten, obwohl sie doch keine Gefahr bedeuten konnten. Vielleicht war es das Primitive an den Dingen, das diese Regung provozierte, das Unbehagen, stets einen Nachweis zu bekommen, daß man im Staub einer vergessenen Gesteinsschicht ruhte.

Schlafen konnte ich erst wieder, als Joe Langsam mir erschien.

*

Wurde spaziert, führte der Weg meist nur bergauf. Im ganzen Jahr wurde das Tal nie richtig trocken. Sein Grund bestand aus rundlichen riesigen Felsen und einem Fluß, der sich seitlich in Kolonien von Tümpeln zwischen den Felsen verlor.

Im Sommer waren wir gern dort unten, doch war es nur selten möglich.

Das häufigste aller Wetter im Tal war kalte und feuchte Luft, die beim Atmen staubartig juckte. Der Himmel über der Luft war mit großen hellgrauen Fronten versehen, und selbst das Blau, das nur an wenigen Punkten hervorbrechen konnte, zeigte sich stechend und aggressiv.

Über nasse grasige Hügel ging es zum Ortsrand zurück, der Weg führte bergauf.

Bemerkenswert war in Refferton eine hohe Konzentration von ›Elstern‹, von denen man immer gleich mehrere sehen konnte.

Refferton schien ihnen zu behagen.

Es waren noch weit mehr Häuser verlassen, als wir vom Weltraum aus geglaubt hatten.

Wenn ich sah, daß etwas leerstand, dann assoziierte ich stets folgendes Bild: eine Ellipse, die aus weichen Punkten in Weiß besteht, rotiert *vor* einer Räumlichkeit, der Raum beginnt erst hinter der Ellipse.

Und dennoch: obwohl sie keinen Platz dazu hatte, vermochte sie sich zu drehen.

(der Raum dagegen war inaktiv)

*

Über die Ortsstraße jagten gewaltige LKW, welche die Abraumhalden einer Bohrung nach Uran durch das Tal fuhren. Dreißig Meilen flußabwärts waren ausgewaschene Partikel von Uran im Wasser gefunden worden, ihr Ursprung wurde nahe Refferton vermutet.

Privatverkehr fand in der Ortschaft kaum statt. Es existierte ein ›Lager‹ mit ein paar Zapfsäulen. In einem Bauwerk, einem Hangar sehr ähnlich, waren Nudelpackungen und Butterblöcke von Nachttischgröße zu sehen, geschälte Tomaten bot man in Dosen zu einer Gallone an.

Die Mitarbeiter trugen ockerfarbene Kittel und waren immer freundlich. Der Geschäftsgang hätte zwar kaum vier Verkäufer erfordert, aber die Firma legte Wert auf gute Betreuung, was sich für meinen Teil in Bonbons oder Geschenken äußerte, einem Roboter etwa, der nur aus Schrauben bestand und das Maskottchen eines Stahlherstellers war. Die Roboterfigur war festgeschweißt auf einer Mutter, die ihr als Standfläche diente, und lächelte lustig mechanisch, während sie stolz eine Tafel mit dem Namen des Herstellers hielt.

Den tiefsten Eindruck aber machte mir die Säge, die sie hatten. Das Lager verkaufte auch Rohre, die mit der Säge nach den Wünschen der Kunden gekürzt wurden. Daß man mit solchen Methoden Eisen zerschnitt, hatte ich nie zuvor gesehen. Die primitive Technik des Feilens wurde hier mit einem Elektromotor lediglich *beschleunigt*. Mit der Maschine dagegen etwas ganz Neues zu machen, schien niemandem in den Sinn zu kommen.

Die Mutter saß abends auf dem Rand meines Bettes. Sie erzählte mir eine Geschichte, deren Ende der Tod einer Hexe war. Zwischendurch hatte ich immer wieder ›Matzi‹ aufgezogen, meinen Teddybär mit eingebauter Spieluhr.

Die Spieluhr lief noch minutenlang weiter, nachdem die Mutter ihre Geschichte beendet hatte. Ihr Schluß machte mich neugierig –

»Sag mal …«

»Ja, was denn?«

»Die Hexe ist tot, ja?«

»Tot.«

»Was ist denn das, tot?«

Sie zögerte und streichelte mich.

»Das ist, als ob du schläfst.«

Als sie gegangen war, mußte ich lang an meinen tiefgekühlten Körper auf dem Startplaneten denken.

Am nächsten Tag:
neue elefantenförmige Rutschbahn.

Nie waren Erlebnisse perfekt. Dinge, die hätten faszinierend werden können, wurden durch Störungen meist bald genug vernichtet.

In der veralteten und staubigen Praxis des Kinderarztes waren in zahlreichen Vitrinen zerfallende Teile von Menschen zu sehen. Nicht wenige der Ausstellungsstücke bestanden nur noch aus Knochen oder aus eingetrocknetem Gewebe, weil man sie weder chemisch konserviert noch sonstwie vor der Verwesung geschützt hatte (etwa durch Vakuum).

Ergriffen fühlte ich den Geist der Forscher aus dem 19. Jahrhundert.

Im langgezogenen sonnendurchfluteten Sprechzimmer standen ein langer hoher Tisch, zwei kleine Hocker und ein Feldbett, auf dessen fransiger grüner Leinenverspannung Klistiere und Spritzen, Watte, Skalpelle und Messer lagen. Das Feldbett war parallel zu dem Tisch aufgestellt. Auf diesem wiederum waren Pipetten, Phiolen und Kolben zu sehen, welche verschiedenfarbige Flüssigkeiten, zum Teil mit Gewebe, enthielten.

Die Gesichtshaut des Arztes war verfallen, stoppelig, porig und weißgrau. Eine Brille, die wie schon selber verrunzelt schien, machte dem Mann ein brutales Gesicht. Er saß auf einem der beiden Hocker neben dem Feldbett. Nur ein paar Zoll vom Arzt entfernt war der zweite Hocker, auf welchem ich selbst Platz nehmen sollte.

Ich weigerte mich.

»Sitz er!« schrie er mich an.

Die Eltern zwangen mich folgsam auf den Hocker. Ich schaffte es, meine Linke sekundenlang freizubekommen, ein Klistier aus Metall von dem Feldbett zu reißen und dieses zwischen die Glasgefäße auf dem Tisch zu schleudern.

Blutige Splitter flogen umher, nach Spiritus stinkende Fetzen von Fleisch zerspritzten auf dem hölzernen Boden. Ein System mehrerer Schläuche und Glasflaschen plumpste herab, und eine Scherbe drang in die Hand des Arztes. An deren Rücken war eine Ader der Länge nach aufgetrennt worden, in kleinen Fontänen pulste das Blut aus der Ader, während die Mutter sich aus dem Fenster lehnte und der Vater dem Doktor zu helfen versuchte, was diesen nicht hinderte, mich brüllend und einen Gummischlauch wirbelnd noch minutenlang durch seine Räume zu verfolgen, wobei ich zahlreiche Vitrinen mit noch erhaltenen Exponaten hinter mir umkippen mußte, um den Doktor auf Abstand zu halten.

Der Schmerz, dies alles zerstören zu müssen, zerstörte mir auch diesen Tag. Er wird mir stets nur in der Finsternis der dunklen Wandverkleidung erscheinen, die ich im Sprechzimmer gesehen hatte.

Natürlich wurde die Spritze mir später woanders verabreicht, aber ›beim Doktor‹ zu sein war mir da schon verleidet.

Die leider seltenen Besuche von ›Howards‹ waren die einzige Präsenz eines Erwachsenen, neben jener der Gatten, die je bei uns zu Hause statthatte. Gemäß meiner ersten Vermutung war Howards ein enger Verwandter, ein Onkel von mir, und Bruder der Hausfrau.

Einmal schlug Howards mir vor, mit dem Linienbus in die Stadt zu fahren, was meine erste Exkursion über das Tal hinaus gewesen wäre.

Howards führte aus, daß ich, wenn ich erst Schüler sei, häufig werde Bus fahren müssen.

»Sollst jetzt mal sehen, wie das ist, in einem Bus ...«

Die Eltern hatten nie etwas dagegen, wenn Howards solche Vorschläge machte. Ich wurde in meinen Mantel geknöpft und dann von Howards zur Haltestelle geführt. Geräuschvoll kaute er Kerne von Sonnenblumen, die er in winzigen grünen Tütchen damals stets bei sich trug. Das machte erstens seine Aussprache schlecht, und zweitens verlieh ihm das ständige langsame Kauen auch noch ein würdeloses Aussehen.

Der Bus war voll besetzt. Über zwei Haltestellen mußten wir warten, ehe sich freie Plätze ergaben. Howards wollte am Fenster sitzen, mir wurde der Sessel am Gang zugewiesen, auf dem aggressives Gedränge herrschte.

Howards wies auf Punkte im Tal und erzählte mir zu ihnen kurze Anekdoten. Beim Zuhören wurde mir klar, daß Howards – was immer er tun mochte – irgendwie vom Beobachten lebte, wenn auch vermutlich nicht gut. Er hatte eine Neigung, in jedem Felsen gleich eine ausgewaschene Skulptur zu erkennen.

Bereits bei Fahrtantritt hätte es leicht zu einer Krise kommen können, weil Howards zu flüchtig das Wechselgeld prüfte. Noch ehe er richtig gezählt hatte, wurde der Fahrer von ihm als Betrüger beschuldigt. Zum Glück war der Fahrer betrunken, den Anwurf hatte er gar nicht bemerkt.

Howards schien die Absicht zu haben, sich mir als Onkel darzustellen, auf den ich rückhaltlos zählen konnte. Erneut führte er Kerne zum Mund. Er malte aus, wie wir das Kaufhaus in der Stadt besuchen würden, und versprach, mir ein Geschenk meiner Wahl für zwei Dollar zu machen.

Während mir Howards noch vom Kaufhaus erzählte, füllte der Bus sich mit organischem Gestank. Ein Mann in einem alten braunen Anzug, er hatte unmittelbar vor uns gesessen, torkelte kotverschmiert von seinem Platz und brach im Mittelgang zusammen. Der Gestank und der Anblick des Mannes ließen Howards sich stöhnend zusammenkrampfen. Mit trockenem Keuchen erhob er sich aus seinem Sitz und drückte mich in Richtung Ausstieg.

Aber der Fahrer wollte nicht stoppen.

Howards gab ihm meine zwei Dollar, und der Fahrer ließ uns hinaus. Das Tal hatten wir gar nicht verlassen. Dennoch brauchten wir mehr als drei Stunden, ehe wir – es ging immer bergauf – Refferton wieder erreichten.

Auch das war also nichts.

Stets Wert auf die Vergangenheit legen.

An Spielzeug hatte ich lediglich zwei Stück (wenn man vom Teddy einmal absah, für den ich schon zu groß wurde).

Das eine war ein Roller, welchen der Vater aus einem Stahlrohr, zwei Gummirädern und Latten improvisiert hatte. Da es fast überall bergauf ging, fuhr ich am liebsten in der Wohnung.

Mein zweites Spielzeug war ein ›Frosch‹, aus einer harten und einer weichen Metallplatte bestehend, welche in V-Form gegeneinander gespreizt waren. Man konnte, durch Zusammendrücken der Platten und plötzliches Loslassen ein lautes Knacken erzeugen.

Ich fuhr nicht oft mit meinem Roller und ließ den Frosch nur selten knacken. Diese Erlebnisse waren zu wertvoll für mich, als daß ich sie durch ständigen Gebrauch verschlissen hätte.

Die Ehegatten bestanden darauf, daß ich die Spielsachen in meinem Zimmer verwahrte. Sie untersagten mir, meinen Frosch nach

Gebrauch zum Beispiel einfach in der Küche zu lassen oder den Roller auf der Veranda abzustellen (wo aber Klafter von Brennholz lagern durften).

Zwei Gegenstände hatten hier den Vorwand abzugeben, um mit Drohungen und der wohl größten denkbaren Übermacht die ständige Erhaltung einer Ordnung zu erzwingen, die keinerlei Sinn hatte.

Zwei Gegenstände, auf ein ganzes Gebäude verteilt, das konnte man schließlich nicht ›Unordnung‹ nennen ...

Den Roller und den Frosch räumte ich folgsam in mein Zimmer, aber ich spielte nicht mehr mit ihnen.

Mein Plan war es, durch moralische Größe, einen hungerstreikähnlichen Ausstand nämlich, der sich aufs Spielen bezog, die Ehegatten zum Verzicht auf das Konzept des ordentlichen Hauses zu zwingen, in ihnen Menschlichkeit zu wecken.

Aber die Ordnung blieb weiter bestehen.

Weiterhin wurde ein Junge namens Vincent eingeladen, der etwas jünger war als ich. Sie führten Vincent zu der Ecke, wo ich den Roller und den Frosch aufbewahrte.

Vincent wurde erzählt, daß ich seit langer Zeit schon kein Interesse an meinen Spielsachen mehr hätte.

»So ist es doch, Charlie, oder?«

Das Konzept war klar erkennbar: man wollte mich durch Vincent dazu bringen, mein Spielzeug zum mir nötigen Bestand zu erklären und meinen Streik einzustellen. Da ich in Wirklichkeit aber erwachsen war, durchschaute ich diese Taktik. Ich nahm mir vor, die beiden Gatten zu bestrafen, indem ich ihre Aktion zu einem Fiasko machte – Vincent und ich wurden allein gelassen, seine Eltern und die Gatten gingen hinaus auf die Veranda, da deren Türe hörbar zuschlug.

In der Badewanne, so wußte ich, lagen in mittelgrauer Brühe zum Einweichen mehrere Vorhänge.

Unter dem Vorwand, ihm ›etwas zeigen‹ zu wollen (was im übrigen sogar stimmte), zerrte ich Vincent in das Bad.

Als ich die Türe verschloß, schien Vincent zwar etwas verblüfft, doch stellte er keine Fragen.

Ein Faustschlag von mir beförderte ihn in die Wanne, in die ich ihm hinterhersprang, ehe er auftauchen und wieder einatmen konnte. Ich hielt ihn unter Wasser gedrückt, schlug mit der Bürste auf seinen Kopf und riß ihm Haare aus, so viele ich nur konnte. Er strampelte und wehrte sich so heftig, daß die Wanne sich zusehends leerte, obwohl ich den Zufluß inzwischen ganz aufgedreht hatte.

Mit einem größeren metallenen Objekt wurde die Türe eingeschlagen. An den Haaren wurde ich aus der Wanne gerissen und noch im gleichen Schwung gegen die Kacheln der benachbarten Wand geschleudert, während man Vincent, der nicht aufhörte zu zappeln, behutsam aus dem Wasser zu ziehen versuchte.

Sein Kopf war halb kahlgerissen.

Der Vater von Vincent klagte den Gatten heftig an und bezweifelte dessen Erziehungsmethoden.

Um das Gesicht nicht zu verlieren, sahen die Gatten sich gezwungen, zu meinen Gunsten Partei zu ergreifen.

»Wer sagt denn, daß nicht Vincent damit anfing?« hieß es plötzlich, und Vincents Eltern stimmten dem schließlich auch noch bei.

Ihrer eigenen seltsamen Logik entsprechend hatten die Gatten durch ihren Einsatz für mich sich selber jeglichen Vorwand genommen, mich wegen der Behandlung Vincents noch zu bestrafen. Ich hatte scheinbar klar gewonnen, denn meine Spielsachen behielt ich und mein Streik mußte nicht abgebrochen werden.

Die Ordnung aber blieb weiter bestehen.

*

Der Weg zur Schulbushaltestelle sollte nicht länger sein als die Strecke zwischen dem Schulhaus und dem Wohnort des Kindes.

*

Hausaufgaben machend saß ich im Wohnzimmer am Eßtisch, während die Mutter auf dem Fensterbrett kleinere Stücke bügelte. Im Radio lief gerade das Mittagsprogramm.

Während ich sinnlos verschlungene Buchstaben, seitenweise immer die gleichen, malen mußte, was man den Kindern hier zur Bändigung auferlegte, entwickelte sich eine Szene, die eine unbekannte Seite meiner Mutter zeigen sollte.

»Gibt wohl bald Krieg«, murmelte sie, während der Nachrichtensprecher den Einmarsch der Sowjets in Prag meldete.

Zwischen Berichten von Korrespondenten über Unruhen auch im Westen Europas wurden im Lauf der folgenden Stunde nur Titel des ›Weißen Albums‹ gespielt, darunter auch ›Ob-La-Di‹.

Die Mutter stellte schlagartig ihr Bügeleisen ab, sekundenlang lauschte sie sinnend der Musik, trat plötzlich lächelnd auf mich zu und griff mich an den Händen.

»Hör auf damit, Charlie, komm!«

Wir tanzten singend durch die Wohnung.

Den ›Beatles‹ hatte ich es zu verdanken, daß ich die Buchstaben an diesem Tag beiseite schieben durfte.

Die Kinder wurden tiefer im Tal unterrichtet, wo sich die einzige Schule für alle Talgemeinden befand. Das Schulhaus war ein moderner zweigeschossiger Bau mit großen Fenstern und hellen Räumen.

Während das Intermentale Display den Unterrichtsinhalt aufnahm, malte ich große Diagramme in mein Heft, welche den Aufbau der bei den ›Massenkatastrophen‹ entstehenden Teilchen wiedergaben. Ich suchte logisch zu ergründen, ob ein Detail in diesem Aufbau über die Fähigkeit verfügte, die Teilchen stets nur auf Neutronensterne zu richten.

Mal hob ich dieses, mal jenes Detail stark hervor; aber ich wußte einfach zu wenig. Durchs große Fenster war zu sehen, wie zwei Postarbeiter an der Straße die Telegraphenmasten prüften, ganz ähnlich wie ich die Neutronensterne. Ob sie so deutlich verbunden waren wie die Masten da draußen?

»Tyler, du träumst! Vorkommen ...«

Stansfield, unser Englischlehrer, hatte im Krieg gegen die Deutschen den rechten Unterarm verloren. Er ließ mich lang vor seinem Pult stehen.

Ich nutzte die Gelegenheit, um seinen Armstumpf zu betrachten, dessen Spitze eine hornige Rosette bildete. Ich sah das und stellte mir vor, wie dunkelgraue fingerlange Würmer durch die Rosette nachts nach draußen krochen, wenn Stansfield im Bett lag und schlief. Nachts faßten sie Sauerstoff, während die Tage im Stumpf verbracht wurden, in welchem Stansfield die Würmer bebrütete, ohne davon zu wissen.

»Was ist dein Vater von Beruf, Tyler?«

»Reisender, Sir.«

»Du kannst dich wieder setzen ...«

Am Abend fragte ich Mutter.

Sie sagte mir, daß Vater ›Lötlampen‹ verkaufe, er mache dies mit seinem Auto; deutlich war zu merken, daß ihr das Thema nicht behagte.

In den Dateien des Displays konnte ich keinerlei Vermerke über Lötlampen entdecken, unter den Leuchtkörpern nicht und ebenfalls nicht bei ›Signalzeichen‹.

Aber weiterfragen wollte ich auch nicht.

Es war nur wenige Tage später, als der Vater mit der Gattin und mir zum ersten und einzigen Mal einen Ausflug mit seinem Wagen machte.

Bis dahin hatte ich dem Auto nicht auch nur nahekommen dürfen. Das Innere des außen weißlackierten Fahrzeugs war futuristisch mit metallicgrünem Kunststoff ausgeschlagen.

Es war mir verboten, im Auto zu sprechen.

Wir verließen das Tal, fuhren dann weiter durch hohes Gebirge und erreichten nach Stunden das Flachland. Zu den Seiten der Straße bewegten sich Weizenfelder und Wiesen in Gegenrichtung an uns vorbei. Eine Art von langem Ballon flog langsam über die Felder, versehen mit einer Werbebeschriftung.

Der Verkehr war sehr stark, zum erstenmal konnte ich Fahrzeuge sehen, die von außerhalb Canadas kamen. Die Insassen schienen nicht anders zu sein als die Menschen, die ich sonst schon gesehen hatte.

»Picknick«, erklärte der Vater und stoppte direkt am Rande der Strecke. Er verfügte, daß wir dort aussteigen sollten.

Die Luft war gesättigt vom Bleiausstoß der Kolonnen, die uns in Spuckweite passierten. Nur wenige Yards vom Rande der Straße wurden vom Vater zwei Spiritusbrocken entzündet. Über der bläulich glosenden Flamme wurde ein kleines Gestell aus Metall aufgeklappt und dann eine Dose mit Bratfisch erhitzt.

Inmitten des schweren Abgasqualms hatten wir äußerst hastig zu essen; zwischendurch lief man immer ins Feld, um auf Vorrat ein paarmal zu atmen.

Am Anzug des Vaters fiel ein Fischteil herab.

Schweigend fuhren wir wieder nach Hause.

*

Man schickte mich aus dem Haus, um unplanmäßig den Rasen zu mähen. Gleich zu Anfang schlug mir ein Ast ins Gesicht, aber erst später stellte ich fest, daß mir Blut von der Stirn auf mein Unterhemd tropfte.

Ich ging zurück in das Haus, um mir Pflaster zu holen. Der Kasten mit dem Verbandsmaterial befand sich in einer Nische im Bad, versteckt hinter trocknender Wäsche.

Nicht sichtbar durch jene Wäsche, beschäftigt damit, mir ein Pflaster zu schneiden, konnte ich hören, daß die Gatten in das Badezimmer traten. Durch Ritzen zwischen den Wäschestücken war es mir möglich, beide zu sehen.

Die Gattin trug weiße Synthetic-Hosen und ein ebenfalls weißes Hemdchen aus Seide. Um ihren Hals war fest der Schlauch unseres Staubsaugers geknotet, an dem der Vater sie hinter sich herzerrte.

Er befahl ihr, sich in die Badewanne zu stellen. Als sie nicht rasch genug folgte, würgte er sie mit dem Schlauch.

Gegen die Wand mit den Armaturen gelehnt, stand sie dann endlich in der Wanne. Er faßte sie lauernd ins Auge.

»Mach dir für mich jetzt in die Hose!«

Die Weisung wurde zwar schneidend gebellt, es geschah aber gar nichts. Er drehte hektisch die Handbrause auf und bespritzte dann ihre Füße mit eisigem Wasser.

Ihre Hose begann jetzt leicht feucht zu werden, er würgte sie erneut mit dem Schlauch –

»Wenn's Blut ist, mach ich dich fertig ...«

Er zwang sie dazu, der Haarshampoo-Flasche den Hals zu lutschen und knuffte sie in den Unterleib.

»Die Hose muß gelb sein!«

Die Wassertemperatur wurde ständig verändert, so daß die Füße der Frau im Wechsel zuerst fast vereist und dann wieder beinahe gekocht wurden, in Flocken schälte sich deshalb allmählich der Nagellack von den Zehen.

»Zieh deine Hose jetzt aus, dann will ich dich hart damit schlagen!« Während die Flasche mit dem Haarshampoo noch halb in ihrem Mund steckte, rollte sie mühsam die Hose herunter. Der Mann riß diese an sich und schlug dann rhythmisch mit der Hose auf die Frau ein.

Aufgrund religiöser Fixierung wurde danach bloß onaniert, während die Gattin sich in der Wanne schon wusch.

»Das nächstemal«, zischte er keuchend, »muß es wieder der Kot sein ...«

»Jake ...«

»Der Kot wird's dann sein.«

»Hör mir mal bitte zu ...«

»Dir kommt's unter der Dusche –«

»Ich mach die Ferkeleien jetzt aber nicht mehr weiter mit! Hast du verstanden, Jake?«

Der Vater stapfte wortlos hinaus.

»Er's 'n Schwoi«, brummte sie finster und frottierte sich ab. Sie streichelte sich dann rasch selber. Aus dem Wohnzimmer war währenddessen schon wieder eine Ausstrahlung zu hören, Politiker schrieen sich gegenseitig an.

Ich schaffte es, ohne gesehen zu werden, zurück in den Garten zu kommen.

Das Radio war inzwischen durch ein TV-Gerät ›ersetzt‹ worden. Es waren mehrere Fahrten in die Stadt nötig gewesen, ehe ein ›guter‹ Apparat hatte entdeckt werden können.

Das Protokoll vom Tag des Kaufs:

0500	Wecken
0515	gemeinsam am Tisch
	Erklärung, daß ›vermutlich‹
	in der Stadt gegessen werde
	Zum Frühstück nur Milch und Kaffee
0525	gemeinsam im Fahrzeug
0940	sehr aggressiv ein Kaufhaus betreten
1611	...
2133	erneute schwere Verkehrskontrollen

*

Die Aufstellung des Fernsehapparats führte zu Umgestaltungen im Wohnzimmer, wie ich sie niemals erwartet hätte. Binnen Stunden wurde dort alles verändert, wo früher der Austausch einer Birne erst tagelang hatte erörtert werden müssen.

Von diesem Tag an war es die beste Methode, erst ins Wohnzimmer zu blicken, wenn man die Gatten suchte ...

Das Tischlein mit dem Fernsehgerät hatte nach kurzer Zeit Ansehen und Aura eines Herrgottswinkels, wie ihn oft Bauern in den Behausungen noch pflegten.

Zur Gaudi der Mädchen in unserer Schule hatte ich winters wie sommers immer das gleiche Paar Schuhe zu tragen. Es waren schwere Bergsteigerschuhe aus den frühen fünfziger Jahren. Die Eltern hatten sie gebraucht für mich erstanden.

Im Sommer mußte ich Hot Pants tragen, welche der Vater für mich als Hosenersatz im Ausverkauf stöhnend erkämpft hatte.

Doch dann erhielt ich plötzlich neue Kleider: eine Kappe und einen Anzug aus Synthetic, der kleine Metallgegenstände, aber auch nichtmetallische Objekte bis etwa zu der Masse einer Streichholzschachtel an sich zu ziehen vermochte. Der Anzug starrte von Haaren und Kleingegenständen, obwohl ich ihn ständig zu säubern versuchte.

Es zeigte sich, daß meine neue Kleidung unseren Umzug in die Stadt zieren sollte. Den Eltern war klar, daß sie mich dort nicht würden derart offen primitiv halten können wie auf dem abgelegenen Dorf. Um mich selber ging es also gar nicht, sondern vor allem um das Ansehen meiner Eltern.

Der Hersteller der Lötlampen hatte beschlossen, sein Vertreternetz in der Provinz erheblich zu erweitern. Das Personal sollte um 40% verstärkt werden, in den Großstädten wurden Büros etabliert, um die neuen Vertreter zu leiten.

Da der Gatte zu den ältesten Vertretern im Distrikt zählte, bekam auch er nun die Leitung eines solchen Büros, dazu eine Gehaltserhöhung.

Ein Käufer oder auch Mieter fand sich nicht für unser Haus, die Möbel darin waren zu alt, als daß Transport sich noch gelohnt hätte.

Der Umzug wurde, nach üblichem Muster, erst im Moment seines Vollzugs bekanntgegeben: Fernseher, Wäsche und das persönliche Besitztum wurden geschwind in das Auto gestapelt. Die größte Sorge des Vaters galt den zwei Ordnern mit vergilbten Geschäftsunterlagen, welche als Grundstock seiner Verwaltung in der Stadt während des Umzugs Heiligkeitsstatus genossen.

*

In der Stadt hatte der Vater eine ›Halbetage‹ gemietet, sehr nahe seinem Büro, auf das man aus der Wohnung sogar sehen konnte.

Mir war das Zimmer zugefallen, in welchem der vorherige Mieter, ein Greis, behandelt wurde, bis er am Ende verstarb. In der Mitte des Raums standen zwei Sessel von schwerem weinigem Dunkelrot, mit samtbezogenen Polstern und Lehnen aus Holz für die Arme.

Ich rückte die Sessel beiseite, legte den Teppich zusammen und bezog ihn mit einem Laken wie eine Matratze, denn eine Bettstatt für mich war nicht in dem Zimmer.

Bevor ich schlafen ging, trat ich zuerst noch an das Fenster.

Gleich fand ich die Sterne meiner Heimat und winkte meiner Frau.

Jene Teile der Stadt, in denen man niemanden kennt, sind menschenleere Gebiete.

In einer riesigen strahlenden Halle befand ich mich zwischen dem Spielfeld und einer Zuschauermasse von mehreren tausend Menschen.

Ein Mädchen erschien und führte mich aus der Halle. Sie trug ein weißes Kostüm aus Leinen, verziert mit Reihen von Fransen, die glatten Spindeln ihrer Waden gingen in lautlose Hüllen aus Wildleder über, die sich mir vorsichtig vorausbewegten. Als wir die Halle verließen, kam der beamtete Photograph meiner Bewertungsstelle auf mich zu und zeigte mir einige rotgefärbte Abzüge, auf denen nur er selbst zu sehen war. Um uns herum war es dunkel und grünlich, ich meinte zwei oder drei abgestellte Wagen zu erkennen.

Ich gab ihm einen schwierigen Auftrag. Um Eifer zu zeigen, verschwand er sofort. Ich und das Mädchen gingen weiter. Wir suchten nach einem Platz, um dort miteinander zu schlafen.

Wir kamen an ein Fabrikgelände, von dem ich schon öfter gehört hatte. Um die Finanzbehörde zu täuschen, hatten die Eigentümer den Boden des Werks in eine Unzahl winziger Parzellen aufgespalten, die offiziell teils nun von Holdings, teils von Privatpersonen kontrolliert wurden und so das eigentliche Werk als armen Mieter in den Bilanzen stets am Rande des Untergangs hielten.

Durch Linien, wo die Grenzen der Parzellen sich befanden, schwarz auf dem hellen Zementgrund, war die Aufteilung des Bodens deutlich zu erkennen (zwischen den Hallen standen sonst nur ein paar Eisenbahnwagen). Das Mädchen und ich schauten ergriffen auf das abstrakte Mosaik, das sich in morgendlicher Grauheit vor uns ausbreitete.

Wir verstanden uns gut, wollten uns lieben, doch alles war unaufgeräumt.

*

Als der Vater fünfzig Jahre alt wurde, aßen wir nachmittags in einem Gasthaus nach bayerischer Art. Ich entschied mich für ein Gericht aus porösen fettigen Knollen und einer nach Seife schmekkenden Wurst.

Zwischen den Tischen stakste ein Greis mit einem vor den Bauch geschnallten hölzernen bunten Möbelstück, in welchem man einen Schreibtisch mit einem Loseregal kombiniert hatte. Auf einer Plane aus weißem Plastik, schräg über das Möbel gespannt, prangte das Motto der Verlosung:

Ein Heim für die Jugend!

Es war erbarmungswürdig, wie es dem Greis nicht gelang, in einem stark besetzten Lokal auch nur ein einziges Los zu verkaufen. Die Gäste scheuchten ihn weg, von den Kellnern wurde er ständig gerempelt.

Der Alte kam auch auf uns zu. Sein Schritt war nicht fest, mir schien, er sei gar schon pflegebedürftig. Ging er frei durch den Raum, also ohne den Halt, den die Tische ihm boten, so war es ihm fast nicht mehr möglich, mit dem Kasten noch die Balance zu halten.

Der Vater schaute mich merkwürdig an und winkte dem Alten, doch näherzukommen. Das Lotteriebüro wurde abgeschnallt. Der Greis setzte sich zu uns, als sei das ganz selbstverständlich. Der Vater schaute mich wohlwollend an.

»Ich darf bekanntmachen, Charlie: dein Opa.«

Ein ›Opa‹ war niemals erwähnt worden. Mir fehlte jede Lust dazu, die Peinlichkeit durch Kommentare oder Fragen zu beenden. Ich aß mechanisch weiter und sagte auch nicht ›Guten Tag‹, so daß der Alte seine Hand wieder zurückzuziehen hatte. Dies führte zu einer näheren Erklärung.

»Opa Rick ist der Vater von Mom. Wir wollten nichts mehr von ihm wissen, aber wir hörten, daß er Krebs hat.«

Der Alte erhob sich und schnallte dann wieder sein Losgeschäft um. Gebeugt verließ er das Gasthaus.

Auch die Gatten wollten nun eilen, obwohl doch das Mahl kaum begonnen hatte. In rasender Schnelle wurde bezahlt, um Zeit einzusparen gar Trinkgeld gegeben, dann saßen wir wieder im Auto.

Auf sinnlosem Kurs, doch dafür sehr schnell, wurde der Wagen über den Parkplatz gesteuert. Die Ausfahrt war deutlich zu sehen, aber das Ziel dieser Fahrt war sie nicht. Statt dessen stand plötzlich der Alte vor uns und gab fahrig ein seltsames Zeichen, ehe das Fahrzeug ihn unter sich saugte, wobei ich ein schleifendes Rumpeln und das Zersplittern von Holzteilen hörte.

Auf dem Parkplatz war sonst niemand.

Wir steuerten eine Waschstraße an. Der Wagen wurde gereinigt und heißwachsbehandelt, danach ging es wieder nach Hause.

»Opa hat sich ausreichend versichert«, meinte Vater, »aber bei Krebs wäre kein Anspruch dagewesen.«

Die Mutter sah mich im Schminkspiegel an –

»Das Geld geht an uns und an Howards.«

Howards war nicht nur der Sohn Opa Ricks, sondern auch lange Zeit hoher Beamter bei der städtischen Polizei. Es war wohl sicher, daß die Ermittlungen zum Parkplatz-Zwischenfall im Sand verlaufen würden.

Nachdem es sich zur Beisetzung selber nicht hatte einrichten lassen, kam einige Monate später, aus Anlaß des Geburtstags der Mutter, fast die ganze Familie zusammen, es fehlte lediglich der Gatte. Howards stellte mir mahnend die Frage, welches Ziel ich nach Ende der Schulzeit im Leben als nächstes anstreben wolle; ich vermied es, darauf eine Antwort zu geben. Danach wollte er wissen, ob ich inzwischen eine Haltung zu Opa Rick entwickelt hätte. Mein Eindruck, so sagte mir Howards, sei ihm sehr wertvoll, sei der Tote doch schließlich sein Vater gewesen –

»Ich weiß von ihm nichts, und ich will auch nichts sagen.«

»Hast du denn wirklich keine Meinung?!«

Ich zuckte meine Achseln.

»Die Hoffnung nur, daß es auch schade um ihn ist.«

Howards, der den Satz nicht verstand, leerte ein weiteres Glas Bowle. Er befand sich in schwieriger Lage, denn sein Ermittlungsstil hatte bewirkt, daß er sein schmuckes Büro im Zentrum der Stadt gegen den Posten eines ›Sicherheitsberaters‹ auf dem Flugplatz tauschen mußte, um nicht gleich ganz entlassen zu werden.

Auf einen Sicherheits*berater* konnte man hören – oder auch nicht …

Die Familie bestand aus sieben Personen.

Mir bisher unbekannt waren die beiden Cousins meines Vaters, die etwas jünger schienen als er selber. Der eine von ihnen war in den fünfziger Jahren unter dem Namen ›Barry Sanders‹ ein äußerst bekannter Sänger gewesen. Obwohl im Grunde schon vergessen, gab er doch manchmal noch Konzerte. Während er sang, wurden Geschenke ihm auf die Bühne gereicht, mit Liebe verpackte Kosmetikartikel, Getränke, Bekleidung und Feinkost, doch Barry Sanders rührte nichts davon an.

Er fürchtete eine Vergiftung.

»Ich schmeiße lieber alles weg und lebe dafür länger.«

Er hatte neben sich ein junges Mädchen, das weder trank noch etwas sagte, aber ein glitzerndes schwarzes Kleid trug, so eng, daß ihre Brüste darin wie mit Stoff bezogene Kugeln erschienen.

Sanders fuhr fort, Gefahren zu schildern, denn auch die Post bringe Geschenke. Bei diesen sei ein Attentat mit Sprengstoff zu besorgen …

Während er sprach, befragte ich das Intermentale Display nach der historisch erfolgreichsten Attentatsform und verlangte eine Liste der bekanntesten Fälle (natürlich nur bis in dieses Jahrhundert) –

»Immer vorsichtig also, ja?«

»Aber natürlich«, sagte er.

»Und Schwimmen?«

Er zeigte mir ein Photo seines Pools.

»Mein Garten, ich habe Alarmsysteme …«

Ich schrieb auszugsweise die vom Display erstellte Liste für ihn auf – (›beste Attentatsform‹)

2600 (v. Chr.)	Hardanapal IV.	Pool
1190	Friedrich I. Barbarossa	Pool
1793	J.P. Marat	Wanne
1886	Ludwig II. v. Bayern	Pool
1969	Brian Jones	Pool
1973	J.D. ›Jim‹ Morrison	Wanne
1979	Rudi Dutschke	Wanne
1987		

›1987 ...‹ strich ich wieder, denn dieses Jahr war noch gar nicht gekommen. Für Sanders aber reichten schon die sieben Punkte, es alarmierte ihn besonders, daß Todesfälle in Pools überwogen.

In einem Schließfach, so Sanders, hielte sein Plattenkonzern bereits die Spritzbestecke für die mit Drogen geplanten Selbstmorde noch gar nicht geborener Sänger bereit; seinen Pool aber werde er zuschütten lassen –

Es zeigte sich, daß das Mädchen in Wirklichkeit keine Geliebte, sondern lediglich seine scheidungsbedingte Ex-Tochter war. Sanders vertraute mir an, er wolle das Mädchen nun bald in ein Sport-Internat in einem der Scheinfürstentümer Europas stecken.

Er wollte statt ihrer ein Laufgestell haben.

»Der Frühling meiner Liebe« oder »Mein Herr, ein Kompliment« waren die Hits des Barry Sanders, welche das Radioprogramm noch immer anreichern halfen.

Sein künstlerisches Merkmal war die Fähigkeit, trotz der Zuhilfenahme lebhafter Musik eine extreme Leere zu erzeugen, die auf der einen Seite weder etwas aussagte und auf der anderen den Hörer nicht zum Tanzen animierte ...

Bezogen auf die Radio-X-Beliebigkeit schuf Sanders gute Titel.

*

Der zweite Cousin meines Vaters hieß immer noch Tyler. Im Gegensatz zu Barry Sanders, dessen Bekleidung zwar schon alt, aber nach Maß gefertigt war, zeigte sich Tyler in realeren Stücken, welche ersichtlich aus dem Versandhandel stammten, denn die Ärmel waren zu lang und seine Hosen an den Schenkeln so eng, daß sie zu platzen drohten.

Er besaß einen winzigen Werkzeugverleih in einem Vorort von Toronto und saß den ganzen Tag über am Steuer, um seine Sägen und Bohrer zu den Kunden zu bringen oder von dort wieder zu holen.

Auch er war in Begleitung einer Frau. Sie hatte schimmernde kastanienglatte Haare und trug ein T-Shirt mit dem Bild von Barry Sanders, das schlotternd den hageren Körper verhüllte.

Tyler sah seinen Werkzeugverleih als politische Mission. Sein unternehmerischer Aufstieg, dachte er, werde ihm Einfluß auf die Geschichte verschaffen. Man dürfe nur nichts von ihm merken, bis er ganz hochgekommen sei, sonst würden die schon bestehenden Firmen ihn durch rechtliche Tricks vernichten.

Er schilderte mir stolz, mit welchen Mitteln er sich tarne, beschrieb die blaue Uniform, die er beim Ausfahren stets anlege –

»... tagsüber Werkzeug, da leg ich wirklich meine Guerillaverkleidung an!«

»Es ist also so ähnlich wie ein langes Überwintern?«

»Genauso ist es«, sagte Tyler.

Barry Sanders hatte es freundlich unterlassen, mich der Abwesenheit meines Vaters wegen zur Rede zu stellen, lebhaft sprach er statt dessen mit Mutter. Die beiden anderen Frauen hielten sich weiterhin sprachlos abseits, während Howards – trinkend am Fenster – wohl als einziger wirkliche Trauer empfand.

Es saßen nur Tyler und ich, ein Philodendron zwischen den Sesseln verdeckte ein wenig die Sicht aufeinander.

Tyler riß plötzlich ein Blatt von der Pflanze und nickte mir merkwürdig zu –

»Dein Vater ...«

»... wird wegen höherer Gewalt wohl heute nicht mehr kommen«, sagte ich rasch.

Doch Tyler verstand nicht.

»Also vom Sturm aufgehalten?«

»Aber nein, aber nein! Er ist *eingesperrt* worden ...«

Tyler zog mich mit einemmal zu sich, als ob ich dies nie hätte sagen dürfen, aber er bettelte förmlich nach weiteren Informationen, gab dabei an, er wolle helfen usw. –

»Acht Monate hat er, kalt«, sagte ich, »sie gaben ihm keine Bewährung.«

Dem Vater hatte es nicht mehr gefallen, Vertreter von einem Büro aus zu führen.

In seinem Geist war der Gedanke aufgestiegen, sich selbst ein Unternehmen aufzubauen, dessen Gewinn ihm endlich Wohlstand bringen würde, nur Geld zur Gründung fehlte ihm.

Der Vater setzte alles auf eine Karte.

Wie früher – als er Vertreter war – besuchte er wieder Familien, doch diesmal lediglich solche, die schon dem Namen nach aus Deutschland oder aus Frankreich stammen mußten.

Den Familien, die er besuchte, stellte er dar, daß auf sie Erbschaften von großem Umfang in Europa warteten. Die deutschen oder französischen Behörden jedoch erhöben Bearbeitungsgebühren von fünfhundert Dollar, ehe die Unterlagen von ihnen bereitgestellt würden. Der Vater sammelte fast 30000 Dollar, ehe die erste besuchte Familie ihn schließlich verklagte.

Er hatte nicht daran gedacht, daß seine Vertreterlizenz, die er betrügerisch als amtlichen Ausweis mißbrauchte, ja trotzdem echte Daten enthielt, die sich schließlich im Zuge des Betrugs nicht selbst automatisch für ihn gefälscht hatten.

Er hatte immer nur an den Ausweis gedacht, doch niemals an den Inhalt desselben, sich selbst für raffiniert gehalten, ohne Grund ...

Tyler wirkte beeindruckt.

»Du hast gesagt, daß er das Geld für eine Firma haben wollte?«

»Aber ja ...«

»Und was für eine Firma?«

»Keine Ahnung.«

Das stimmte nicht, doch ging es Tyler schließlich nichts an.

Begonnen hatte es, als wir auf einem Feiertagsspaziergang unter anderem auch den Friedhof durchquerten. Der Friedhof war in der Stadt vermutlich das größte Gelände, welches man halbwegs naturnah benutzte; selbst Kapellen und Mausoleen schienen von ferne nicht größer als die einfachen Gräber zu sein; kaum waren die Türme der Stadt im Dunst jenseits der Mauern zu ahnen.

Als wir dort liefen, war es Sommer, die Menschen hielten sich sorgsam im Schatten. Wir konnten jedoch dort nicht bleiben, im Gegenteil verlief der Weg in die Stadt zum Großteil direkt in der Sonne –

»Und gar nichts zur Erfrischung«, seufzte Mutter.

Schweigend marschierten wir weiter.

Beim Abendessen erklärte der Gatte, die Worte Mutters auf dem Friedhof hätten ihm durchaus zu denken gegeben.

»Stellt euch mal vor, man würde eben dort einen Getränkestand betreiben – womöglich einen ganzen Imbiß ...«

Die Mutter schmierte sich langsam den Rest eines Brotstücks.

»Auf einem Friedhof sind auch immer Leute ...«

Es zeigte sich überraschend, daß sich Lizenzen für den Erfrischungsverkauf auf dem Friedhof mit dem entsprechenden Kapital tatsächlich ganz einfach erlangen ließen; und wegen des Geldes für solch eine Lizenz hatte der Vater sich den Testamentstrick ausgedacht –

»Seine Firma hat ihm gekündigt«, sagte ich Tyler.

Tyler nickte mich merkwürdig an und schaute ins Philodendron.

»Die Arbeit ist weg, das Haus aufgegeben, und Aussicht auf Geld hat er auch keine mehr – begraben mitsamt seiner Steuererklärung.«

»Begraben«, bestätigte ich.

*

Können Tote noch träumen?

Als Anteil aus seiner Lebensversicherung erhielt ich durch den Tod von Opa Rick 8000 Dollar.

General Reichardt hatte erklärt, daß der Speicher meines Displays die historischen Daten der Wirtschaft enthalte. ›Broker‹ war – das wußte ich inzwischen – nicht Name einer Person, sondern Bezeichnung einer Art Gilde von Agenten, mit deren Hilfe man mit ›Aktien‹ spekulierte (kleinen Stückchen von Unternehmen). Je größer die Anzahl der Teile, um so gewaltiger war die Verästelung des Spiels. Mit einem dieser Züchter von Entscheidungsbäumen stand mir am Nachmittag ein Termin bevor.

Zum Träumen muß man stets wach sein.

*

Die erste Stunde hielt Toraeus, ein früherer Schweden-Amerikaner. Toraeus hatte im Unterricht stets einen an den Kanten schmutzigen und nach Schwefel miefenden Labormantel an, um den Physik- und den Chemielektionen etwas mehr Spannung zu verleihen. Die Schüler konnten nie wissen, ob er nicht doch im Lauf der Stunde einen schönen Versuch präsentierte und waren daher bei Toraeus stets interessiert und friedlich.

Nun brachte mich der Mantel auf die Idee, daß ihn Toraeus ja vielleicht auch deshalb tragen konnte, um Anspruch auf den Status eines Forschers zu erheben, der er offensichtlich zu sein glaubte.

»Sie träumen, Tyler.«

»Keineswegs, Sir –«

Ich klickte im Display das Protokoll seines bisherigen Vortrags an.

»Sie sprachen bisher über den Einfluß der Dichte der Spulenwicklung auf die elektromagnetische Induktion. Zuletzt erwähnten Sie die Unterschiede zwischen den gleichgerichteten Magneten und Metallen, die dies nicht sind. Sie betonten, daß Einstein eine Verbindung zwischen dem Magnetismus, der Schwerkraft und den radioaktiven Strahlungen vermutete. Sie fragten mich, wie die entsprechende Theorie heißt, und ich dachte darüber nach.«

»Ja, ja«, brummte Toraeus, »ist schon in Ordnung, Tyler –«

Er nahm die Brille ab und rieb sich seine Augen.

»Ein Lehrer muß nicht immer recht haben, nicht wahr?«

Er drehte sich wieder zur Klasse.

Am Nachmittag besuchte ich den Broker Jerry Cooks.

Er residierte an einem Schreibtisch, der überwuchert war von Elektronik. Die Funktionen waren synchron geschaltet ...

Ich hatte die Daten der künftigen Wirtschaftsentwicklung, die im Display gespeichert waren, analysiert und eine Liste sicherer Orders für meine 8000 Dollar erstellt. Damit ich nicht später in Verdacht kommen konnte, verbotene Informationen aus einer ganz bestimmten Firma zu erhalten, hatte ich meine Mittel leicht gestückelt.

Cooks studierte die Liste, wobei er mehrmals seltsam schniefte.

Wo ihn die Schreibtischlampe traf, war eine Brandwunde an seiner Stirn zu erkennen.

»Sie geben an, ich solle Anteile von *All American Electric* für Sie kaufen?«

»Aber ja doch.«

»Lieber Tyler, *All American Electric* ist schon vor fünfzig Jahren während der Wirtschaftskrise aufgelöst worden.«

»Aber ...«

»Oder auch hier, die Order für den nächsten Monat; da soll ich Ihre Anteile von *Handycraft* wieder verkaufen. Nun ja, ich kenne diesen Wert nicht ...«

Jerry Cooks lehnte es ab, die Liste zu akzeptieren. Es sei auch ihm lediglich möglich, mit vorhandenen Werten zu handeln.

Ich konnte ihm nichts darauf sagen.

Das ganze Projekt des Antriebs war finanziell nun nicht mehr gesichert.

Im Fahrstuhl übertrug das Radio blökend ein Basketballspiel.

Bei den Eltern zu Hause erwartete mich ein Schwartenteller.

Seit der Rückkehr des Gatten aus dem Gefängnis lief das Fernsehgerät abends ununterbrochen. Das in der Haftanstalt Verpaßte sollte auf diese Weise aufgeholt werden.

Am Tag war er inzwischen wieder einfacher Vertreter und bot (zum Beispiel Wirten) Abonnements für Phosphor-Feuerzeuge, aber auch Buchstaben-Schablonen an, mit denen Speisekarten oder Schilder von jedermann professionell gestaltet werden konnten …

Während ich Stücke von dem Schwartenteller pickte, mußte ich wieder daran denken, wie mich der Basketball-Report im Fahrstuhl deprimiert hatte.

»Basketball …«, seufzte ich – und lachte.

Die Gatten saßen gemeinsam im Blauen, welches dem optischen Auspuff ihrer Fernsehmaschine entströmte. Die Übertragung nahm ihren Lauf.

Ich spülte ab und ging nach draußen. In einem Seitenkino nahe dem Garrett Monument erwog ich Pläne für die Zukunft.

(Kino-Orgel durch Top Ten ersetzt)

*

Die Geschäfte und die Supermärkte der Erde waren grundlegend verschieden von den zu Hause üblichen ›Verkaufsstellen‹.

In brüchigen Gläsern gab es dort schlaffes Gurkengeschrumpel mit einer wie abflockenden Haut, als seien Greisen-Penisse in Spiritus gelegt worden …

Eine Verkaufsstelle hielt beulig verquollene Dosen und auch die Schokolade nur in solcher Form bereit, daß sie zu Hause erst mit Neutrinos bestrahlt zu werden hatten, um die Würmer zu töten.

Ich fragte mich, woran es lag, daß alle Waren schon überlagert ausgeliefert wurden; womöglich, dachte ich, wurden die Lebensmittel bereits mit Vorbedacht so produziert, damit die Leute weniger Nahrung kauften. Wer weniger aß, der mußte sich auch weniger ekeln, sei es beim Kochen oder beim Kaufen. In den Filialen hingen in Krusten Parasiten, wie mit Korallen überzogen wirkten die Aufbauelemente ... Ungeachtet der speziell für diesen Zweck von meiner Bewertungsstelle wieder in Umlauf gesetzten bio-nuklearen Insektengifte gelang es nur in seltenen Fällen, die für die Heimat typischen Kriechungetüme, in etwa tellergroße urzeitliche Kerbtiere, wirklich aus den Läden zu vertreiben. Es waren Reste von Natur, welche man ungewollt auf die Plattformen eingeschleppt hatte.

Im Grunde sah ich sie ganz gern. Das Gift dagegen lag auf den Packungen, Gläsern und Dosen ähnlich einem Film, sein Abrieb waren dreckige fettige Würstchen, von denen immer ein paar in die Nahrung fielen, wenn die Verpackungen aufgemacht wurden. Durch aufgewellt-schmutzige Hinweistafeln wurde die Kundschaft drohend ermahnt, nur solche Produkte zu wählen, deren Gebrauch ihr unverzichtbar erschien, rohstoffintensive Waren zu vermeiden, in Blech verpackte Konserven zum Beispiel. Den Weisungen der Filialangestellten sei zuvorkommend Folge zu leisten.

*

Die Filialleiterin des Supermarktes, in dem ich meistens kaufte, ließ immer nur das ›Goat's Head Soup‹-Album der ›Rolling Stones‹ laufen. Ich konnte gerade dieses Album nicht besonders leiden, weil ich zur Zeit seines Erscheinens, als es im Radio häufig gespielt wurde, besonders stark das Fehlen meiner Frau betrauerte und diese Stimmung bei den Liedern immer gleich zurückkehrte. Die Bevorzugung der Platte durch die Chefin der Filiale, dachte ich, hatte mit Sehnsucht sicher auch etwas zu tun. Der Unterschied lag darin, daß sie sich diese spezielle Art von Schmerz unbedingt greifbar halten wollte.

Frischobst aus Büschen sah ich vor mir, von Bäumen und Stauden, ein Anblick, der mir seltsam und wertvoll erschien.

Spontan nahm ich mir Nüsse, eingepreßt in einen Korb aus grauem Plastik, welchen ich diskusartig zwischen die Dinge im Wagen rotierte. ›Dancing with Mr. D.‹ fing gerade an ...

Ich schob den Wagen zu Tiefkühl- und Dosenkost weiter. In dieser Gegend war ich mehrfach schon Toraeus, dem Physiklehrer, begegnet, der sich verwunderlicherweise immer in Begleitung eines Mädchens in hellen Lederkostümen mit bemerkenswert schwarzen Haaren befand, wenigstens dreißig Jahre jünger als er. Sie hatte Korkenzieherlocken, die in Hellblond und Purpur erglänzten. Bei den Begegnungen hatte Toraeus sich leider so verhalten, als würde er mich gar nicht kennen.

Während ich mir am liebsten Früchte in Dosen und in Glas verpackte Konserven verschaffte, schoben Toraeus und das Mädchen meist Tiefkühlgemüse und Trockenprodukte wie Chips an die Kasse.

Ihre Funktionen waren klar verteilt: Toraeus packte ein, und die Begleiterin bezahlte.

Ich gab dem Fahrer zwanzig Dollar und sagte ihm, es sei gut so. Er half mir noch, die Waren in den Aufzug zu verlagern, dann drückte ich auf ›2‹.

Ich schloß die Wohnungstüre auf, trug meine Tüten in die Küche, versorgte, was gekühlt werden mußte, nahm mir danach eine der Flaschen und setzte mich in den Hauptraum.

Es lagen Briefe auf dem Schreibtisch und eine Liste dozierender Raumfahrtexperten, die ich seit Jahren komplettierte. Ich schraubte trübe an der Flasche: Ein theoretisch untermauertes Konzept, das von bekannten Formen abwich, schien für die Antriebsfrage nicht zu existieren, noch keiner war bisher dafür verdammt worden.

Alle waren Anhänger ballistischer Raketen, doch meine Hoffnung bestand darin, daß einige von ihnen privat vielleicht noch andere Ideen verfolgten und nur die Technik – die wir hatten – ihnen die Umsetzung verwehrte.

Im Komitee nämlich zogen wir damals nur einen Fall nicht in Betracht: daß die gesuchte Theorie vielleicht niemals existiert hatte –

Am viktorianisch unterteilten Fenster trank ich die lauwarme Brause. Unten vor dem Haus lief die Besitzerin vorbei. Mich sehend, grüßte sie hektisch hinauf. Von unten mochte es scheinen, als schwappte Gin in meinem Glas …

Während sie um eine Ecke verschwand, bemerkte ich, daß ein Admirals-Schmetterling auf einer der Innensprossen des Fensters hockte. Ich hatte Übung darin, selbst fragile Insekten zu handhaben, und beschloß, das Tier gleich nach draußen zu setzen (wahnsinnig dröhnte der Schrecken in mir, als eine Amsel plötzlich von außen nach dem Schmetterling gegen die Scheibe hackte, während ich ihn zu fassen versuchte).

Trotz meines Mißerfolgs beim Broker konnte ich nun ein eigenes Heim unterhalten.

Überraschend kam Hilfe von Howards, der uns damals häufig besuchte. Seine Versetzung auf den Flugplatz war ihm nach wie vor bitter. Es gab dort zuwenig Beamte, um Positives zu leisten. Hinzu kamen Schikanen, die Suche nach entlaufenen Hunden, stundenlanges Anhören von Prominenten, die aber hier, in der Provinz, gelandet waren ...

Es werde nicht mehr lange dauern, meinte Howards, und ein gewaltiges Verbrechen auf dem Flugplatz werde ihm Hunderte von Untergebenen bescheren, damit dergleichen nie mehr unterlaufe.

Es gelang Howards aber, mir eine Stellung in einem Reisebüro in der Stadt zu verschaffen. Meine Aufgabe bestand darin, den Versand von Annoncenvorlagen an die Zeitungen der Region durchzuführen und später zu kontrollieren, ob man die Anzeigen auch gut plaziert und technisch ordentlich gedruckt hatte.

Diese Arbeit kostete täglich drei bis vier Stunden. Die verbleibende Bürozeit verbrachte ich damit, das Reservierungssystem der Fluggesellschaften zu Reisen in die Datennetze ihrer Geschäftspartner zu nutzen, Aviatik-Konzerne, die Zentrale der staatlichen Luftüberwachung, Informationen des Militärs erschlossen sich mir allmählich. Man schien bemüht um die Entwicklung eines unsichtbaren fliegenden Gerätes, sowohl bei optischer Erfassung als auch auf dem Radarschirm.

Die Absicht dabei konnte nur sein, Vernichtungsmittel zum Gegner zu bringen, ohne daß dieses bemerkt werden konnte.

Ich folgerte, daß man auch andere Radar-Systeme brauchte, weil schließlich niemand sicher wußte, ob der Gegner die Technik des Unsichtbarmachens nicht ebenfalls kannte. Mich machte beklommen, daß absehbar war, wie das verbesserte Radar dann nach Jahrzehnten neuer Forschung durch ein noch besser getarntes Fluggerät schließlich veralten und anschließend durch ein sensibleres Radar ersetzt werden würde ...

Wenn man bedachte, daß Projekte dieser Art die Hochschulen blockierten und die Talente Tausender von Forschern immer nur in eine Richtung wirken ließen – die Vorstellung war unerträglich.

Hier meinte ich eine der Ursachen dafür zu sehen, warum es so wenig unorthodoxe physikalische Theorien gab.

Ich ging erneut zu Jerry Cooks und investierte meine 8000 Dollar in Anteile zweier Radarfirmen.

*

Verlieren ist Finden.

Durch bewußtes Verlieren von Dingen an ungewöhnlichen Orten kann man erfahren, welche Personen sich sonst dort befinden.

Das bewußte Verlieren von Dingen an ungewöhnlichen Orten ermöglicht es, deren Freunde zu finden.

Durch Verlieren findet man Freunde.

Aber ich hatte vielleicht schon mich selber verloren.

*

Bei meinen Gängen in der Stadt konnte ich feststellen, daß die neutralen Kolonien selbst hier, in der Provinz, noch Residenten unterhielten, um Eingriffe in die Historie und Auseinandersetzungen zwischen Besuchern kämpfender Parteien zu verhindern.

Zum erstenmal traf ich auf Residenten, als ich im Winter eine Ausstellung besuchte –

DAMPFROESSER DER DDR

Die Bevölkerung zeigte erstaunliches Interesse. Allgemein war man der Ansicht, daß ›DDR‹ eine Art musealer Urlaubsprovinz in Deutschland sein müsse, die hier um Gäste werben wolle.

Bei dieser Ausstellung war es zum erstenmal, daß ich die Hüter der Historie sehen konnte.

Mich allerdings konnten sie keinesfalls erkennen. Solange sie keine Sensoren für die elektromagnetischen Abstrahlungen meines Displays bei sich hatten, war ich ein Mensch wie alle anderen für sie.

Ich selbst erkannte die beiden an einer Reihe von Details in ihrer Haltung und den mechanisch tastenden Blicken, mit denen sie die Dampfrösser erforschten. Wäre nur *einer* dagewesen, dann hätte auch ich diese Dinge nur als persönliche Marotte aufgefaßt und ihn wohl weiter nicht beachtet.

Daß zwei dem Anschein nach getrennt agierende Ausstellungsgäste sich aber genau in den gleichen Details anders verhielten als die übrigen Menschen, benahm mir bald jeden Zweifel.

Die beiden Männer kamen vermutlich von Xanten, einer sehr kleinen Kolonie, deren – noch immer intakte – Planeten sich im Sternbild des Schwans befanden.

Die Xanten-Leute hielten sich viel auf die Mittel zugute, die sie in ihre Medizin steckten. Es gab kaum eine Krankheit bei ihnen, die sie mit Hilfe von Prothesen oder auch nachempfundener Organe nicht sicher zu heilen vermochten. Ihre sonstige mechanische Industrie allerdings befand sich noch immer in der Phase des Verbrennungsmotors.

Der ältere Resident hatte sich guru-ähnlich zurechtgemacht und trug ein längsgestreiftes Gewand, das teils aus einfachem Leinen, zum anderen Teil aus minzegrün schillernder Seide bestand. Ich konnte trotz des Gewandes erkennen, daß man den Hüftknochen bei ihm durch eine Stahlkrause ergänzt hatte. Wenn er sich duschte, rannen ihm sicherlich rostige Schlieren wie Dreckblut über die Beine.

Ich erinnerte mich, daß ich den Mann bereits ein paarmal in der Innenstadt bemerkt hatte. Gelegentlich sah man ihn dort mit einem Stand, von welchem aus er stundenlang geduldig in die Passantenströme schaute. Nun wußte ich, daß er nach Leuten aus dem Weltraum Ausschau hielt, die auf der Erde zu Besuch weilten.

Der zweite Resident stand ebenfalls wie festgenagelt vor einer der Lokomotiven. Hin und wieder zuckte sein Kopf in elektrischen Spasmen, weil die prothetischen Halsmuskelkränze sich nicht wirklich synchron zu bewegen vermochten, die Mechaniken drehten sich ungleichmäßig.

Der Resident trug einen bürgerlichen Anzug, war dicker als sein Guru-Kollege und außerdem auch sehr viel älter. Sein Äußeres war ersichtlich berechnet, den Eindruck eines ›Spaniers‹ zu machen.

Man ahnte nicht das geringste davon, daß er ›Innere Schuppen‹ hatte, eine spezielle genetische Züchtung, um die Organe vor einer Reihe von Gasen zu schützen, die auf den Xanten-Planeten zum Luftgemisch zählten und einen gammeligen süßlichen Geruch hatten.

Jeder Artikel und jedes Schriftstück von dort verströmten dieses Aroma.

Wenn Xanten-Agenten auf fremden Planeten jemanden umbringen sollten, war dies aufgrund ihres Gestanks fast immer frühzeitig entdeckt worden. Die Kolonisten hatten daher eine spezielle Attentatswaffe entwickelt, bei deren Anwendung der Mörder seinem Opfer nicht mehr nahekommen mußte.

›Identitätspfeil‹ war die Bezeichnung dieser Waffe.

Mit Hilfe eines beliebigen Gegenstandes, den es lediglich einmal berührt haben mußte, wurde zunächst einmal das bio-elektrische Strahlungsmuster des Opfers ermittelt.

Die Signatur wurde als Wiedererkennungszünder in einer Haftklette gespeichert, welche ansonsten aus hochaktivem Sprengstoff bestand. In der Stadt, in der das Opfer sich aufhielt, mußte die Haftklette dann nur noch einem beliebigen Passanten appliziert werden.

Irgendwann, soviel war sicher, würde der Fußgänger auf seinen Wegen durch die Stadt dem Opfer nahe genug kommen, damit die Klette es an seiner Ausstrahlung zu erkennen vermochte, um die Ladung zu zünden.

Die Residenten waren nicht grundlos in der Stadt, denn hochrangige Skench verbrachten gern hier ihren Urlaub. Den Bedingungen auf ihren Hauptwelten entsprechend zogen sie kalte Länder vor, wenn sie die Erdgeschichte aufsuchten. Sie liebten Wintersport, und es war sicher, daß sie nicht einmal erwogen, den Ablauf der Geschichte zu verändern.

Von den Anngens-Terroristen, vor denen Reichardt mich so nachdrücklich gewarnt hatte, lebte wohl keiner in der Stadt, was ich aufgrund ihrer geringen Anzahl auch als normal betrachtete. Ein wenig seltsam kam es mir vor, daß keine Speermänner erschienen. Es war nur wenig wahrscheinlich, daß sie das 20. Jahrhundert für zu unbedeutend hielten, um nicht gelegentlich auch dort nach dem Rechten zu schauen.

Normalerweise nahmen sie jeden Vorteil wahr, verfolgten alles, was sie nur irgend beobachten konnten, ließen nach Möglichkeit nie Lücken und trieben allen Aufwand, wenn nur ein Vorteil dabei winkte: Mit einem lebenfressenden Zynismus, der in der Kriegsgeschichte ohne Beispiel war, gaben die Speermänner ganze Planeten freudig hin, wenn sie dadurch nur eine einzelne Transporthülle des Gegners mit Sicherheit ausschalten konnten.

Sie nannten es ›Maximierungsprinzip‹.

Wenn ich nicht schlafen konnte, las ich am liebsten Reichardts Berichte über die Lage auf feindlichen Welten, die alle im Display gespeichert waren.

Unter anderem hatte Reichardt einen Planeten besucht, auf dem nur ein einziger Ort existierte, ›Kleinwintlow‹ genannt. Die Militärverwaltung nahm an, daß die Speermänner auf dieser Welt nach neuen Waffen und Technologien forschten; man schickte Reichardt nach Kleinwintlow, um sich Klarheit zu verschaffen.

Kleinwintlow wurde von Reichardt als künstlich geschaffene Siedlung geschildert, die sich inmitten eines Landes erstreckte, auf dem sonst lediglich noch anspruchslose Gräser, doch weder offene Gewässer noch eine Tierwelt existierten.

Das Licht wurde als gleichbleibend ›duster‹ bezeichnet, und mit der Nacht kamen stets Stürme.

›Kleinwintlow‹ war eine modern errichtete Haftanstalt mit 90000 Insassen, von einer Anzahl ›freier‹ Wohnviertel umgeben, welche in Wahrheit aber nur Teile der Haftanstalt waren.

Kleinwintlow war ein Langzeit-Arrangement der Speermänner, mit welchem sie herauszufinden suchten, wie man Gefangene am schlimmsten zu bestrafen vermochte, was den Gefangenen aber unbekannt war. Die Gefängnisdirektion stellte die Freilassung in Aussicht, wenn der Gefangene seine Bereitschaft erklärte, zunächst noch im zivilen Teil Kleinwintlows zu verweilen, damit man ihn dort noch etwas beobachten könne, ehe er endgültig auf seine Heimatwelt im Speermänner-Gebiet zurückkehre; er werde natürlich auch Arbeit erhalten.

Die Gefängnisleitung verstand es durch allerlei Künste – reichliche Löhne, Zusammenbringen mit Sexualpartnern, die Abhängigmachung von Drogen (die es preisgünstig nur in Kleinwintlow gab), Erpressungen mit Ratenkaufverträgen –, die Freigelassenen für immer in Kleinwintlow zu halten, noch nie hatte einer den Planeten wieder verlassen.

Wenn im zivilen Teil Kleinwintlows ein Mann, der früher ein Sträfling war, in seiner Eigentumswohnung auf dem Sterbebett lag, dann kam der Pressesprecher des Gefängnisses ans Lager und sagte ihm die Wahrheit.

Dem Sterbenden wurde eröffnet, daß man ihn niemals freigelassen habe, daß seine Stellung in der Stadt just so gewollt, seine Geliebte nur gekauft, seine ›Interessen‹ suggeriert und seine Bekannten in Wirklichkeit nur eine Spezialtruppe gewesen seien, welche

Dossiers über ihn führte, im Auftrag der Gefängnisdirektoren.

Man habe ihn planvoll mit kleinen Intrigen gefoltert, ob nun am Arbeitsplatz oder privat, ihn durch die Ausstrahlungen, welche in Wirklichkeit nichts weiter als ebenfalls freie Erfindungen seien, Gefühlsbilder von Ohnmacht und Verwirrung eingefüttert und parallel dazu mit nuklear verseuchter Nahrung allmählich seine Organe vernichtet –

Der Höhepunkt seiner Zerstörung aber sei jetzt gekommen, im Augenblick des Sterbens. Zwar sei der Tod nicht die Strafe, doch die Besiegelung ihres Vollzuges, da dem Gefangenen nun alles offenbart worden sei und ihm dämmere, daß Zeit für Freiheit nicht mehr bleibe, daß es die schwerste Strafe sei, wenn die Betrüger ihren Sieg offen eingestehen konnten, während der Tod den Betrogenen schon malmend verschlang und man ihm den Gittersarg zeigte, in dem in Kürze sein Leichnam, auch noch im Tode eingesperrt, mit elektrischer Spannung verkocht werden würde.

Was dann noch übrig war vom Toten, wurde in Quader zementiert und als Verhöhnung mit dem Bildnis des Geschäftsmannes versehen, von dessen Arbeitern ›Kleinwintlow‹ einst erbaut worden war.

Die Quader wiederum wurden im Orbit ausgesetzt, um dort als Hindernisse den Planeten abzuriegeln, um für Kleinwintlow langsam zur steinernen Schale, zum Sarkophag aus den eigenen Toten zu werden.

Als positiv an Kleinwintlow wurden in Reichardts Bericht Fahrzeuge wie Halbkugeln aus Stahlblech angeführt (VW-Käfer-ähnlich) und die perfekten Hologramme, mit denen man Vitrinen und die Privathaushalte schmückte. Die Hologramme hatten die Form und das Gewicht handlicher Würfel, sie zeigten teilweise bewegte Szenen, zum Teil auch statische Naturbilder.

Einen Planeten aber in einen Sarkophag einzufassen, aus den eigenen Toten – die Hologrammquader erschienen dann lediglich als eine weitere Verhöhnung. Oben machten sie dicht, während sie unterhalb den Planeten mit Bildern verminten.

Die Komponenten waren identisch. Würfel.

Mich erstaunte an diesem Bericht, wie unvorstellbar weitgehend die Speermänner die Exekution von Strafen betrieben. Und darin war nicht alles enthalten.

Die Drangsalierungen im Alltag zum Beispiel, an denen sich die Leiter des Gefängnisses ergötzten, angefangen bei den Bestandteilen der Nahrung für die Gefangenen, welche in Wirklichkeit Gegenstände des Ekels waren, bis hin zu den Versehrungen, die sie durch kalte Diskretion erleiden mußten, wenn sie mit Zahlungen in Rückstand gerieten.

Die Speermänner waren bestrebt, den Gefangenen nicht etwa seiner Freiheit zu berauben, sondern ihn spüren zu lassen, wie man ihn gerade dort durch Widerstände zum Idioten machen konnte. Nicht die Beschränkung der Bewegung, sondern die Beugung allen Willens trotz jeglicher Bewegungsfreiheit – das war die größte aller denkbaren Bestrafungen für ein Wesen, das seine Lage selbst zu erkennen vermochte. Die Offenbarung dieser Strafe am Sterbebett paßte genau in dieses Muster.

Sollten die Speermänner von meinem Auftrag hier erfahren und mich auf irgendeine Weise in die Gewalt bekommen, was würde mir erst passieren, wenn sie so schon mit den eigenen Leuten verfuhren?

*

Im Supermarkt sah ich bei ›Softwaren & Spirituosen‹ die Tochter von Toraeus allein mit einem Wagen, der Professor schien sie nicht zu begleiten. Die verwaschen geringelten Strümpfe an ihr, aus denen Beine so hell und süß wie Schlagsahne standen, ließen mich stetig auf sie zugehen.

Auch ihr Gesicht war weiß gepudert, aber die Augen in purpurne Zonen gefaßt, die sie sehr offen und nackt wirken ließen, so stark war der Kontrast. Von ihren Blicken ging physische Strahlung aus, bei jedem der Blicke durchfuhr mich Entzücken.

Das Mädchen winkte mir zu.

»Meinen Sie mich?«

»Helfen Sie ... bitte ... –«

In ihrem Einkaufswagen sah ich Blätterteigtaschen mit Heidelbeerfüllung. Doch im Regal, vor dem sie stand, war der Holunderwein dazu ihr unerreichbar; ich solle von dort oben eine Flasche für sie holen, dann dürfe ich nachher auch davon haben.

Ich folgerte, daß ihr Vater, der Professor, nicht zu Hause war. In Ruhe würde ich alle seine Unterlagen sichten, um festzustellen, woran er früher geforscht hatte.

Ich nickte und griff nach dem Wein.

Das Zimmer von Sonja war hell, zum Teil in Bambus ausgestaltet, zum Teil in hellem beige Leinen. Quer vor den beiden Fenstern des Zimmers stand ein Tisch, die Sonne wurde mild durch weiße Vorhänge gefiltert. Die Füße gegen die Tischplatte gestemmt, war sie, bekleidet nur mit einer gelben seidenen Weste, halb liegend in einen Korbstuhl gelehnt. Die Sonne bemalte ihr Beine und Geschlecht mit cremefarbenen Strahlen, um ihren Körper lag ein frischer Duft von Orangen.

Ich krabbelte unter den Tisch und kitzelte sie mit der Zunge, bis ihr anfangs noch stoßweises Atmen in langes Hauchen überging. Nach einer Weile bat mich Sonja innezuhalten und kam ebenfalls unter den Tisch. Einen Moment lang hatte ich Angst, sie würde fragen, ob ich Gummis bei mir hätte (was nämlich nicht der Fall war), sie packte mich jedoch mit der Hand.

Später – wir lagen immer noch unter dem Tisch – mußte ich Episoden aus den Unterrichtsstunden ihres Vaters erzählen, der seine Tätigkeit in der Schule dem Anschein nach nicht gern erwähnte. Eineinhalb Stunden lang mußte ich reden, bis sie mit einem Lächeln auf dem Gesicht neben mir eingenickt war.

Ich fand den Schreibtisch von Toraeus im Nachbarzimmer. Neben Schulunterlagen entdeckte ich einige Hefter, die ein chaotisches Durcheinander von Zeitungsartikeln aus allen Sparten des Lebens enthielten. Da und dort hatte Toraeus mal ein Wort oder ein Zeichen an den Rand gekritzelt. Zumindest enthielten die Hefter eine Reihe von Zeitungsartikeln, die sich mit Physikern, doch offenbar nur solchen, die geehrt wurden, befaßten.

Die Hefter nahm ich an mich und ging gelassen aus der Wohnung. Auf dem Heimweg kaufte ich Klebstoff, um Interessantes aus den Heftern zunächst einmal auf festeres Papier zu übertragen.

Toraeus' Sammlung von Zeitungsartikeln war noch nicht einmal gängig gelocht, die Blätter waren oft knittrig und eingerissen. Dies entsprach wenig dem Standard, den er selbst in der Schule verlangte.

Am Nachmittag kam es mir vor, als würde das Zimmer vor Hitze vergilben, mein Herz raste entsetzlich, ich hechelte nach Luft und krampfte mich auf meinem Schreibtischsitz zusammen. Es war vielleicht der Klebstoff daran schuld, mit dessen Hilfe ich seit Stunden das Geknitter von Toraeus wieder glattzuziehen suchte …

Ich schwankte elend aus dem Haus, die Sonne spritzte grell über die Menschen, Komparsenscharen im Schweißfilm. Ohne zu wissen warum, suchte ich lang nach der Eisenbahnlinie, die ich am Ende auch zwischen Wohnblocks entdeckte. Ich folgte stetig ihrem Verlauf, wurde so sicherer im Gehen.

Als ich am Stadtrand eine Brücke überquerte, bemerkte ich plötzlich, daß die Laternen bereits brannten und ich die Schere, mit welcher ich am Mittag Toraeus' Seiten geradeschnitt, noch immer fest in meiner Hand hielt. Die Uhrzeit war nicht abzuschätzen, doch etwas Geld und meine Schlüssel hatte ich bei mir.

Ich warf die Schere von der Brücke und lief stoisch weiter.

Mir wurde kühl, da meine schwitzig-feuchte Kleidung gegen die abendlichen Winde nur wenig Isolation bieten konnte. Meine Beine waren so ausgeleiert, daß ich zuerst nach einer Bank sah, als ich den Westbahnhof erreichte.

Der Westbahnhof war kein Fernreisebahnhof. Vor allem wurden dort Güter umgeschlagen, ansonsten hielten täglich nur zwei Vorortbahnen. Aus diesem Grund wurde der Bahnhof auch nicht bewacht, man konnte dort beliebig lang verweilen.

Ich setzte mich in eine Wartekabine gleich auf dem ersten Bahnsteig. Unmittelbar neben ihr ragte die Stelze einer Brücke empor, welche die Gleise überspannte. In 90°-Winkeln umwucherte eine Zementtreppe die Stelze, man konnte also vom Gehweg oben direkt bis an ein Gleis kommen.

Bahnhofspersonal war nirgendwo zu sehen, es zeigten sich auch keine Passagiere. Der Bahnsteig war zwar sauber, doch die Beleuchtung nur mäßig, was Freiräume für Gefahren schaffte.

Dem Universum stehen nur zwei Möglichkeiten offen, sich seiner Außenwelt über Handlungen mitzuteilen – es dehnt sich aus, es bricht zusammen.

Das Universum ist digital.

Das Universum ist eine Maschine, welche nicht fähig ist, sich zu entscheiden, ob sie nun NEIN oder JA sagen soll, und daher unentschlossen hin- und herschaltet.

JA/NEIN-Maschine: ausdehnen/zusammenbrechen.

Das war immer noch viel besser, als auf NEIN stehenzubleiben.

Von der Kabine aus konnte ich einen Mann sehen, welcher sich auf einem Zementweg zwischen den Gleisen bewegte und die meterlange Antenne seines sehr funkgerätähnlichen Radios dabei wie eine Wünschelrute vor sich herschwenkte.

Er traf auf einen zweiten Mann, welcher das gleiche machte wie er. Die beiden Männer wurden in eine Spieluhr verwandelt und drehten sich mit den Antennen um sich selbst. Während die lebensgroßen Figuren sich unter Singsang gleichmäßig bewegten, lief auf dem Bahnsteig eine Frau an mir vorüber, die ihrer Körpergröße nach aus meiner Heimat hätte stammen können.

Ich dachte nicht nach, sondern ich redete, bevor sie verschwand –

»Bitte ...«

Sie hielt tatsächlich an.

Ich berichtete kurz, was geschehen war: von Sonja (ohne Details), von der Vergiftung durch den Klebstoff ...

»... und sehen Sie, ich kann jetzt einfach nicht mehr: wären Sie fähig, mich nach Hause zu tragen?«

Die Frau jedoch zeigte keinerlei Überraschung. Mit einem Schritt war sie bei mir und preßte mich an sich. Im nächsten Augenblick hielt sie mich fest auf ihrer Schulter.

So trug sie mich bis zur Stelze der Brücke. An deren abgewandter Seite war ein Telephon befestigt.

Ich rief uns also ein Taxi.

*

Wenn es noch Pferde gäbe, dann bräuchte man keinen Führerschein, um seine Frau oder Geliebte zu fahren.

*

Das große Mädchen war leider in der Stadt nur zu Besuch. Sie war gekommen, um die Sterbedokumente und das persönliche Besitztum einer Tante abzuholen und deren Haushalt aufzulösen.

Mit ihrem Vater zusammen lebte sie 220 Meilen westlich der Stadt in einer winzigen Siedlung, die erst seit wenigen Jahrzehnten existierte. Entstanden war die Siedlung aufgrund eines Bahnhofs, welcher sein Dasein wiederum einem Ausbildungscamp der Armee verdankte, das dort im Lauf des Zweiten Weltkrieges gegründet worden war. Da der Fluß Tyne nicht weit von dem Bahnhof die Eisenbahn kreuzte, hieß auch der Bahnhof einfach Tyne. Zwischen Tyne und der Stadt gab es ansonsten nur noch eine einzige größere Ortschaft, ›Baker's Barn‹, in einem Abstand von dreißig Meilen relativ dicht bei Tyne gelegen.

Baker's Barn allerdings wurde schon nicht mehr von der Bahnlinie berührt, da sie, im Gegensatz zur Straße, aus der Stadt nicht nach Westen, sondern in südlicher Richtung verlief.

In Tyne lebten das Mädchen und ihr Vater in den Räumen einer früheren Tanzschule, die einst den Offizieren des Lagers ihren Aufenthalt in der entlegenen Gegend erträglicher machen sollte.

Das Mädchen hieß Stella Mayfield.

Nachdem wir mit dem Taxi meine Wohnung erreicht hatten, geriet ich – anders als bei Sonja – in einen wahren Taumel der Liebe, der Stella genauso erfaßte. Ich entdeckte eine Seite im menschlichen Denken, die der Tierstufe entsprach und die man in meiner Kultur so gar nicht mehr kannte. Auf den Plattformen waren die Aufgaben der Männer und der Frauen bei der Liebe sehr exakt umrissen, und Sex galt als ein Ritual. Hier dagegen entstand in mir selbst ein spontanes und freies Verlangen, zum Beispiel Stellas Zehen zu lutschen, was dann auch wirklich gewährt wurde. Sie war nicht dick, noch war sie schlank, aber die Größe ihres Körpers entsprach auch der Größe der Liebe, die sie empfangen und ausbreiten konnte.

Ihr Vater wurde mir anschließend von ihr als gütiger Greis beschrieben, welcher mich freudig begrüßen würde. Da sie ihn pflegen müsse, sei es ihr allerdings nicht möglich, die weite Reise in die Stadt öfter zu machen.

Als sie gegangen war, kochte ich Kaffee und las mürrisch in der Zeitung.

Um Stella weiterhin sehen zu können, war ich gezwungen, mir einen Wagen anzuschaffen.

Bei meinem ersten Besuch kam ich schon morgens nach Tyne. Die Ortschaft bestand aus vier Straßen, von denen drei direkt um den Bahnhof verliefen. Fast eine Meile weit davon abgesetzt war die vierte Straße zu sehen, eine Zeile grotesker Baracken, jede war anders gestrichen – die eine in poppigem Grasgrün, in warnendem Industriegelb ihre Nachbarbaracke, die nächste in erdigem Braun usw.

Da ihre Wohnung zuvor eine Tanzschule war, hatten die Mayfields soviel Platz, daß ich den Vater erst gar nicht zu sehen bekam.

Im Nachthemd tat Stella die Tür für mich auf. Vom blumenbedruckten Linoleumboden hatte sie steife kalte Füße, und wir legten uns in ihr Bett. Die kalten Füße und ihr leichtes Verschlafensein machten sie doppelt lieblich, und angenehm waren auch Ruhe und Erleichterung des Samstags, des einzigen Tags in der Woche, auf welchen kein Arbeitstag folgte.

Sie heizte ein und kochte Tee für uns auf dem Ofen.

Draußen stand sauberer Nebel, während Stella und ich abgewandt von den Fenstern auf gepolsterten Stühlen saßen. Sie stellte den Tee auf einen alten kleinen Holztisch zwischen uns, den ein gehäkeltes Deckchen schmückte. Zwischen den Beinen des Tisches war ein Fach, das einen Plattenspieler aus den 60er Jahren enthielt. ›Tin Drum‹ von ›Japan‹ lag auf dem Teller, und gut zwei Dutzend Platten hatte sie außerdem noch in einem Regal. Ich fand nichts Unbekanntes darunter und wollte daher auch nichts hören.

Wir tranken Tee, und jeder erzählte von sich. Stella gefiel es, daß ich die Kinderzeit in einem ebenfalls einfachen Tal verbracht hatte, ich sei von auffallendem Ernst; sonst hätte sie am Bahnhof wohl auch nicht mit mir gesprochen.

Am späten Nachmittag schlug sie mir vor, gemeinsam ein wenig spazierenzugehen.

Vor dem Haus sah sie mein Auto. Obwohl der Wagen nicht viel hermachte, war Stella doch merklich gerührt, daß sich um ihretwillen ein Mann in solchem Maße engagierte.

Wir liefen bis zum Ausbildungscamp, das sich am Rand eines Kiefernwalds erstreckte. Das Gelände war inzwischen aufgelassen worden und präsentierte sich als eine schäbige Versammlung von steinernen flachen Bauten mit moosüberzogenem chlorgrünem Anstrich, die sich als Viereck um einen Zementplatz zogen. Der Platz war rissig und aufgebrochen, in den Bruchzonen wuchsen Kräuter, dazwischen zerfielen die Reste von Feuern, die von den Trinkritualen der Jugend zeugten. Natürlich gab es hier nichts mehr von Interesse.

Da es bald dunkel wurde, war es nicht ratsam, noch in den Wald hineinzugehen, statt dessen kehrten wir um.

Wir konnten Tyne bald wieder sehen. Zwischen der Siedlung und dem Wald erstreckten sich Wiesen, in der Dämmerung wattig mit Reif überzogen. Stella drückte sich an mich, und bibbernd aneinandergeklammert wankten wir langsam auf dem Feldweg. Es kam ein Mann auf uns zu, von dem Stella mir sagte, sie kenne ihn nicht, obwohl Tyne doch nur wenige Einwohner hatte.

Seinen freilaufenden Hund lenkte der Mann durch ständiges Gestikulieren, Rufen und Pfeifen, wobei die Wünsche von dem Tier genau befolgt wurden. Wenn der Mann zum Beispiel winkte, dann reagierte der Hund so unmittelbar, als wären die beiden Körper fest miteinander verbunden.

Die unausgesetzten Befehle ließen das Tier weder ungestört schnüffeln noch freudig über die Wiesen jagen – der Hund wurde stets unterbrochen.

»Ekelhaft ...«, meinte Stella.

»Genauso schlimm wie eine Leine, eben nur drahtlos«, sagte ich.

Als der Mann uns schließlich passierte, war er gleich deutlich als ein arbeitsloser Wanderer erkennbar, schon am Detail seines öligen Grüßens. Sein Hütchen schwenkte er so, als erhoffte er sich einen spontanen Hineinwurf von Münzen, während wir lediglich ebenfalls grüßten. Ich ärgerte mich, keinen Hut zu haben, die Geste nicht gleich imitieren zu können. Stella war fest überzeugt, daß der Mann in dem Lager am Waldrand campierte (Vagabunden, meinte sie noch, seien womöglich die letzte Bevölkerungsgruppe, für die Hüte eine Rolle spielten).

Ein Güterzug rollte langsam durch den Abend. Es war inzwischen wärmer geworden, und wir hielten auf einer Wiese, auf der in exakter Kreisformation eine Gruppe von zwanzig Kaninchen hockte.

Die Kaninchen gaben vor, uns nicht zu bemerken und schienen angespannt auf den Zug zu lauschen. Ihre Kreisformation kam mir vor, als würden Lebewesen sich selbst zu einem Zeichen wie Stonehenge machen.

Dieser Gedanke war mir kaum aufgegangen, als die Kaninchen ihre Stellung plötzlich lösten. Die Hälfte von ihnen lief fort, und die verbliebenen rückten dichter zusammen. Es war mir kostbar, mit Stella dieses Bild zu erleben. Ich hätte in diesem Moment am liebsten einen neuen Planeten besessen, um mit Stella allein dessen Wunder zu schauen.

(erwartungsvolle Augenabtastung)

Als wir die Wohnung wieder erreichten, sah ich zum erstenmal Stellas Vater. Die Küchentür stand halb offen, und er winkte mir langsam, zu ihm zu kommen.

Seine Haare waren schon weiß, der Mann schien weit über sechzig zu sein. Auf dem winzigen, mit Plastik bezogenen Tisch waren Toastscheiben und Schokoladencreme zu sehen und außerdem eine fast hundegroße Katze, die ein schimmerndes schwarzes Fell hatte und von der Mahlzeit ihren Anteil forderte. Dem Alten versetzte sie mahnende Streiche. Die wohl kriegsbedingten Narben an den Unterarmen von Mayfield wirkten fast harmlos neben den schlecht verheilenden Wunden, die ihm ›der Kater ...‹ dort schlug.

Das Tier schien es als normal zu betrachten, sich drohend direkt vor den Teller zu setzen. Der Alte machte lahm eine Geste, doch war er zu schwach, um den Kater wegzudrücken, der ihn sogleich bestrafte. Mayfield hob wehrend die Hände ...

Auf einem Brett neben der Spüle lief ein TV-Gerät, dessen wirklich extreme Lautstärke den Alten dennoch kaum erreichte.

»Charles Stanford Tyler«, mußte ich schreien, während der Kater sich auf der Tischfläche erhob und mit Nachdruck sich mir an die Seite schmiegte, auf der ich Stella beim Gehen gehalten hatte.

Mit seiner Schokocreme klebte der Greis sich seine Brote zu einem Sandwich zusammen. Der Kater, der beim beginnenden Verzehr nichts abbekommen hatte, sprang verärgert auf den Schrank und kickte von dort einen Topf auf den Tisch. Doch ohne auch nur den Blick zu heben, fuhr der Greis damit fort, an dem Sandwich zu kauen.

Stella zog mich sanft aus der Küche, vernichtend fegte das Dröhnen einer Quizfanfare mir nach. Unvorstellbar, dachte ich, daß biologisches Gewebe solche Schwingungen lange ertragen konnte.

»Du brauchst dich nicht zu wundern«, sagte Stella, »daß seine Kleidung so zerlumpt ist, aber der Kater greift ihn wegen jedem Dreck gleich an.«

Wir gingen ins Bad und zogen uns aus. Stella hatte die Wanne bereits mit nach Zitrone duftendem Wasser gefüllt, in dem wir uns seufzend entspannten. Eine Heizsonne an der Wand spendete tropische Strahlung, während uns Stella unter der Wasseroberfläche mit der Handbrause eisig umsprühte. Mein Penis wurde dadurch nach oben und aus dem Wasser getrieben, und schließlich blieb er stehen.

Der alte Mayfield trat ins Bad, in der einen Hand einen Lappen, in der anderen eine Dose, an der in Krümeln Kaffee haftete. Es schien ihn weder der Penis zu stören, noch daß ich die Brüste seiner Tochter unter leichter Massage mit einem Seifenfilm überzog, welcher sie ungemein zart wirken ließ.

Der Greis trat kühn an die Wanne und schüttelte wiegend den Kopf.

»Doch was den Haushalt anbetrifft, da würde ich die Hoffnungen zurückschrauben ...«

Die Dose hielt er mir dicht vor meinen Kopf, sie war mit Staub so dick verkrustet, daß man die Schrift nicht mehr erkannte.

»Beim Kochen ist sie auch kein Licht«, fügte er an und ging dann nickend aus dem Bad, zurück in die akustische Gefechtszone eines ansonsten stummen Westerns, dessen Erschütterungen so real wirkten, als ob Revolvermänner in der Küche alte Rechnungen beglichen.

Ich konnte sehen, daß aus dem Waschbecken neben der Wanne zwei schwarzbehaarte Dreiecke lugten. Der Kater reckte den Kopf aus dem Becken und schaute uns an.

»Das macht er immer, bei allem. Und wenn ich bade, dann will er das auch tun. Sein Problem dabei ist, daß er beim ›Baden‹ natürlich nicht naß werden möchte ...«

Da das Waschbecken zwar etwa der Wanne entsprach (auf die Größe von Katzen bezogen), aber beim Baden nicht gefüllt wurde, erhielt der Kater in ihm eine Chance, das gleiche wie die Menschen zu tun, ohne sich zu benetzen.

»Er will alles mit mir teilen.«

»Ich auch.«

*

Unseren ersten gemeinsamen Urlaub verbrachten wir wenige Wochen später im Januar.

Es fiel mir leicht, durch meine Stellung im Reisebüro fast kostenlos eine Unterkunft zu erlangen, mit der ich Stella glaubte verwöhnen zu können. Von mir nämlich hing es ab, ob die Werbung für die Vertragspartner in den richtigen Blättern erfolgte, und mit dem Spielraum der Kollegen konnte ich ebenfalls argumentieren: es war am Ende eben deren Entscheidung, ob sie nun diesen oder jenen Ort dem Kunden empfehlen wollten ...

So stellte mir der Tourismusagent des Ortes Delémont in Quebec für die Dauer von zehn Tagen ein geräumiges Apartment zur Verfügung, in dem es unter anderem zwei Bäder und ein eigenes Zimmer zum An- und Auskleiden gab. Ferner wurde mir eingeräumt, in den Speisehäusern beim Zahlen ein Codewort zu nennen, das Geld würde dann unauffällig zurückerstattet werden ...

Trotzdem war ich gezwungen, einen größeren Betrag auszugeben, damit wir die Reise antreten konnten. Da Stellas Vater nicht alleine zu Hause zurückbleiben konnte, mußte ich zu seiner Betreuung eine Pflegerin verpflichten, was mich 600 Dollar kostete, einschließlich Spesen, da wir in Tyne dafür niemanden hatten finden können und eine Frau aus der Stadt kommen mußte.

Während wir vom Flugplatz zum Hotel gefahren wurden, sahen Stella und ich zum erstenmal Pferde, die durchgingen. Ein Gespann aus zwei Tieren zog eine Kutsche mit kleinen Lasten. Als ein Auto das Gespann überholte und die Pferde sahen, daß in dem Anhänger des Wagens ein Pferd stand, brachen sie aus und rissen die Kutsche quer über die andere Straßenseite, wo der Gegenverkehr äußerst dicht war. Zum Glück kam keiner zu Schaden.

Delémont war dicht verschneit.

Es war das Klappern einer sinnlosen Seilbahn zu hören, die hier, in einem Mittelgebirge, lediglich fast ebenes Gelände überbrückte. Ihr Eigentümer ließ überall im Ort auf aggressiven bunten Schildern Propaganda für sie machen –

Ein phantastisches Panorama
wird Ihnen
geboten werden!

Nur wenige Meter entfernt von der Trasse der Seilbahn quälten sich Kinder im stöbernden Schneefall erschöpft einen Berghang empor, von dem nicht wenige mit ihren Skiern wieder herabrutschten, ehe sie eine Abfahrtsposition zu erreichen vermochten ...

Ich fragte mich, wer am Ort von solchem Irrsinn profitierte und wie es möglich war, daß die Bevölkerung, welche die Bauarbeiten doch wochenlang gesehen haben mußte, nicht gegen die Fortführung derselben eingeschritten war.

Nach dem Mittagessen hatte es aufgehört zu schneien, und das phantastische Panorama erschien. Stella und ich beschlossen daher, zu einem weiteren Spaziergang aufzubrechen.

Im Wald fanden wir finstere vergitterte Baracken, in deren Dunkelheit wir Vögel sitzen sahen. Uhus, Waldkäuze und Steinkäuze, Schleier- und Schnee-Eulen waren in jeweils eine Baracke geordnet.

Während die Uhus noch Anteil an ihrer Umgebung nahmen, zeigten die Waldhühner in ihrer Baracke noch nicht einmal eine Bewegung. Mit leerem Blick hockten sie still auf ihren Stangen, starrten zur Wand oder vorbei aneinander, als seien sie bereits ausgestopft worden. Ein Strudel des folternden Todes schien physisch in dieser Baracke zu stehen, Stella drückte sich an mich und weinte.

Für die Waldhühner war die Baracke kein lebenswürdiger Ort. Seltsam war bloß, daß zwar Stella und auch ich dies bemerkten, die anderen Menschen es aber sichtlich als normal empfanden.

Anfangs war ich nicht sicher, ob ich Stella photographieren sollte. Einige Dinge, von denen ich Photos machte, verschwanden nämlich danach, und ich befürchtete, daß es bei Stella vielleicht auch so enden könne.

Zuerst verschwand der Schokoladen-Automat, der an dem Warenhaus in Refferton hing, er war mein erstes Motiv überhaupt gewesen. Arbeiter montierten ihn ab und schafften ihn auf den Schrottplatz. Auf dem Gelände des Städtischen Schwimmbads machte ich Aufnahmen von Telephonzellen, die durch metallisch wirkenden spiegelnden Lack einen überrealen Eindruck machten. Bei meinem nächsten Besuch fand ich die Zellen, amateurhaft übermalt, in matter Fliederfarbe vor.

Nach meiner ersten Begegnung mit Stella photographierte ich zur Erinnerung am Westbahnhof die Wartekabine, den Bahnhof selbst photographierte ich auch.

Zwei Wochen später war die Kabine nicht mehr zu finden und das Bahnhofsgebäude eine Filiale von ›MacDonald's‹ geworden.

Trotzdem machte ich Photos von Stella.

*

Als wir am Abend vom Apartment zum nächsten Restaurant liefen, setzte der Schneefall wieder ein.

Wir gingen in ein Speisehaus mit mexikanischer Kost, äquidistant zum Apartment und zu dem bergnahen Ende der Seilbahn gelegen. Jedes der acht Steaks dort auf der Karte kostete 42 Dollar, man servierte mir aber statt meines Steaks nur einen Teller mit zwei münzengroßen Scheiben von Pilzen – ansonsten war nichts darauf nachweisbar.

Den Teller gab ich zurück.

Auch Stella saß nach wie vor hungrig, aber die Leute um uns herum hatten schon alle Fleisch und Gemüse. Ich fragte eine Frau uns gegenüber, ob sie nicht etwas abgeben wolle; sie hielt mir lächelnd gebratene Zwiebelringe und ein winziges Fleischstück auf ihrer Gabel entgegen und kicherte, als ich die Nahrung wirklich annahm. Stella wurde trotz ihres Ärgers über das Warten im Lokal nicht böse wegen der Frau.

Bemerkenswert im Restaurant waren die Löffel, die man für Blinde eigens beschriftet hatte. Wie ein Servierer mir erzählte, konnten die Blinden ›Löffel‹ darauf lesen. Er verstand mich nicht, als ich sagte, daß eine solche Beschriftung unnötig sei, da ja der Löffel sich durch seine Form von selbst dem Blinden erkläre. Genausogut hätte man Sehenden auf ihre Häuser auch jeweils noch das Wort ›Haus‹ schreiben können …

Die Servietten, die sie hatten, erschienen auch nicht konsequent. Sie waren mit dem Werbeaufdruck einer Firma aus Montreal namens ›Optik-Hammer‹ versehen. Auch die Steaks schmeckten dann, als würden sie aus dem Bereich medizinischer Fürsorge stammen.

*

Es pendelte sich ein Rhythmus ein, daß ich die Woche über in dem Reisebüro meine Arbeit versah, aber am Freitag immer nach Tyne fuhr, um dort bis Sonntag mit Stella zusammen zu sein. Obwohl ich freitags natürlich so früh wie nur möglich von meiner Arbeit desertierte, war doch die Straße in so schlechtem Zustand, daß es am Abend zehn Uhr werden konnte, bis ich in Tyne schließlich eintraf. Ich hatte mein Konto bei Jerry Cooks nicht plündern wollen, um einen Neuwagen zu kaufen, sondern für 800 Dollar einen gebrauchten Toyota Corolla erworben.

Das Fahrzeug-Chassis wurde oft bis an den Boden gerüttelt. Weiter nördlich gab es moderne Straßen, die aber nicht auf direkter Linie verliefen und so den Vorteil einer höheren Geschwindigkeit auf ihnen durch größere Reisedauer sogleich wieder neutralisierten.

Schon vor der ersten Nachmittagsstunde waren im Reisebüro meine Pflichten getätigt.

Ich legte die inzwischen restaurierten Unterlagen von Toraeus auf den Tisch und speicherte seine Notizen nebst den entsprechenden Passagen aus den Zeitungsartikeln. Unter den Fakten suchte ich Hierarchien herzustellen und schuf Dateien für die entstandenen Blöcke. Diese Dateien wiederum reihte ich logisch aneinander.

Aus seinen Bruchstücken von Formeln und ihren praktischen Bezügen war in geordneter Form abzuleiten, daß auch Toraeus nur verbesserte ballistische Raketen bauen wollte.

Zwar hatte mein Instinkt mich nicht betrogen, denn es stand völlig außer Frage, daß er das Sachgebiet gut kannte, seine Ergebnisse jedoch waren nicht brauchbar für mich.

Ich konnte gehen, wann immer ich wollte, wenn nur meine Pflichten erledigt waren. Toraeus' Hefter steckte ich ein, um sie auf dem Heimweg in den Abfall zu packen.

Daß ich Erledigungen und meinen Arbeitsweg durch die Stadt meistens zu Fuß und daher einprägsamer erlebte, als zum Beispiel aus einem Auto schauend, welches die Menschen ja sehr viel rascher passierte und gleichzeitig noch gesteuert sein wollte, erwies sich als großer Vorteil. Im Laufe der Zeit hatte ich so noch eine Anzahl von neutralen Residenten unter den Menschen in der Stadt ausmachen können.

Einer von ihnen war als Wollhändler getarnt. Mein Mißtrauen wurde geweckt, weil dieser Mann seine Geschäfte in einem Laden verfolgte, dessen prunkvolle Dekorationen allein aus dem schwachen Wollverkauf wohl kaum hatten bezahlt werden können. Das Geld für sie hatte man anders aufgebracht. Wurde der Laden aber schon aus fremden Quellen finanziert, so hätte der Geschäftszweck leicht verändert werden können, in einen Handel mit anderen Waren zum Beispiel, die einen besseren Ertrag brachten. Da dies jedoch nicht erfolgte, mußte es gleichgültig sein, ob dieser Laden nun Verlust oder Ertrag brachte – der Laden diente also nur als Tarnung.

Ich war zwar nicht sicher, aus welcher der Kolonien er stammte, doch die Verkleidung des Manns war dermaßen schlecht, daß seine Haut die typische Färbung eines Wesens aus dem Innern der Galaxis zeigte. Den Residenten nannte ich Woolly, weil seine Ausstrahlung der seiner Waren entsprach. Er wirkte unverbindlich, leicht nachgebend. Man sah ihn stets auf einen Glastisch gestützt, von dem aus er ruhig auf die Straße schaute.

Ein weiterer Resident betrieb eine winzige Bude, an welcher er Zeitungen, Süßes und Comics verkaufte. Der Mann war ständig betrunken und kam oft heftig mit seinen Kunden in Konflikt. Er gehörte zu einer Untergruppe der Skench, die schon seit etlichen Jahrhunderten ausstarben. Ihre Fortpflanzung war schwierig, da sie zwar infolge von genetischen Korrekturen ihren Nachwuchs in Eiern aus Kalk legten, doch unfähig waren, die Eier wirksam zu schützen.

Ihre Regierungen kamen ganz zufällig zustande, man ›wählte‹ nicht nach Fakten, sondern gemäß der Propaganda, die die Parteien selber verbreiteten.

Es war völlig dem Charakter seiner Volksgruppe entsprechend, daß ihr Mann auf der Erde mit der Kundschaft seines Standes in aggressivster Weise umsprang, obwohl sein Erfolg doch vom Kundenkontakt hauptsächlich abhing.

Den Mann als Chef in eine Firma einzuschleusen, hätte in kürzester Zeit deren Ende bedeutet, selbst dann, wenn sie höchste Rücklagen hatte. Doch als Budenbesitzer fiel der Mann hier kaum auf …

Ferner gab es in der Stadt eine Person, die zwar nicht zu der Gruppe der neutralen Residenten gehörte, mit diesen aber hätte zusammentreffen können, wenn eines ihrer Projekte Erfolg gehabt hätte: ein gewisser Professor Owen von der staatlichen Hochschule hatte einen Preis für die beste Methode ausgesetzt, um Besucher aus anderen Zeiten

a) anhand eines Rasters zunächst zu ermitteln,
b) sicher gefangenzunehmen.

Mit dieser Methode, so hatte Owen in der Presse erklärt, sollte auf praktischem Wege die *Möglichkeit* von Reisen durch die Zeit überprüft werden.

Ich war bald davon abgekommen, Professor Owen auch für einen Residenten zu halten, da Tarnung deren oberstes Gebot war und es niemals einer riskiert hätte, sich selbst durch einen öffentlichen Aufruf derart ins Interesse der Menschen zu rücken, beziehungsweise sich Besuchern aus der Zeit so offen zu erkennen zu geben. Hätten solche nämlich unlautere Ziele verfolgt und Entdekkung zu fürchten gehabt, dann hätte der Professor seinen Aufruf gewiß nicht lange überlebt.

*

Die Speermänner hatten, was diskrete Operationen betraf, traditionell den höchsten Standard im ganzen Spiralarm, denn ihre Macht war schließlich ihren Agenten zu verdanken. Ironisch gab ich mir selber zu bedenken, daß sie hier deshalb nie offen als Besucher erschienen, weil auch die Erde sich schon längst in ihren Händen befand.

Zu Hause hatten Gerüchte kursiert, daß die Speermänner eine ›Kleinwintlow‹ vergleichbare Technik besaßen, Personen über lange Zeit gefangenzuhalten, ohne daß die es bemerkten.

Diese Form wurde als ›Unbewußte Gefangenschaft‹ bezeichnet. Die Speermänner ersetzten die Erinnerung der Leute durch völlig andere Bilder, die ihnen sagten, sie seien ganz normale Bürger auf ihren heimatlichen Welten, obwohl sie sich in Wirklichkeit zum Beispiel in irgendeinem Straflager befanden. Nach Ablauf der Bestrafung gab man den ›Unbewußt Gefangenen‹ ihre realen Persönlichkeiten wieder zurück.

Am größten war immer der Schock, wenn die authentische Persönlichkeit mit einem Schlag die oft jahrzehntelange Alterung des so lange von ihr abgetrennten Körpers bemerkte. Sie selber – inaktiv gespeichert – hatte ja keinerlei Kenntnis davon, wieviel Jahre inzwischen vergangen waren.

Nicht selten wurden ›Unbewußt Gefangene‹ als Kolonisten eingesetzt, die sich selber für Pioniere hielten, obwohl man sie in Wirklichkeit wie Sklaven auf oft entlegenen Planeten schuften ließ. Wenn die Gefangenen die Kolonien schließlich eingerichtet hatten, so erhielten sie neue Programme, mit denen sie wie selbstverständlich dieselbe große Anstrengung woanders wiederholten, ohne zu wissen, daß sie sie vorher schon einmal unternommen hatten.

Nachdem man seine wirkliche Persönlichkeit wieder zurückerhalten hatte, wußte man nichts mehr davon, was noch am Tage zuvor geschah, die Erinnerungen aus dem programmierten Teil des Lebens verschwanden bei der Rückkehr des authentischen Bewußtseins.

Der Körper war oft gravierend verändert, doch wußte man nicht mehr, wodurch dies geschah. Die Entlassenen sahen sich traurig als sinnlos verkrüppelte Wesen an, die man sogar ihre eigene Folter nicht selbst hatte erleben lassen, um sie auf diese Weise härter zu strafen.

*

Es stört mich, wenn halblaut murmelnde Leute auf der Straße an mir vorbeigehen.

›Meinen Sie mich?‹ kann man nicht fragen, da sonst in 50 % aller Fälle die Lust zu aktivem Vorgehen käme.

*

Genau wie Howards es ankündigte, wurde der Flughafen zum Ausgangspunkt eines entsetzlichen Verbrechens, durch das die Sicherheitsabteilung schon bald beträchtlich verstärkt werden sollte.

In den Medien wurde der Täter nur ›der Flugzeugbomber‹ genannt. Auf Tausenden von Flügen, die er immer von unserem Flughafen aus durchgeführt hatte, wie Untersuchungen ergaben, setzte der Flugzeugbomber im Laufe der Jahre in zahlreichen Passagierflugzeugen eingeschmuggelte winzige Teilchen nach und nach zu programmierten Bomben zusammen.

Sämtliche Bomben explodierten zur gleichen Sekunde.

117 Maschinen wurden im Ablauf eines Fluges zerstört, in einer davon starb auch der Flugzeugbomber selber, 92 explodierten am Boden, wobei die Menschenverluste noch höher waren als in der Luft. Flughafenhallen und Hangars standen oft stundenlang in Brand, die Opfer gingen fast jedesmal in die Hunderte ...

Howards verwies vor der Presse darauf, daß er als Sicherheits*berater* nicht beachtet worden sei, obwohl das Einschmuggeln von Bombenkomponenten mit stärkeren Durchsuchungen, welche er vorgeschlagen habe, leicht hätte verhindert werden können.

Die Verwaltung sah das auch so: Die Polizeitruppe am Flugplatz wurde verzehnfacht und Howards deren alleiniger Chef.

Ich saß im Reisebüro und überprüfte die Korrektheit der von den Zeitungen berechneten Zeilenzahlen für den Abdruck unserer Werbung. Wenn alles stimmte, stellte ich Schecks aus, die dann in die Expedition gingen.

Howards trat ein. Mit einem Räuspern nahm er Platz vor meinem Schreibtisch. Ich gab ihm Kaffee und etwas Gebäck.

»Viel zu tun?« fragte er.

»Geht so –«

Euphorisch erzählte mir Howards, wie man am Vormittag im Rathaus seine Ernennung zelebrierte, sogar der Konsul von Brasilien habe ihm herzlich gratuliert –

»Ich bin jetzt Chef von hundert Beamten und kann außerdem noch weitere Leute berufen. Ich übe auch schon, das kann ich dir sagen: Wir haben Arbeitslose da draußen und spielen Aufruhr mit denen. Neue Wuchtgranaten haben wir auch, das darfst du aber nicht weitererzählen ...«

Allmählich wurde es deutlich, daß Howards mir das Angebot machte, sein persönlicher Assistent auf dem Flugplatz zu werden –

»Wenn man dich richtig unterfordert, wirst du das Beste leisten ...«

Schon eine knappe Stunde später sah ich zum erstenmal mein neues Büro. Die Wände bestanden aus gelblichen Kunststoffelementen, ein weißes Terminal auf dem ebenfalls weißen Schreibtisch war mit dem Großrechner des Flugplatzes verbunden, einem Modell von neuester Bauart, das mir beim Planen eines Antriebs gute Dienste leisten konnte.

Howards führte mich selbstbewußt durch die ganze Abteilung.

Auf dem Schreibtisch, welchen er selber innehatte, lagen Bomben verschiedenster Bauart, um sie herum ein Wust von Papieren.

»Du siehst richtig, nichts als Akten! Eines Tages werden die Fälle so zahlreich sein, daß wir für jeden Buchstaben des Alphabets ein eigenes Bürohaus brauchen werden, für die Duponts und für die Jones natürlich noch gesonderte Bauten.«

Mit Verträgen werden Menschen dressiert.

Das Gebäude, in welchem ich wohnte, wurde verkauft und sollte beseitigt werden. Auch Stellas Vater stimmte zu, daß ich fürs erste zu ihnen nach Tyne zog. In einem Seitentrakt der Tanzschule wurde ein Raum für mich gefunden, in dem ich meinen Schreibtisch und die Akten installierte, die ich zu Fragen der Physik gesammelt hatte.

Der Rhythmus jedoch wurde beibehalten. Die Woche über war ich am Flughafen tätig, aber am Freitag wurde zu Stella gefahren, mit der ich bis zum späteren Abend des Sonntags zusammensein konnte, ehe ich Tyne wieder verlassen mußte.

Ich konnte mir manchmal nicht vorstellen, mit welchem Glück ich Stella gefunden hatte. Zu Beginn unserer Ehe war selbst die geringste Geste von ihr mir wertvoll und intensiv.

Natürlich dachte ich auch an meine Frau zu Hause auf der Plattform. Ich hatte schon vor langer Zeit entschieden, daß ich ihr körperlich ja gar nicht untreu werden konnte, da mein authentischer Körper sich schließlich auf dem Planeten befand, von dem wir zur Erde gestartet waren.

General Reichardt hatte mich offiziell darum gebeten,. eine Durchschnittsperson von der Erde über längere Zeit zu studieren.

Aber Stella war keine Durchschnittsperson, sondern der einzige Mensch auf der Erde, den ich aus Liebe in mein Dasein hatte aufnehmen wollen.

Es störte lediglich ihre Neigung ein wenig, mich um jeden Preis so zu kleiden, als wäre ich ein hochkarätiges Photomodell, was auf dem Flugplatz jedoch viel zu auffällig war.

Am interessantesten fand ich dabei, daß mich Stella immer am meisten liebte, wenn ich die einfache schwarze Jeans-Jacke trug, in der ich aussah wie ein sparsamer Prolet.

Aus meinem Zimmer in der Tanzschule sah ich im Wochenenden-Raffer eine seltsame Renovierung an einem Nachbarhaus ihren endlosen Fortgang nehmen. Wochenende für Wochenende wurde ein LKW, in Eimerportionen, mit Sand aus dem Hause gefüllt. Es stand völlig außer Frage, daß die gewaltigen Mengen von Sand, die man seit Jahren bereits aus dem Haus schaffte, unmöglich aus diesem selbst stammen konnten.

Ich war mir sicher, daß sie vom Haus aus jedes Wochenende einen Tunnel etwas weiter vorantrieben.

*

Die Erde ist frei.

*

Howards zeigte sich selten auf dem Flugplatz. Statt dessen sprach er lieber auf Parties, der Handelskammer zum Beispiel oder des Tennisvereins, über die Grundsätze seiner Arbeit.

Wenn Howards sich nicht am Flugplatz befand, war es an mir, die Querulanten zu verhören, die auf dem Flughafengelände aufgegriffen wurden.

An einem Abend im Oktober wurde ein Mann mir vorgeführt, der einen Kühlsack mit undeklarierten Spenderbrüsten für Transvestiten bei sich hatte; die Sicherheitsleute hielten dies für suspekt …

Bei Verhören brachte ich manches heraus, weil mein Display ja jede Äußerung exakt protokollierte: Ich konnte ständig vergleichen und werten, mir manche Passagen mehrmals betrachten, während der andere immer noch sprach, und Widersprüche so in kurzer Zeit entdecken.

Der vorgeführte Mann hieß Gary Levin.

Ich erkannte ihn gleich. Er wurde mit Bild in einem Artikel erwähnt, der zu der Sammlung von Toraeus gehörte. Inzwischen waren die Hefter beseitigt, doch ich erinnerte mich, daß Levin im Auftrag der Nasa kompakte Meßfühler für Strahlungen entwikkelt hatte, deren Vorhandensein im Weltall man zwar unterstellte, jedoch bis dahin noch nicht hatte nachweisen können. Doktor Levin hatte die Fähigkeit, den Ansatzpunkt zu finden, mit dessen Hilfe theoretisch Postuliertes mit absoluter Sicherheit erwiesen werden konnte – wenn es tatsächlich existierte. Ein Fehler müsse ausgeschlossen sein, forderte die Kundschaft.

Für seine Meßgeräte stellte Levin hohe Summen in Rechnung, und die Nasa kaufte ihm schließlich seine Waren nicht mehr ab.

Wie es ihm weiter erging, stand nicht im Artikel.

Aber Levin saß ja nun vor mir.

Der Konstrukteur beteuerte glaubhaft, daß der Transport der Transvestiten-Spenderbrüste nichts weiter als ein Notbehelf sei, um so im letzten Augenblick die Kasse wieder aufzufüllen. Ich müsse wissen, sagte Levin, daß er ein Wissenschaftler sei, der durch die Kürzungen des Nasa-Budgets alles verloren habe, von seiner Firma angefangen bis hin zu seiner Frau und seinen Töchtern. Zu jedem Job sei er gezwungen, um seine Schulden abzutragen …

»Ich weiß, Mr. Levin. Ich las einen Artikel über Sie. Ihr Fachgebiet als Physiker sind Strahlungsanalysen. Sie haben mehrere Sensoren für das Spacelab konzipiert –«

»Sie werden doch niemandem sagen, wovon ich im Augenblick lebe?«

»Der Kosmos hat mich stets sehr interessiert, Mr. Levin …«

Levin erkannte sofort, daß ich der Brüste halber diskret bleiben würde, wenn er Bereitschaft zeigte, mich an seinem Wissen teilhaben zu lassen.

Er nickte und entspannte sich etwas. Ich gab den Wachen die Order, hinauszugehen.

»Sehen Sie, Mr. Levin, ich frage mich, wohin – oder ob – sich ein Teilchen, welches schneller als Licht ist, zielgerichtet bewegen könnte. Nehmen wir an, daß dieses Teilchen aus dem Umfeld eines Neutronensterns stammt ...«

Levin unterbrach mich.

»Nun ja, ganz pauschal würde ich sagen, daß dieses Teilchen sich in die Vergangenheit bewegt.«

»Ja, sicher. Aber wohin in der Vergangenheit bewegt sich das Teilchen? Hier, sehen Sie mal ...«

Ich zeigte ihm eine computererstellte Graphik des bei der Massenkatastrophe entstehenden Teilchentyps, nebst beigedruckter Strahlungsanalyse –

»Könnte man sagen, daß die Neutronensternpartikel in der Vergangenheit nach einem Ort wie dem ihrer Entstehung suchen würden?«

Levin krümmte sich schmerzlich, als sei er eben mißhandelt worden, studierte aber weiterhin die Graphik.

»Verstehe«, murmelte er, »das wäre ein Fortschritt um hundert Jahre, der Nachweis eines Vorgangs, der sich noch nicht einmal in unserem Kontinuum ereignet, abgeleitet nur aus den Strahlungsprofilen ...«

Er setzte sich etwas auf.

»Wo haben Sie das her?«

»Das Problem ist rein hypothetisch, aber wir wissen, daß das Teilchen auf der Graphik im Universum in dieser Form vorkommen könnte.«

»Ich habe nie davon gehört«, meinte Levin.

»Und Ihre Antwort?«

»Vielleicht in zehn oder in fünfzehn Jahren einmal. Sie würde wohl darauf hinauslaufen, daß zwischen den Neutronensternen ein System des Ausgleichs herrschen müßte, das sie gemäß der Entropie allmählich kräftemäßig gleichsetzt. Dann hätten Sie ein System, in dem eine gezielte Ausrichtung der Teilchen im Universum auch tatsächlich einem Zweck dienen würde, und das ist immer am besten ...«

Er war also zum selben Schluß gekommen wie ich: Solch ein System konnte es geben –

»Gibt die Struktur Ihnen denn keinerlei Hinweis, ob sie nur wieder nach Neutronensternen suchen?«

»Ich weiß nicht, wo Sie herkommen, Mister, aber bei uns steckt die Erforschung von subatomaren Effekten noch immer ziemlich am Anfang. Trotzdem: Ihr hypothetischer Partikel würde auf Strahlungen durch seine hohe Resonanzanfälligkeit immer sehr stark reagieren. Wir wissen allerdings nicht das geringste darüber, ob in dem überlichtschnellen Kontinuum überhaupt Strahlungen existieren, und weiterhin wissen wir nicht, ob die Neutronensterne dort wirklich eine Entsprechung haben oder irgendwie sonst manifest werden. Es könnte ja auch einfach nur irgendein blöder Raum speziell für solche Teilchen sein, der sonst überhaupt nichts enthält –«

»Und wenn wir wüßten, daß die Neutronensterne dort ebenfalls wirken?«

Er setzte sich neuerlich auf.

»Sie geben nicht nach, aber gut: Wenn wir annehmen, daß sich im überlichtschnellen Kontinuum keinerlei Körper befinden, die stärker wirken können als Neutronensterne, dann würden die Teilchen sich in diesem Universum in der Umgebung von Neutronensternen *sammeln*. Ob sie das zielgerichtet tun oder zerstreut und ganz allmählich zu den Neutronensternen kommen, falls es dort wirklich welche gibt …«

»Doch wenn es wirklich welche gibt, dann fliegen die Teilchen dorthin, ja?«

Levin erhob sich.

»Irgendwie, ja. Kann ich jetzt gehen?«

Ich gab den Wächtern über die Sprechanlage Weisung, ihn unbehelligt hinauszulassen.

»Vielen Dank, Mr. Levin.«

Ich reichte ihm aus der Zimmer-Bar den Kühlsack mit seinen Brüsten zurück …

*

Normal sein.

*

Da wir Kenntnisse über die Lage und die Stärke der Neutronensterne in den verschiedenen Universen besaßen, was ich ja Levin nicht hatte verraten können, mußte die nächste Arbeit darin bestehen, daß ich ein mathematisches Modell entwickelte, welches einerseits zeigte, in welchen Richtungen die Ströme der Teilchen sich ausgleichend zwischen Neutronensternen bewegten, und andererseits aufklären konnte, ob es möglich sein würde, ein Fahrzeug in die Ströme der Teilchen zu klinken, es also quasi von diesen ziehen zu lassen.

Da die Teilchen sich zeitlich rückwärts bewegten, hätte ich wirklich noch am Tag vor meinem damaligen Abflug wieder nach Hause kommen können; noch ehe meine Frau sich ernstlich um mich sorgte. Eine Hülle hätte zwar das gleiche leisten können, da die Heimat von der Erde nicht weit entfernt war, doch nur mein neues Prinzip konnte die extrem weit entfernten Soldaten der 5. Flotte wieder nach Hause bringen, ehe die Speermänner und Arthurowitz, ihr neuer Verbündeter, unsere Plattformen ungeschützt vorfanden.

Wenn ich den Flugplatz inspizierte, fuhr Howards' Sekretärin auf einem Fahrrad neben mir her, um zu besprechen, was ihr am Herzen lag. Nebenher spähte ich ständig auf der Suche nach Bomben über den grünen Linoleumbelag.

Ich erwog die verschiedenen Fragen und schnitt die entsprechenden Anweisungen auf einem Taschen-Recorder mit.

Wenn wir uns trennten, da ich anderweitig zu tun hatte, gab ich ihr einfach die Kassette. Sie schrieb die Weisungen dann später auf einzelne Blätter, die Howards nur noch unterschreiben mußte, ehe sie schließlich an die Mitarbeiter gingen.

Doch selbst das Unterschriften-Leisten wurde von Howards inzwischen als lästig empfunden. Er hatte ein ›Informationsbüro‹ in der Stadt eingerichtet und wohnte dort fast schon; er verlangte, daß ihm die Akten dort hingebracht wurden. Den Flugplatz schien er geradezu zu meiden.

Offiziell wurde verkündet, daß Howards von seinem Büro aus die Entwicklungen in der städtischen Unterwelt verfolge, um so Verbrechen gegen den Flugplatz verhindern zu können, ehe sie diesen überhaupt erst erreichten.

Als besonders modern galt auf dem Flugplatz die Video-Überwachung, mit der die Korridore und das Rollfeld im Auge behalten wurden. Es wurde zunächst alles aufgezeichnet, nach einer Stunde jedoch bespielte man die Kassetten von neuem, wenn sich nicht Vorfälle ergaben, für die man Bildbeweise brauchte.

Die Video-Technik würde nicht nur auf Flughäfen, sondern auch sonst überall den Zelluloid-Film schon sehr bald verdrängen.

Video war das bessere Medium, weil durch die dauernde Erhöhung der Strahlung aufgrund der Atomenergie bei der Verwendung normalen Filmmaterials bald nur noch radioaktiv gestörte Bilder zu sehen sein würden.

Ich benötigte die Abende der ganzen Woche, um eine Reihe komplexer Programme zu entwickeln, mit deren Hilfe ich meine Teilchen-Hypothese vertiefen und mathematisch analysieren wollte. Mit dem Display war es recht einfach, solche Programme selber zu schreiben. Doch um sie durchspielen zu können, wurde ein Rechner mit großer Kapazität benötigt. Für die nötigen Operationen hätte das winzige Display mehrere Jahre gebraucht, der Flughafen-Rechner jedoch würde sämtliche Modelle simuliert haben, bis ich von Stella in zwei Tagen wieder zurückkehrte.

Von der Auffahrt vor dem Flughafengebäude drang das Geblöke der Taxifahrer herauf, während ich auf dem Monitor die Richtigkeit der Zeichen meiner Programmbefehle prüfte.

Ich startete den Durchlauf und ging aus dem Büro. Wenn ich erst wußte, ob die Routen der Teilchen zum Reisen auch praktikabel waren, und durch erfolgreiche Programme auch deren Physik noch besser kannte, dann konnte ich endlich entscheiden, ob ich die Schaffung eines Prototyps in Angriff nehmen sollte.

An der flughafeneigenen Zapfsäule tankte ich voll.

(fossiler Kannibalismus)

*

Ich freute mich auf das Wochenende.

Zwischen den Sternen II

Was nicht Mist ist, wird weggeschmissen.

*

Samstag abend, kurz nach zehn Uhr: Die Fahrt vom Flughafen ins Wochenende, die ich bereits am Vortag angetreten hatte, war noch immer nicht beendet. Ich hatte noch keinen Kontakt mit meiner Frau aufnehmen können, sie und ihr Vater waren gewiß sehr besorgt meinetwegen.

Der Wagen, den ich benutzte, war mittlerweile schon nicht mehr mein eigener, den hatte ich am Freitag nach einem technisch nicht erklärbaren Versagen am Straßenrand aufgeben müssen.

Ich dachte nach, um zu verstehen, was ich hier eigentlich machte.

Ich befand mich mit einer Leiche im Auto in Sichtweite des extrem gesicherten Tors auf dem Zufahrtsweg zum Bethaus einer mir unbekannten Sekte, die sich selber ›die Synodisten‹ nannte. Das Gelände lag nur wenige Minuten westlich von Baker's Barn. An der Tankstelle in Baker's Barn hatte der Tote auf dem Rücksitz mir versprochen, mich in den nächsten Weiler zu bringen, wo ich vorhatte, mir für die Heimfahrt einen Wagen zu mieten. Die Entfernung nach Tyne würde von dort aus noch 35 Meilen betragen.

Nach einem furchtbaren Marsch durch den Frost und einer Nacht, die ich in Baker's Barn verbringen mußte, war ich froh gewesen, daß der Erdölvertreter mich mitnahm.

Wir waren bereits unterwegs, als er mich plötzlich informierte, daß wir zum Autoverleih erst fahren würden, wenn er ›in der Nähe‹ etwas abgegeben hätte.

Um wieder auszusteigen, war es zu spät, denn durch die Dunkelheit zurück nach Baker's Barn zu gehen, erschien mir zu gefährlich. Was der Vertreter abzugeben hatte, sah aus wie eine Mappe, wie Familien sie für die Aufbewahrung von Briefen, Photographien und Dokumenten gebrauchten.

Bemerkenswert an dem Stück war ein funkelndes Hologramm, das den Eindruck hervorrief, es liege ein mit Weltraum und Sternen gefüllter Quader wie zufällig auf dem Einband. Ich fand es lustig, weil man sich ständig aufgefordert fühlte, das Stückchen Weltraum vom Buch abzunehmen, obwohl man wußte, daß es nicht möglich sein würde. Als ich die Mappe etwas drehte, verschwand auch der Würfel, statt dessen sah es nun aus, als befände sich in der Mappe ein quadratisches Loch, in dessen Mitte man einen einzelnen Stern stehen sah.

Am Montag, erklärte der Fahrer, sei ein Kollege verstorben, der in der Stadt die Interessen einer Sekte verfolgte. Gewisse Unterlagen der Sekte, eben jene, die sich hier in der Mappe befänden, habe die Witwe des Verstorbenen nicht länger behalten wollen und den Vertreter deshalb gefragt, ob er die Mappe der Sekte zurückgeben könne.

»Bis jetzt wissen die nicht mal, daß er tot ist.«

»Und hier soll sich das Bethaus befinden?«

»Wenn die Adresse richtig ist ... Es gingen immer Briefe hin und her.«

Er überlegte einen Moment und schien mir noch etwas sagen zu wollen, zuckte statt dessen aber mit einem Schrei aus seinem Sitz und knallte fürchterlich mit seinem Schädel gegen das Dach.

Der Wagen rutschte führungslos über den Randstreifen. Es gelang mir nach bangen Sekunden, den gleich Bewußtlosen auf die Seite zu drücken und den Wagen dann stotternd zu bremsen. Auf dem Seitenstreifen war er zum Glück bloß weiterhin geradeaus gefahren.

Ich stieg aus, riß meinen Mantel herunter und legte ihn in den Schnee. Dann zerrte ich den Fahrer aus dem Auto.

Als er am Boden lag, mußte ich feststellen, daß sich der Mann bei seinem Anfall das Genick gebrochen hatte. Das wäre sicher auch dann eingetreten, wenn er allein gefahren wäre. Die Ursachen waren der Alkohol und daß der Anfall sich während der Fahrt ereignet hatte (im Freien wäre es nie so weit gekommen, er hätte dort mit seinem Kopf ja kaum irgendwo anstoßen können). Das einfachste würde es sein, so dachte ich, ihn bei dem Bethaus abzugeben, nach dem er ja gesucht hatte.

Ich fragte mich, ob es richtig wäre, den Wagen jetzt noch weiterhin zu benutzen. Wenn ich mich hinter das Lenkrad setzte, so würden einerseits Spuren vernichtet, welche im Notfall hätten beweisen können, daß der Vertreter wirklich verunglückt war. – Ich sah es andererseits als nicht zumutbar an, auf einer Nebenstrecke, deren Verlauf ich nicht einmal kannte, die Nacht über allmählich in

Gesellschaft einer Leiche zu erfrieren, mit der Gewißheit, daß keiner vorbeikommen würde.

Ich verglich die Notizen des Fahrers über die Anfahrt zur Kirche mit topographischen Kennzeichen, die wir bereits passiert hatten. Den Toten legte ich auf die Rückbank und deckte ihn dann mit dem Teppichboden aus dem Kofferraum ab, weil es mir ohne Mantel einfach zu kalt wurde.

Bevor ich weiterfuhr, durchsuchte ich die Mappe, die aber nur wenige kleine Zettel enthielt. Zahlen und Bezeichnungen wie ›Stunde‹, ›Tag‹ und ›Uhrzeit‹, dazu einige Buchstaben waren die einzigen Informationen auf ihnen. Es konnten Nachweise für Gebetstreffen sein, so dachte ich anfangs, die Anhänger der Kirche in der Stadt ihrer Gemeinde hier draußen zukommen ließen, denn den ersten der Zettel konnte man durchaus so interpretieren:

›House 24-36, Oct 27th

11.14 AM CWL START
11.17 AM CWL END‹

Der nächste aber lautete so:

›Street 1-13, Oct 26th

01.13 PM SE START
05.08 PM SE END‹

Die Theorie war damit hinfällig geworden. Ende Oktober über vier lange Stunden in der Stadt auf der Straße zu beten, hätte wohl kaum einer vermocht. Außerdem fiel mir nun auf, daß auf den Zetteln ja schon das heutige und das Datum vom Freitag standen, obwohl mir der Vertreter doch gesagt hatte, daß sein Kollege seit Montag nicht mehr lebte.

Wie dem auch war, ihre Mappe sollten sie haben, und außerdem den Vertreter. Mir blieb nichts anderes übrig, als hier korrekt vorzugehen, wenn ich noch irgendwann nach Hause kommen wollte. Die Informierung der Behörden, die Aufnahme meiner Personalien, ja selbst eine Befragung, würden in Stunden zu bewältigen sein – und dann konnte ich unbeschwert weiter.

Verärgert ließ ich den Wagen an: Kam jetzt das Ende aller Probleme?

Während ich mißtrauisch bedachte, ob in dem Bethaus überhaupt noch jemand sein würde, zeigte sich schneeverweht ein Schild. Widerwillig stieg ich aus und wischte es frei:

– THE SYNODISTS –
OPEN FOR PRAYER
0.5 MILES LEFT

Ich dachte kurz an Stella. Sie war am Mittag und am Nachmittag nicht zu Hause gewesen, auf alle Fälle war sie nicht ans Telephon gegangen. Ihr Vater hörte das Klingeln nur selten, da er meistens in der Küche saß und das TV-Programm verfolgte, welches akustisch alles andere erdrückte.

Ein Pfeil mit dem Wort ›Service‹ wies mich weiter, als ich die Abzweigung schließlich erreichte. Die Synodisten. Ich hatte nie davon gehört. Die Synodisten aber sammelten codierte Informationen.

Je näher ich der Kirche kam, desto unwohler fühlte ich mich. Das Gotteshaus war ein gedrungener Flachbau, der wohl in früheren Zeiten zur Unterbringung von Arbeitern diente. Weder ein Glockentürmchen noch ein Kreuz konnte ich sehen, und das ›Haus‹ schien noch nicht einmal Fenster zu haben.

Ich bremste, denn ich erkannte Metall in einer Hecke neben dem Fahrweg. Der Gegenstand blitzte im Scheinwerferlicht. Ich setzte den Wagen etwas zurück, stieg aus und stöberte beunruhigt, bis ich das Ding wiederentdeckte. Es war ein Kasten aus Aluminium, in dem sich der Reflektor einer Lichtschranke befand. Die Lichtquelle, schräg gegenüber, hatte man weitaus raffinierter zwischen den Rippen eines zylinderförmigen metallenen Papierkorbs installiert.

Voller Mißmut ging ich zurück in den Wagen. Ich fragte mich, was wohl geschehen würde, wenn man die Schranke durchquerte. Es war verwunderlich, daß vor einem Bethaus auf dem Land eine solche Installation anzutreffen war.

Ich machte Lichter und Motor, am Ende sogar noch die Standheizung aus. Das Fahrzeug sollte nun keinerlei Energie mehr in die Außenwelt verstrahlen; eine zu Hause übliche Regel, solange man die Sicherheit eines Terrains noch nicht bestimmt hatte, denn Diffusion von Energie konnte die Lokalisierung erleichtern.

Ich starrte lange hinaus in den Abend, gewöhnte meine Augen daran, Details in der Dunkelheit wahrzunehmen.

Ich konnte nach und nach erkennen, daß sich nur wenig hinter der Hecke, die man wohl erst in einer Schleife zu umfahren hatte, zwei Stahlgerüste wie von Wachtürmen befanden und außerdem, daß Zigarettenrauch sich von den Plattformen der Türme aus in die Nacht bewegte.

Im Rückspiegel schaute ich mir in meine Augen und fragte mich, was ich hier eigentlich machte.

An einem Vormittag, vor vielen Jahren, war ich noch ein zufriedener Mensch gewesen: Institutsleiter, erst 42, auf seinem Sofa ausgestreckt und unter Anflügen von ›Langeweile‹ gelegentlich blätternd in Forschungsberichten …

Ein kleines Schreiben hatte genügt, und binnen Stunden war die Zufriedenheit mir von mir selbst, gleich auf Jahrzehnte, entzogen worden.

Die Generäle jedoch saßen gemütlich zu Hause.

*

Ich konnte sehen, wie sich Köpfe auf den Wachtürmen bewegten. Da ich glaubte, von ihnen entdeckt worden zu sein, erschien es mir besser, selbstbewußt in die Offensive zu gehen, mich nicht durch Flucht selber verdächtig zu machen. Ich ließ den Wagen wieder an. Einige Lampen, keine Scheinwerfer, erstrahlten, als ich die Lichtschranke durchquerte. Von den Wachtürmen, zwischen denen das Tor sich befand, wurde mir zugewinkt, einfach weiterzufahren, und das Tor glitt zur Seite.

Der Baracke der Synodisten schloß sich ein beleuchteter Parkplatz an, wo Plakate mit dem hl. Christophorus Verantwortung beim Manövrieren forderten. Neben den Flügeltüren am Bethaus gab es zwei Fenster. Seltsam erschien mir, daß die Rahmen der Fenster nicht, wie üblich, weiß lackiert waren, sondern das Holz in seinem Dunkelbraun belassen worden war. Der Vorhang hinter einem der Fenster bewegte sich etwas, aber die Türen, Fronten aus Altglas, blieben verschlossen.

Als ich schon wieder gehen wollte, zeigte sich innen schwaches

Licht. Um Handbreite wurde die Tür aufgedrückt, von einem winzigen alten Mann in einem hellgrauen Anzug. Sein Blick war auf den Boden vor meinen Füßen gerichtet.

»Eisgold«, flüsterte er.

Ich zeigte ihm die Mappe mit dem Weltraum-Hologramm, in der sich die Zettel mit den Terminen befanden. Wortlos schob er die Tür auf und bat mich durch Gesten, hereinzukommen.

Ich merkte, daß er mir völlig vertraute. Die Mappe zu besitzen, war offenbar schon Zeugnis der Zuverlässigkeit. Ich überlegte, ob ich die Leiche zur Sprache bringen sollte. Im Auto war sie von außen nicht sichtbar. Ich konnte immer noch zurück nach Baker's Barn und den Toten der Obrigkeit dort übergeben, denn die Ereignisse von dieser Kirche aus zu melden, erschien mir wenig opportun: die unseriöse Häuslichkeit der Sekte konnte ein Mißtrauen der Polizei gegen mich wecken, ein Risiko, das ich nicht eingehen wollte.

Ich nahm mir vor, die Mappe gleich abzugeben und nach Baker's Barn aufzubrechen.

»Eisgold?«

Der Mann nickte bedächtig, mein Wissen aber wurde dadurch nicht vergrößert. Bei näherem Hinsehen war er wesentlich jünger, als er am Eingang erschien, nicht älter als 45. Die weißen Haare und die gemessenen Bewegungen jedoch erfaßte man instinktiv zuerst als Indizien für Alter.

Wir hielten an einer Tür. Der Korridor war in ihrem Bereich etwas anspruchsvoller gestaltet, sein Boden beispielsweise war bedeckt von einer Kokosfaser-Matte, und die Wände waren grün und tapeziert, wo man sonst farblos lackiertes Holz sehen konnte.

Er öffnete die Tür.

Wir traten in ein Büro, dessen Komfort ungefähr jenem des Gangs vor der Türe entsprach. Hinter dem Schreibtisch saß mit übergeschlagenen grauen Hosenbeinen ein lächelnder Mann, der ein einfaches schwarzes Jackett auf weißem Hemd und eine ebenfalls schwarze Krawatte trug.

Er schien erfreut zu sein, die Mappe zu sehen. Der ältlich wirkende hieß mich, zehn Fuß vor dem Schreibtisch stehenzubleiben, trat aber selber noch einen Schritt vor.

»Eisgold«, sagte er.

Im Büro gab es verschiedene Details, aus denen ich Schlüsse ziehen konnte.

Der Lächelnde hinter dem Schreibtisch war umgeben von zahlreichen Tier-Präparaten, die im Raum überall angebracht waren. Ein Jagdgewehr über dem Ofen ließ keinen Zweifel daran, daß der Mann hinter dem Schreibtisch diese Tiere selber erlegt hatte.

Besonders traurig und mißlungen waren die Vogelpräparate, ein Schwan und ein Uhu, aber auch kleinere Vögel, wie eine Kohlmeise zum Beispiel. Die Federn waren ungleichmäßig gesetzt, die gläsernen Augen nicht an den richtigen Stellen eingedreht, die Tiere also getötet worden, um Pfusch zu fabrizieren: von ihrer Schönheit zeigten die Mumien nichts mehr, ihr Tod erschien nur schlimmer und perverser.

Auffallend waren weiterhin Gegenstände und Packungen im Büro, die in Zusammenhang mit Kosmetik standen. Selbst auf dem Schreibtisch standen mehrere Gefäße.

Der Lächelnde stand auf und trat auf mich zu.

»Don Owen«, sagte er und streckte mir seine Hand entgegen.

Erst jetzt erkannte ich ihn. Owen war der Hochschul-Professor, der einen Preis für jenes Raster versprach, mit dem man Reisende aus der Zeit mit Sicherheit aufspüren könnte. Die Lösung dieser Aufgabe, so hatte er erklärt, werden den praktischen Beweis – oder auch Gegenbeweis – für eine Möglichkeit von Zeitreisen erbringen.

Eine Weile hatte ich angenommen, daß Owen ein Resident sei, der mit Hilfe eines solchen Systems nach illegalen Machenschaften der kämpfenden Parteien forschen wolle, nach Leuten wie mir beispielsweise.

Inzwischen jedoch war mir klargeworden, daß Owen sich nicht derart exponiert hätte, wenn er tatsächlich ein Resident gewesen wäre, denn deren Sicherheit bestand nur in der Tarnung.

Wie sich nun zeigte, war aber mein Anfangsverdacht, daß der Professor nicht allein Forschungsziele verfolgte, durchaus begründet.

Er saß nun wieder am Schreibtisch und bedeutete dem anderen, zu gehen. Danach bat Owen mich mit einer Geste, die Mappe auf den Schreibtisch zu legen.

›Eisgold‹, so sah ich dabei, war der Name auf den Kosmetikartikeln. Owen nahm die Mappe gleich an sich. Er überflog die Zettel, wobei er einen zufriedenen Eindruck machte. Dann ließ er die Mappe in einer Schublade verschwinden.

»Die Synodisten und ›Eisgold‹-Kosmetik danken Ihnen ...«

Gegen die Schreibtischbeleuchtung stand er nun so, daß seine farblos lackierte hölzerne Krawattennadel glänzte, als sei sie aus Silber gefertigt.

»... ich werde Ihnen eine Gnade erweisen und Ihnen etwas zeigen.«

Auch Owen schien überzeugt zu sein, daß ich vertrauenswürdig war. Aus einem Regal nahm er ein Fläschlein und hielt es mir dicht vors Gesicht.

»Ein neues Parfüm, das sollte es sein. Durch einen Fehler ist alles umgekippt, die ganze Jahresproduktion, Tausende Gallonen ...«

»Und jetzt?«

»Zum Wegschütten ist es zu teuer, wir suchen deshalb einen Namen, unter dem wir es doch noch verkaufen könnten.«

»Und der Geruch?«

Er träufelte eine Probe auf ein seidenes Tuch; es entfaltete sich ein Aroma, das in etwa auch Apfelmost hatte, das Parfüm freilich roch weit säuerlicher.

»Nennen Sie's *Sekt*«, sagte ich.

»Sekt ...«, sagte Owen.

Owen hatte mich selbst so weit Vertrauen fassen lassen, daß ich beschloß, ihm von der Leiche zu erzählen.

»Sehen Sie, Owen, ich habe da draußen einen im Auto ...«

Er lächelte herablassend, als wäre ich bloß eine 6. oder 7. linke Hand und hielt mich an, ihm keine Dummheiten zu sagen.

»Ihre Probleme müssen Sie schon selbst regeln.«

»Aber ich –«

»Ihr nächster Besuch bei Eisgold wird länger dauern, da bin ich mir jetzt schon gewiß.«

Er führte mich selber hinaus.

»Sie sind uns jederzeit willkommen, aber verstehen Sie auch mich, bitte. Beten für eine Leiche macht den Kohl auch nicht mehr fett ...«

Der Tote war nicht mehr im Wagen, und die Nummernschilder waren durch andere ersetzt worden.

»Wir dienen allein der Wissenschaft«, rief mir Owen vom Bethaus noch zu und ging dann zurück ins Gebäude.

Ich startete den Wagen.

Das Innere des Fahrzeugs war gründlich gesaugt und gereinigt, ein frischer Blumenduft eingesprüht worden. Ich beschloß, mir die Adresse zu merken.

Viermal verfuhr ich mich, bevor ich die Straße nach Tyne gefunden hatte. Ich hielt an, um ein wenig zu schlafen, da ich erschöpft war und befürchtete, vor Müdigkeit sonst später vom Weg abzukommen.

*

Menschen werden mit Wasser getauft, Schiffe mit Sekt.

*

Die vierte Straße von Tyne, die einzige, die nicht direkt um den Bahnhof verlief, sondern fast eine Meile vom Flecken entfernt, beherbergte in bunten Verschlägen aus Holz rund 300 Menschen aus Deutschland.

Obwohl es sieben Uhr morgens und Sonntag war, sah man schon einige Aktivitäten. Ein Dicker in einer Art Kutte bot vor der Tür einer winzigen Hütte zum Preis von zwanzig Dollar pro Tasse Wasser aus dreckigen Bottichen feil, die auf dem Fußgängerstreifen vor ihm aufgebaut waren:

WASSER AUS FATIMA	WASSER AUS LOURDES

Ein Alter kaufte Wasser bei ihm, obwohl ein sporiger Gestank aus den Trögen selbst im Vorbeifahren bemerkt werden konnte. Auf einem Schlitten neben dem Dicken lag ein Kleinkind und schlief. Ein Stückchen weiter ärgerten Kinder, die vielleicht auch zu ihm gehörten, einige Ausgestoßene, die halb in Müllcontainern steckten, um nach noch gluckernden Flaschen zu suchen.

Die Deutschen, das ist das Volk der Altmetall und Abfall Sammelnden, ohne Krieg wirken sie einfach nicht normal.

Die Deutschen lebten deshalb bei uns, weil ein Atomkraftwerk bei ihnen außer Kontrolle geriet und der größte Teil ihres Landes so stark verstrahlt wurde, daß auf Jahrhunderte hinaus Menschen dort nicht mehr wohnen konnten.

Die Deutschen hatten nicht daran gedacht, daß die Atomkraft bei der Kleinheit ihres Staates weit gefährlicher war als etwa für Betreiber wie Rußland. Auf engstem Raum lebten in Deutschland nämlich weit über 80 Millionen, während in Rußland oder bei uns auf Territorien vergleichbarer Größe nur wenige Hunderttausende lebten.

Während in Canada oder in Rußland Verseuchungen nach Atomkatastrophen aufgrund der Größe der Länder doch letztlich stets regional bleiben mußten, wurde ein kleiner Staat wie Deutschland durch nur ein Unglück gleich völlig zerstört. Nach dem Unglück von Biblis II mußte das Land sofort geräumt werden, mit Ausnahme der Küstengebiete. Die 70 Millionen Menschen aber, die aus den Binnengebieten zu ihnen kamen, vermochten die Küstenbewohner nicht unterzubringen. Die Deutschen fanden im eigenen Land keine Aufnahme mehr.

Die Staatengemeinschaft war ratlos, da ein Unglück von solchem Ausmaß sich bis dahin in Mitteleuropa nicht ereignet hatte. Selbst eine Einigung auf Hilfsflüge konnte am Anfang nicht erzielt werden.

Die an den Küsten verfügbaren Lebensmittel hatten die Deutschen in Kürze verbraucht, Millionen fielen dem Hunger zum Opfer. Der größte Teil der Flüchtlinge campierte bei eisigem Frost hinter den Deichen, während das Strahlungsgebiet sich wetterbedingt rapide zur Küste hin ausdehnte. Hätte man weiterhin nichts unternommen, wären die Deutschen an der Küste von der Strahlungszone erreicht und rettungslos kontaminiert worden.

Auf einer Dringlichkeitssitzung wurde beschlossen, daß die gesamte deutsche Bevölkerung auf die sonstigen Staaten der Nato verteilt werden sollte. Um die Deutschen unterzubringen, mußte jeder Nato-Staat Deutsche in einer Anzahl zu sich nehmen, die 15 % der eigenen Bevölkerung entsprach.

Stellas Vater hatte berichtet, daß die Deutschen bei ihrer Ankunft in Tyne fast alle kleine Köfferchen aus Pappe bei sich hatten, aus denen Schlafanzugärmel und Dokumentenecken lugten. Dem alten Mayfield war es unbegreiflich, daß man noch Zeit für einen

Pappekoffer mit Makulatur und verzichtbarer Bekleidung opferte, wenn es in Wirklichkeit doch galt, das Leben zu retten –

»Für ein paar Unterhosen und ein Stück Seife riskieren Deutsche sogar den Tod, ohne Pappkoffer flüchten sie nie.«

*

Notstand.

Eine Regierung konnte natürlich schon aus wahltaktischen Gründen nie öffentlich zugeben, daß sie den Notstand erklären muß.

Um der Bevölkerung den Notstand aber trotzdem mitteilen zu können, griff man zu folgender Lösung: auf der Straße hielten Beamte in Zivil jeweils einzelne Bürger an, zeigten den Dienstausweis und beugten sich dann vor, um den Leuten ins Ohr zu flüstern:

»Notstand …«

*

Die Wohnung in der Tanzschule wirkte oft eng und überladen auf mich, obwohl sie aus riesigen Räumen bestand. Mein Einfluß war nicht groß genug, um die Möblierung etwas auszudünnen.

Die Garderobe, die man zuerst betrat, wenn man hereinkam, machte den Eindruck eines Warteraums aus den fünfziger Jahren. Die Garderobenteile waren vor Alter schon ineinandergerostet und sicher kaum noch zu demontieren. Der Vater hatte nicht mehr die Kraft, die Dinge selber neu zu ordnen.

Ein nicht auszutreibender Staub lag über allem, obwohl man nachhaltig bemüht war, den Eingangsbereich sauberzuhalten. Ich hatte manchmal fast den Eindruck, der Raum an sich zerfalle zu Staub, der sich beim Ablegen des Mantels in Fäden wie ein Kokon um mich schmiegte, während das Haus mir zum Sarkophag wurde.

Stella begrüßte mich so wie sonst auch; sie hatte mich gar nicht vermißt. Beklommen stellte ich meinen Alu-Koffer ab.

Sie war damit beschäftigt, ihren Vater zu pflegen, der mit bleichem Gesicht auf dem Sofa lag und eine streichholzbreite Rißwunde über den ganzen rechten Unterarm hatte. Mit einem Lappen reinigte Stella die Verletzung, der Alte atmete schwer.

»Er hat ihn wieder angegriffen«, raunte Stella.

»Der Kater ...«, sagte der Greis.

Ich wußte inzwischen aber, daß der Kater den alten Mayfield nicht ohne Grund attackierte; im Gegenteil waren dies letzte, verzweifelte Versuche des Tiers, um ihn zu irgendeiner Form der Kommunikation zu bewegen.

Mayfield nämlich vermied es konsequent, den Kater jemals zu streicheln oder bloß anzusprechen, obwohl der Kater ihm deutlich seine Freundschaft bezeigte. Das Verhalten von Mayfield war ein Relikt aus einer Epoche, in der man Tiere allenfalls ›bändigte‹ und sich sonst nicht mit ihnen abgab.

Die Attacken folgten immer dem gleichen Schema.

Der Kater lauerte Mayfield irgendwo auf und fiel ihn an, wenn er vorbeikam.

»Jetzt springt er!« rief der Vater dann, doch vermied er drohende Gesten, sondern versuchte statt dessen noch zu entkommen.

Wenn es Fliegen verfolgte, von denen in Tyne viele lebten, dann nahm das Tier auf die Möblierung keinerlei Rücksicht. Besonders die Dekorationsgegenstände, die Stella gern auf den Simsen plazierte, standen beim Jagen häufig im Weg, sie spritzten umher wie Schrapnelle.

Wenn schon die Fliegenjagd Glück bieten konnte, dann hätte Mayfield wohl klüger getan, sich zum gelegentlichen Spiel zu überwinden, als Angriffe des Katers zu riskieren.

Die Anwesenheit des Tiers in der Familie war überhaupt nur schwer zu erklären. Die treibende Kraft, ein Tier in das Haus aufzunehmen, war gewiß nicht der Alte gewesen, aber auch Stella gab sich nicht sonderlich mit ihm ab. Den Kater sah sie vor allem als mobilen Bestandteil der Wohnlandschaft an.

In der Tanzschule war ich strengem Regiment unterworfen. Es wurde nachhaltig darauf geachtet, daß die Haustür ständig verschlossen war und daß mit Fremden nur durch die Klappe in der Tür geredet wurde. Ungefähr zeitgleich mit den Deutschen kamen Gangster nach Tyne, deren Methode es war, an den Türen zu klingeln, die Öffnenden zu erschießen und dann in aller Ruhe ihre Wohnung auszurauben.

Wenn ich nachlässig war, die Türe nicht abschloß, konnte dadurch der ganze Tag vernichtet werden. Die Mayfields machten auf jede Weise deutlich, daß im Hause sie das Sagen hatten. Wenn ich beklagte, daß mir selbst Eingriffe in die Gestaltung meines eigenen Zimmers nicht erlaubt waren, dann wurde dafür zwar Verständnis bekundet, aber durch Lockerungen nicht bekräftigt.

Ich war gezwungen, mich in die Ordnung zu ergeben, wollte ich Stella nicht verlieren. Die Tanzschule war der einzige Ort, wo wir zusammensein konnten, da ihr Vater nicht lange allein bleiben durfte.

Wenn Stella schon schlief oder sie und ihr Vater vor dem TV-Gerät saßen, dann war ich meist in meinem Zimmer mit Kalkulationen und Skizzen zum Antrieb beschäftigt. Die Arbeit ruhte für den Augenblick, denn um weiterzumachen, mußte ich erst die Ergebnisse der Simulationen besitzen, die jetzt im Flughafen-Computer im Gang waren.

Aus der Küche dröhnte das Fernsehgerät, während ich traurig an meinem Fenster stand und versuchte, den Horizont zu erkennen. Vor dem Fenster stand schon nach wenigen Schritten eine endlose, nicht in sich abgegrenzte Struktur, die teils aus Schnee, teils aus Himmel und Wolken bestand (oder zumindest bestehen *konnte*: genausogut hätte die Tanzschule ein Bathyskaph in einem Tank mit kalter Milch sein können).

Ich nippte ein wenig am Kirschblütentee, als die Tür aufflog und Stella sich fordernd postierte.

»Ich fang gleich an«, erklärte ich, noch ehe sie etwas gesagt hatte. Es gehörte zu meinen Pflichten im Haus, monatlich das Parkett zu putzen, und spätestens in der Mitte des Monats mußte ich diese Arbeit getan haben, sonst wurde Stella unerträglich. Die Mayfields selbst hatten seit Jahren den Boden nicht mehr gepflegt. Sie hielten dies erst für wichtig, als ich bei ihnen erschien …

Es mußten Möbel gerückt und alle Teppiche entfernt, es mußte gesaugt und gefegt werden, bevor man die eigentliche Arbeit überhaupt angehen konnte. Zu reinigen war anschließend noch eine Fläche von der Größe dreier Tennisplätze, welche aus farblos lakkierten hellen Holzplanken bestand, auf denen man jeden Fleck sehen konnte.

Ich kam mir vor wie ein Matrose, den man zur Strafe das Deck schrubben läßt, während die sonstige Mannschaft und die Katze des Schiffs sich in der Küche beim Fernsehen entspannen und gleichzeitig noch das Bewußtsein genießen, wie sehr er sich nebenan quälen muß.

(in kürzester Zeit Gelenksschäden)

Als wir, wie üblich, am Sonntagabend vor meiner Abfahrt noch einen Spaziergang machten, entdeckte Stella, daß auf dem Hof statt des Toyota nun ein Ford stand, ungefähr Baujahr '95, mit schwarzen Lederbezügen und neuen Reifen.

»Eine Gelegenheit«, murmelte ich, als Stella mich merkwürdig ansah. Nachdem sie für meinen Verbleib zwischen Freitag und Sonntag bis dahin nicht das geringste Interesse gezeigt hatte, hatte ich einfach keine Lust mehr, von den Ereignissen nun doch noch zu berichten.

»Ein neuer Wagen«, stellte sie fest und ging dann wortlos zurück in das Haus.

Als ich an diesem Abend wieder zurück in die Stadt fahren mußte, kam zum Abschied nur der Greis mit hinaus.

*

Für die Rückfahrt zum Flugplatz brauchte ich lediglich vier Stunden, obwohl ich an der Tankstelle von Baker's Barn stoppen mußte, um zu veranlassen, daß mein Toyota, der nur wenige Meilen entfernt stand, abgeschleppt wurde. Ich beschrieb einem krummen Mechaniker – der Japaner war diesmal nicht da –, an welcher Stelle ich am Freitag das Radio vergraben hatte, und erreichte, daß der Wert des Geräts mit den Bergungskosten des Fahrzeugs verrechnet wurde.

Ich unterschrieb ihm einen Auftrag, den Fehler an meinem Wagen zu finden, und machte eine Anzahlung von fünfzig Dollar. Nach zehn Minuten war alles geregelt. Fast stimmte es mich mißtrauisch, wie unterwegs sonst nichts passierte, denn der Freiheit von Problemen war ich schon weitgehend entwöhnt. Um 2 Uhr 30 in der Frühe erreichte ich den Flugplatz.

Ich rief am Terminal die Resultate der Simulationen ab, die der Flughafenrechner während der letzten zweieinhalb Tage durchgespielt hatte.

Die Aufgabe war gewesen, die Lebensfähigkeit von mathematisch definierten Universen zu ermitteln, in denen

a) die Teilchen aus den Massekatastrophen
sich überlichtschnell bewegen konnten

b) Neutronensterne und deren Strahlungsmilieu
in typischer Art manifest wurden.

Da die Daten zum überlichtschnellen Universum leider dürftig waren, hatte ich mehrere Modelle geschaffen, in denen ich noch unbekannte Werte einmal größer, einmal kleiner besetzte. Je mehr ich mich irrte, desto eher mußte das ganze Modell im Lauf der Simulation zusammenbrechen. Jene Modelle aber, die Stabilität bewiesen hatten, die ihre Fähigkeit zu existieren in simulierten 10 Milliarden Jahren hatten wahrscheinlich machen können, wurden im Rechner, dies war der zweite Teil der Aufgabe, auch daraufhin analysiert, ob sich die Teilchen in ihnen zielgerichtet und nur zwischen Neutronensternen bewegten oder bloß sinnlos umherwirbelten, denn ohne Ausrichtung der Teilchen wäre der Raum zum Reisen nicht brauchbar gewesen.

Eine Aufgabe, die aus den ersten beiden hervorging, war die Beantwortung der Frage, ob es möglich sein würde, sich aus dem dreidimensionalen Kosmos in die Ströme der Teilchen einzuklinken.

War dieses möglich, dann würde man mit bisher unbekanntem Tempo in die Ferne und die Zeit zugleich reisen können, ohne Energie dafür zu brauchen. Das Fahrzeug würde von den Teilchen gezogen.

*

Wie Gary Levin es vorhergesagt hatte, waren *zwei* Modelle möglich, wenn man die Eigenschaften eines überlichtschnellen Universums aus den Skench-Experimenten abzuleiten hatte.

Das erste Universum verfügte über Neutronensterne, die denen bei uns zwar stark glichen, aber durch Strahlungskanäle miteinander verflochten waren, die auch in unserem Kosmos wirkten.

In diesem Universum also hätten die Teilchen sich gerichtet über Strahlungskanäle bewegt, auf die sie aus unserer Welt einschwenkten. Mit einer Anlage, die das Frequenzumfeld der Teilchen imitierte, hätte ein Fahrzeug sich in die Routen klinken lassen.

Das zweite Modell eines überlichtschnellen Kosmos jedoch befand sich in einem fortgeschrittenen entropischen Zustand, den ein zäh schwappendes Strahlungsmeer prägte, das außer den Neutronensternen bereits alles absorbiert hatte. In diesem Strahlungsmeer fehlte den Teilchen jegliche Orientierung, sie stoben nur ziellos umher.

Die beiden Universen waren gleichermaßen wahrscheinlich, und es fehlten mir einfach die Daten dazu, sie exakter gegeneinander zu gewichten. Das erste, so wußte ich nur, war ideal für meine Zwecke, während das zweite wohl das Ende meiner gesamten Theorie bedeutet hätte.

Baute ich einen Prototyp auf der Basis des idealen Modells, aber real existierte das schlechte Modell, dann hatte ich eine riesige Arbeit geleistet, deren Ergebnis mir nicht half: ich würde bis ans Ende aller Zeiten durch das leblose Strahlungsmeer trudeln –

Wenn aber statt dessen das ideale Modell existierte, dann konnte ich in den Strömen der Teilchen von Neutronenstern zu Neutronenstern fliegen und dort, wo ich der 5. Flotte am nächsten war, aus dem überlichtschnellen Kosmos zurückkehren, um sie zu modernisieren ...

Doch welches Modell wirklich zutraf, würde sich erst beim Start meines Fahrzeugs erweisen.

Bis dahin hatte ich noch eine Chance.

Wenn es nötig war, den Prototyp zu bauen, um zu erfahren, ob ich Erfolg haben würde, dann mußte ich den Bau eben jetzt starten. Ich würde vielleicht schon sehr bald wieder zu Hause auf dem Sofa liegen können, meiner Frau von allem berichten, sie lieben, mit meinem richtigen Körper, vielleicht schon in wenigen Wochen –

Für einen Prototyp, der im Grunde nur mich selbst befördern sollte, brauchte ich keine große Werkstatt, es würden Räumlichkeiten genügen, die ungefähr einer Scheune entsprachen.

Hochenergetische Diffusoren für Strahlung, zum Einhängen meines Fahrzeugs in die Ströme der Teilchen nötig, konnten bei unserem Stande der Technik mit einfachen Mitteln gebaut werden. Weit größere Sorgen machte es mir, wie ich unauffällig einen Rumpf montieren sollte, der einen Durchmesser von mindestens dreißig Fuß haben würde. Selbst stufenweises Zusammenschweißen würde Teile von ziemlicher Größe erfordern. Die Werkstatt mußte demnach abgelegen sein, damit beim Antransport nicht irgendwer Verdacht schöpfte, neugierig wurde und einbrach.

In Tyne würden die Mayfields die Montage nur allzu bald bemerken, und ein Gebäude in der Stadt wäre zu teuer gewesen. Ich mußte also woanders eins suchen.

Was Mittel und Zeit für die Arbeit betraf, so lagen die Dinge günstiger.

*

Howards erschien kaum noch in seinem Büro. Ich hatte Glück, ihn am Mittwoch dort anzutreffen.

Normalerweise war er nur noch in der Stadt zu erreichen und selbst für mich nur dann, wenn ich ihn – schriftlich – Tage vorher um etwas Zeit gebeten hatte. Mit dem Erreichen der Führungsposition war ihm die Sicherheit am Flugplatz völlig gleichgültig geworden. Als Chef, so meinte Howards, brauchte man nichts mehr zu leisten. Ein wenig Arbeit war nur nötig, um diesen Posten zu erreichen.

Seine ›Beobachtung der Stadt‹ war nur ein Vorwand, denn Weisungen gab er mir nie, also hatte er nichts beobachtet. Da Kriminelle in der Stadt ja häufig waren, hätte er manchmal wohl etwas entdecken müssen.

Sein Erscheinen in den Medien war inzwischen selten geworden, und seine Meinungen über die Polizeiarbeit wollte in Vortragsform keiner mehr hören. Er sprach gelegentlich noch in Altenheimen oder im Dienst obskurer Parteien, für die er manchmal sogar kandidierte.

Sein ›Informationsbüro‹ bekam ich das erstemal in einem Zustand zu sehen, in dem er es schon offen als Wohnung benutzte. Auf dem Computermonitor stand eine Lippenstift-Botschaft und obenauf lag eine 3er-Packung angefeuchteter Kondome in verschiedenen Farben und mit Aromen exotischer Früchte. Anstelle von Regalen stand an der Wand hinter dem Schreibtisch ein Sofa aus schwarzem Leder, auf welchem sich ›Georgia‹ streckte, die Howards in der Nachbarschaft aufgetan hatte. Ein flaschengrünes seidenes Gewand umhüllte sie nur wenig.

Howards war weit einfacher gekleidet, ›aufgrund der Hitze‹, wie er sagte, trug er nur Baumwollshorts und Socken. Auf dem Schreibtisch lag eine halbgegessene Pizza in einem aufgeklappten Pappdeckel, aus welchem Fettrinnsale sich in zahlreichen Akten verzweigten. Das Telephon klingelte ständig, doch Howards schien es schon nicht mehr zu hören. Dem Mädchen und mir servierte er Tee, dann führte er mich durch die Räume. In der Küche lagerten Akten über Verbrecher zwischen verfaultem Salat und fliegenverklebtem Geschirr, während im Bad eine mit Senf verschmierte Puppe kopfüber in einem Eimer steckte, der mit Zement gefüllt worden war.

Kleidungsstücke lagen zusammengeknüllt überall auf dem Boden, ein Kassettenrecorder, das Radio und das TV-Gerät liefen synchron, und die WC-Tür ließ sich nicht öffnen, da hinter ihr eine Person zu klemmen schien.

Howards nahm die Akten entgegen, die ich mitgebracht hatte, und führte mich wieder hinaus. Auf seiner Bauchhaut befanden sich Eier- und Schokoladenreste.

Ich vermied es, ihm zum Abschied die Hand zu geben.

Monate waren vergangen, ohne daß Howards sich auf dem Flughafen gezeigt hätte. Am Mittwoch erschien er nur deshalb in seinem Büro, weil er den Fernsehapparat holen wollte. Es schien, daß er in Schwierigkeiten steckte, doch half ich Howards, das Gerät in seinen Wagen zu schaffen.

Danach ging es zurück in sein Büro, wo Howards Kaffee für uns kochte und dann fragte, ob ich ihm später auch beim Verladen des Kopierers helfen könne.

»Das kann ich machen, meinetwegen. Aber danach brauche ich Urlaub, mindestens acht Wochen.«

»Acht Wochen? Und was wird aus dem Flugplatz, wer soll hier alles leiten?«

»Nicht mein Problem, der Chef hier bist ja du. *Zwölf* Wochen sind außerdem aufgelaufen; ich will noch nicht mal alles...«

»Naja.«

Howards schien es nicht zu behagen, die Dinge auch bloß für kurze Zeit wieder selbst in die Hand nehmen zu sollen. Er hatte sicherlich jegliche Einfühlung in die Erfordernisse verloren, vermutlich war auch schon sein Pass-word verfallen. Die Hälfte der neueren Mitarbeiter würde ihn nicht einmal erkennen, die hatte ich schon allein eingestellt.

Trotzdem mußte mein Raumfahrzeug gebaut werden.

Ich nannte Howards eine Reihe von Mitarbeitern, die in der Lage waren, die Sicherheitsbereiche auf dem Flugplatz ohne Rückfragen funktionsfähig zu halten, solange Howards sich nur hinter sie stellte und einen Ersatzmann für die Verhöre beschaffte.

»Wenn du Schwierigkeiten machst, dann nehm ich die zwölf Wochen, die mir zustehen.«

Howards steckte sich rasch eine Tablette in den Mund und deutete nickend auf den Kopierer.

Nach dem Mittagessen waren die Urlaubsformalitäten abgeschlossen. Ich packte meine Papiere und meine persönlichen Sachen zusammen, denn auf den Flugplatz würde ich nicht wiederkommen, sondern ihn höchstens noch einmal *sehen*, von oben.

Zwei Monate waren mehr als genug für den Bau eines einfachen Fahrzeugs. Mit Hilfe meines Displays konnten Pläne von größter Exaktheit auf der Basis der Simulationen sehr zügig erstellt werden, und auch das Werkzeug würde sich finden.

Am wichtigsten war es zunächst, mir eine Räumlichkeit zu verschaffen.

*

Unentschlossen, was ich der Werkstatt wegen tun sollte, nahm ich die Landstraße in Richtung Tyne. Durch den Schnee waren die Weiler am Rande der Straße kaum noch auszumachen, erschienen erst im letzten Moment, wenn die Gebäude schon passiert wurden.

Am frühen Abend erreichte ich Baker's Barn.

In einer Pelzjacke stand der Japaner zwischen den Zapfsäulen und hielt eine Dose Bier in der Hand. Jacke und asiatisches Aussehen erzeugten kombiniert einen Effekt, als zählte er zu den Eismeerleuten. Ich stellte mir vor, wie der Mann mit einer Harpune einen Kampf auf Leben und Tod mit irgendeinem irdischen Wesen bestand.

Er führte mich in die Garage zu meinem Toyota. Der Motor war zum Teil auseinandergenommen.

»Wir konnten nichts finden, Sir.«

Ich mußte kurz an den krummen Mechaniker denken, und wie er sich mit einem Schraubenzieher stochernd in mein Fahrzeug beugte, um den Japaner wenig später aufgeregt zu sich zu rufen.

»Ich kenne diese Wagen, es ist alles in Ordnung.«

»Er fährt also?«

»Nein ...«

Den Motor habe er mit seinem Helfer zusammen bereits das zweitemal auseinandergenommen. Die Teile seien in Ordnung, aber der Wagen wolle nicht fahren.

»Und nun, was machen Sie jetzt?«

»Die einzelnen Teile des Motors haben in anderen Maschinen funktioniert. Wenn nur sie selbst wieder zusammengesetzt werden, zeigen sie aber keinerlei Wirkung.«

»Was schlagen Sie vor?«

Der Tankwart zuckte die Achseln; so sprach also ich.

»Den Wagen könnten Sie doch sicher als Ersatzteilquelle brauchen, denn prinzipiell sind seine Teile ja verwendbar, sagten Sie.«

Er überlegte.

»200 Dollar?«

Im Grunde war ich zufrieden, denn Geld, wenn auch nur wenig, erschien mir immer noch besser als ein Auto, welches zwar technisch völlig intakt war, aber dennoch nicht fahren wollte.

Nach Regelung der Kraftfahrzeugfragen beschloß ich, mich in die Bar zu begeben. Der Gastraum war stark überheizt, dennoch saßen die Landarbeiter so wie beim erstenmal direkt vor dem Ofen. Keiner von ihnen hob seinen Blick, als ich hereinkam und an die Theke ging.

Die Frau hinter dem Tresen trug eine seltsame Kappe, die wohl verjüngend wirken sollte, tatsächlich jedoch durch ihr glänzendes weißes Leder die Unreinheiten und Falten im verlebten Gesicht der Trägerin hervorhob. Den Rest ihres mageren Leibs umhüllte ein glitschig erscheinender Overall aus Synthetic, den sie nirgends ganz ausfüllte. Zu erkennen schien sie mich nicht.

Am anderen Ende der Theke lehnte noch immer der verwildert wirkende Mann mit der vor Alter schon stumpfen Waschbärjacke, von dem ich bei meinem ersten Besuch in der Bar noch geglaubt hatte, daß er Collins sein könnte, die Person mit dem größten Einfluß im Ort. Da sich diesmal in der Bar aber nur wenige Menschen befanden, war es mir möglich, auch die Einzelheiten ihres Umgangs miteinander entsprechend klarer zu sehen. Die gleichgültig-wortlose Art, mit der die Thekenfrau den Waschbärmann versorgte, machte rasch deutlich, daß er keinen besonderen Rang haben konnte, Collins also ein anderer war.

Ich hatte erlebt, daß Collins genügend Einfluß besaß, um die Gemeinde, wenn er wollte, sogar vom Busnetz abzuschnüren. Es mochte sein, daß er Gründe zur Furcht davor hatte, sein Personal würde den Ort sogleich verlassen, wenn nur die Fahrt erschwinglich wäre, und daß am Ende keiner mehr da sein könnte, der für ihn arbeiten und ihm Gewinne schaffen würde.

Ich war auch einmal der Meinung gewesen, daß Collins ein älterer Mann sein könnte, der nachts, vielleicht mit Helfern, die Asphaltstraße zerstörte und Feuer an parkende Fahrzeuge legte. In diesem Modell war es so, daß Collins, dessen Haare schwitziggrau waren, am liebsten karierte Hemden trug und eine Gehbehinderung hatte, welche sich optisch aber nur schwach manifestierte …

Die Thekenfrau stellte sich unmittelbar vor mich.

»Soll ich was bringen?«

Eigentlich ja.

»Haben Sie hier ein Telephonbuch?«

Sie reichte mir eine schmierige Kladde, in welcher, alphabethisch geordnet und maschinengeschrieben, Adressen standen. Ich blätterte.

»Vielen Dank.«

Die Frau jedoch blieb unverändert vor mir stehen, was mich veranlaßte, zum Telephonbuch auch noch ein Bier zu bestellen. Unter ›Collins‹ gab es nur einen Eintrag, der Vorname war mit ›H.‹ abgekürzt. Die fünf oder sechs, die am Ofen saßen, schienen erstaunt darüber, daß ich im Ort jemanden anrufen wollte.

Zwischen den Türen der beiden Toiletten gab es ein Münztelephon.

Gleich nach dem ersten Klingeln wurde der Hörer abgenommen, und eine mißtrauisch-ältliche Stimme erklang.

»Ja?!«

»Mein Name ist Tyler. Sind *Sie* Mister Collins?«

»Ja.«

»Es handelt sich um folgendes, Mister Collins: Mir ist bekannt, daß Sie hier in der Gegend eine Anzahl von Immobilien besitzen.«

Das war eine reine Vermutung.

»Weiter.«

»Nun, ich suche da für private Zwecke eine Art Werkstatt, tausend Quadratfuß ungefähr.«

»Und was machen Sie dann dort?«

»Nun, ich bin Sammler und restauriere alte Maschinen, Turbinen zum Beispiel, oder, äh – Tauchkapseln.«

»So?«

»Das ist mein Hobby. Normalerweise bin ich Sicherheitsinspektor, im Osten, auf dem Flugplatz.«

Collins schien zu überlegen, denn er schwieg für eine Weile.

Ich hörte sehr leise ein seltsames sanftes Rauschen, das aber nicht aus der Leitung stammen konnte, da seine Lautstärke nicht konstant war. Es klang wie das An- und Abschwellen eines sehr feinen Sprühens, das sich um Collins herum abspielen mußte …

»Naja: mit 1400 Quadratfuß, da könnte ich Ihnen was geben.

Ich will aber nur Bargeld.«

»Nun gut. Wo sollen wir uns treffen?«

»Heute wird mir das aber zuviel.«

»Und morgen vormittag, um elf zum Beispiel?«

»Ja.«

»Wir treffen uns am Objekt?«

Collins lachte.

»... das finden Sie doch sowieso nicht, also nein. Wo wohnen Sie hier?«

»In der Herberge an der Straße.«

»Dann hol ich Sie morgen dort ab, um elf Uhr.«

»In Ordnung.«

Collins hängte ein.

*

Ich träumte davon, am Ufer eines mächtigen Stroms zu leben, der nur wenige Meilen entfernt in den Atlantik mündete.

Es war ein sonniger und hellblauer Morgen, mit wenigen weißen Wolken und glitzerndem Schnee.

Der Fluß schien dick gefroren zu sein, meine Nachbarn jedenfalls tollten vergnügt über das Eis. Den Spaß, den sie hatten, wollte ich auch gern genießen und außerdem nicht ängstlich erscheinen. Sie winkten mir, als sie mich sahen, und ich schritt rüstig aus.

Ich ging in der Mitte des Flusses, als die Eisdecke plötzlich ein sich verästelndes hohes Knacken erzeugte und ich feststellen mußte, daß die Wärme der Sonne die Nähte der aneinandergefrorenen Eisschollen löste. Alles geriet in Bewegung, das Eis begann aufs Meer hinauszutreiben, wurde vom Fluß wieder befördert.

Zwischen mir und dem Ufer waren unüberspringbare Zonen schwarzblauen Wassers entstanden, die mich auch daran hinderten, auf eine weniger brüchige Scholle zu wechseln, denn innerhalb weniger Sekunden hatte sich das Stück viermal verkleinert, von Tennis- auf Parkplatzgröße.

Nach einer Viertelstunde erreichte ich den Atlantik, der sich langsam und graublau bewegte, da und dort schien ein schwärzlicher Schimmer auf seiner Oberfläche zu liegen. Obwohl die Meeresströmung selbst kaum der Rede wert war, genügte doch der Restschub des Flusses, um mich rasch weiter hinauszutreiben; beim Driften drehten die Eisschollen, auch meine, sich langsam um sich selbst. Von der Küste war bald nur noch eine Landzunge im Südwesten zu erkennen.

Ich hatte natürlich in Filmen schon gesehen, daß Eisschollen allmählich zerfielen, doch in den Filmen erfolgte der Schollenzerfall immer nur an den Kanten. In Wirklichkeit, so stellte ich fest, löste die Scholle sich aber auch schichtweise auf, in dünnen Filmen trug das Wasser flächige Eisstrukturen von ihrer Unterseite ab, unter der Oberfläche sah ich sie deutlich davontreiben. Der Rest begann langsam zu sinken und lag nur noch teilweise über dem Wasser.

Die Landzunge war ungefähr zweieinhalb Meilen entfernt. Unmöglich, diese Strecke schwimmend zu meistern, zum ersten wegen der Kälte und zweitens, weil überall Eisschollen trieben, die zwar zu klein waren, um mich zu tragen, aber noch immer groß genug, um mir, selbst dümpelnd, den Kopf abzuschneiden.

Meine Schuhe fingen an, naß zu werden, während der Einkaufskorb, mit dem ich morgens aus dem Haus gegangen war, sich schon seit einigen Minuten auf dem Wasser in Richtung Grönland bewegte, gegen die Sonne sah ich ihn langsam davonschwimmen.

Dann aber wurde der Korb von einem Umriß, der sich im Sonnenlicht als schwarze Bewegung zeigte, mit einem Paddel aus dem Wasser gehoben.

Als das Boot sich weiter näherte, konnte ich sehen, daß ein Indianer darin saß. Neben ihm stand ein hölzerner Kasten, der Wasser und einige Hummer enthielt. Es würde schwierig sein, in das Boot umzusteigen, ohne dabei ins Wasser zu fallen, vielleicht sogar unmöglich.

Dann aber erkannte ich, daß der Mann in dem Boot kein Indianer, sondern in Wirklichkeit der japanische Tankwart war.

»200 Dollar«, sagte er.

Zum Frühstück gab es wieder die ›neutralen‹ Brötchen, die weder schmeckten noch schlecht waren. Der Wirt, der mich am Vorabend sofort wiedererkannt hatte, gab mir anstelle richtiger Löffel zu Kaffee und Joghurt nur Spatel aus Plastik, ohne jedoch einen Kommentar abzugeben …

Im Restaurant saßen nur wenige Gäste. Verglichen mit dem Touristenaufkommen, daß ich – am Wochenende – nach meiner ersten Übernachtung erlebte, war das Lokal eigentlich leer. Der Wirt faßte mich mürrisch ins Auge und schien zu überlegen, ob er mich schlagen oder nicht schlagen sollte, während das Fernsehgerät hinter der Theke Ausschnitte aus einem Golf-Turnier und einen Werbebeitrag für Dauerwurst zeigte.

Der Japaner schippte Schnee von der Tankstellenauffahrt. Um 11 Uhr 06 hielt ein gelber Pick-Up mit einer mehrfach geflickten völlig verdreckten Plane über der Ladefläche. Dem Fahrzeug entstieg ein älterer Mann. Er trug eine mit Hasenfell gefütterte Lederjacke, die mindestens vierzig Jahre alt war. Hinter dem halbgeöffneten Reißverschluß der Jacke war ein kariertes Hemd zu erkennen. Schmutziggrau waren die Haare des Mannes, er humpelte ein wenig –

»Collins?« fragte ich gleich, denn er sah aus wie in meiner zweiten Vorstellung von ihm.

Er nickte.

»Ich bin Tyler.«

Ich glaubte zuerst, auch Collins sei ein Mitglied der Sekte, denn wieder tauchte das Schild auf.

– THE SYNODISTS –
OPEN FOR PRAYER
0.5 MILES LEFT

Am Tag war die Gegend nicht etwa flach und wenig bewachsen, wie ich neulich nachts noch angenommen hatte, sondern von Gruppen mannshoher Büsche geprägt, die beieinanderstanden, als wären sie frierende Wanderer.

Collins jedoch fuhr nicht zu den Synodisten (bzw. zu ›Eisgold‹-Kosmetik). Er bog erst dreißig Sekunden später, aber ebenfalls nach links ab. Wir folgten einem von Hecken gefaßten Weg bis auf den Hof einer kleinen Fabrik, wo ein mit Schnee bedeckter Turm aus alten Holzpaletten stand. Collins nahm eine Mappe unter den Arm, in der er nichts als blaues Pauspapier hatte, woraus ich entnahm, daß das *Papier* für den Vertrag wohl ich stellen sollte. Wir stiegen langsam aus dem Wagen, denn der Hof war nicht geräumt, und schon beim Fahren war deutlich geworden, daß Eis sich unter dem Schnee befinden mußte.

Durch eine Lücke in den Hecken verlief ein kleiner Pfad, an dessen Ende man das Bethaus der Synodisten sehen konnte, doch einen Zaun gab es hier nicht.

»Die Fabrik und das Gebäude von denen, das hat früher alles

zusammengehört«, erläuterte Collins, als ich ihn fragend ansah.

Das Fabrikgebäude hatte eine Höhe von ungefähr fünfundzwanzig Fuß, Mauern aus roten und ockerfarbenen Backsteinen und eine riesige eiserne Schiebetür, die vor Rost schon ganz braun war. Diese Tür war dermaßen schwer, daß Collins sie aus eigener Kraft nicht zu öffnen vermochte. Dieser Umstand gefiel mir.

Im Innern der Halle war es sehr kalt und äußerst staubig, durch die wenigen kleinen Fenster fiel mit Schmutz sich vermischendes Licht. Unter der Decke waren mehrere kleine Kräne auf stählernen Schienen installiert, mit denen sich Lasten von der Schiebetür in jeden Teil der Fabrik fahren ließen, und auch Leitungen für Telephon und Strom waren vorhanden.

In der Halle gab es zwei kleinere hölzerne Kabinette, das eine war ein WC, das zweite das alte Büro. Ich sah sofort, daß letzteres auf jeden Fall zum Schlafen, vielleicht sogar als provisorische Wohnung geeignet war.

In dem Büro schlug Collins mir vor, wir sollten nun sprechen.

»Ist diese Fabrik geeignet für Sie, Mister Tyler?«

»Ist gut«, sagte ich und riß dann Blätter aus meinem Notizbuch, damit wir einen Vertrag machen konnten.

Wir hatten die Halle gerade verlassen, da urinierte Collins plötzlich offen auf den Hof und zerstörte mir das Erlebnis ›Besichtigung‹.

Es war also auch damit nichts –

Nachdem mich Collins an die Tankstelle zurückgebracht hatte, trank ich zunächst in der Bar einen Tee.

Wenn ich mir einfache Möbel und einen Heizlüfter besorgte, dann konnte ich unter der Woche in meiner Werkstatt übernachten, aber so tun, als wäre ich am Flugplatz. Am besten erschien es mir nämlich, wenn ich Stella von meinem Urlaub erst gar nicht erzählte, sondern mit Nachdruck den Bau meines Fahrzeugs verfolgte. Alles andere hätte nur Ausflüchte erfordert, die ständig immer noch weitere Lügen und Fragen zu diesen Lügen erzeugt hätten.

Das aber wollte ich Stella und mir nicht antun. Wir liebten uns vielleicht nicht so wie früher, aber immer noch respektierte ich sie, und diese Haltung war mir wertvoll.

Damit alles so aussah wie immer, durfte ich allerdings nicht heute schon wieder nach Tyne kommen, sondern erst am Freitagabend, also dem Rhythmus entsprechend. Alles andere hätte bloß Mißtrauen erregt.

Ich zahlte, holte den Koffer von oben und fuhr als erstes zu meiner Fabrik. Es machte mich glücklich, sie allein und entspannt betrachten zu können, Vermutungen über die frühere Benutzung anzustellen, den alten Boden anzufassen, durch die mit Dreck verklebten Fenster sämtliche Blicke zu probieren und mir die Arbeit vorzustellen, die ich schon bald hier würde aufnehmen können, wenn ich nur alles gut organisierte.

Ich hielt noch einmal an der Tankstelle, um telephonisch einen Termin in der Stadt zu erbitten, dann fuhr ich dorthin zurück.

*

Das Betragen von Jerry Cooks war bei Besuchen von mir inzwischen grundlegend anders geworden. Meine Radar-Werte hatten im Lauf der letzten Jahre eine Entwicklung genommen, die nicht nur aus meiner eigenen Sicht äußerst zufriedenstellend war, sondern auch Cooks stark beeindruckte. Was ich zur Seite legen konnte, hatte ich immer gleich verwendet, um mein Portefeuille aufzustocken.

Am Terminal zeigte mir Cooks meinen Besitz.

»Ich druck's gleich aus«, meinte er.

»Ist nicht mehr nötig, Mister Cooks. Ich will sofort alles verkaufen.«

»Verkaufen ...«

Cooks speiste die Order sofort ein und rief erst anschließend die aktuellen Notierungen ab.

»Sie werden – netto – ungefähr 220000 Dollar bekommen.«

»Dauert es lange, so ein Verkauf?«

»Zehn Minuten vielleicht, dann läuft schon die Überweisung an Sie ... Wofür brauchen Sie denn das Geld?«

Zuerst wußte ich nicht, was ich sagen sollte, doch dann sagte ich einfach die Wahrheit –

»Ich will weg, das ist alles.«

»Verstehe.«

Er wies auf sich selbst, und es piepte: meine Aktien waren gekauft worden.

In der Tanzschule saß ich am Wochenende an meinem PC, um die Pläne zum Bau des Fahrzeugs zu drucken.

Zu 98 % setzte das Fahrzeug sich aus Standard-Mustern zusammen, die man bei uns schon seit Jahrhunderten benutzte und die sämtlich im Display gespeichert waren. Diese Muster brauchte ich nur zu übertragen. Neu war eigentlich nur der ›Teilchen-Imitator‹, mit dessen Hilfe sich das Fahrzeug in das überlichtschnelle Universum einhängen sollte. Doch da ich Ausgangsdaten für dieses Gerät bereits aus den Simulationen hatte, war es nicht weiter problematisch, mit dem Display und dem PC im Laufe einiger Nachmittagsstunden den Zuschnitt einer kompakten Apparatur zu errechnen, die auch mit Werkzeug aus dem – inzwischen – 21. Jahrhundert gefertigt werden konnte.

Als nächstes erstellte ich Listen von allen Werkzeugen und Teilen, die für die Arbeiten erforderlich waren. Ich brauchte einerseits eine kleine chemische Werkstatt, da ich mir manche Isolierungen würde selbst herstellen müssen, und andererseits waren Werkzeuge nötig, mit denen ein Fahrzeug, das so groß wie ein Truck werden würde, von einem einzigen Mann gebaut werden konnte.

Ich blätterte in Katalogen, schlug in Preislisten nach, stellte Adressen von Lieferanten zusammen und setzte dann Schreiben mit meinen Bestellungen auf. Mit diesen ging ich zum Bahnhof, wo sich der Briefkasten befand.

Auf dem Rückweg erwog ich die Möglichkeiten, die kleine Fabrik zu sichern. Die Schiebetür war so stabil, daß sie eigentlich nicht zerstört werden konnte. Im Grunde war es also nur wichtig, sie zuverlässig geschlossen zu halten.

Ich konnte einen starken Motor installieren, der die Türe mit Teleskopstangen festhielt und sie nur freigab, wenn man außen einem akustischen Schloß das entsprechende Codewort sagte. Zog man von außen an der Tür, ohne vorher das Codewort zu nennen, dann würde dadurch der Motor in Betrieb gesetzt werden und einen Gegenzug entwickeln, welcher exakt jenen Kräften entsprach, die auf der Außenseite eingesetzt wurden, so daß die Türe in Position blieb. Die Fenster konnte ich teilweise zumauern, und eine Anzahl kleiner Fallen würde auch solche, die es trotz allem verstanden, in meine Werkstatt einzudringen, nicht zu einem Erfolg kommen lassen.

Flüchtig gingen mir noch die mechanischen Komplikationen

durch den Kopf, die sich häufig bei ›schwenkbaren Teilen‹ ergaben, als ich zu Hause wieder eintraf.

Stella war nicht da an diesem Abend. Die Mayfields waren ins Schulhaus gegangen, wo die Bürger über das weitere Schicksal des aufgelassenen Militär-Lagers im Wald beraten wollten. Es gab im Dorf eine starke Fraktion, die vorhatte, die Flüchtlinge aus Deutschland in die Ruinen zu verbannen, damit man eine größere Distanz zu ihnen hatte. Durch die Verlagerung der Deutschen wiederum würden den Vagabunden ihre Behausungen im Wald entzogen – und sie gezwungen werden, die Gegend um Tyne zu verlassen.

Zu tun hatte ich eigentlich nichts mehr. Am liebsten hätte ich nun eine Schallplatte gehört, mich entspannt und ein wenig geträumt. Aber aus Angst, dort etwas schmutzig zu machen, wagte ich nicht mehr, in Stellas Zimmer zu gehen.

Es ging dabei nicht allein um Schmutz, sondern auch darum, daß die Kissen auf den Sesseln die optimale Position innehatten und daß die Bücher auf dem Tisch nach nicht erklärbaren Kriterien ›gegeneinander‹ liegen mußten. Im Grunde war ihr Zimmer gar kein Lebensraum mehr, sondern viel eher eine Art von geometrischer Collage.

Ich öffnete aber trotzdem die Tür, denn ich hoffte, es könnte Unordnung herrschen.

Das Zimmer war natürlich arrangiert.

Ich setzte mich traurig in die Küche. Der Kater schlief auf dem Schrank und träumte vielleicht davon, wie er erfolgreich gegrilltes Geflügel verfolgte. Ich wünschte ihm alles Gute dabei. Was ich die Wochenenden der letzten Monate über mit Stella am häufigsten machte, war zusammen hier in der Küche vor dem Fernseher zu sitzen, ganz ähnlich wie meine Eltern. Eine Rolle spielte dabei, daß es nicht möglich war, ihr etwas von der Wahrheit über mich zu erzählen, da sie schon jeglichen Ansatz dazu durch höhnische Bemerkungen erstickte.

Eines Abends hatte ich versucht, ihr zu erklären, daß ich mir ›Leben‹ in der Galaxis durchaus vorstellen könnte, um von dort aus zur Existenz der Kolonien und ihrem Krieg hinzuführen.

»... jetzt leben Menschen zum Beispiel in Raumstationen, sie werden auch einmal das Weltall besiedeln.«

Stella verzog unwirsch das Gesicht.

»Dann kannst du ja für die Planeten schon eine Bausparkasse gründen –«

Ich nahm mir vor, noch nicht aufzugeben.

»Sieh mal, Stella, diese Radartüren zum Beispiel, die wir am Flughafen haben, man geht bloß einfach auf sie zu, sie öffnen sich von selbst, und es ist nichts dabei angefaßt worden! Vor fünfzig Jahren wäre doch so was noch undenkbar gewesen, du hättest bloß drüber gelacht, genauso wie eben; und draußen, in der Galaxis –«

»Sesamstraße, Milchstraße ... Galaxis!«

Sie fuhr damit fort, ihre Nägel zu feilen.

Ihr zu erklären, was los war mit mir, hatte ich bald schon als unmöglich erkannt. Diese Erklärung jedoch war eine Sache, durch deren Fehlen nicht nur ich, sondern auch Stella etwas verlor, ein Wissen, das ich den ›Baustein des letzten Vertrauens‹ nannte.

Dieses Vakuum füllte das Fernsehen.

*

Durch das Küchenfenster hörte ich plötzlich einen Schrei.

Ich öffnete das Fenster. Hinter der Tanzschule erstreckte sich eine Art Wäscheplan, an dessen Rändern zwei weitere Häuser und eine Anzahl primitiver Garagen aus Wellblech standen. Ich konnte hören, wie in einer der Garagen gegen die Wand gepoltert wurde, und weitere Schreie erklangen. Durch das Fenster stieg ich hinaus auf den Plan. Vorsichtig, über den gefrorenen Schnee, stakste ich zu der Garage. Ich klopfte leise an das Wellblech –

Eine nasale Stimme meldete sich.

»Ich hab mich eingeschlossen hier drin, machen Sie bitte die Tür wieder auf!«

Die Garage war zwar kalt, aber merkwürdig sentimental von einer Kerze in einem Messinghalter erleuchtet. Der Boden der Garage war mit Decken ausgelegt, die aus filzigem rotem Stoff bestanden mit Karos in dünnen Linien. Bis ungefähr in Brusthöhe waren im hinteren Bereich bunte Kartons aufgestapelt, die ihren Aufschriften nach zum einen Teil elektrische Bohrmaschinen, zum anderen Teil Spielzeug enthielten.

Der Mann, den ich befreit hatte, stand vor mir, als wäre er ein völliger Idiot. Neben der Kerze lag eine geöffnete Schachtel. Mit deren Inhalt, einem Rennwagen aus Stahlblech mit eingebautem Fahrer, hatte er vermutlich gegen das Wellblech gebollert. Der Mann war mittelgroß, sehr dünn und um die vierzig. Er trug Flanellhosen, die viel zu weit waren, und einen wollenen Pullunder, der ihn irgendwie unreif und schülerhaft machte.

»Bißchen geklopft und schon kaputt!« meinte er wütend und warf den Rennwagen vor meine Füße.

Der Mann hieß Simmons, wie ich wußte, und hatte irgendeine Stellung auf dem Bahnhof. Er lebte mit seiner Mutter zusammen im etwas größeren der beiden Häuser, die außer unserem noch am Wäscheplan standen. Der verstorbene Mann von Mrs. Simmons war militärisch von hohem Rang gewesen, und die Witwe erfreute sich daher einer entsprechend guten Rente.

Simmons zog wahllos Schachteln aus seinem Lager und zeigte mir viele Dinge, elektrische Tiere mit Fernsteuerung, Schlagbohrmaschinen, Bohrmaschinen, die leichter waren, Bohrmaschinen, welche Löcher von der Dicke eines Armes bohren konnten und ein Gewicht von vierzig Pfund hatten – alles nur einmal benutzt.

»Nichts davon ist in Ordnung!« erklärte mir Simmons und daß er alles, was ich sehe, sich bei Versandfirmen bestellt habe –

»Ich bestelle und will etwas Gutes, doch überall gibt es Mängel ...«

Aus einer hüfthohen Schachtel zog er ein Holzpferd und zeigte an dessen Kopf eine Stelle, wo der Lack eine winzige Falte warf. Dann zerrte er einen Affen hervor, welchen Magneten an seinen Gliedmaßen zum Beispiel an einem Rohr halten sollten; 69 Dollar habe der Affe ihn gekostet. Simmons hängte den Affen an eine der Streben, auf denen das Dach der Garage ruhte. Der Affe jedoch war zu schwer für die Magneten, er rutschte langsam an der Strebe herab –

Während der Affe noch mit metallischem Schleifen zu Boden rutschte, hielt Simmons mir eine schwarze Lokomotive entgegen –

»Da! – Das funktioniert auch nicht!«

Er warf sie mir vor die Füße.

»Die Bohrer müssen Sie auch noch sehen!«

Simmons suchte sich einige Packen mit Bohrmaschinen heraus und verließ damit die Garage. Als er abschloß, wies er zum Haus seiner Mutter –

»Ich kann die Maschinen nur drin demonstrieren.«

Da Mrs. Simmons in der Gemeinde als eine Frau geachtet wurde, die auf Korrektheit hielt und ihrem Sohn wohl kaum etwas durchgehen ließ, hatte ich keinerlei Bedenken, Simmons in das Gebäude zu folgen.

In der Tat war die Witwe dabei, im Hausflur ihre Blumen zu gießen, und begrüßte uns ältlich-freundlich. Simmons erzählte ihr schaudernd, wie ich ihn hatte befreien müssen. Man merkte deutlich, daß er sein Mißgeschick als großes Abenteuer erlebte, von dem er lange berichten würde.

»Wir gehen runter«, sagte Simmons, wobei mich seine Mutter merkwürdig anschaute. Mir wurde klar, daß in dem Haus etwas vorgehen mußte, was *nicht* zu Mrs. Simmons paßte, und daß sie sich furchtbar dafür schämte.

»Gehen Sie nur«, beruhigte sie mich, als sie sah, daß ihr Blick mich verunsichert hatte.

»Die Maschinen, Sie werden schon sehen ...«

Von unten konnte man hören, wie eine Schlagbohrmaschine sich bereits in die Wand rüttelte.

Im Keller existierte ein Raum, dessen Wände über und über mit winzigen zementenen Beulen bedeckt waren.

Mit angespannten Kiefermuskeln bohrte Simmons zwischen den Beulen verschieden kalibrierte Löcher, meist vier oder fünf, bevor er die Maschine zur Seite legte und den Vorgang mit einem neuen Gerät wiederholte, bis alle Maschinen durchprobiert waren.

Danach rührte Simmons Zement an und verschloß die Löcher wieder, schweißüberströmt und vor Wut nicht dazu fähig, zu seinen Handlungen einen Kommentar abzugeben. Durch die Verfüllung der einzelnen Löcher, so konnte ich sehen, entstanden dann jene Beulen, welche die Wände bedeckten; ich schätzte, daß es drei- bis viertausend sein mußten.

»Ich probiere sie immer wieder, doch gerade Löcher machen sie nie. Jetzt muß ich halt wieder neue bestellen ...«

»Gerade Löcher?«

»Maschinen, mit denen die Löcher bloß waagrecht werden –«

Unüberzeugt nickte ich und folgte ihm wieder nach oben.

Seine Löcher wurden bloß schräg, weil er zu schwach war, um die Bohrmaschinen richtig zu halten, was er selber vielleicht sogar wußte oder wenigstens einmal gewußt hatte. Es war die Lust dazu, niemals das Ziel zu erreichen, die ihn in Ewigkeit weiter bestellen lassen würde.

Er kaufte Bohrmaschinen, um einen Grund dafür zu haben, weitere Bohrmaschinen zu kaufen, da ja bei ihm alle versagten, und zwar nicht wegen der Maschinen, sondern weil *er* sie benutzte.

In Wirklichkeit hätte er einfach etwas stärker werden müssen.

Im Wohnzimmer waren in schweren goldenen Rahmen verschiedene Orden und ein winziger Degen über dem Sofa drapiert worden. Über den alten massiven Holztisch war eine Decke aus feinen Spitzen gebreitet, deren Alter ich auf mindestens 60 Jahre taxierte. Ein Stück von solch feiner Verarbeitung hatte ich nie zuvor gesehen und war erstaunt, daß es hier einfach so benutzt wurde.

Simmons' Mutter brachte uns Gläser und Limonade, während Simmons, offenbar unfähig, auch nur minutenlang einmal innezuhalten, aus einer Mahagoni-Kommode eine Tonbandmaschine zerrte. Das Gerät wurde angeschlossen und ein Band aufgelegt, von dem in rasender Geschwindigkeit, mehr als doppelt so schnell wie üblich, ein Durchlauf von einfachen Pop-Songs erscholl, deren Stimmen und Instrumente bei diesem Tempo allerdings eher wie das hektische Gesirre von Insekten erschienen.

Durch Gesten verlangte ich Auskunft.

»Damit ich möglichst viel Musik auf eine Spule kriegen kann, drück ich den Daumen auf die Spule, um das Band abzubremsen, wenn ich die Lieder vom Radio aufnehme –«

Das Tonbandgerät, fuhr er fort, könne von sich aus nur die gewöhnliche Geschwindigkeit fahren; beim Abspielen mit normaler Geschwindigkeit aber würden die Titel, die er gebremst geschnitten habe, natürlich mehrfach beschleunigt.

Simmons stand auf und bremste mit seinem Daumen die Geschwindigkeit der Spule, bis sie sich fast nicht mehr bewegte: die Lieder klangen normal.

Leider ließ Simmons die Tonbandspule nach der Erläuterung wieder los, ohne die Wiedergabe zu stoppen.

Statt dessen ging er hastig zum Fenster und blickte von dort auf die Straße.

Ich stand auf, stoppte das Tonbandgerät und schaute Simmons über die Schulter. Zwei sehr trainiert wirkende Jugendliche, die grell beschriftete Mäntel aus synthetischen Fasern trugen, schlenderten selbstbewußt in Richtung Bahnhof – wie es aussah, um dort Ärger zu machen.

»Was meinen Sie, sind das Wrestling-Typen?«

»Nach Kochstudio sehen sie nicht aus.«

»Sie gehen zum Bahnhof runter, ganz sicher.«

Im nächsten Augenblick war er am Telephon. Auf der anderen

Seite schien niemand zu sein. Simmons legte auf, fummelte raschelnd ein Notizbuch hervor und wählte dann eine Nummer.

»Herb, alles okay? Nein, nein: gib mir *Herb* –«

Simmons benutzte die Pause, um mit dem Telephon an das Fenster zu treten.

»Herb, hier ist Simmons: Paßt auf, es kommen zwei Wrestling-Typen ... In Ordnung, du weißt Bescheid. Sag's Matt, daß er sich um sie kümmert ... Bis Montag dann ... Ach, ist doch gern geschehen, Herb!«

Er hängte ein.

»Matt kriegt das hin«, erklärte er mir und verschwand dann in einem der anderen Zimmer.

Mit einem buntbedruckten Faltblatt kehrte er zurück.

»Haben Sie Hunger? Wählen Sie aus!«

Es war die Angebotspalette eines Pizza-Lieferdiensts, den eine Raststätte weiter im Westen betrieb. Mit der Verköstigung von Reisenden allein konnte man hier nicht überleben, hier war es nötig, zum Kunden zu kommen.

Und Hunger verspürte ich wirklich. Den ganzen Tag über hatte ich dagesessen und geplant und bis jetzt noch nichts zu mir genommen. Ich ließ den Hunger auf mich einströmen. In Simmons' Liste machte ich Kreuze bei vier Gerichten – einer Nudelkombination mit Käsesoße, Pizza mit Schinken und Eiern, einem Tomatensalat und der ›Alberta‹-Delikatessenplatte mit einer Auswahl kleinerer Vorspeisen. Dies sollte Lohn sein, so dachte ich mir, für Simmons' Rettung aus der Garage (in der er schließlich auch hätte erfrieren können) und die Zeit, die ich ihm schon geopfert hatte. Simmons schien das auch so zu sehen, denn Verärgerung oder Verblüffung zeigte er nicht, als ich die Liste an ihn zurückgab.

»Für mich bestell ich Spaghetti und Thunfisch, und Tomatensalat bestell ich für Mom«, murmelte er, nahm dann den Hörer ab und wählte.

»Simmons, Mister: Ich will bei Ihnen was bestellen ... Wo? Hier in Tyne ... Ja, an der Eisenbahn liegt das ... ja ... ich warte ...« Seine Mutter war lautlos hinzugetreten und stellte sich dicht neben Simmons, den sie am Ellenbogen faßte, als wollte sie ihn unterstützen. Die Gegenseite schien Tyne inzwischen gefunden zu haben.

»Sie haben es, ja? Ja, auf der Karte? ... Wie ... Wie denn, ›zu weit‹? Wieso denn zu weit?!«

Er preßte sich den Hörer an die Brust.

»Sie wollen nicht liefern, ist ihnen zu weit ...«

Simmons' Mutter, die das letzte nicht gehört zu haben schien, nahm ihm das Telephon aus der Hand und sprach mit entrüsteter Stimme –

»Was heißt hier ›nicht liefern‹, Mister? Sie werden Ihr Geld schon bekommen, mein Rodney ist bei der Eisenbahn, Sie!«

»...«

»Was soll ...«

Simmons wand ihr den Hörer aus den Händen und drückte synchron auf die Gabel.

»Mom, es ist *zu weit* für sie hierher, uns persönlich meinen Sie nicht ...«

Ich beschloß, ihn etwas zu ärgern.

»Ihre Mutter hat recht, Mister Simmons: wenn es dem Pizza-Service zu weit hierher ist, weshalb verteilt er dann in Tyne seine Prospekte?«

Mrs. Simmons war die Szene so peinlich, daß sie aus dem Wohnzimmer stürzte. Man hörte sie in die Küche hasten. Als nächstes wurde von ihr eine Packung aus Plastik aufgerissen, die ähnlich klang wie die Tüten, in die man zum Beispiel Bonbons oder Kartoffelchips packte.

Sie riß noch zwei weitere Packungen auf, man hörte dann dreimal Körniges in einen klingelnden harten Behälter fallen.

Eine Schüssel, die etwa vier Liter faßte, wurde vor Simmons und mir auf den Eßtisch gestellt. Erdnüsse, die geviertelt waren und so trocken, daß sie nicht einmal mehr glänzten, waren mit fettigen braunen Schoten und vertrockneten Fischlein vermischt, die nicht länger waren als die Erdnuß-Fragmente. Simmons aß die Mischung mit Genuß, und der Hunger zwang mich schließlich dazu, mir ebenfalls meinen Anteil zu sichern.

Es war ungefähr so, als würde man Stücke von leichten Hölzern kauen, deren Aroma ungefähr jenem von trockenem Bambus entsprach. Die Entfaltung dieses Geschmacks war aber so zart, daß man ständig weiterkaute, um ihn nur einmal ganz zu ergründen.

Ich erinnerte mich, daß ich schon Tüten mit der Mischung in meinem Supermarkt in der Stadt gesehen hatte; sie zeigten die japanische Kriegsfahne über den Wellen eines einfachen Ozeans. In der Luft über dem Ozean schwebte ein lila Fisch, der ein verkniffenes Gesicht machte. Die Packungen waren Direktimporte, denn die Beschriftung war rein japanisch. Ein Wort für dieses Produkt gab es in unserer Sprache wohl ohnehin nicht. Die einzige ähnliche Ware, die ich jemals zu Gesicht bekommen hatte, war eine Früchtemischung der Deutschen, die sie ›Studentenfutter‹ nannten und die ebenfalls kleine Nüsse enthielt. Entlang der Straße wurde sie an kleinen Ständen feilgeboten.

Beim Genuß des japanischen Äquivalents stellte ich fest, daß ich am Tisch dauernd den Kater suchte, der sich zu Hause oft durch plötzliches erschreckendes Erscheinen vom Teller bedienen konnte, bevor man nach Ablauf der Schrecksekunde endlich imstande war, die Nahrung auf dem Tisch zu verteidigen. Obwohl ich wußte, daß sich das Tier ja nicht im Haus der Simmons befand, war es nicht möglich, die Katzen-Vorsicht willentlich abzustellen. Es schien sich dabei um ein Instinkt-Programm bei den Menschen zu handeln, das beim Zusammenleben mit Tieren ganz von allein in Gang kam und sich erst dann wieder zurückbilden mochte, wenn der Kontakt zur entsprechenden Tierart aufgehört hatte. Wenn sich etwas katzenähnlich im Raum bewegte, dann wurde vom Unterbewußtsein automatisch die Figur einer Katze um die Bewegung projiziert, um den Menschen noch ein zweites Mal hinschauen zu lassen.

Vermutlich hatte der Mensch sich als Wanderer auf das Problem einstellen müssen, daß Katzen, von denen größere Arten ihn zu töten vermochten, bevorzugt beinahe unsichtbar in Büschen und auf Bäumen lauerten. Und daher war es wichtig, sich die Fähigkeit anzueignen, von einer indirekten Bewegung aus, dem Zittern einer Blume zum Beispiel, in allerkürzester Zeit (= instinktiv) eine mögliche Gefährdung durch Katzen zu erkennen.

Natürlich würde es ähnliche Programme auch noch für aggressive Kriechreptilien geben, Meeresräuber und Quallen, die den Menschen bedrohten, und mit Sicherheit auch für ausgestorbene Tiere, die schon lange vergessen waren.

Die Mischung hinterließ eine ölig-salzige Kruste, die auf den Fingernägeln schimmerte, als wären diese aus Perlmutt.

Die Serviette, die bereitlag, reichte nicht hin, um das Fett von den Händen ganz aufzunehmen. Mrs. Simmons zeigte mir das Badezimmer und gab mir eine Bürste. In einer Kiste, die unter dem Waschbecken stand, konnte ich Dutzende Stücke von Seife sehen, die in unbeschriftetes grünes Papier verpackt waren. Die

Seife, die oben am Waschbecken lag, war die gleiche wie die in der Kiste.

Ich wusch mir verwundert die Hände, bis ich mich plötzlich wieder erinnerte, daß der verstorbene Vater von Simmons beim Militär gewesen war; die Seife stammte womöglich von der Armee, war aus überbordenden Beständen vielleicht abgezweigt worden.

Das Aroma der Seife war deutlich ›neutral‹, weder duftete sie, noch stank sie. Der Geruch füllte das Badezimmer binnen Sekunden völlig aus. Ich sah phasenweise in meinem Geist eine wie flokkige weiße Struktur, die vielleicht ähnlich riechen mochte, aber das Bild wollte keine Klarheit gewinnen.

Ich trank noch ein Glas Limonade und ging dann wieder nach Hause. Mrs. Simmons winkte mir freundlich hinterher, bis ich vom Wäscheplan wieder zurück in die Küche gestiegen war.

Der Kater lag direkt neben dem Ofen. Die Wohnung war vollkommen ausgekühlt, aber zum Glück waren die Mayfields noch fort.

Ich schloß das Fenster und setzte mich bibbernd neben den Kater. Im Fernsehen kam ein Bericht über China: Nun hungerten sie wieder.

*

Der Kater führte im Schlaf schnappende Selbstgespräche und zuckte dabei manchmal.

Vielleicht war ja die Luft am Ofen daran schuld, daß ich auf einmal nicht mehr abschätzen konnte, ob ich vor Stunden schon oder erst vor ein paar Minuten in die Tanzschule zurückgekehrt war. Bald glaubte ich, im Fernsehen eine Sendung zu verfolgen, bald meinte ich, der Apparat wäre abgeschaltet. Ohne zu wissen, wie ich dort hingekommen war, saß ich am Spülstein und trank Wasser, als ich hörte, daß die Haustür geöffnet wurde.

Stellas Vater kehrte allein zurück.

»Sie ist noch ein bißchen spazieren«, erklärte er müde, »die Versammlung hat bis eben gedauert.«

»Und? Was wurde beschlossen?«

»Naja, nur ein Teil der Deutschen wird umgesiedelt. Was dann noch leersteht vom Lager, wird abgerissen. Ich muß jetzt wirklich schlafen, Charlie ...«

»Schon gut, Mister Mayfield.«

Mayfield legte schwerfällig den Mantel und seine Winterstiefel ab. Wie üblich wurde der Kater für die Nachtzeit in der Küche eingeschlossen, damit die Schlafenden vor ihm sicher waren.

Bevor er jedoch in sein Schlafzimmer ging, hielt Mayfield noch einmal inne.

»Sag mal, Charlie: Wie hieß noch dieser Farmer in ›Dallas‹, der böse Nachbar, der plötzlich erschien?«

»Der, den George Kennedy spielte?«

»Genau der ist es, den ich meine.«

»Carter McKay.«

»Vielen Dank, Charlie.«

Mayfield betrieb ein Training, dessen Ziel darin bestand, das Vergessen nicht nur der wichtigsten Daten zu verhindern, sondern auch solcher, die *scheinbar* unbedeutend waren (aber wohl trotzdem ihre Verflechtungen im Geist hatten). Durch unablässige Fragen und Recherchen, sobald etwas vergessen worden war, sollte das Wissen ständig restauriert und auf Dauer gesichert werden.

Mayfield konnte Shakespeare-Monologe, wie etwa jenen des Torwächters in ›Macbeth‹, wortgetreu rezitieren, seit er die Rollen im Studententheater vor über fünfzig Jahren gespielt hatte. Sein Ziel war es, sich diese Fähigkeit zu erhalten und sich auch Neues genauso gut zu merken. Es beunruhigte ihn, wenn er Gestalten aus Fernsehserien nicht zu benennen vermochte, obwohl er sie doch, wie ›Carter McKay‹, in zahllosen Wiederholungen erlebt hatte.

Ein andermal war er beunruhigt, weil ihm nicht einfallen wollte, von wem der Schlager ›When a Man Loves a Woman‹ stammte. Stella sah sich genötigt, bei einer Radio-Station in der Stadt anzurufen, um zu verhindern, daß Mayfield vor lauter Verzweiflung in Tyne von Haus zu Haus zog, bis er die Antwort endlich erhalten würde.

Ich hatte seither eine Abneigung gegen das Lied.

*

Bis zwei Uhr morgens lag ich wach, doch Stella kam nicht.

In Tyne gab es noch nicht mal ein Lokal, geschweige denn eines, das so lange aufgehabt hätte.

Ich hatte bei Stella in letzter Zeit ein sonderbares Verhalten bemerkt, das auf extreme Nervosität, vielleicht sogar auf eine Krise psychischer Art schließen ließ und welches sie nachhaltig vor mir zu verbergen suchte, so daß man sehen konnte, daß die Sache ihr durchaus bewußt war.

Zuerst bemerkte ich während des Fernsehens, daß Stella auf einmal ständig mit ihren Händen eine ›neue‹ Bewegung machte. Mal links, mal rechts, rieb sie Zeigefinger und Daumen aneinander, bis ich, der sie nicht fragte, bei einem Seitenblick schließlich erkennen konnte, daß sie ein winziges graues Kügelchen aus einer halbzähen Masse formte. Als ich das nächstemal hinsah, war das Kügelchen verschwunden, doch es lag weder im Aschenbecher, noch hatte Stella sich an den Mülleimer begeben, wie sie es sonst mit Abfällen tat – und daß Stella das Kügelchen nur einfach irgendwo hingeklebt hatte, war nur wenig wahrscheinlich.

Ich stellte fest, daß sich das Formen und Verschwinden solcher Massen am Abend mehrmals wiederholte.

Das ganze blieb mir rätselhaft, bis ich kurze Zeit später auf der Suche nach einer Schere in der Schublade von Stellas Sekretär eine größere Anzahl von ausgedrückten Klebstoff-Tuben entdeckte. Inmitten der zerquetschten metallenen Säckchen lag ein Block, auf dem die Anzahl der pro Tag verzehrten Klebstoffkügelchen seit Anfang August protokolliert worden war.

8/8	16 (zu wenig)
8/9	21 (gut?)
8/10	39 (vielleicht steigern)
8/16	51 (mehr nehmen!)
8/19	72 (besser)
...	
9/21	84 (?)

Seit Anfang Oktober, so sagte die Liste, nahm sie den Klebstoff auch direkt aus der Tube in sich auf, ›etwas verbessert‹, stand dabei.

Eines Abends, es war wieder während des Fernsehens, erwischte ich Stella. Ich gab mir den Anschein, Geschirr abzutrocknen, aber ich hielt mich dabei stets in ihrer Nähe. Als ich sehen konnte, daß sie das Kügelchen gerade zum Mund führte, zupfte ich blitzschnell das Ding aus ihren Fingern.

»Ich weiß vom Inhalt deines Sekretärs«, erklärte ich, »aus reinem Zufall«, während ich einige der leeren Tuben auf den Tisch legte. »Du hast den Klebstoff gegessen«, stellte ich fest.

»Du verstehst das bloß nicht«, sagte sie nur und ging so langsam aus der Küche, als wäre sie eine Schlafwandlerin.

Obwohl sie sich später den Anschein gab, auf den Klebstoff endlich Verzicht zu leisten, war zu bemerken, daß sich im Abfall die Metalltuben schon bald wieder häuften, auch neue Marken kamen ins Spiel. Was ich machen sollte, um ihr zu helfen, wußte ich nicht, sie ließ mich kaum noch mit ihr reden.

Vielleicht war ja auch ich der Auslöser der Sucht und Stella nur dadurch zu heilen, daß ich aus Tyne und von der Erde verschwand, also so schnell wie möglich abflog.

Ich fragte mich, was Stella wohl zu erleben glaubte, wenn der Klebstoff in ihr zu wirken begann. Aufgrund seiner Molekularstruktur erzeugte Klebstoff vielleicht Phänomene wie ›archipelartige LSD-Effekte‹; die Polymere des Klebstoffs waren dermaßen groß, daß sich Wirkungen solcher Art durchaus in ihnen verbergen konnten.

Sollte der Klebstoff tatsächlich so wirken, dann sah Stella beim Blick aus dem Fenster vielleicht, daß die Wolken, eher Topflappen schon, allmählich zu wuchernder Putzwolle wurden, während der Teppich, auf dem sie stand, um ihre Beine herum seinen Flor ungefähr 5000 Fuß hoch emporwachsen ließ und sie manchmal angenehm kitzelte. Wie abgebremst fiele sie dann über Stunden hinweg bis auf den Boden des Teppichs.

Vielleicht irrte sie jetzt durch die Fasern.

*

Der Wecker des alten Mayfield war morgens überall im Haus zu hören.

Ich stellte fest, daß ich nicht fähig war, mein rechtes Bein zu bewegen, schob diesen Umstand aber zunächst beiseite, weil ein ganz anderer Eindruck sich sofort in den Vordergrund drängte: Ihre Stirn gegen das kühlende Glas drückend, lehnte Stella apathisch am Fenster; daß ich erwachte, schien sie gar nicht zu bemerken.

Draußen war es schon hell, doch wann sie gekommen war, fragte ich nicht. Da sie sich vor dem Schlafengehen abschminkte, konnte sie keinesfalls bereits in ihrem Bett gewesen sein, sie trug noch das volle Make-up. Geräuschvoll zog ich mir meine Uhr vom Nachttisch, noch fünfzehn Minuten bis zehn.

Ich setzte mich vorsichtig auf, um zu ergründen, weshalb es

mir nicht mehr möglich war, mein rechtes Bein zu bewegen. Schlafend hatte ich im Bett eine ungefähr diagonale Haltung eingenommen. Das Ende des Betts begrenzte ein Gitter. Durch Schräglage hatte mein Knöchel sich zwischen zwei Stäben verkantet.

Ich legte mich gerade und zog den Fuß problemlos heraus. Während ich aufstand und ins Bad ging, spekulierte ich noch, wer die Kosten tragen mußte, wenn ein Hotelgast sich in einer solchen Konstruktion seinen Fuß brach. Der einzige Schutz bestand darin, in Doppelbetten mit Gitterabschluß nur Paare schlafen zu lassen.

Als ich eintrat, stand im Badezimmer ein seltsamer Mief. Ich sorgte für etwas Durchzug und legte dann ab, um zu duschen. Die Brause brachte mir keinen Genuß, ich mußte mich dauernd bloß bücken: Zuerst fiel mir zweimal die Seife herab, dann das Shampoo, das schon aufgeschraubt war, und schließlich ratterte auch noch der Duschkopf herab, weil seine Halteklammer nicht stark genug angedreht war, er schlug rauh gegen Schulter und Hüfte.

Am Waschbecken ging es so weiter.

Aus meinen Fingern flippte die Zahncreme nach links auf einen Stuhl, den ich im Bad zuvor nie bemerkt hatte. Auf dem Stuhl lagen die Unterwäsche und der Pullover von Stella. Die geöffnete Zahnpastatube kullerte schmierend über die Kleidung und von dort aus auf den Boden. Unter dem Waschbecken kam sie endlich zum Stillstand, mit einem letzten schwächlichen Tropfer, natürlich noch auf dem Badeteppich.

Bedrückt schaute ich Stellas Pullover an.

Ich übte zuerst auf dem Boden. Da der Teppich aus synthetischen Fasern bestand, war der Fleck leicht zu beseitigen, heißes Wasser und ein Lappen hatten genügt.

Beim Pullover jedoch bewirkte die gleiche Methode, daß sich die Flecken stark ausbreiteten. Die mit Wasser verdünnte Zahncreme schien außerdem die Wolle anzugreifen, wodurch mir wieder bewußt wurde, daß ›Zahnpasta‹ ja ein Putzmittel war. Um den Pullover zu retten, mußte er kräftig ausgespült werden –

Ich schwenkte den Pullover über die Badewanne, dann hörte ich das Klickern eines Gegenstands. Aus dem Kleidungsstück war etwas in die Wanne gefallen, vielleicht ein Knopf, so dachte ich erst. Als ich mich bückte, lag in der Wanne jedoch einer der winzigen trockenen Fische, die zum Studentenfutter aus Japan bei Simmons gehörten. Wie kam der Fisch an den Pullover?

Ich nahm den Fisch aus der Wanne und spülte mit der Handbrause den Pullover aus. Mittendrin hielt ich inne und hockte mich auf den Badeteppich, weil ich nachdenken mußte. Ich selber konnte den Fisch nicht eingeschleppt haben, denn das Bad hatte ich seit meinem Aufenthalt bei Simmons vorhin zum erstenmal betreten, und außerdem auch noch nackt.

War also Stella bei Simmons gewesen?

Der Beweis schien mir vage.

Ich fuhr fort, den Pullover zu spülen. Danach nahm ich Stellas Unterwäsche vom Stuhl, da auf diesem der Pullover trocknen sollte.

An ihrer Unterwäsche hing der gleiche seltsame Mief, der anfangs das ganze Bad erfüllte. Mir wurde klar, daß er der Unterwäsche entsprang.

Der Geruch stammte von Simmons' Seife.

Ich wußte nicht, wie ich nun reagieren sollte. Sicher war nur, daß mir die Umstände meinen Abflug erleichtern würden, ich brauchte mich nicht mehr verpflichtet zu fühlen. Weiterhin war nun klar, welcher Konflikt Stella dazu veranlaßte, ständig Klebstoff zu essen, und außerdem, weshalb die Mutter von Simmons so peinlich berührt war, als ihr Sohn mich ins Haus brachte.

Wütend machte mich eigentlich nur, daß Stella sich gerade für Simmons entschied, aber nicht für einen Mann, der über positive Werte verfügte (oder wenigstens besser aussah).

Was hatte Simmons, was ich nicht hatte?

Eine Schlagbohrmaschine und etwas Spielzeug hatte ich auch, nur war *ich* mit den Dingen zufrieden.

Mit mir war alles in Ordnung.

Ich hatte nur die falsche Frau. Aber nicht Stella hatte versagt, sondern vor allem ich war es gewesen, der hier zu voreilig gewählt hatte. Das Objekt meiner Wut war eigentlich ich.

Ich würde das Badezimmer also nicht deshalb verlassen, um Stella oder um Simmons zu schlagen oder um sinnlos herumzubrüllen. Ich würde das Badezimmer nur deshalb verlassen, weil ich sauber und daher bereit sein würde, mich in der Ortschaft zu zeigen. Wo alles aufgehört hatte, machte ich weiter: Ich fing damit an, mir die Zähne zu putzen.

Als ich mich angekleidet hatte und ging, stand Stella noch immer am Fenster. Durch meine Ehe auf der Plattform war mir bekannt, daß bei Problemen zunächst Distanz nötig war, um nicht am Ende der Wut zu erliegen und schreckliche Sachen zu sagen.

Ich machte mir klar, daß sich in meinem Fall die Lage nicht in Begriffe fügen ließ wie etwa ›negatives Handeln‹ oder ›humane Gesichtspunkte‹, da Stella schließlich nur einen Teil von mir kannte, was ihr Handeln sicherlich mitverursacht hatte.

Ich setzte mich in meinen Wagen, fuhr aber nicht los. In den Nachrichten um elf Uhr war wieder von China die Rede, ich drehte die Standheizung höher. Während der Sprecher gleichförmig weitererzählte, dachte ich nach, was ich tun sollte.

Ab Montag würde ich in Baker's Barn in der Werkstatt sein müssen, Telephon und Strom mußten dort angeschlossen werden. Als wir uns einig waren, hatte mir Collins die frühere Nummer gegeben, die ich in meinen Orderbriefen auch schon angeführt hatte. Die Firmen würden Rückfragen haben, bevor sie tatsächlich lieferten.

Bis ich ernstlich mit dem Bau beginnen konnte, vergingen sicher noch zwei bis drei Wochen. Bis dahin hatte ich Zeit, das akustische Schloß und den Elektromotor für die Tür einzubauen, die Fenster besser zu sichern, und auch, mir ein Bett, einige Möbel und ein Heizgerät für das Fabrikbüro zu beschaffen, damit ich dort wohnen und schlafen konnte.

Die Schwierigkeiten mit Stella waren nicht alles, was mich bedrückte, ein völlig anderes Problem war wesentlich schlimmer.

Ich hatte immer gewußt, daß das Problem bei meiner Aufgabe am Ende auf mich zukommen würde, bisher aber jeden Gedanken daran mit dem Einwand abgebrochen, daß erst der Bau des Raumfahrzeugs eine Beschäftigung damit wirklich erfordern würde.

Der Bau des Fahrzeugs auf der Erde war illegal. Der neue Antrieb diente kriegerischen Zwecken, der Verteidigung unserer Plattformen nämlich, und verstieß damit gegen das Abkommen.

Jeder der neutralen Residenten, der meine Tätigkeit bemerkte, hatte das Recht, mich mit allen Mitteln zu stoppen, die er für angemessen hielt, was in der Praxis wohl meinen Tod bedeuten würde.

Während des Baus aber würde es notwendig sein, Computersysteme und Antrieb des Fahrzeugs zu testen. Die Folge davon würden Strahlungen sein, deren Zusammensetzung mit der Technik aus dem 21. Jahrhundert auf keinen Fall erzielt werden konnte. Die Residenten in der Stadt, die sicher auch deren Umgebung überwachten, konnten dies schwerlich übersehen. Ich würde aufgesucht und mitsamt Fahrzeug beseitigt werden.

Ich konnte mich und das Fahrzeug nicht schützen, solange das Fahrzeug nicht fertig war, doch fertigzustellen war das Fahrzeug nur dann, wenn Tests der einzelnen Teile erfolgten.

Die Folgerung aus dem Umstand, daß meine Arbeit immer bemerkt werden würde, konnte letztlich also nur darin bestehen, daß das Bemerktwerdenkönnen eben nichts ausmachen durfte. Die Residenten mußte ich ungefährlich machen, ihnen den Handlungsspielraum nehmen, sie am besten irgendwie lähmen, vielleicht durch Krankheit oder Gefangennahme.

*

Der Wagen rollte rückwärts auf die Straße, grübelnd und langsam fuhr ich durch Tyne. Wenn ich den Frevel beging, an die neutralen Residenten selbst Hand anzulegen, dann konnte dies die schlimmsten Konsequenzen nach sich ziehen, angefangen damit, daß man Arthurowitz und den Speermännern mit Sicherheit sogar noch gegen uns helfen würde.

Ich durfte also nichts damit zu tun haben, daß Residenten weggefangen wurden. Aber wer fing sie für mich?

Ich hielt vor einem Imbiß in der Straße der Deutschen. Es gab dort runde Brötchen, die mit Wurstscheiben belegt waren, Getränke und einfache Kuchen, keine warmen Gerichte. Risikofreude und kreative Konzepte schienen in diesem Betrieb nicht heimisch zu sein. Es war wohl das Meisterstück der Amerikaner, daß sie es seinerzeit vollbracht hatten, ihre ›Hamburger‹ sogar den Deutschen zu verkaufen, obwohl die doch diese Speise entwickelt hatten. Feilgehalten wurden auch Zeitungen aus der Stadt und eine Anzahl verstaubter Videokassetten, die scheinbar niemand hier abspielen konnte.

Ein Mann, der sicher vier Zentner wog und einen neonfarbenen Anorak trug, verkaufte mir stumm eine Tüte ›Studentenfutter‹ (sie konnten noch immer kein Englisch!).

»Ja, was?!« sagte ich freundlich, nickte ihm zu und begab mich wieder ins Auto.

Zum Loswerden der Residenten blieb mir wohl lediglich die Sekte. Durch die geschäftlichen Aktivitäten, die sie mit ›Eisgold‹-Kosmetik betrieben, geboten die Synodisten über genügend Personal, um die Gefangennahme und vorübergehende Versorgung sämtlicher Neutraler in der Stadt durchzuführen. Seit der Übergabe der Mappe hielt mich die Sekte für einen der ihren, was ich ausnutzen mußte, bevor sie den Irrtum bemerkten.

Ich würde Owen, den Vorstand der Sekte, also bald überzeugen müssen, daß es sinnvoll war, eine Reihe von Leuten zu fangen. Die Argumente, mit denen ich Owen für mein Vorhaben einnehmen konnte, ohne mich offenbaren zu müssen, hatte er selber mir längst geliefert.

War es nicht Owen gewesen, der damals als Hochschulprofessor den Preis für das beste Konzept zur zweifelsfreien Ermittlung und, nach Möglichkeit, auch zur Gefangennahme von Reisenden aus der Zeit aussetzte?

*

Da ich jetzt wußte, was ich zu tun haben würde, entspannte ich mich etwas. Inzwischen strahlte die Sonne am Himmel, was mich einlud, einen Spaziergang zu machen.

Den Wagen ließ ich stehen, wo er war, und ging gemütlich durch die Straße der Deutschen. Aus der Nähe konnte man sehen, daß die lustig-bunten Baracken, die sie bewohnten, nicht etwa aus richtigen Brettern bestanden, sondern aus Faserschwammkompaktit und Holzbuffe, einfachen Abfallstoffen also, die man in Bretterform gepreßt und bemalt hatte. Wenn man dagegendrückte, gaben die Bretter leicht nach, überall hatten sie Dellen. Die Pappdeckel-Häuslein glichen weniger echten Gebäuden, sondern eher einer Präsentation experimenteller Freizeithütten, die eine Gartenbaufirma hier unter freiem Himmel veranstaltete. Ascheimer-Kinder und Alzheimer-Kinder spielten im Dreckschnee an der Straße. Fast keines der Kinder trug Kleider, die nicht Löcher aufwiesen, und dies sogar heute, am Sonntag, woraus ich ablas, daß sie bessere nicht hatten.

An einer Ecke hielt ich inne, um ein paar Backfischen beim Hüpfspiel über ein Strapsband zuzusehen.

Zwischen mir und den Mädchen stand plötzlich ein alter Bettler, der einen ausgeblichenen speckigen Mantel trug. Am rechten Ärmel des Mantels war ein Abzeichen des Roten Kreuzes mit deutscher Umschriftung befestigt.

Der Bettler hatte zahlreiche Warzen und hornig verwucherte Stellen, die sein gesamtes Gesicht überdeckten. Man nahm es mehr als rötliche Maske aus winzigen ledernen Flecken wahr, so wie die Motorradfahrer sie manchmal trugen.

Der Mann hatte mich öfter schon belästigt, er lief den Tag über durch Tyne und fragte dort jeden nach Geld, mit Hilfe eines Zettels, den er auch jetzt wieder zeigte:

> Ich bin an Schuppenflechte *erkrankt*
> und benötige Salbe!
> Geben Sie bitte *1 Dollar.*
> – Danke!

Ich paßte auf, daß mich der Zettel nicht berührte.

Im Kragen des Bettlers klebte als Krawattenersatz ein kurzes bräunliches Tonbandschwänzchen. Von seinem Schädel grüßte als ›Hut‹ ein präparierter alter Wolfskopf, der an manchen Stellen schon kahl war. In die Schnauze des Wolfs war eine Mitgliedsnadel des Roten Kreuzes gesteckt.

In Tyne hatte ich nachts schon gesehen, wie er herumging und die Laternen schüttelte, um auf diese Weise an die Glühbirnen zu kommen.

Der Bettler blieb stumm, doch schnaufte er drängend. Dann drehte er plötzlich den Zettel:

> Wollen Sie mehr über mich wissen?
>
> – Karlheinz Alicante
> – Wuppertal, 16.05.42
> – Schuppenflechte seit '53
> – Jetziger Stand: 262 Pfund
>
> Geben Sie bitte *1 Dollar*!
> – Danke.

Ich fragte ihn, ob er Englisch spreche. Alicante gab keine Antwort.

Eines der Mädchen rief mir zu, er spreche etwas Französisch. Ich fragte ihn, wie man in ›Wuppertal‹ vor dem Atomunglück gelebt habe.

Zwar auf französisch, doch unmelodisch und starr, wie ich es vorher nie gehört hatte, berichtete Alicante mir schleppend, daß man in Wuppertal ›am Schluß‹ gerade dabei gewesen sei, spezielle Abfallgruben für die Waffen anzulegen, mit denen Menschen sich umgebracht hatten.

»... sie lasen Zeitungen, aber in denen stand doch bloß das Zeug von den Parteien – und viele hatten ganz andere Hobbies. Wer reich war, machte alles auf einmal.«

Ich fragte ihn, ob er den Rest meines Studentenfutters wolle.

Erst zögerte der Bettler, doch dann winkte er ab und schlurfte weiter, wobei er mit nörgelnder Stimme ein paarmal ein Wort murmelte, das klang wie ›Leber‹ ...

*

Surreal: der gestiefelte Kater.

*

Wie an jedem Sonntagabend verließ ich Tyne kurz nach zehn Uhr. Während der Fahrt dachte ich lang über die Einzelheiten nach, die mir bisher über Sekten bekannt waren. Mehrere Menschen, die ich bereits als Schüler, aber auch solche, die ich vom Flughafen kannte, waren in Gruppen verschwunden, die sich ›Pro Jesus‹ nannten, oder auch solchen, die Ideen aus Ostasien präsentierten, welche sie selbst oft nicht verstanden. Den Gläubigen wurde immer versprochen, daß es, nach Leistung entsprechender Spenden, für sie möglich sein würde, ›medialen Kontakt‹ aufzunehmen – zu Wesen und Welten, die höher standen.

Den Ungebildeten wurde bewußt gemacht, daß sie nichts wußten, und ihre Scham daraufhin mit einer Lehre bedient, welche sie glauben ließ, nun seien sie wissend.

Traf ich auf Menschen, von denen mir bekannt war, daß sie inzwischen zu Sekten gehörten, dann ging ich rasch weiter, um die Erinnerung an sie als an ganze Menschen zu erhalten. Sie hatten zwar noch die gleichen Gesichter, aber Persönlichkeiten waren nicht mehr erkennbar.

Die Menschen, deren Struktur von den Sekten zerstört wurde: man sah ihre wandelnden Hüllen.

Ich fragte mich, ob es Sinn machen würde, wenn man die Eingeborenen zum Widerstand organisierte, der sich mit Hilfe unserer Technologie hätte leicht zum Erfolg führen lassen. Aber vielleicht waren die Leute hier ja zufrieden mit dem, was sie hatten.

Und Religionen waren vielleicht nur Irrenanstalten, denen man freiwillig beitrat.

Schweigegelübde: keinen Mist reden.

Simodas

Kathedralen: künstliche Himmel.

Mein zweiter Besuch bei der Sekte fand ebenso wie der erste am Abend statt, aber erst Wochen später. Auf dem Parkplatz mit den Christophorus-Stelen, die Besonnenheit im Verkehr forderten, waren diesmal jedoch drei Wagen zu sehen, in teils exzentrischer Gestaltung. Ein Lincoln Continental, dessen Chassis metallicrubinrot war, hatte ein weißes Dach. Die beiden anderen Wagen waren konservativ-graublau. Auf einem Rücksitz lagen Schachteln mit ›Eisgold‹-Beschriftung.

Es nieselte bereits seit Tagen, und der Schnee hatte an seiner Oberfläche einen Eispanzer gebildet, der eine nässegesättigte Rutschigkeit hatte, welche durch Unebenheiten wie etwa Reifenspuren oder Stapfern von Menschen nahezu unberechenbar wurde.

Wieder wurden die Flügeltüren der Synodisten-Baracke von dem ältlich wirkenden Mann im grauen Anzug geöffnet. Der Mann vermied es auch diesmal, mich anzuschauen, und blickte statt dessen in Richtung der Autos, als ob ich von dort erscheinen würde.

»Eisgold«, flüsterte er.

Ich nickte.

Den Korridor der Baracke beherrschten jetzt Hunderte Kisten mit ›Eisgold‹-Kosmetik, die kurz bis vor Owens Büro beide Wände verdeckten. Der ältlich wirkende, der mir vorausging, trommelte ab und zu spielerisch gegen die Kisten. Im Korridor war ein filziger, trockener Duft bemerkbar.

»Als würde man Staub aus der Vorzeit riechen.«

»Das neue Nagelpräparat«, sagte der Mann.

Auch im Empfangsraum von Don Owen hatte der Güterbestand sich vergrößert. Neben dem Schreibtisch stand nun ein ausgestopfter Braunbär, dessen Schädel man hatte absägen müssen, da der Bär ansonsten höher als der Raum gewesen wäre. Der Halsstumpf des drohend ausgreifenden Präparats ging direkt in die Decke über. Sein Kopf lag ihm zu Füßen.

Wie beim ersten Besuch hieß mich der Ältliche, nachdem wir eingetreten waren, zunächst an der Türe warten und trat dann zu

Don Owen, der mit zufriedenem Ausdruck hinter dem Schreibtisch saß und von dem Bärenrumpf zum Teil verdeckt wurde.

»Eisgold«, sagte er Owen.

Der gab ihm durch eine Geste zu verstehen, daß er nun wieder gehen könne, und der Mann verließ das Zimmer, ohne mich anzuschauen.

Don Owen trug das bekannte schwarze Jackett, das weiße Hemd, die grauen Hosen. Daß ich unangekündigt erschien, löste keinerlei Kommentar aus, obwohl er diesmal Gäste bei sich hatte, zwei Männer und eine Frau, die ihm am Schreibtisch gegenübersaßen. Als ich hereinkam, hatten die drei mich flüchtig gemustert und kein Wort mehr gesprochen. Owen winkte mir, näherzutreten.

Die schulterlangen glatten Haare der Frau waren so schwarz wie Schiefer. Sie trug eine Kombination aus einem Laborkittel und einem Kostüm mit unbestimmt klinischer Ausstrahlung und von den Knien abwärts schwarze Nylonstrümpfe, in denen ihre Waden fest und rundlich-griffig wirkten. Die Gesichtshaut der Frau war hell und eben, aber dennoch an manchen Stellen von der Weichheit beginnenden Alters. Hinter der Brille mit Horngestell lauerten strahlende hellgrüne Augen.

»Mrs. Barbara Garrett«, hüstelte Owen.

Die beiden Männer neben ihr waren genauso gekleidet wie Owen, aber charakterlich hatten sie sicher nichts gemeinsam. Der eine war um die sechzig und dicklich und hatte kaum noch Haare. Seine Haut wies eine bläßliche ockerfarbene Tönung auf, als hätte er Probleme mit der Leber. Auf seinem Schoß lag ein geschlossenes Notizbuch.

Owen war aufgestanden, an mir vorbeigelaufen und aus dem Blickfeld verschwunden. Der Dicke spürte jetzt, daß ich ihn anschaute, erhob und setzte sich in einer Bewegung und murmelte ›Warren Hastings‹.

»Aus der Stadt!« ergänzte Owen, von irgendwo hinter mir rechts. Ich fragte mich, ob er das Jagdgewehr holte, das hinter mir über dem Ofen hing, doch hielt ich es für sicherer, mich vorerst nicht nach ihm umzudrehen, um Vertrauen zu beweisen.

Hastings brummte verdrossen und legte insektengeschwind ein paar Sätze in seinem Notizbuch nieder.

Der andere Mann war höchstens dreißig. Seine Schulterbreite mochte nachts, wenn er Menschen gewalttätig angriff (denn so sah er aus), um die fünf Fuß betragen, hier, in dem schwarzen Jakkett, wirkte allein schon sein Gesichtsausdruck bedrohlich, vor zurückgehaltener Wut schienen die Adern in seinen Augen zu platzen. Er hatte struppige blonde Haare und zuckte ständig mit dem Mund, als würde er gleich brüllen, und seine Hände wanderten unruhig an der Tischkante entlang, als suchten sie einen Feind. Man sah deutlich, daß er die Aufgabe hatte, nach Maßgabe der Sekte brutal zu werden. Mit der Annahme, daß ›Eisgold‹-Kosmetik beziehungsweise die Synodisten ihre Interessen auch aggressiv vertreten könnten, hatte ich also richtig gelegen.

Mit einem Klappstuhl für mich kehrte Don Owen ins Blickfeld zurück, gab mir den Stuhl und ging dann wieder hinter den Schreibtisch.

Die Macht im Raum war klar bezeichnet.

Während Owen die ganze Grundlinie des Tisches für sich allein hatte, drängten sich vor ihm auf der anderen Seite inzwischen vier Personen. Die drei anderen hatten bis an die Fensterwand zur Seite rücken müssen, damit auch ich vor Owen Platz fand. Der jüngere Mann warf mir drohende Blicke zu, doch ich fixierte ihn gelassen, was von Don Owen gleich bemerkt wurde.

»Robert hier«, sagte er langsam, »genießt unser besonderes Vertrauen.«

»Er ist nur Fremde nicht gewöhnt«, ergänzte die Garrett. Die Lage entspannte sich wieder, und Owen nickte zufrieden. Er hatte plötzlich einen Bleistift in der Hand und zeigte damit auf Robert.

»Er wurde nicht so geboren, wie er heute hier sitzt. Der Oberkörper, den Sie jetzt sehen, ist nachträglich operativ hinzugefügt worden.«

Ich mutmaßte, daß Owen seine Führerschaft der Sekte vielleicht der Tatsache verdankte, daß seine frühere Professorenstelle ihm das Wissen um Mediziner bescherte, die praktisch jeden Wunsch erfüllten, und stellte mir kurz die Operation vor, bei der der alte Brustkorb Roberts durch den jetzigen ersetzt wurde. Auch einen Spender zu beschaffen konnte nicht leicht gewesen sein. Dann schaute ich Robert wieder an: eine schaurige Existenz.

Owen dagegen nickte zufrieden. Er schien stolz zu sein auf das, was seine Leute alles aushalten konnten.

Mrs. Garrett streifte sich ihre Pumps von den Füßen und räkelte ihre Zehen. Womöglich waren an ihr und an Hastings ebenfalls Operationen größeren Umfangs erfolgt. Vielleicht war es ja so, daß man sich erst operieren lassen mußte, ehe man Mitglied der

Synodisten werden konnte. An Mrs. Garrett fielen mir nur ihre Haare, an Hastings seine ungesunde Erscheinung und seine Dicklichkeit auf. Man hatte vielleicht bei Barbara Garrett die Original-Haut auf dem Schädel durch eine Haut mit anderen Haaren ersetzt und Hastings einen größeren Magen gegeben (= Leberüberlastung).

Owen legte eine Karte auf den Tisch, welche die Osthälfte des Kontinents von Halifax bis zum Golf von Mexiko zeigte. Die Hauptstädte der Neu-England-Staaten waren fast ausnahmslos mit Farbpunkten markiert, und ein schmales rautenförmiges Territorium, dessen westliche Spitze Pittsburgh berührte, war eingegrenzt mit einer leuchtend roten Linie. In Canada selbst waren nur eine Fläche um Ottawa und zwei kleine Gebiete im Osten markiert.

Owen gab ein ermunterndes Zeichen.

»Mrs. Garrett, referieren Sie bitte.«

Sie redete über die vorbestellten Mengen des neuen Nagelpräparats, die jetzige Größe der Lagerbestände, die neuen Kleider für die Verkäuferinnen, von denen sie selbst gerade eines trüge, sie sprach davon, daß die Verbreitung entstellender Hauterkrankungen überall, wo es ›Eisgold‹ gebe, zufriedenstellende Fortschritte mache; für die Entwicklung des Versandgeschäfts, das anscheinend kürzlich erst eingeführt worden war, nannte sie eine Reihe von Zahlen, mit denen ich aber nichts anfangen konnte, da mir die früheren Werte ja unbekannt waren.

Sie stellte eine Dose auf den Tisch.

»Das neue Nagelpräparat.«

Owen und die anderen reckten wie schnüffelnd ihre Köpfe nach der Dose. Sie war, in goldenen Lettern, mit ›Eisgold Nail Flash‹ beschriftet, darunter war als goldener Umriß eine vereinfachte weibliche Hand zu sehen.

»Die Wirkung«, erläuterte Owen, »äußert sich darin, daß das Mittel die Nägel erst spröde macht, dann brüchig, bis sie in Krümeln schließlich abfallen. In der letzten Phase überzieht sich das Nagelbett mit schmerzenden Pusteln, die wässern und einen üblen Geruch verbreiten.«

»Sie müssen für die Eitelkeit bestraft werden«, erklärte Hastings in schnellem Singsang, als wäre es eine übliche Formel.

»Durch die Körperpflege, die wir im Sommer auf den Markt brachten, ist schon bei Tausenden die Haut runter«, fuhr Mrs. Garrett fort, wobei sie selbstbewußt mit ihrem Oberkörper wippte.

Owen lehnte sich vor.
»Ist das alles, Barbara?«

Barbara. Der Name hatte einen mütterlichen Klang, einen sofort beruhigenden Rhythmus, der an Zärtlichkeit und Fürsorge gemahnte. Nichts an Mrs. Garrett deutete auch nur im geringsten darauf hin, daß sie im Leben nichts anderes kannte, als die Gesundheit und das Aussehen anderer Frauen zu zerstören – unter dem Vorwand, ihnen zu helfen, sich ihre Schönheit zu erhalten. Ich sah sie an und stellte mir vor, wie die Verkäuferinnen in den Kosmetikgeschäften unter Zuhilfenahme nutzloser Geschenke und ständiger kleiner Intrigen von Mrs. Garrett motiviert wurden, sich vor allem um den Absatz von ›Eisgold‹-Produkten zu kümmern. Bestimmt spendierte sie auch Kuchen oder Tacos und gab den Mädchen reichliche Frei-Kosmetik, damit auch deren Leiber mit Gewißheit ruiniert wurden. Sie galt gewiß als pragmatischer Typ, dem jede sich in allen Lagen anvertrauen konnte.

»Die Dose kostet drüben 20 Dollar«, lächelte Owen in meine Richtung, während ›Barbara‹ ein paar Kopien ärztlicher Berichte nebeneinander auf den Schreibtisch legte.

»Fassen Sie lieber kurz zusammen«, forderte Owen und schob die Blätter auf die Seite. Mrs. Garrett schien zwar verärgert, daß Owen ihre Unterlagen gänzlich ignorierte, strich aber lediglich ihre Haare zurück und setzte sich ein wenig gerader in dem Stuhl auf.

»Nach den ärztlichen Berichten, die ich bis heute beschaffen konnte, entsprechen die Symptome, die sich nach Anwendung von ›Eisgold‹-Körperpflege zeigen, bis ins Detail unserer Planung. Unsere Lotion führte einen Verfall der unteren Hautschichten herbei, der die Erneuerung der Haut schließlich im ganzen stoppt. Der Abstoßungsprozeß der toten äußersten Hautschichten hört auf, die Zwischenhaut erhält keine Nährstoffe mehr und geht in entzündliche Fäulnis über. Die Haut fällt in Schollen ab, und auf dem offenliegenden Fleisch entstehen quälend juckende Ekzeme, die die Leute dazu bringen, sich selbst dann noch das Fleisch aufzukratzen, was Blutvergiftungen und Infektionen nach sich zieht. Im ersten Quartal nach der Markteinführung hatten wir 27 Tote. Offiziell gaben wir an, daß ein Erpresser unsere Rohstoffe verseucht hat.«

»Gut«, lächelte Owen, »und Hastings?«

Der Dicke legte sein Notizbuch auf den Tisch und mußte zweimal hin- und herblättern, bis er die richtige Stelle gefunden hatte.

»Die Friseurkette meldet, daß von dem Haargel 15 % mehr verlangt werden als vorausberechnet. In Maryland haben zwei Schülerinnen Selbstmord begangen, das Gel wurde von jeder nur vier Tage lang benutzt. Dort, wo die Haarwurzeln waren, entstanden eiternde Poren, auf denen keine Perücke mehr hielt. Eisgold wird von den Eltern verklagt.«

»Dann werden die Leute das Mittel erst recht kaufen wollen, und sei es auch nur als Sammlerobjekt.«

»Acht Dollar pro Dose«, sagte mir Owen.

Den Synodisten schien es seit Jahren zu gelingen, die verheerenden Effekte ihrer Mittel auf Leute wie den fiktiven Erpresser zu schieben, wobei vielleicht Bestochene in den Behörden ihnen halfen. Es war klar, daß sie ein Klima schaffen wollten, in welchem keine Frau es schließlich mehr wagen würde, zu ihrer Pflege noch Kosmetik zu verwenden. Das Ziel der Synodisten war eine weitgehend schmucklose Welt, deren letzte Dekoration Präparate von Tieren sein würden, wie man sie hier im Büro sehen konnte. Sie waren sicher auch dafür, daß Fluorchlorkohlenwasserstoffe weiter produziert wurden, weil sich die Menschen wegen des Zustands der Ozonschicht inzwischen kaum noch in die Sonne begeben konnten.

Im Lauf der letzten zehn Jahre hatte sich schleichend viel verändert. Die meisten trugen im Sommer jetzt große Hüte und dazu Hemden mit langen Ärmeln. Das T-Shirt war aus der Mode fast völlig verschwunden und wurde nur noch von Sportlern in Hallen getragen. Sämtliche Badeanstalten, die unter freiem Himmel lagen, waren inzwischen geschlossen, und Patrouillen bewachten die Strände, damit die Kosten im Gesundheitsbereich unter Kontrolle blieben. Betätigungen wie Picknick, Barbecue-Parties, Kampieren, Angeln oder die Liebe im Freien wurden von niemandem mehr praktiziert. Es hatte sich eingespielt, daß man bevorzugt bei Bewölkung, Regen oder Nacht draußen war und über Sonnenschein lamentierte. Die Menschen gewöhnten sich an, nur noch bei Dunkelheit spazierenzugehen, inzwischen so, als sei dieses Verhalten eine natürliche Tradition. Die Synodisten mußten sich etwas zum Ideal erkoren haben, das sie selbst wohl als ›Reinheit‹ begriffen. Sie übersahen dabei, daß das Reine, allgemein kultiviert, mit dem abgeschafften Unreinen nicht mehr verglichen werden, im Gegensatz zur Lage heute also nicht mehr als ›rein‹ erkannt werden konnte.

Owen erhob sich.

»Ich will der Hoffnung Ausdruck geben, daß auch das Nagelpräparat unsere Lehre mit Stärke verbreitet.«

Hastings, Mrs. Garrett und Robert, dessen Gesichtszüge gerötet waren, standen ebenfalls auf. Ich rutschte ein wenig beiseite, damit die drei leichter hinauskonnten. Sie gingen aus dem Raum. Mrs. Garrett kam noch einmal zurück, weil sie vergessen hatte, ihre Schuhe mitzunehmen. Durch die offenstehende Tür konnte man Hastings im Korridor halblaut murmeln hören, bis Mrs. Garrett wieder verschwand. Man vernahm, wie die drei Wagen starteten (ich schätzte, daß der Lincoln Continental Mrs. Garrett gehörte). Die Karte wurde von Owen wieder im Schreibtisch verwahrt.

»Rührige Leute«, brummte ich, aber bloß deshalb, um nicht länger stumm vor ihm zu sitzen.

»Kameraden in Gott«, sagte Owen.

Krokodil. Hai. Schildkröte.
Alligatoren, Gaviale, Krokodile.
Alle sympathischer.

Owen betrachtete noch einmal zufrieden die neue Dose von ›Eisgold‹-Kosmetik.

»Nun?« fragte er.

»Ich kenne Sie aus der Stadt«, sagte ich, »Sie waren doch an der Hochschule.«

»Richtig.«

»Sie haben damals einen Wettbewerb ausgeschrieben, bei dem es um ein Raster zur Ermittlung von Leuten ging, die aus der Zeit hier zu Besuch sein könnten.«

»Es hat sich leider nichts ergeben. Die Lösungen, die man mir schickte, bestanden bloß aus Unsinn, jeder wollte nur an das Geld – nicht der kleinste seriöse Ansatz. Eine Frau ging durch die ganze Verwaltung und brachte mir einen Hund ins Büro, sie sagte, er stamme von Sirius. Skandal, weil sie es überall im Haus bekanntgemacht hatte. Daß ich sie rauswarf, nützte mir nichts: Mir wurde nahegelegt, die Hochschule zu verlassen.«

»Interessiert Sie denn die Frage noch?«

»Eigentlich schon. Das technische Potential, das Wesen aus anderen Zeiten zur Verfügung stehen müßte, wäre ein Schub für unseren Fortschritt.«

Wenn ich Owen zu überzeugen vermochte, daß es von Vorteil war, die Residenten aus der Stadt festzusetzen, dann standen vor der Erfüllung meines Auftrags und meiner Rückkehr in die Heimat keinerlei Hindernisse mehr, dann konnte ich ohne Angst vor Entdeckung mein Fahrzeug vollenden. Obwohl dies alles von den nun kommenden Sekunden abhängen sollte, blieb ich äußerlich vollkommen ruhig.

»Ich habe Leute gesehen, Owen, von denen ich glaube, daß sie entweder nicht von der Erde oder nicht aus unserer Zeit stammen.«

Owen schien äußerst skeptisch zu sein, aber auch neugierig genug, um mich noch Land gewinnen zu lassen.

»Sie haben – mittels logischer Gesichtspunkte – alle anderen Erklärungen ausscheiden können?«

Er lehnte sich in seinem Sessel zurück und verschränkte die Arme.

Ich berichtete von den Xanten-Agenten, die auf der ›Dampfrösser der DDR‹-Ausstellung waren.

»... es besteht keinerlei Zweifel, daß sie hochentwickelte mechanische Prothesen in sich trugen. Diese Geräte bewirkten bei beiden identisch schwingende Zuckungen, wie ich sie vorher noch nie gesehen habe –«

Ich beschrieb die näheren Umstände, die Impulse der prothetischen Halsmuskelkränze, die Aufmachung der Männer, von denen sich der eine als ein Spanier, der andere als Guru präsentierte. Ich achtete darauf, nicht Dinge zu erwähnen, aus denen Owen hätte ableiten können, daß meine Kenntnisse von ihnen nicht von der Erde allein stammen konnten, die Existenz der ›Inneren Schuppen‹ etwa. Schon nach wenigen Sätzen hatte Owen begonnen, sich hastig Notizen zu machen, wobei er ein paar Fragen zur Präzisierung von Details stellte. Am Schluß räumte er ein, daß die Indizien ungewöhnlich seien, es aber fraglich bleibe, ob eine Nachforschung sich lohne.

»Nachforschung? Bedenken Sie, was Sie erfahren könnten, wenn Sie die beiden fragen.«

»Zugegeben«, meinte Owen, »aber die Fakten sind zu dünn, um zu entscheiden. Indizien, gewiß, aber nicht mehr.«

»Haben Sie denn je solche Prothesen gesehen?«

»Sind denn *Sie* sicher, welche gesehen zu haben? Sie haben doch keine Maschinen gesehen, oder?«

»Was dann?«

»Bewegungen, aus denen Sie selbst dann auf Maschinen *schlossen.*«

»Es gibt noch weitere Fälle«, beharrte ich. »Die beiden allein – in Ordnung. Doch diese hier ...«

Ich erzählte ihm von Woolly, in dessen Wollgeschäft in der Stadt nie jemand einkaufte und der den Großteil des Tags damit verbrachte, von der Glastheke aus auf die Straße zu schauen.

»Der Laden ist so groß und so teuer gelegen, daß er selbst dann, wenn die Wolle Erlöse brächte, aus diesen allein nie bezahlt werden könnte. Wenn Sie die Hautfarbe des Mannes sehen könnten, dann würden Sie sofort alles begreifen. Ein so synthetischer und ebenmäßiger Teint ist mir noch nie begegnet, und er kann nicht von Medikamenten stammen, denn die erzeugen Flecken. Sein Geschäft ist nicht fähig, sich selbst zu erhalten, doch es geht dennoch nicht bankrott. Es ist sicher nur eine Fassade, die zu ganz anderen Zwecken dient, als jenem Wolle zu verkaufen. Ich glaube, daß der Laden dazu da ist, Menschen zu betrachten.«

Womöglich waren es die ökonomischen Kriterien, die Don Owen überzeugten. Er konzedierte, daß ich ein ernstzunehmender Beobachter sei.

Den Fall des Budenbesitzers, der unlogisch-aggressiv Zeitungen, Süßes und Comics verkaufte, mußte ich anschließend kaum noch begründen.

»Wir hätten in der Tat ... ein paar ... Bewahrräume«, erklärte Owen. »Waren dies alle Fälle?«

»Ja.«

»Nun gut. ›Eisgold‹-Kosmetik wird diese Hinweise nicht vergessen. Ich sorge dafür, ich werde diese Sache schnellstens regeln.«

»Friedlich, nicht wahr?«

»Aber natürlich, wir wollen ja was wissen. Die Leute werden so sanft wie nur möglich gefangen.«

Er klatschte in die Hände, und der ältlich wirkende Mann erschien, um mich aus der Baracke zu führen. Ich hatte Owen gegenüber nicht erwähnt, daß ich inzwischen die Fabrik gleich nebenan gemietet hatte, zu welcher früher seine Baracke gehörte. Ich hätte meinen Wagen auf dem Parkplatz vor dem Bethaus lassen können, da es zu Fuß zur Werkstätte viel näher war als mit dem Auto. Aber der Bau meines Fahrzeugs war eine viel zu delikate Angelegenheit, um ihn durch Wahrnehmung einer solchen Bequemlichkeit den Synodisten preiszugeben.

*

Mein Auto deckte ich wie üblich mit schwarzer Plastikfolie ab, die vorher ein großes Werkstück umhüllte, und stakste über den eisverklebten Hof zum Stahltor meiner Fabrik. Als Losungswort für das akustische Schloß hatte ich ›Eisgold‹ gewählt. Da ich mein Auto immer tarnte und die Anlieferungen von Arbeitsmaterial und Werkzeug sich abgespielt hatten, als sich niemand auf ihrem Gelände befand, konnten die Synodisten bislang noch keine Kenntnis davon haben, daß ich inzwischen ihr Nachbar war. In dieser Gegend, in der ›Nachbarn‹ viele Meilen voneinander entfernt wohnen konnten, war es ungewöhnlich genug, so dicht an den nächsten Menschen zu sein.

Seltsam war es sich zu überlegen, daß die Arbeiter, die früher in meiner Fabrik tätig waren, ihre Nächte im heutigen Bethaus verbrachten. Aufgrund der Abgeschiedenheit dürfte der Alkohol in diesen Nächten eine Rolle gespielt haben …

Das Tor glitt zur Seite und schloß sich automatisch, nachdem ich eingetreten war.

Zwar hatte ich, bis auf 800 Dollar, mein gesamtes Kapital dafür aufgewendet, die Materialien und das Werkzeug zu bezahlen, aber um leben zu können, bis meine Arbeit beendet sein würde, reichten die 800 Dollar.

Ich schaltete das Licht an und schritt über die hallenden Holzbohlen zum elektrischen Heizkörper, um ihn auf volle Leistung zu stellen. Im Dachstuhl hatte sich eine zarte Eisschicht ausgebreitet.

So, wie der Rumpf nun vor mir stand, konnte man meinen, er würde zum Start schon bereit sein. Mit Hilfe von antiken Schweißanleitungen aus dem Intermentalen Display war es geglückt, die Hülle binnen drei Wochen zu vollenden.

Die nächste Stufe würde darin bestehen, den Rumpf mit allen Geräten auszustatten und die Geräte zu justieren. Zu diesem Zweck mußten zuerst die Kabel für die Geräte gezogen werden, anschließend würden die Einbauten von unten nach oben hin vorgenommen werden. Einen Teil der Geräte mußte ich freilich erst noch bauen, doch waren meistens nur kompakte Teile zu verbinden.

Die Isolierungen für die Kabel hatte ich selber hergestellt, weil überraschende Effekte beim Eintritt in das überlichtschnelle Kontinuum eine weit bessere Abschirmung erfordern mochten, als Technik von der Erde sie bieten konnte. Ich hatte ausgerechnet, daß die Kabel, die ich im Rumpf zu verlegen hatte, zusammengenommen lang genug gewesen wären, Baker's Barn mit Tyne zu verbinden. Stella ahnte noch immer nichts davon, daß ich zwei Monate Urlaub hatte, sondern nahm an, ich würde wie immer unter der Woche bei meiner Arbeit auf dem Flughafen sein. Meine Leute dort waren angewiesen, gelegentlich per Telephon bestimmte Dinge auszurichten, damit der Eindruck entstand, ich würde mich zum Beispiel freuen, mit Stella zusammen ein von ihr bevorzugtes Essen zu kochen, wenn ich am Wochenende heimkehrte. Anrufe der Mayfields wurden sorgfältig verzeichnet, täglich rief ich die Inhalte ab und verhielt mich dann entsprechend – besorgte, was gewünscht wurde, meldete mich auch.

Ich zog den Heizkörper über die Eisenplanke an der Drucktür in den Rumpf und blickte dabei kurz auf die zwei hölzernen Kabinette in der Fabrik, beschriftet mit ›WC‹ und ›Büro‹. Ich schüttelte den Kopf über mich selbst. Inzwischen war es mir unverständlich, wie ich es hatte schaffen können, beinahe drei Wochen lang in dem Büro zu nächtigen. Trotz unmittelbarer Nähe des Heizkörpers, trotz meines Mantels und mehrerer Decken über dem Leib hatte es Willenskraft erfordert, um in dem Holzverschlag zur Ruhe zu kommen. Da die Halle nicht unterkellert war, war es der Kälte ein leichtes, durch den Zement- und Plankenboden nach oben zu dringen. Durchs Fenster, von welchem ich der Sicherheit zuliebe vier Fünftel zugemauert hatte, drang morgens kaum ein Strahl der Sonne. Oft lehnte ich am Kühlschrank, um mich an seiner Abwärme zu laben.

Inzwischen hatte ich mein Bett auf eine hölzerne Plattform im weitaus besser isolierten Rumpf des Raumfahrzeugs verlegt, wobei unter der Plattform der elektrische Heizkörper stand.

Im Rumpf wurde es herrlich warm.

Erfreut rieb ich mir meine Hände und rief den Kabelplan im Display ab. Zuerst zu verlegen waren die ultrablauen Hartfaserkabel, die den Geräten ihre Basisenergie verschafften. So konnte ich auch immer gleich benutzen, was ich einbaute, und sei es nur, um die Justierung vorzunehmen. Ich programmierte den Kabelläufer, den ich mir eigens gebaut hatte, eine kleinhundgroße Apparatur, die an vorgegebenen Koordinaten entlang Leitungen völlig selbsttätig zu verlegen vermochte.

Unter Hunderten von Gummiringen erwischte ich zuerst immer den schwächsten, nämlich jenen, der schon beim Überstülpen riß.

Während der Kabelläufer durch den Rumpf schnurrte, begann ich mürrisch damit, die hochempfindlichen Komponenten der Computersteuerung zu montieren. Obwohl die Steuerung des Raumfahrzeugs im ganzen nicht viel größer als ein Köfferchen für Akten werden würde, war die Montage durch den Zwang zur Präzision doch eine Arbeit, die schon nach kurzer Zeit erschöpfte. Ich sterilisierte die einzelnen Teile und führte an jedem von ihnen eine Reihe von Tests durch. Ich wagte mir nicht auszumalen, was eintreten konnte, wenn auch nur eines dieser Teile eine Funktionsstörung hatte. Doch selbst das empfindliche Speichermodul wies ganz genau die Fähigkeiten auf, welche die Werbung behauptet hatte. Ich reinigte die Anschlußsegmente.

Die Arbeit, die ich machte, wurde zunehmend mechanisch, zu einer Aneinanderreihung von Handgriffen, die mir seit langer Zeit bekannt waren. Ich mußte daran denken, wie weit mich dieses Raumfahrzeug befördern sollte.

Die Galaxis hatte sich trotz ihrer Größe als merkwürdig leblos erwiesen. Je weiter man in ihr vorstieß, desto monotoner wurde sie. Man fand zwar überall bizarre Natur-Phänomene, doch die waren oft dermaßen abstrakt, daß nur noch Physikern verständlich. Dem Auge des gewöhnlichen Mannes wurde weit weniger geboten. Im Spiralarm existierten die Kolonien, deren Bewohner alle Menschen waren (oder zumindest von ihnen abstammten). Tierwelt und Vegetation waren zwar vielfältig, aber auf ausgesprochene Exoten stieß man weit seltener, als man bei Tausenden von Planeten hätte erwarten können. Die ›Wandelnden Gebirge‹ bei den Gewandmeistern zum Beispiel galten bereits als große Besonderheit. Aber nirgendwo war man auf neue schaffende Intelligenz gestoßen. Im Gegenteil fand, bei den Menschenkolonien, sogar eher eine Rückwärtsentwicklung statt. Fälle wie die des Planeten Anngens, dessen Bewohner ohne die Einwirkung von Feinden zu neolithischen Existenzen wurden, oder die Lebensweise der Speermänner, deren extremer Hang zur Gewalt das Leben all ihrer Nachbarn zerstörte, waren keine Besonderheiten; wir selber wurden schließlich von General Roderich regiert. In den kleineren politischen Gebilden ging es genauso seltsam zu wie bei den prominentesten Vertretern. Es gab Magier-Oligarchien, deren Staatsdoktrinen aus beschwörenden Formeln bestanden, winzige aggressive Militärplaneten, auf denen ein oder zwei Familien herrschten, und eine große Zahl von mittlerweile aufgegebenen früheren Produktionszentren in oft entlegenen Systemen, die im Lauf der Jahrhunderte zu kriminellen Diktaturen mit Freihandelsstatus mutierten und mit dem Wirtschaftssystem auf der Erde große Ähnlichkeit hatten.

Die Computersteuerung mußte als erstes fertig werden, weil mit ihr alle anderen Geräte kontrolliert werden konnten, also auch später leichter zu testen waren als jetzt noch die Steuerung selber. Die Überprüfung ihrer Einzelteile war zufriedenstellend verlaufen. Ich konnte endlich damit anfangen, sie miteinander zu verbinden.

Ab und zu blickte ich auf die zwei Bildschirme, die ich der Werkbank gegenüber im Rumpf stehen hatte. Sie dienten mir dazu, die Umgebung der Fabrik zu kontrollieren. Die erste Kamera war auf den Durchgang zur Synodisten-Baracke gerichtet, die zweite zeigte den Hof und mein Auto.

Das intelligenteste neue Leben, das man bisher in der Galaxis entdeckt hatte, fiel ausgerechnet in die Hände der Skench, bei denen biologische Forschung fast nicht existierte. In ihrem Heimat-Sonnensystem fanden sie mitteilsamen Schnee, der klar differenzierte Folgen langer Töne erzeugte, indem er seine Flokkenschichten gegeneinander in Vibrationen versetzte und die Frequenzen allmählich veränderte. Bislang war der Beobachtungszeitraum allerdings noch immer zu kurz, um die Gesänge des Schnees übersetzen zu können. Ein Wechsel vom einen zum anderen Ton dauerte Monate; der Schnee war von den Skench vor 900 Jahren entdeckt worden.

Ich setzte gleichmütig die Montagearbeiten fort. Bis die Computersteuerung verdrahtet sein und endlich Nutzen bringen würde, konnte es durchaus noch zwei Tage dauern. Im Grunde hätte ich das Fahrzeug auch mit meinem Intermentalen Display steuern können, aber die Technik, um zwischen dem Raumfahrzeug, meinem Gehirn und dem Display eine Verbindung herzustellen, hatte ich hier nicht zur Verfügung.

Mein Abschweifen hatte zur Folge, daß ich die Isolierung einer winzigen Leitungsklammer zerstörte. Nach kurzem Überlegen riß ich ein Haar von meinem Kopf und flocht es mit zwei Zangen um die Klammer. Ein Spannungstest ergab, daß alles funktionierte. Ich ermahnte mich dazu, in Zukunft wachsamer zu sein. Schon bei dem nächsten Zwischenfall konnte es ein, daß alle Kunst mir nichts mehr nützte.

Ich hatte eine starke Abneigung gegen die Aufnahme von Mahlzeiten entwickelt, denn essen mußte ich nach wie vor in dem Büro. Im Rumpf gab es noch keinerlei Gerätschaften, mit denen ich etwas kochen konnte, zum Ausgleich aber hochsensible Werkzeuge und bisher ungeschützte Teile, welche durch Fett und heiße Dämpfe stark geschädigt werden konnten.

Die lächerlich schwache Glühbirne wiegte sich langsam in der Durchzugsluft, als ich das Funkgerät wie jeden Abend in Betrieb setzte. Das Gerät war auf die meistbenutzte Frequenz eingestellt und diente mir, so wie die Bildschirme, zur Überwachung der Umgebung, oft aber auch zur Unterhaltung. Vor lauter Arbeit kam ich kaum noch dazu, mir eine Zeitung zu besorgen, geschweige denn, darin zu lesen; Funkgespräche jedoch ließen sich konsumieren, während man gleichzeitig anderes tat. So wurde ich Zeuge von Zwischenfällen, die sich im Straßenverkehr ergaben, hörte den Klatsch unter den Siedlern und ihre Absprachen zu den verschiedensten Aktionen. Es war mir auch möglich, den Funkverkehr der beiden Wachtürme an der Einfahrt zu dem Bethaus zu verfolgen (die aber nichts ergaben: Gespräche über Sport und Analysen von geschlechtlichen Begegnungen).

Zur Vorbereitung der Gerichte, als Standfläche für meinen Kocher und als Eßplatz diente mir eine halb badewannengroße Kiste, die etwa Hüfthöhe erreichte. Sie hatte früher einen elektrischen Generator enthalten, doch dank dem Kocher blieb die Aufschrift weiterhin verbindlich: HANDLE WITH CARE/ELECTRIC DEVICE.

Obwohl ich entsetzlichen Hunger verspürte und am liebsten sofort ein stärkendes Steak gehabt hätte, war mir doch klar, daß es noch einige Zeit dauern würde, bis ich mir meinen Nahrungswunsch erfüllen konnte.

Ich nahm das Rindfleisch aus dem Kühlschrank (der mir fast überflüssig schien, denn im Raum kondensierte der Atem), schnitt auf dem Hackblock eine Scheibe davon ab und nahm mir vor, als nächstes die Pfanne zu spülen.

Als ich das Rindfleisch wieder einräumte, entdeckte ich eine Wurst, die zwischen zwei Flaschen gerutscht war. Ich fingerte die Wurst zwischen den Flaschen hervor und verzehrte sie mit raschen Bissen, da ich es ohne sie nicht glaubte aushalten zu können, bis das Steak endlich gebraten vor mir liegen würde.

(Proviant für alle Vorbereitungen des Essens)

Während das Steak sich im eigenen Blut auf ungefähr südwestlichem Kurs durch meinen Teller bewegte, ertönten aus dem Funkgerät erregte männliche Stimmen.

Die Besatzung eines Geldtransporters hatte soeben, bei ›Kontrollpunkt 31‹, nach wiederholten Zählungen feststellen müssen, daß 40000 Dollar von der Ladung fehlten. Die Zentrale gab zur Antwort, sie schicke Suchmannschaften aus, und der Transporter solle seine Fahrt wie vorgesehen fortsetzen. Nach der Rückkehr werde man jedes Mitglied der Besatzung einer genauen Befragung unterziehen.

Geldtransporter und Zentrale bedienten sich einer irreführenden Code-Sprache, deren Begriffe aus dem Baugewerbe stammten, weil man die sicherheitsrelevanten Details ja vor den Mithörern verschleiern mußte. Das Geld hatten sie ›Bausteine‹ genannt, die Wachmänner waren ›die Maurer‹. Ich hatte nur deshalb gleich alles verstanden, weil ich Botschaften dieser Gesellschaft bereits seit Wochen und hunderte Male hörte und mir das Intermentale Display beim Entschlüsseln geholfen hatte.

Ich fragte mich, wie viele Amateurfunker die Sprache inzwischen ebenfalls kannten und nun vielleicht unterwegs waren, um nach den 40000 Dollar zu suchen.

Verluste größerer Werte und die entsprechenden Bereicherungspotentiale ergaben sich hier öfter, als es die Einsamkeit der Gegend vermuten lassen konnte. Im November hatte bei Baker's Barn ein von der Straße geschleuderter Lastzug erst wochenlang im Unterholz hinter der Kurve gelegen, ehe er schließlich entdeckt wurde. Geladen hatte er 15 Tonnen Kokain, der Fahrer war nach dem Unfall geflohen. Durch die Menschenleere des Landes hatte hier irgendeine Stelle im Wald als Wertdepot mehr Sicherheit zu bieten als die bestgeschützten Banken in London oder der Schweiz.

Während ich spülte, war es die Einfachheit des Funks, die mich gedanklich beschäftigte. Der Unterschied zwischen dem Erdfunk und den Quantenschemen, die man bei uns als Medium nutzte, zeigte das technische Gefälle zwischen dem Kenntnisstand der Ursprungswelt und den Errungenschaften ihrer Kolonien. Neben unseren Signalen verhielten sich elektromagnetische Radiowellen im Universum ungefähr so, als würde ein betrunkener Schimpanse durch eine Gruppe zarter Tänzerinnen hopsen, die harmonisch wie Wolken dahinschwebten.

Nicht alles bei uns war so modern geworden wie die Nachrichtenübermittlung. Andere Dinge, Artikel des alltäglichen Bedarfs vor allem, benutzte man unverändert, ›Konservendosen‹ – und die auf Dosen bezogenen Technologien zum Beispiel, wie etwa ›Dosenöffner‹ oder ›Pflaster‹.

Ich trocknete das Geschirr ab, überzeugte mich davon, daß der Kocher nicht mehr heiß war und stellte das Funkgerät ab.

Zum Schlafen schloß ich hinter mir die Drucktür des Rumpfs, damit er optimal die Wärme halten konnte. Ich schaltete die Kameras auf Infrarotaufnahme um, legte mich hin und schaute auf die Bildschirme. Der letzte Eindruck war, daß vom Montieren meine Hände schmerzten.

*

Mein ganzes Leben war auf ein fabrikhallenähnliches gewaltiges Gebäude beschränkt, vielleicht sollte es einst einen Atomreaktor bergen. Die Halle hatte mehrere Höhenstufen, bei der obersten war die Decke vom Boden fünfzig Fuß weit entfernt. Der Zement, aus dem die Halle bestand, war in Wirklichkeit zwar annähernd weiß, da durch den umlaufenden Fensterstreifen unter dem Dach jedoch nur schwacher dämmriger Schein faserte, war der Zement nun dunkelgrau geworden (und hätte er das Licht weniger gut reflektiert, wäre die Halle fast vollkommen dunkel gewesen). Ich befand mich auf der tiefsten Stufe der Halle, nahe der einen Stirnwand des Gebäudes.

Ich konnte andere Menschen in der Halle nicht wahrnehmen, und dennoch sah es manchmal so aus, als würde sich etwas bewegen.

Vor mir auf dem Boden standen mehrere kniehohe Teile mit einem äußerst resistenten weißen Kunststoffüberzug, die ich trotz eingehender Prüfung keiner bestimmten Apparatur zuordnen konnte. Ich bemerkte lediglich, daß es draußen allmählich Tag wurde.

Obwohl der Charakter der Teile sich mir nicht erschloß, war ich mir sicher, daß ich mit diesem Material zwar eigentlich nichts zu tun hatte, aber vorübergehend doch die Verantwortung trug. In meinem Gedächtnis schienen sich Anzeichen der Erinnerung an ein Versprechen zu regen, doch leider war ich nicht dazu imstande, dieses Versprechen wieder klar vor Augen zu bekommen. Ich konnte mich auch nicht erinnern, ob ich der Teile wegen genauere Instruktionen hatte, und glaubte am besten zu handeln, wenn ich sicherheitshalber *alles Mögliche* machte.

Mich befiel eine teilweise Lähmung, begrenzt auf die obere Körperhälfte.

Mein Blick war da gerade nach unten gerichtet. Auf dem Boden zeigte sich Licht des beginnenden Tages. Vor mein Gesicht wurde von einer Hand mit schwarzem Ärmel eine flache Dose aus Weißblech gehalten. In der Dose sah ich ein weißliches mehliges Pulver, durchschossen von ockerfarbenen Partikeln. Es war mir nicht möglich, meinen Kopf anzuheben, so daß es mir verwehrt war, die Person anzuschauen, die mir die Dose zeigte.

»Die Dose«, sagte eine Stimme.

»Die Dose kann ich hier nicht reparieren, das wäre nur in einem Kernreaktor möglich.«

Die Stimme glaubte mir das nicht und jagte mich durch die Halle, wobei ich Morgen, Mittag und Nachmittag sah, bis die Stimme endlich am Abend verschwand.

Als ich erwachte, war ich hungrig, als sei ich hundert Meilen weit gejagt worden. Es fiel mir schwer, mich zu erheben, und ich beeilte mich, das Licht anzumachen.

*

Am Freitagnachmittag verließ ich die Werkstatt, um wie an jedem Wochenende zu Stella nach Tyne zu fahren. Zunächst jedoch legte ich nur eine sehr kurze Strecke zurück, weil ich noch sehen wollte, ob Owen und die Synodisten der Residenten wegen schon aktiv geworden waren.

Meine Ankunft bei der Sekte verlief entsprechend der Routine.

Kaum hatte ich meinen Wagen verlassen, wurde die Flügeltür

geöffnet, und der ältlich wirkende weißhaarige Mann im grauen Anzug erschien.

Ich folgte ihm in die Baracke. Die vielen Kisten mit ›Eisgold Nail Flash‹, welche beim vorigen Besuch den Korridor beherrschten, waren inzwischen Stiegen aus Plastik gewichen, die Spaghetti, Konserven und Soßen enthielten. Eine Tür, die nicht weit von Owens Büro lag, war mit Eisenriegeln und einer Stromfalle verstärkt worden, aus ihren Ritzen trug die Zugluft ein Aroma wie von vergammelnden Verbänden.

Der Mann winkte mich weiter und hieß mich, vor der Bürotür von Owen zu warten. Er selbst ging auch nicht ins Büro, sondern verschwand durch die gesicherte Tür.

Aus dem Büro drang kein Laut, aber ich glaubte, den Geruch von Mrs. Garrett zu erkennen. Sie war vor kurzem also noch hiergewesen, aber keiner der drei Wagen von neulich hatte auf dem Parkplatz gestanden. Die Wagen Owens, seines Helfers und der Wächter standen stets etwas abseits unter einem einfachen Zeltdach, das auf dünnen eisernen Stelzen ruhte, aber mit Leinen zusätzlich fixiert war. In der Zeit, als ich noch im Büro schlafen mußte, konnte ich hören, wie nachts die Windböen gegen die Plane schlugen und das Stangengestell rasseln ließen.

Oft träumte ich davon schlecht oder ich halluzinierte zum Beispiel, daß die Maschinen in der Werkstatt und im Rumpf sich zu bewegen begannen, einen Angriff auf mich planten, koordiniert gegen mich vorgingen – bis sich der Wind dann wieder legte.

An der Wand hing neben der Tür von Owens Büro ein Gemälde nach einem Stich von Thomas Forrest. Es zeigte den Angriff der britischen Flotte auf Kopenhagen und war als Kunstgegenstand für ein Bethaus wenig passend. Vielleicht war ja ein Vorfahr von Don Owen an der Beschießung von Kopenhagen beteiligt gewesen, und Owen schätzte bloß deshalb das Gemälde. Ich hatte die Stiche von Forrest noch nie leiden können, schon damals im Geschichtsbuch nicht. Seine Darstellungsform ging mir zu sehr davon aus, daß die Brutalsten auch immer im Recht waren. Empfindliche Attacken, die *gegen* das Empire zielten, hätte Forrest als tragisches Unglück nicht darstellen können, sondern sich künstlerisch sofort auf die Seite der siegreichen Feinde geschlagen. Der Brand von Kopenhagen war auf dem Bild ein strafendes Feuer, bei dem man sicher sein konnte, daß es in jeglicher Hinsicht gerechtfertigt war. Forrest wäre vermutlich auch nicht fähig gewesen,

Kampfverläufe aus der Sicht eines Neutralen darzustellen, denn um Spannung in seine Gemälde zu bringen, mußte Forrest zweifelsfrei zeigen können, daß eine der Seiten im Recht war. Er verfuhr mit anderen Mitteln genauso, wie Propagandaberichte im Fernsehen oder die Ausstrahlungen General Roderichs, die man zu Hause sehen konnte.

Plötzlich stand Owen neben mir, gab aber keinen Laut von sich. Statt seines üblichen schwarzen Jacketts und der grauen Hose trug er diesmal einen grauschwarzen Overall, an dem ich winzige, noch feuchte Gewebereste erkannte. Owen wirkte ermüdet und geistig nur wenig präsent, gab aber vor, daß ich keinesfalls störe. Er bat mich in sein Büro, wo er ganz offen mehrere Pillen schluckte, die ihn auch bald wieder lebhafter machten. Inzwischen lag der Schädel des für den Raum zu großen Bären in ungefährer Kopfhöhe in einem der Regale und nicht mehr zu Füßen des übrigen Präparats. Sonst hatte sich nichts im Raum verändert.

An Owens Schuhen klebten Spritzer und Tropfen von Blut. Ich vermutete, daß Owen bei meinem Erscheinen vielleicht gerade etwas geschlachtet hatte, womöglich in Zusammenhang mit Ritualen der Synodisten. Worin deren spezielle Lehre bestand, war mir nach wie vor weitgehend unklar, soweit es nicht ihren Wunsch nach Askese und die Methoden zu deren Verbreitung betraf.

Durch die gesicherte Tür führte mich Owen in den Keller, der offenbar erst in jüngster Zeit unter dem Bethaus ausgehoben worden war. Der größte Teil des Kellers bestand aus oberflächlich rostigen Metallelementen von erheblicher Stabilität. Zu sehen waren ein Korridor, auf dessen linker Seite sich eine Reihe von fünf Zellen befand, und daß der Korridor sich gegenüber zu einem großen Raum erweiterte.

Ich wurde von Owen dazu aufgefordert, durch das Beobachtungsloch der ersten Zelle zu schauen.

In der Zelle gab es unten zwei Pritschen, zwischen den Pritschen einen handbreiten Durchgang und oben/hinten in der Zelle ein schmales Loch, durch das ein paar Lichtstrahlen fielen. Auf der links von der Türe gelegenen Pritsche kauerte Woolly aus dem Wollgeschäft und auf der rechten Pritsche ein Mädchen mit starker Akne, das offenbar zu ihm gehörte, denn Woolly und das Mädchen murmelten ununterbrochen, als seien sie bestens miteinander vertraut.

Ich wandte mich wieder ab.

»Was sagen die zwei?«

»Der Vater behauptet, daß ihm den Laden seine frühere Frau finanziert, die Tochter hat das bestätigt.«

»Und seine seltsame Haut?«

»Die hat ihn überführt, und weil das Licht hier anders ist, hat seine Tochter eben auch diese extreme Allergie.«

»Haben die beiden schon gesagt, wo sie herkommen?«

»Der Alte wird schon reden«, meinte Owen, »sonst bringe ich nämlich das Mädchen um.«

»Wenn das passiert, dann wird er aber erst recht nicht reden.« Owen schaute mich merkwürdig an und drehte sich dann achselzuckend um.

»Naja ...«, murmelte er.

Woolly, der uns innen offenbar hatte vorbeigehen hören, trommelte plötzlich gegen die Tür und stöhnte mit heiserer Stimme.

»Gebt mir doch Wasser für meine Augen!«

Die Tochter quengelte mit, und das Getrommel gegen die Türe wurde noch stärker. Erklärend raunte Owen mir zu, daß es im Tempel kein Wasser für Kontaktlinsen gebe.

In Zelle 2 saßen die Xanten-Agenten, die sich als Guru beziehungsweise als Spanier tarnten. Der eine trug um seinen Hals einen durchwässerten und blutigen Verband, und Owen gestand sofort ein, daß er den Hals des Mannes bei meinem Erscheinen gerade erneut geöffnet habe, um die Halsmuskelprothese zu studieren: der ›Spanier‹ rührte sich kaum noch und wimmerte. Owen berichtete rasch, daß bei der ersten Öffnung des Halses ein kleines Gewebestück sich aus der Wunde gelöst habe und auf den Boden gefallen sei, wo es fortgesetzt zuckte, bis er heute schließlich bemerkte, daß der gesamte Körper des Mannes von elektronischen Systemen durchwuchert war. Obwohl der Xanten-Agent, der sich als Guru tarnte, keinerlei Verletzungen aufwies, ruhte er gleichfalls wie gelähmt auf seiner Pritsche.

»Beide sind unansprechbar«, murrte Owen, »als könnten sie nicht mehr denken. Weder Schläge noch Belohnungen nützen.«

Mir wurde klar, daß die zwei Residenten selber ihren Geist neutralisiert hatten, um im Verhör nicht zu erliegen. Ich hoffte, daß sie es vorher nicht mehr geschafft hatten, Kräfte von außen zu rufen, doch versicherte mir Owen lebhaft, daß die beiden keine Chance gehabt hätten, von der Tatsache ihrer Gefangennahme wen auch immer zu informieren. Trotz ihres bedenklichen Erscheinungsbilds würden die Xanten-Agenten sich wieder erholen, denn ich wußte, daß der geistige Paralysezustand durch eine Droge bedingt war, die man auch auf den Plattformen kannte und deren Wirkung sich im Verlauf einiger Wochen wieder verlieren würde. Bis Owen von ihnen oder von Meister Woolly und seiner Begleiterin wirklich wichtige Informationen erhielt, würde ich längst von der Erde gestartet sein, da auch Woolly und seine Begleiterin sicher über ein Mittel verfügten, das ihr Wissen schützen konnte. Selbst Owen würde nicht darauf verfallen, Personen in Paralyse zu foltern.

Gegen die Tür der dritten Zelle donnerte regelmäßig ein schweres Objekt. Der Resident, der in der Stadt so aggressiv seinen Kiosk betrieb, rannte mit Schädel und Fäusten voraus immer wieder gegen die Stahltür. Er hatte vor Selbstzerstörung und Wut schon völlig seinen Verstand verloren und zischelte, als würde er beten, in rasendem Tempo vor sich hin, während ihm Blut über Gesicht und Oberkörper floß. Sein Zustand schien zum Teil auch eine Folge von Alkoholentzug zu sein, ich sah zum erstenmal, wie jemand delirierte.

Ich trat zurück, denn neuerlich prallte er schwer gegen die Tür. Sein Zischeln ging in ein Kreischen über.

»Ich führe keine Computerhefte, kauft Zeitungen, die habe ich, dann braucht ihr keine Computer, Computerhefte gibt es hier nicht!«

Er rutschte aus und verstummte für einen Moment. Als nächstes begann er zu toben, er werde keine Pfandflaschen nehmen, er schlüge die Flaschen auf der Straße zusammen – dann rannte er wieder gegen die Tür.

Meister Woolly in Zelle 1 schrie, lauter, wieder nach Wasser für seine Kontaktlinsen. Das Mädchen bei ihm hörte man wimmern, aber das Wimmern klang zu aufgesetzt, um einen tieferen Eindruck zu machen.

Owen zog lächelnd ein Notizbuch hervor und deutete auf die Zellentür des Tobenden.

»Als er begann zu delirieren, da hat er ein paar seltsame Dinge erzählt; Mrs. Garrett hat alles aufgeschrieben: er sagte zum Beispiel, daß besondere Strahlen ihn dazu fähig machen würden, die Mägen von Gegnern zu ›stimulieren‹, bis diese nicht mehr in der Lage dazu seien, die Nahrung bei sich zu behalten und schließlich verhungern müßten. Dann sprach er noch von einer anderen

Waffe, die nannte er ›Reziproksex‹, und davon, daß auch diese Waffe mit Strahlung funktioniere. Sie zwinge Menschen dazu, einen Sex zu betreiben, der das völlige Gegenteil ihrer bisherigen Praktiken sei. Mit dieser Waffe habe er Erpressungspotentiale geschaffen – wir werden weitersehen, wenn sich der Mann wieder beruhigt hat.«

»Kennen Sie wenigstens *seine* Herkunft?«

Owen zuckte neuerlich die Achseln.

»Wir müssen warten.«

Da sich der Zustand des Kioskbetreibers in der Gefangenschaft nur weiter verschlechtern konnte, war ich nicht sonderlich beunruhigt.

Erfreut darüber, daß die neutralen Residenten nun mich und mein Fahrzeug nicht mehr gefährden konnten, nahm ich Abschied von Owen, dessen Vertrauen zu mir durch den Nachweis der tatsächlichen Existenz von Reisenden aus der Zeit zugenommen hatte. Er begleitete mich diesmal bis zu meinem Wagen.

Um sieben Uhr abends erreichte ich Tyne. Die Straße der Deutschen war hell erleuchtet. Ich hatte vor, noch ein paar Schritte zu gehen und mir vielleicht ein wenig Studentenfutter in dem Kiosk zu kaufen. Ich parkte meinen Wagen am Anfang der Straße. Den eisüberzogenen Gehweg hatten die Deutschen mit ›Streugut‹ gesichert, das sie in einer entsprechend beschrifteten Truhe am Rande der Straße bereithielten.

Ich fragte mich, was ich machen sollte, wenn ich nun plötzlich Rodney Simmons sehen würde, den Mann, den Stella mir vorzog. Noch hatte ich niemandem preisgegeben, daß ich die Tatsachen inzwischen kannte. Da ich die Erde aber ohnehin bald zu verlassen gedachte, erschien es mir wenig sinnvoll, in dieser Sache noch besondere Initiativen zu ergreifen. Ich hatte Menschen kennengelernt, das war alles – und eigentlich kein Grund, sich zu erregen.

Vor dem Kiosk war seit dem letzten Wochenende ein Geviert mit einer Anzahl primitiver Holzverschläge entstanden, zwischen denen sich sämtliche Deutschen drängten. Der Platz war mit zahlreichen Fackeln und bunten elektrischen Birnen erleuchtet. Ein Geruch, als habe man Rotwein erhitzt, lag beißend über der Straße. Die Deutschen stießen sich mit den Ellbogen die winzigen Becherchen aus den Händen, deren offenbar kochender Inhalt jenen Rotweingeruch verströmte.

Ein verhaltenes Gebrumm war zu vernehmen, das mich an kirchliche Lieder gemahnte. Offenbar begingen die Deutschen schon wieder einen ihrer zahlreichen komischen Feiertage, von denen die meisten hier in Canada kaum einen Sinn machten, Kriegergedenktag vielleicht.

Ich konnte sehen, daß an den Bretterverschlägen in welligen Pappegefäßen auch Nahrung zum Verkauf stand, die im Gedränge rapide vertilgt werden mußte, damit sie einem niemand aus der Hand schlug. Die Deutschen bespritzten einander beim Essen mit Fett, während sie Suppe aus Nudeln und Sauerkraut aßen.

Ich hatte keine Lust, mich des Studentenfutters wegen durch die Menschen in den Kiosk vorzukämpfen.

Statt dessen blieb ich am Rande der Einfassung stehen und betrachtete weiter die Deutschen, wie sie ihren Feiertag begingen.

Auf die Umzäunung ihres Festbereichs gelehnt, stellte ich fest, daß sogar alte Plakate mit Werbung aus der Zeit, als es den Deutschen noch gutging, ihr Gehege da und dort schmückten. Ein Engel ritt auf einer Flasche in den Himmel, und neben ihm konnte man lesen:

Hofgarten-Sekt!

Rassig und rein
und läßt
glücklich sein.

Ähnliche Plakate sah man das ganze Jahr über anstelle von Fenstern die Holzbaracken vor der Witterung schützen. Die Plakate, die sie zu diesem Zweck verwandten, waren mit Pappdeckeln verstärkt worden. Manche der altertümlichen Schriften ließ in mir durch das Display übersetzen, und ich erkannte, daß die Deutschen sich äußerst sicher sein mußten, daß niemand sonst in der Ortschaft die Schriften verstehen konnte. Das Pappdeckelfenster am Kiosk etwa bot folgendes dar:

Dich sucht das Glück
Dich flieht das Alter
Trägst Du den Eva-Büstenhalter

Auf die Umbretterung gelehnt, spürte ich plötzlich, wie mich sacht eine Hand an der Schulter berührte. Der fettleibige Bettler, dessen Name mir wegen anderer Sorgen inzwischen entfallen war, er hatte mich wieder gefunden. Der Bettler trug diesmal jedoch einen roten Mantel und hatte sich seinen Wolfskopf als Bart-Ersatz unter das Kinn gebunden, Hofgarten-Sekt hatte ersichtlich ein übriges getan, ihn zu verändern. Die Deutschen hatten ihn vermutlich als Weihnachtsmann für die Kinder verpflichtet, eine etwas problematische Wahl, wie mir schien.

Nachdem ich ihn angeschaut hatte, ignorierte ich ihn und blickte wiederum in die Menge.

In seinem eckigen, steifen Französisch stellte der Bettler sich mir neuerlich als Karlheinz Alicante vor und schilderte, daß er damals, als man den Ort, den er bewohnte, wegen des Unglücks von Biblis II evakuieren mußte, nur 150 D-Mark (für das Wochenende) im Haus gehabt habe. Wie ich dann merkte, hatte sich Alicante, wohl der Weihnachtszeit wegen, inzwischen einen Zettel geschaffen, der auf das wesentliche reduziert war –

Geben Sie bitte *1 Dollar!*

Selbst die Dankesformel und der Name waren weggelassen worden, um eine größere Effizienz zu erzielen. Der Bettler wackelte fordernd mit dem Wolfskopf. Ich kam auf die Idee, mir ein bizarres Souvenir von der Erde zu kaufen.

Zum Preis von einem Dollar ließ Alicante mir den Zettel.

*

Der alte Mayfield hatte am Eingang eine weiße Tafel mit roter Beschriftung angebracht, auf der man lesen konnte ›Haustür schließt von selbst‹, was ich mit ›Haustier schießt von selbst‹ übersetzte, weil das Haustier hier ja gewalttätig war. Aber der Kater, der mich sonst immer begrüßte, erschien diesmal nicht. Er hatte sich wohl zurückgezogen und schlief irgendwo.

Überhaupt war es im Haus ganz ruhig.

Ich vermutete, daß Stella und der Alte gemeinsam einen Spaziergang machten, was sie in letzter Zeit immer öfter taten. Erfreut darüber, allein zu sein, begab ich mich in die Küche, wo sich neuerdings neben dem Fernsehapparat auch ein Radiorecorder befand. Der alte Mayfield hatte begonnen, Arabisch zu lernen, um dadurch 5000 Dollar und eine Reise nach Florida zu gewinnen. Der Sprachkurs wurde auf der Basis einer Serie von Kassetten absolviert, die Mayfield in erstaunlich rascher Folge für sich anforderte. Dank des Gedächtnistrainings, das er praktizierte, lag er provinzweit in der Lerngeschwindigkeit an dritter Stelle. Veranstalter des Wettbewerbs war der Verlag, welcher die Sprachkassetten verkaufte. Dem Verlag ging es in Wirklichkeit nur darum, für seine Werbung herauszufinden, wie rasch die Kurse im günstigsten Fall zu bewältigen waren. In der Werbung wurde natürlich so getan, als könne *jedermann* so schnell sein wie der Vater von Stella, der in Wirklichkeit ja aber auch sonst nichts zu tun hatte.

Ich hatte mir vom Flugplatz meine Kassette ›The Who – Live at Leeds‹ schicken lassen und legte sie voller Vorfreude ein.

»Schneller ...«, forderte ich, während das Band zum Anfang zurückgespult wurde.

Young Man Blues. Ich stellte das Gerät auf maximale Lautstärke und begab mich in die Garderobe, welche an diesem Tage mehr denn je so aussah, als ob sie ein Wartesaal wäre. Ich setzte mich hin, um zu ›warten‹. Immer das tun, was am Ort das schicklichste ist, dachte ich. Die Garderobe erschien mir bald so, als sei sie ein einziger staubiger Block, der mich mit Lähmung zu erstikken drohte. Ich war schon unfähig, mich zu bewegen, lehnte mich dann aber auf und holte den Staubsauger. Das Staubsaugen vollzog ich wie einen langsamen Tango, wobei ich den Staubsauger via Display durch eine kleingewachsene Frau ersetzte, die mir Jahre zuvor in einer Filmreportage aufgefallen war, bei der es um irgendwelche seismischen Forschungen im Polarbereich ging. Die Reporter hatten es nicht geschafft, in ihrem Beitrag zu vermitteln, worin die Arbeiten, die dort vonstatten gingen, eigentlich bestanden. Die Frau hatte mit freundlichem Ausdruck ein kleines Rohr emporgehalten, und dieses Bild von ihr kopierte ich mir in den Speicher.

Es kam mir vor, als würde das Tanzen mir neue Arme und Beine schenken.

The Who. Die Kassette und ein Laptop waren der einzige Inhalt eines Koffers gewesen, den jemand auf dem Auslandsflugsteig verloren hatte. Der Laptop enthielt eine Anzahl von Studien zu einem Stadtplan von Tokio, der einerseits für Fremde verständlich sein sollte, auf der anderen Seite aber mit dem Problem zu kämpfen hatte, daß zahlreiche Verkehrswege in Tokio nie offiziell benannt worden waren, sondern persönlich bei den Einwohnern erfragt zu werden hatten. In einem Treatment wurde angeregt, ein Orientierungsprogramm nach dem Modell der ›Parallelen Sektoren‹ zu entwickeln, das schließlich auch die Japaner selber zur Verwaltung ihrer Gesellschaft benutzten ...

Aus dem Laptop-Material ließen sich keinerlei Informationen über den Eigentümer des Koffers entnehmen, und sonst hatte ich nur noch die Kassette. Im Grunde machte es aber nichts, daß ein Mensch hier die Früchte seines Fleißes verloren hatte. Das Projekt wäre nie durchgekommen, da war ich mir sicher, weil es zu sehr auf Vernunft basierte.

Womöglich war es so zugegangen, daß der Eigentümer den Koffer mit voller Absicht liegenließ, weil niemand diese Pläne realisieren wollte. Der Fundstelle teilte ich mit, daß der Koffer in Zusammenhang mit einer laufenden Ermittlung als Belegstück dienen müsse, und stellte ihn in meinen Schrank. Zwei Jahre vergingen, ohne daß sich jemand gemeldet hätte. Nach Ablauf dieser Zeit erschien es mir vertretbar, bei meinen Rundgängen auf dem Walkman gelegentlich die Kassette anzuhören, die keiner haben wollte.

Als ich mir vorstellte, daß ich nun tanzte, weil ein Reisender auf dem Flugplatz seinen Koffer verloren hatte und Mayfield gerade Arabisch lernte, da spürte ich plötzlich Angst. Was mich beklommen machte, das waren die Beliebigkeit und die Roheit, mit denen solche Kleinstkulminationen das ganze kostbare Leben bestimmten – und nicht Ideale und Philosophie, wie die Menschen sich einredeten: Hätte mein Vater kein Loch im Mantel gehabt, dann wäre er nicht zu seinem Schneider gegangen und hätte dort nicht meine Mutter getroffen. Und ganz bestimmt dachte er vorher nicht ›Dort ist sie!‹.

Ich ärgerte mich, daß die Entspannung des Tanzes nichts weiter erzeugte als depressive Gedanken, bis mir einfiel, daß der Kosmos die Fülle der Ereignisse nicht nach ›banal‹ und ›wichtig‹ unterscheidet: eine Massenkatastrophe ist für den Kosmos nicht besser oder bedeutender als ein durch Sturz bedingtes Loch in einem Mantel. Immer noch Young Man Blues. Minuten, um die ganze Existenz zu überdenken.

Meiner Partnerin warf ich lachend zu, daß ich die Freizeit für ein sonderbares Zugeständnis hielte.

(Laufenlassen bis zum Auseinanderfließen)

Nachdem ich derart meinen Beitrag leistete, die entropische Verstaubung der Galaxis einzudämmen, und das Gerät wieder beiseite gepackt hatte, verwies ich auch ›The Who‹ auf die Plätze und widmete mich dem Fernsehprogramm.

Ein Werbespot, dessen Zynismus mich erstaunte, versetzte mich minutenlang in einen Zustand des Horrors. In letzter Zeit war es üblich geworden, Videobänder mit Aufnahmen aus der Natur zu verkaufen zur ›Erinnerung‹ an Tiere, die gerade ausgerottet wurden, ohne daß man wirkungsvoll dagegen einschritt. Während die Bürger Parteien wählten, die für den Zustand die Verantwortung trugen, erkannten sie nicht, daß die ›Erinnerung‹ nichts als die Folgen ihres eigenen Verhaltens zeigte. Die Kapitalisten auf der Erde konnten kaum stürzbar sein, wenn sie sich trauten, die Dokumente ihrer Verbrechen auch noch als Ware in Umlauf zu bringen, und ihr Selbstbewußtsein beeindruckte mich.

Ich wechselte den Sender und entdeckte einen Beitrag über ›Friedhöfe im Heiligen Land‹, in dem Entsprechendes präsentiert wurde. Daß man die Zuschauer mit Bildern von Stätten der letzten Ruhe zu unterhalten trachtete, schrieb ich dem Einfluß der Kriegsreportagen auf die Programmgestalter zu. Der Vollständigkeit halber mußte gezeigt werden, was aus den Mitgliedern der Konfliktparteien am Ende wurde.

Stella und ihr Vater kehrten zurück. Als erstes sagte mir Stella, daß es an Katzensand fehle. Es behagte ihr offenbar nicht, wie ich mich in der Küche entspannte. Mayfield, der meine Kassette entdeckte, übte Kritik daran, daß ich sein Bandgerät zum Spielen von ›The Who‹ verwendet hatte. Bei solchen Ermahnungen fühlte ich mich, als wäre ich gestorben und es würden mir eben meine Stiefel ausgezogen.

Da die Friedhofspanoramen ohnehin gerade durch Werbung unterbrochen wurden, stand ich gleich auf, um einen Ersatz für den Sand herzustellen. Stellas Vater fuhr fort, Kritik an ›The Who‹ zu äußern, indem er kurze Stellen meines Bandes laufen ließ und sie aus seiner Sicht kommentierte.

Ich ließ ihn machen und ging mit der Kiste des Katers, der kleinen Schaufel, einem Müllsack sowie dem Telephonbuch ins Badezimmer. Ich dachte an die Werbe-Unterbrechungen während der Fernsehsendungen und daran, daß das Wort ›Werbung‹ in der Sprache einen schlechten Stammbaum hatte. Klappern gehöre zum Handwerk, sagten die Deutschen, aber im Mittelalter wurden die Klappern nur von den Pestinfizierten gehandhabt, um die Gesunden vor sich zu warnen. ›Werben‹ bedeutete außerdem, daß man aus Menschen rechtlose Soldaten machte, und dies mit allen Mitteln – wie auch die Werbeleute versuchten, aus Kunden Hörige zu machen.

Nachdem ich die Kiste gesäubert hatte, zerriß ich das Telephonbuch in etwa 40seitigen Lagen, um für den Kater Streu herzustellen. Da das Papier hervorragend aufging, mußte ich nicht einmal die Hälfte des Telephonbuchs zerreißen, um die Katzenkiste vollständig zu füllen. Wegen der Seuchengefahr war es leider nicht möglich, einfach den Sand zu verwenden, der draußen lag. Er mußte erst sterilisiert werden, aber das Spray war ausgegangen. Meine Schuld war das nicht, damit es jedoch nicht zum Streit kam, nahm ich die kleine Arbeit auf mich. *Friedhöfe im Heiligen Land!* Wieder und wieder mußte ich daran denken, daß so etwas den Menschen gezeigt wurde. War auch dies eine ›Erinnerung‹, vielleicht an die Menschen selber? Stella ertappte mich dabei, wie ich den Rest des Telephonbuchs wieder an seinen Platz legte. Ihr Vater erzeugte ein jammerndes Krähen. Ich informierte, daß nach dem Wochenende von dem Buch nichts mehr übrig sein würde. Mayfield schlurfte böse aus dem Zimmer.

*

Wer die direkte Kommunikationsfähigkeit verloren hat, der muß sich sofort in Aktionen äußern, statt zunächst eine Theorie vorzutragen.

*

Nach wie vor brachte sich Stella große Gaben an Klebstoff bei. Nicht selten begann sie mitten in der Nacht damit, die Fenster zu putzen, Gerichte zu kochen, die sie nicht anrührte, sich im Badezimmer stundenlang zu schminken, nur um sich später wieder abzuschminken und ins Bett zurückzukehren, oder Gegenstände aus der Wohnung in Tüten zu verpacken, die sie zum Müll auf dem Wäscheplan stellte, den sie auf Dinge untersuchte, welche doch lieber im Haus bleiben sollten. Dem alten Mayfield fiel das nicht auf, weil er ja kaum noch etwas hörte. Für mich jedoch wurden die Wochenenden zur Tortur: lustentleert, doch ohne Ruhe.

Hinzu kam die Bestürzung darüber, wie die Persönlichkeit von Stella sich langsam veränderte. Es war ihr plötzlich wichtig, Theoreme zu erörtern, in denen es um die Wahrnehmung der realen Welt ging, und das, obwohl sie an philosophischen Fragen bis dahin nie ein Interesse gezeigt hatte.

»Woher weißt du, daß es Australien gibt?« fragte sie mich. Ich sagte, daß auf dem Flugplatz oft Maschinen aus Australien landeten, die auch Menschen von dort brächten. Stella jedoch war der Ansicht, daß man nur sicher sein könne, wenn man selbst in Australien gewesen sei.

»Naja, stimmt eigentlich. Wenn –«

»Wenn man damit Geld verdienen könnte, dann würden sie etwas wie Australien *erfinden.*«

»Aber die Nachrichten können nicht alle falsch sein.«

»Vielleicht doch. Vielleicht gibt es nicht eines der fernen Länder. Sie sind vielleicht alle erfunden, damit die Menschen in den Industriestaaten sich damit trösten, daß auf der Erde noch Gebiete mit Natur vorhanden sind.«

Ich dachte schließlich darüber nach, ob das fernkontinentale Ausland nicht tatsächlich eine Fiktion sein konnte, bis mir einfiel, daß ich die fernen Kontinente ja aus dem Weltall gesehen hatte. Das sagte freilich nichts über den Zustand der fernen Länder oder darüber aus, ob dort überhaupt jemand wohnte.

Daß der Klebstoff wirkte, zeigte sich auch an den Bewegungen. Einerseits waren verlängerte Reaktionen zu sehen, wo man rasche Reflexe erwartet hätte, andererseits war Stella dann aber fähig, kontinuierlich monotone Bewegungsfolgen mit erstaunlich hoher Geschwindigkeit zu vollziehen. Als einmal abends die Beleuchtung der Straße erlosch, wollte sich Stella über Minuten hinweg, als wäre sie blöde, mit den Händen durch das Fenster ihres Zimmers nach draußen in die Dunkelheit graben, wobei sie sich so schnell bewegte, daß ihre Fingernägel an der Scheibe ein rasendes Klickern erzeugten. Der Zustand war so unglaublich, daß ich bereit gewesen wäre, eine Münze einzuwerfen, um das Graben an dem Fenster noch ein zweites Mal zu sehen.

Erstaunlich waren auch einige der Wortverformungen, die ihr im Rausch widerfuhren. Einmal saß sie in der Küche am Tisch, vor sich eine Tüte mit Haferflocken. Stella, die mich fragte, ob ich ebenfalls ›Schmelzflocken‹ wollte, gebrauchte, als sie die Frage wiederholte – weil ich bejahen sollte –, bereits ›Schmerzflocken‹ als Begriff für den Hafer. Vom Quarkzopf (Gebäck) schnitt sie sich ab und bat um Auskunft, ob ich ebenfalls vom ›Quarzkopf‹ essen wolle. Die Überschneidungen waren oft so verwirrend, daß man sie später manchmal selber gebrauchte und den Sinn dafür verlor, welcher Ausdruck nun der richtige war.

Als ich die Küche wieder betrat, konnte ich sehen, wie Stella sich ein Kügelchen aus Klebstoff in die Mundöffnung schnippte.

»Ach Stella, du wolltest doch aufhören.«

»Ich will was haben vom Leben, du aber bist kaum noch für mich da. Immer nur auf den Flughafen gehen, immer nur Kriminalassistent, aufrichtig im Nordwestwind. Wenn ich auf deinen Unterhaltungswert beschränkt wäre, dann wäre ich doch längst mumifiziert, wie dieser ›Ötzi‹, wegen Sauerstoffabschluß.«

Daß Stella die Mumie erwähnte, löste sekundenlang eine furchtbare Angst-Emotion bei mir aus wegen der Vorstellung, jahrtausendelang im Eis vermauert zu sein, annähernd ewig begraben und später, nach meiner Entdeckung, ein Unbekannter zu sein, nicht ein authentischer Pharao. Stella bemerkte sofort, daß sie mein Gleichgewicht durch ihre Worte stark gestört hatte, und schrie mich an, ob das Parkett denn schon geputzt sei –

»... hier ist alles völlig verdreckt, überall sitzt der Gilb!«

Ich stand tatsächlich auf, um mit dem Putzen zu beginnen, aber Stella tobte ungerührt weiter. Sie knuffte mich in den Arm, und ich war sicher, daß sie Simmons gegenüber zärtlich und rücksichtsvoll war.

Ich setzte mich wieder und fragte mich, was ich hier eigentlich noch machte. Sie schimpfte nun wegen des Telephonbuchs. Ich spürte, daß ich den Schmerz nur fünf Sekunden lang noch würde ertragen können.

*

Ich stand auf.

»Stella? Ich weiß von Simmons, und es ist besser, wenn ich jetzt gehe. Grüß deinen Vater von mir.«

Aus meinem Zimmer brauchte ich nichts. Stella folgte mir quengelnd, als ich die Küche verließ, um in der Garderobe meinen Mantel anzuziehen.

»Aber Charlie ... es war doch gar nichts.«

Der letzte Eindruck war der verzweifelte Blick eines Erdbebenopfers, das mir vom Fernseher in der Küche bis an den Ausgang hinterherstarrte. Ich beeilte mich, zu meinem Auto zu kommen.

Der Eisgeruch um das Haus herum wirkte stumpf, und die Schneeoberfläche war rauher geworden. Die Scheiben an meinem Wagen waren noch frei, aber mein Ledersitz war ausgekühlt, beim Atmen entstanden Wölkchen im Auto. Mit sehr geringer Geschwindigkeit verließ ich traurig den Ort.

Der Straßenasphalt war trocken, der Winter seit einigen Tagen zu einer kalten Dürre geworden. Da diese Nacht viele Sterne schienen, sah der Schnee an der Straße aus wie ein gedämpftes gräuliches Glühen, das manchmal aus etwas flüssiger Substanz und nicht aus dem Schnee zu kommen schien. Vielleicht hatte sich das ganze Land mit einer Schicht aus Jodsalz überzogen, das die Caesium-Atome aus der Lufthülle band und deshalb so merkwürdig strahlte.

Im Radio kreiste eine Diskussion um die mögliche Begnadigung eines Giftmörders, der Ende der achtziger Jahre mehrere Menschen getötet hatte.

Ich überlegte, ob es einfach sein würde, Rodney Simmons mit Gift zu beseitigen. Mir ging die Verwandtschaft der Wirkungen von Klebstoff und LSD durch den Kopf. Ich konnte Simmons so wahnsinnig machen wie Stella. Es würde nicht schwierig sein, in der Stadt eine größere Menge LSD zu beschaffen. Die Papierchen konnte ich mit einer Feile zu feinem Pulver zerkleinern und dieses Pulver in Alkohol konservieren. Bei einer günstigen Gelegenheit hätte man Simmons die LSD-Trips in die Limonade schütten können.

Ich war mir sicher, daß nach einer solchen Dosis eine Rückkehr in den Normalraum unmöglich war, bis an sein Ende würde Simmons täglich gestraft sein.

Das Radio stellte ich ab, um besser nachdenken zu können.

Als gewöhnlicheres Mittel zur Beseitigung einer Person war das bläulich-türkise Kupfersulphat geeignet, das sich auch leichter beschaffen ließ als LSD. Kupfersulphat hatte den Vorteil, bei der Vermischung mit Getränken weder zu schäumen noch zu sprudeln.

Bei Vermischung mit Curaçao Blue paßte sogar die Farbe.

Da ich befürchtete, mich aufgrund der deprimierenden Erlebnisse nicht ausreichend konzentrieren zu können, schien es mir richtig, etwas Zeit verstreichen zu lassen, bevor ich mit der Montage meines Fahrzeugs fortfahren würde.

Das vernünftigste war es wahrscheinlich, sich zur Entspannung unter Menschen zu begeben, fast von selber hielt mein Wagen bei der Tankstelle von Baker's Barn.

Die Bar betrat ich diesmal erst gar nicht, sondern ging gleich ins Restaurant. Ich hatte einfach keine Lust mehr dazu, noch einmal unter Leuten zu sitzen, die jedesmal bei meinem Eintreten verstummt waren. Ich hatte keine Lust mehr dazu, von der Frau hinter der Theke voller Herablassung betrachtet zu werden und meinerseits ihren extremen Aufputz zu ertragen.

Im Restaurant war es laut und lebhaft. Wie üblich waren am Nachmittag mit einem Bus die Wochenendfrischler gekommen, die der Bus am Sonntagabend wieder abholen würde. Die Ausflugsgruppe bestand zu zwei Dritteln aus überwiegend jüngeren Frauen, was sich im Ort verbreitet haben mußte.

Da die Touristinnen aber in einem etwas abgeteilten Bereich des Lokals saßen, blieben Belästigungen aus; es schien auch mehr eine Art Neugierde zu sein, einmal Frauen aus der Stadt zu sehen, als das Verlangen nach Sex, was die Männer hertrieb. Es war mir unangenehm, daß mich die Frauen vielleicht als auch so einen sahen, obwohl ich sicher der einzige Gast war, der wirklich aus reinem Zufall an diesem Freitagabend das Lokal betreten hatte.

Der Zufall schafft technische Wunder, dachte ich und setzte mich an einen winzigen Tisch, der dicht vor dem kalten Kamin stand. Der Aschenbecher auf dem Tisch war überfüllt, und Zigarettenasche und Spritzer von Bier beherrschten die Oberfläche. Um den Kamin herum war die Wand mit einer Fototapete versehen, welche einen herbstlichen Wald zeigte. Um die Tapete von Nikotin-Verschmutzungen befreien zu können, ohne sie zu zerstören, hatte man sie mit farblosem Lack überstrichen, der im elektrischen Licht einen fettigen Glanz hatte. Die Tapetenbahnen waren mangelhaft kombiniert worden, die Motiv-Anschlüsse an den Rändern waren stets mehrere Zoll voneinander entfernt. Es war außerdem zu wenig Leim an der Tapete, die an manchen Stellen aufgebläht wirkte, wie ein Drogen-Effekt. Ein alter Mann in meiner Nähe löffelte unglaublich langsam eine Suppe. Bei ihm am Tisch saßen drei Mädchen, die engagiert das neue Hemd eines Freundes besprachen. Der Alte ignorierte die drei.

Der Wirt war nirgends zu sehen. Statt seiner kam eine Greisin mit einem Buckel an meinen Tisch, die eine alte schwarze Bluse und einen langen schwarzen Rock trug. Sie lief sehr stark gebeugt, und ihre Waden waren so krumm, daß sie von vorn gesehen einen geschlossenen Kreis bildeten. Ich schätzte sie auf über achtzig Jahre alt. Vermutlich war sie nicht mehr fähig, den Tisch zu finden, an dem sie gesessen hatte.

Sie schaute mich stirnrunzelnd an.

»Was darf ich bringen, Mister?«

Ich ließ mir meine Verblüffung nicht anmerken und verlangte als erstes, daß sie den Aschenbecher leerte und den Tisch saubermachte. Wie aus dem Nichts hatte sie einen Lappen in der Hand, und nach Sekunden war der Tisch auch schon gereinigt.

»Wollen Sie essen?«

»Für den Anfang nur ein Bier.«

Sie nahm den Aschenbecher an sich und schlurfte davon. Die Mädchen, die mit dem Suppe essenden Alten am Nachbartisch saßen, stoppten die greise Bedienung. Sie bestellten Steaks und dazu Beilagen und Salate und verschiedene Soßen und Dressings.

Die Bedienung hörte sie an und nickte zu allem, sie schrieb sich aber nichts auf. An den folgenden zwei Tischen, die sie zur Theke hin zu passieren hatte, wurden ebenfalls zahlreiche Wünsche geäußert, doch wieder wurde nichts aufgeschrieben.

Ich fragte mich, ob die Bedienung vielleicht ihr Gedächtnis trainierte, so wie der Vater von Stella es tat, denn seit ich eingetreten war, hatte keiner der Gäste im Lokal etwas Vergessenes reklamiert, sie war also fähig, sich wirklich alles zu merken. Sie dachte auch daran, mir den Aschenbecher wieder zu bringen.

Das Bier schmeckte erfrischend, und ich merkte, daß mich die Mädchen, die am Nachbartisch saßen, gelegentlich heimlich betrachteten. Ich stellte mich, als wären ihre Blicke mir verborgen geblieben, und ließ die drei lange schauen. Eines der Mädchen hieß ›Heather‹, und ich mußte an ›Hedda‹ Gabler denken. Nordische Sprachen sind ins Englische leicht übersetzbar, dachte ich und leerte langsam mein Glas. Während des Trinkens bemerkte ich zum erstenmal über der Theke eine Inschrift:

1904

Vielleicht hatte man damals das Restaurant eröffnet. Es konnte natürlich auch sein, daß sich die Jahresangabe nur auf die Theke bezog. Auch das Gebäude insgesamt jedoch konnte in jenem Jahr erbaut worden sein.

Womöglich war es 1904 an der Theke zu einem Zwischenfall von nationaler Bedeutung gekommen, zum Beispiel zu einer Verhaftung, nicht auszuschließen war auch, daß sich damals ein Überfall oder ein Mord ereignet hatte, von ebenfalls großer Bedeutung.

Mechanisch trank ich weiteres Bier und versuchte, an nichts mehr zu denken. Ich spürte die Entstehung einer halb schläfrigen und halb zufriedenen Stimmung, als ob ich auf den wärmenden Wogen meines eigenen Blutes triebe – und zugleich der Kanal wäre, auf dem ich reiste.

Als ich aufstand, stellte ich fest, daß meine Beine mir zur zögernd gehorchten, mein rechtes Knie schlug gegen den Tisch. Ich atmete durch und konzentrierte mich.

Das WC war strahlend weiß. Wände, Decke und Boden hatte man einheitlich und vollständig gekachelt, was einen in dem fensterlosen Raum ein wenig verwirrte.

Zwischen den Kacheln über dem Urinal schien sich ein paar Momente lang eine der Fugen zu einer Spalte in der Wand zu erweitern, durch die ein sonderbares, fast physisch drückendes Licht fiel, als ob die Spalte ein Fenster in ein fremdes Kontinuum wäre. Ich wagte nicht, sie zu berühren. Die Öffnung war bald wieder nichts weiter als eine Fuge zwischen zwei Kacheln.

»Johann Sebastian Bach«, murmelte ich und schneuzte mich in ein grünes Papierhandtuch. Ich erklärte mir das Erscheinen der Öffnung damit, daß ich seit meiner Ankunft auf der Erde fast niemals Alkohol getrunken hatte und mich das Bier bereits berauschte.

Neben den Mädchen und dem Alten saßen in meiner Nachbarschaft auch noch zwei Männer, deren lautstarke Harmonie nicht nur mich ärgerte. Der ältere der beiden hatte am Anfang noch allein dort gesessen, bis dann der andere erschien und ihn fragte, ob er sich zu ihm setzen dürfe. Obwohl sie sich gerade erst kennenlernten, war schon lallend von Freundschaft die Rede, und in kürzer werdenden Abständen bestellten sie freigiebig Whisky und Bier füreinander. Sie lobten gegenseitig ihre Taten und gaben an, soviel sie konnten. Ihre Zurschaustellung wurde so lästig, daß ich mich an die Theke setzte, als dort der erste Hocker frei wurde.

An der Theke kam ich zufällig neben den Mann zu sitzen, der

mir dort früher schon durch sein gebanntes Konsumieren von TV-Beiträgen aufgefallen war. Auch jetzt war sein Blick auf den Bildschirm gerichtet, welcher im Hintergrund der Theke zwischen dem Mikrowellengrill und der Durchreiche stand.

An der Theke bediente ein Mädchen, das um die siebzehn oder achtzehn Jahre alt sein mochte. Es raunte mir zu, daß mein Nachbar auf einen Sportbericht warte, den man ›aufgrund der Entwicklung in Indien‹ an diesem Abend schon mehrmals verschoben habe.

Ich nickte und bestellte noch etwas.

Der Mann hatte das Mädchen aber gehört.

»Die Zeitangaben für das Fernsehprogramm sind reine Fiktion«, erklärte er, ohne seinen Blick vom Bildschirm zu wenden. Dann bat er das Mädchen, ihm die Fernbedienung zu geben.

Er schaltete um auf einen Kanal, wo eben ›Yellow Submarine‹ lief, der Zeichentrickfilm der Beatles. Nun selber interessiert, schaute auch ich hin.

»Sie mögen John Lennon?« fragte er mich.

»Was man so kennt, eben.«

»Und sehen Sie jetzt John Lennon?«

»Im Film dort? Natürlich.«

»Genau da liegt das Problem: Was wir jetzt sehen, ist – für mich – nämlich nichts als Betrug, der Typ da vorn ist doch auf keinen Fall John Lennon, der ist doch bloß gezeichnet!«

»Sie sind also der Meinung, daß ›Yellow Submarine‹ das Publikum betrügt, weil so getan wird, als ob die Zeichentrickfiguren die Musiker wären?«

»Ja.«

»Aber der Film tut doch nicht so, als ob er authentische Realität zeigen würde, es wird doch vollkommen deutlich, daß alles nur Zeichentrick ist.«

»John Lennon hat ganz anders ausgesehen.«

Am Kamin, in der Nähe meines alten Platzes, entstand auf einmal heftige Bewegung. Die beiden Männer waren von ihren Stühlen aufgesprungen und blitzten sich kampfbereit an. Zwischen ihnen stand die Alte mit dem Buckel, vor ihr auf dem Tisch lagen die Rechnungen.

Der jüngere, so stellte sich heraus, hatte sein Geld zu Hause vergessen und deshalb seinen neuen Bekannten gefragt, ob dieser ihm bis zum nächsten Tag für die Begleichung seiner Zeche zwanzig Dollar leihen könne.

Der aber dachte nicht daran.

»Dem zahl ich nichts«, verkündete er, »den kenne ich doch gar nicht.«

Dem jüngeren blieb nichts anderes übrig, als der Bedienung anstelle von Geld seine Uhr zu übergeben; man konnte sehen, daß er sich furchtbar gedemütigt fühlte. Der ältere hielt sicheren Abstand von ihm, als die Bedienung die beiden hinauswies.

Überrascht stellte ich fest, daß der Mann, der neben mir fernsah, nicht Bier trank, wie ich bis dahin meinte, sondern Apfelsaft, welchen das Mädchen ihm mit Tonic Water mischte. Trotzdem hatte der Mann ein wenig gelallt, als er vorher zu mir gesprochen hatte. Womöglich war der Mann ein Alkoholkranker, bei dem schon der Konsum eines Getränkes, das lediglich *so aussah* wie Bier, die Wirkung von Bier hervorrufen konnte. Auf der Papierunterlage seines Glases hatte der Mann sich folgende Sätze notiert:

Avez-vous des soldates?
– Yes, truly.

Von der Fertigung dieser Notiz hatte ich nicht das geringste gemerkt. Mir wurde klar, daß ich den Tag über nichts gegessen, nun aber sehr viel kaltes Bier getrunken hatte, eher unbewußt zuletzt, weil die ständigen Phänomene der Menschen mich abgelenkt hatten. Inzwischen war es fast ein Uhr früh. Ich erkannte, daß die Touristen Baker's Barn wohl deshalb gern besuchten, weil (im Interesse von hübschen Gewinnen) die Nächte nicht endeten. Außerdem hatten sie keine Autos mitzuschleppen, was sie zu Hause in der Stadt disziplinierte. Wo ansonsten die Lower Ten einfachen Mittagstisch verzehrten, sah man nun fröhliche Gesichter.

Es wurde nötig, etwas zu essen, das spürte ich immer gewisser.

Ein ausgewogenes leichtes Mahl würde mir Kraft verleihen, in die Werkstatt zu gehen und dort erholsam zu schlafen.

Das Mädchen erklärte bedauernd, daß es um diese Zeit nur noch Pizza und Hackbraten gäbe.

Nach verdächtig wenigen Minuten servierte sie mir einen dunklen, nach Erbrochenem riechenden Hackbraten in einer halb geronnenen Soße.

Obwohl ich eigentlich keines mehr wollte, bestellte ich doch noch ein weiteres Bier, damit der Braten in meinem Körper neutralisierend umspült wurde.

Während ich aß, überlegte ich mir, wie schändlich es war, Tiere für so etwas umzubringen oder Pflanzen beziehungsweise deren Früchte abzuernten.

Ein Restaurant in der teuersten Straße der teuersten Stadt der Erde. Das Personal ist sehr zuvorkommend, das Restaurant ist berühmt, vor allem durch seine Fleischzubereitung.

Aber die Mitarbeiter sehen bloß aus, als wären sie Menschen, in Wirklichkeit sind es Tiere und Pflanzen, getarnt, um hier den Menschen ihre Verbrechen heimzuzahlen.

Das Fleisch, das sie servieren, erschlachten sie aus Menschen, die sie in stickigen, niedrigen Tiefkellern halten, als wären sie Mastvieh. Die Ställe regenerieren sich selbst, werden gelegentlich aber, um das genetische Spektrum aufzufrischen, durch dem Lokal entnommene Gäste ergänzt.

Die Theke war von einer billigen Plastikhaut überzogen, die von der Bratenwärme aufgeweicht wurde. Mit dem Zeigefinger konnte man fast im Plastik rühren, das sich bewegen ließ wie eine schlappe Membran.

Irgendwann merkte ich, daß sich das Mädchen nicht mehr hinter der Theke befand, sondern statt seiner der Wirt nun dort wirkte. Im Restaurant hielten sich kaum noch Leute auf, die Touristen waren verschwunden und ebenso die alte Frau, die vorher bedient hatte, ohne Notizen zu machen. Der Behälter mit den Hackbratenresten stand inzwischen nicht mehr vor mir, sondern nur noch das angetrunkene Bier.

Ich saß allein an der Theke, selbst das TV-Gerät war nicht mehr in Betrieb.

Ich merkte, daß der Wirt stark betrunken war. Jedesmal, wenn er – geschirrabtrocknend – an mir vorbeischritt, warf er mir brabbelnd einige Sätze hin, als wäre der Gast dazu verpflichtet, sich Depressionen anzuhören. Inzwischen war ich so träge geworden, daß mir die Kraft fehlte zu gehen, ich den Worten, die er sagte, nicht zu entrinnen vermochte. Seine Erzählungen hatten mit einem Stichwort wie ungefähr ›Bombenangriff‹ begonnen und Erlebnissen seines Vaters. Glas für Glas, das er abtrocknete, erhielt ich die Fortsetzungen.

»... mitunter sitze ich nachts noch in der Bar. Im Spiegel seh ich mein Gesicht. Dann zieh ich immer den Kamm aus der Tasche und zähle die Zacken.«

Die letzten Gäste, außer mir, gingen hinauf zu ihren Zimmern, was den Wirt veranlaßte, noch lauter zu sprechen.

»... im Bombenkrater ist offenbart worden, daß beim Abbrechen der letzten Zacke mein Leben beendet sein wird. Ich habe aufgehört, mich zu frisieren.«

Er stellte das Glas in den Schrank und spülte ein neues.

»Meine Mutter hat mir alles erzählt: Er starb, als er am Rand des Einschlagstrichters vor Freude zu tanzen anfing, weil er den Angriff überlebt hatte.«

Langsam trank ich mein Glas aus.

»Ist eigentlich jetzt noch ein Zimmer frei?«

»Er hat am Bombentrichter getanzt.«

»Es ist also nichts mehr bei Ihnen frei?«

»Ist dann gestolpert.«

»Dusche würde mir reichen.«

Für eine Sekunde sah der Wirt mich so an, als begänne er gleich zu weinen, doch beherrschte er sich.

»Ein Zimmer? 20 Dollar. Jedenfalls: über den Schnürsenkel gestolpert, fällt runter in den Trichter und war dann tot wegen Genickbruch.«

»Zwanzig Dollar. Und was bin ich sonst schuldig?«

Der Wirt ging traurig zu der Liste mit dem Konsum der einzelnen Gäste.

Er schaute kurz auf das Papier, schickte sich an, wieder in meine Richtung zu gehen, stutzte dann aber und blieb verwundert bei der Liste. Er schaute fassungslos zuerst auf mich und dann auf die Liste, stutzte erneut und trat dann wieder vor mich. Ich sah, daß seine Hände zitterten.

»Entschuldigen Sie, ich kann Ihnen jetzt keine Rechnung machen.«

Der Wirt gab ein Wimmern von sich und warf die Gläser, die er noch nicht gespült hatte, in kurzer Folge auf den Boden. In der Durchreiche erschien das Gesicht des Mädchens, das zuvor an der Theke bediente.

»Bleiben Sie ruhig, das ist nichts Schlimmes. Er meint nicht Sie speziell.«

Sie lächelte und verschwand wieder.

Ich ließ den Wirt meine Geldbörse sehen. Ich fühlte mich besser, wenn ich Schulden sofort regelte.

»Die Rechnung und das Zimmer *bezahlen Sie morgen*«, beschwor mich der Wirt. »Ich kann Ihnen jetzt keine Rechnung machen.«

»Wieso eigentlich?«

»Ich kann ... ich weiß nicht. Ich kann die Zeichen nicht mehr in Zahlen übersetzen, weiß auch nicht, warum.«

»Verstehe«, murmelte ich. Wir gingen an die Rezeption, und er gab mir Zimmer 18. Auf der Treppe hatte ich Mühe, die Stufen zu treffen.

*

Im Treppenhaus meinte ich einen Gasballon zu sehen, doch als ich Zimmer 18 erreichte, war ich mir schon nicht mehr so sicher, ob dort tatsächlich einer gewesen war. Auf Zimmer 18 war neben dem Spiegel über dem Waschbecken eine mahnende Tafel angebracht, wie ich sie noch nirgends gesehen hatte.

2 x täglich Zähne putzen!

Die Junkies werden sich dran halten, dachte ich und trank einen Schluck Wasser, von dem mir kurz schwindlig wurde. Beim Überzug des Betts auf Zimmer 18 war die ›B‹-Seite oben, weil die ›A‹-Seite schon benutzt worden war.

Ich legte mich in Kleidern auf das Bett und fand lange keinen Schlaf, weil sich in meinem Schädel Objekte bewegten, von denen ich annahm, daß es ›flüssige Schwerkugeln‹ seien, die in der knöchernen Kapsel ganz langsam vom einen Ende des Raums an das andere und wieder zurück rollten, wobei die rollenden Kugeln aus einem quecksilberähnlichen Metall zu bestehen schienen. Im Hotel war es absolut ruhig, ich hörte weder Menschen noch eine Toilette, nur, wie das Blut meinen Körper durchrauschte und das Rollen der Kugeln.

Eine Zeitlang war ich nicht sicher, ob ich mich wirklich noch in dem Zimmer befand oder nicht doch schon in der Reinigungsnische, weil ich vorgehabt hatte, auf die Toilette zu gehen, aber eingenickt war, als ich es tun wollte. Ich fand den Lichtschalter nicht und tappte schließlich unsicher herum, ohne mich zu erinnern, ob ich mich von meinem Bett erhoben hatte oder vom Teppich in der Reinigungsnische. Mein Feuerzeug mußte noch unten in der Bar sein, in meiner Hosentasche war es nicht mehr. Unter aufkommender Furcht stakste ich weite Strecken, ohne jedoch gegen die Mauern oder die Tür zu stoßen.

Ich ließ mich erschöpft auf dem Boden nieder, verschnaufte dort kurz und erhob mich entschlossen von neuem.

Ich ertastete sofort eine gekachelte Wand und an der Wand einen Schalter. Als das Licht anging, stellte ich fest, daß mich die völlig verkachelte Herrentoilette umgab, die sich eine Etage tiefer befand, und daß ein Mann sein Gesicht vor den Spiegel über dem Waschbecken reckte, der offenbar auch schon vorher, im Dunkeln, Beulen in seinem Gesicht zerdrückt hatte. Statt Eiter aber erschienen Kotkringel. Vor Übelkeit keuchend rutschte ich langsam an der gekachelten Wand herunter. Der Mann drehte sich kurz nach mir um.

»Ich spare so das Klopapier«, legte er dar und fuhr gelassen mit seiner Tätigkeit fort. Ich suchte mich zu erheben, doch meine Beine machten nicht mit, und es wurde mir schwarz vor den Augen. Neben mir spürte ich einen Gulli. Es ertönte eine Durchsage des Wirts, der verlangte, daß ich die Schlüssel, die ich hatte, in den Gulli werfen sollte. Den Schlüssel von Zimmer 18 mußte ich eigens vom Ring lösen, weil ein Metallstöpsel mit der eingravierten Nummer des Zimmers zu groß war, um mit durch die Ritzen des Gullis zu passen. Als alles vollbracht war, gellte die Forderung durch den Raum, ich solle den Gulli photographieren, damit der Wirt einen Beweis dafür bekomme, daß ich die Schlüssel auch wirklich beseitigt habe.

»Ohne Kamera wird das nicht gehen«, sagte ich schwach, aber der Wirt forderte weiterhin ein Photo und ließ nicht von mir ab. Jeder Laut, den ich hörte, hatte ein Flattern des Kreislaufs zur Folge, und außerdem raste mein Herz, was meine letzten Energien absorbierte.

Ich war kaum noch dazu fähig, zu sprechen.

»Ich *kann* kein Photo machen.«

»Gib mir ein Photo.«

»Ich *kann* ...«

»Du *schuldest* mir einen Beweis.«

Man hätte natürlich leicht herleiten können, daß alleine ein Photo des Gullis noch lange kein Beweis dafür war, daß sich die

Schlüssel auch wirklich im Gulli befanden, mir war aber zu schlecht, um dem Wirt die dazu nötigen Erklärungen zu geben.

Er forderte weiter.

Wegen der Weigerung, dem Wirt von dem Gulli ein Photo zu machen, zog man mich ab und machte mir den Prozeß, das heißt, man ließ mich lediglich erscheinen, um einen vorbestimmten Schiedsspruch anzuhören. Das Disponierende Komitee hatte mir eine Strafe von zwei Jahren auferlegt.

Charakterlich war das Bewachungspersonal nicht homogen und neutralisierte sich selbst oft durch Streit, was die Haftbedingungen für mich ein wenig erleichterte. Ich hatte eine Zelle mit einem großen unvergitterten Fenster, vor dem es mehrere Vorhänge gab. Das Fenster und seine Vorhänge wurden ständig von einem besonderen Wächter gesichert. Es war mir verboten, während der Haftzeit die Sonne zu sehen. Nur einmal hatte der Wächter in rascher Folge die Vorhänge, nur nicht den allerletzten, roten, überraschend auf die Seite gezogen. Durch diesen konnte ich immerhin ein gelbliches Glimmen erkennen, das aber keinerlei Emotionen auslöste.

Einmal bekam ich Besuch: Es war Doktor Peters, mein früherer Augenarzt, der mich im Sprechraum mit dem Slogan begrüßte, ein Augenarzt sei ein guter Stern. Ich verstand nicht, weshalb er gekommen war, denn Doktor Peters hatte ich nur einmal konsultiert. Er verordnete mir eine Brille, und ich sah ihn nie wieder.

Im Laufe seines Besuchs äußerte Doktor Peters sich ziemlich allgemein über die Lage der 5. Flotte. Sein Erscheinen aber wurde auch dadurch nicht verständlich. Doktor Peters, der kaum noch gehen konnte, wankte mühselig hinaus.

Gegen Ende der Haft wurde das Wachpersonal immer bösartiger: An der nördlichen Grenze des Lagers, wo *die sechs Häuser* standen, war plötzlich durch den Himmel eine Mauer gezogen.

Als ich aufwachte, hatte ich Herzrasen und mein Mund war ausgetrocknet. Ich lag, wenn auch bekleidet, in meinem Bett in Zimmer 18, die Decke spiralförmig um mich geschlungen. Mein Zustand schien mir vor allem eine Folge des Hackbratens und weniger meines im ganzen doch eher geringen Getränkekonsums zu sein, da sechs Glas Bier, verteilt auf dreieinhalb Stunden, nie eine so negative Wirkung haben konnten. Seufzend stellte ich die Nachttischlampe an, meine Uhr zeigte 04.33.

Ich erhob mich und ging in die Reinigungsnische, wo ich schubweise kaltes Wasser trank. Danach wurden die Kopfschmerzen noch schlimmer.

Die Zeit wurde mir sauer.

*

Ich überlegte, wie ich mir helfen könnte. Am stärksten, so wußte ich, machte mich immer das, was mir am unangenehmsten erschien, wenn es mir schlecht ging. Es wäre besser gewesen zu arbeiten, als in der Herberge meine Zeit abzusitzen, aber erfrischen würde das nicht. Noch stärker aber schreckte mich der Gedanke, durch die verfrostete Umgebung des Orts zu gehen.

Vor dem Verlassen des Zimmers vergewisserte ich mich, daß alle Ausgangsbedingungen erfüllt waren, denn falls die Krise sich – wider Erwarten – durch den Spaziergang verstärken sollte, dann mußte ich das wichtigste bei mir haben: mein Geld, den Haustürschlüssel des Hotels und einen kleinen Vorrat an Wasser, in einen Luftballon gefüllt, den ich seit Wochen mit mir herumtrug. Die Agentin einer Fluggesellschaft hatte ihn mir als Muster geschenkt und eine Anspielung gemacht, daß auch Kondome mit dem Zeichen der Fluggesellschaft als Werbemittel in Planung seien. Die Agentin neckte mich immer mit solchen Dingen, obwohl sie an mir kein Interesse hatte. Weil sie wundervoll warme und gütige Augen hatte, besserte die Erinnerung an diese Frau sogleich mein Befinden.

Den durch die Schockwellen meiner Schritte stark wabbelnden Ballon in der Rechten verließ ich das Zimmer. Die Rezeption war noch nicht besetzt, und die Haustür mußte ich erst aufschließen.

Draußen wehte es kalt ums Eck. Ich war nicht sicher, ob die Gefahr bestand, daß das Wasser in dem Ballon womöglich zu einem Eisball gefror. Da die Wassermoleküle durch das Gewabbel stark bewegt wurden, schloß ich die Möglichkeit eher aus. Die Erschöpfung fiel allmählich von mir ab, Luft und Wasser belebten mich und hauchten mir Frische ein.

Eine ältliche Hilfskraft, vermutlich ein Phantom ohne Steuererklärung, beklebte an der verfallenden Bushaltestelle eine verquollene winzige Werbefläche mit Propaganda einer Partei, wobei die Wellung der Fläche so stark war, daß das Plakat bei seiner Aufbringung gleich einriß. Der Alte spuckte fluchend das Gesicht auf dem Plakat an und zog mit seinem Klebstoff-Eimer sowie dem anderen Plakat, das er hatte, in westliche Richtung weiter. Er war kaum ein paar Schritte gegangen, als das soeben geklebte Plakat an der Bushaltestelle mit einem Platzgeräusch von der sich einbiegenden Sperrholzplatte wieder abgestoßen wurde. Der Alte ignorierte die Panne und lief gleichbleibend langsam die Straße herunter.

Ich bog am Ende des Orts, wo sonst die Jugendlichen mit dem Motorrad fuhren, in einen mir noch unbekannten Seitenweg, dessen Verlauf ich zwischen den Schneeflächen zunächst nur schwer erkannte, denn auf dem Weg lag noch Schnee, der aber nicht so zertreten und strapaziert war wie auf den Wegen im Ort, und daher nicht eisig und rutschig.

Es war ein angenehmes Gehen, bis ich plötzlich nur wenige Handbreit vor mir (im letzten Moment, ehe ich aufgeprallt wäre) ein quadratisches Stück Schwärze, das zuerst wie ein harmloser Teil der Nachtatmosphäre wirkte, als Campmobil erkannte, das jemand mitten auf dem Weg abgestellt hatte. Wenn man so dicht davorstand, dann war das Campmobil so groß wie ein Möbelwagen und erschien auch entsprechend bedrohlich.

ABWÄGUNG: Gegen den Möbelwagen zu laufen, würde Versehrungen und Schmerz verursachen.

IMPULS: Um der Erfahrung willen trotzdem weitergehen.

REFLEX: Stehenbleiben.

Um das Campmobil zu umgehen, war ich gezwungen, den Weg zu verlassen und ein kleines Stück durch den Tiefschnee zu stapfen. Meine Schuhe füllten sich dabei mit schuppenförmigen Schneepartikeln, die an den Strümpfen hafteten und sie völlig durchnäßt hätten, wenn nicht sofort etwas dagegen unternommen worden wäre.

Ich wischte eine unweit des Campers am Wegesrand liegende Holzkiste frei, die erst mäßig verrottet war, und ließ mich darauf nieder, um mir Schuhe und Strümpfe auszuziehen. Am Schaft waren die Strümpfe von Ringen aus schmelzendem Schnee überzogen. Ich prügelte die Strümpfe an der Kistenkante aus und zog mich wieder an. Die Schwärze über der Landschaft war inzwischen dem grauen Glühen gewichen, welches dem Schnee entströmte, wenn sich die Augen auf die Dunkelheit eingestellt hatten.

Ich schauderte kurz vor der Kälte, die mich erfaßt hatte, und stapfte zurück auf den Weg. Er führte in einem Halbkreis wieder direkt nach Baker's Barn. In der Nähe der ersten Häuser erkannte ich eine Fläche, die den Anschein erweckte, als würde sie in Kürze für ein Motorrad-Hindernis-Eisrutsch-Rennen verwendet, denn eine langgezogene ovale Fahrfläche war freigelegt worden, umgeben von (jetzt noch abgedeckten) Ständen zur Verköstigung der Zuschauer. Vermutlich würde es Wetten geben. Ich entdeckte ein Plakat in Schwarz/Weiß-Druck, das Photos der Fahrer zeigte, Gesichter, die verhärmt in die Kamera schauten. Ich kannte niemanden, bedauerte dies aber nicht. Laut Plakat war kein Motorrad-, sondern ein Stockcar-Rennen geplant, und tatsächlich war ein vergitterter Container mit Ersatzreifen für Autos auf der Fläche zu sehen. Ich begriff, daß die Touristinnen aus der Stadt wohl Freundinnen, Frauen und Fans der Rennfahrer waren, die hier am Nachmittag an den Start gehen würden. Und das Lokal hatte wohl deshalb so lange offengehalten, weil es des Rennens wegen eine besondere Lizenz erhalten hatte. Stockcar-Hindernis-Eisrutsch-Rennen: ›Oberschenkelhalsbruch‹ fiel mir als erstes dazu ein.

(überall werden Gebiete erschlossen)

*

Als ich um 6 Uhr 02 zurückkehrte, war die Hotelrezeption wieder besetzt. Hinter dem Tresen hockte die über achtzigjährige Bedienung vom Vorabend und schleckte Couverts. Mit Hilfe des Ablekkenlassens von Umschlägen für Massenbriefsendungen durch Pocken-Infizierte wäre es möglich gewesen, die Seuche in kürzester Zeit über das ganze Land zu verbreiten – und dies bei erträglichen Kosten.

Ich zahlte das Zimmer und meine Zeche und ging hinaus zu meinem Wagen. Da ich mich vorher bewegt hatte, erschien mir das Fahrzeug nicht ausgekühlt. Gleich nach dem Start zog ich mir aus dem Handschuhfach eine Packung mit Keksen, die mir als Notproviant diente. In Kaskaden spritzten die Krümel über die Polster und erzeugten dabei einen Klang wie feines Tropfen. Obwohl doch noch ziemlich müde, gelang es mir, auf dem Hof zu parken, ohne daß ich den Turm von Holzpaletten mitnahm, an dessen Kanten kleine Eiszapfen hingen. Die Eiszapfen gaben dem Turm ein wenig das Aussehen einer Pagode.

Dann sah ich, daß etwas nicht stimmte. Das Schiebetor stand offen, und in der Werkstatt brannte Licht. Man konnte deutlich von draußen den Rumpf meines Fahrzeugs erkennen, was mich nicht wenig alarmierte. Wütend rannte ich in die Werkstatt, kletterte rasch unter den Dachstuhl und verbarg mich dort hinter einem der Kräne. Aus dem Büro-Verschlag traten nur wenige Sekunden später vier Gestalten in die Halle. Wenn sie im Rumpf gewesen wären, dann hätte mein eigenes Überwachungssystem mich ihnen verraten.

Die vier, die aus dem Büroabteil kamen, waren Don Owen, der dickliche Hastings, Mrs. Garrett und der gewalttätig wirkende Robert. Die Synodisten schienen zu wissen, daß ich die Wochenenden über nicht in der Werkstätte war. Vermutlich hatten sie am Stahltor eine Wanze installiert, um so an das Codewort für das akustische Schloß zu gelangen, denn an dem Tor hatte ich keine Spuren von Gewaltanwendung gesehen.

Die vier verteilten sich und stöberten herum, als ob sie vorher noch nichts von der Werkstatt gesehen hätten. Don Owen und Mrs. Garrett verschwanden im Rumpf, während Hastings und Robert das improvisierte Labor untersuchten, in dem ich mir Isolierungen selbst herstellen konnte.

Ich beschloß, nach unten zu klettern und den Versuch zu unternehmen, in die Nähe einer Batteriezelle zu kommen. Ich konnte sie an die metallene Planke am Einstieg des Rumpfs klemmen und Owen und Mrs. Garrett durch die Elektroladung ausschalten, wenn sie den Rumpf wieder verließen. Bis das geschah, mußte ich irgendwie Hastings und Robert attackieren, vielleicht, indem ich das Licht ausmachte und wartete, bis einer oder beide in der Dunkelheit strauchelten – beziehungsweise irgendwo dagegenliefen, was eine Überwältigung erheblich vereinfachen würde. Hastings war als Gegner kaum zu fürchten. Mehr Sorge machte mir Robert.

Als ich im Liegen die Batteriezelle mit dem Laufsteg verband, spürte ich plötzlich im Genick den Druck eines metallenen Gegenstands.

»Aufstehen!«

Hinter mir stand Owen. Der metallische Druck kam von der Mündung seines Gewehrs, dessen Hähne beide gespannt waren. Ich mußte mich auf eine Tonne neben dem Fahrzeugrumpf setzen und meine Hände in die Höhe halten.

Das Jagdgewehr wurde von Owen an Robert übergeben, der sich neben mich stellte und den Lauf direkt auf meinen Kopf gerichtet hielt.

Hastings grinste mich an.

»Uns ist bekannt, was Sie hier bauen.«

»Es ist mir unverständlich, was Sie und Ihre Leute hier zu suchen haben, Hastings. Sie hätten, statt einen Einbruch zu verüben, mich ja auch fragen können, was Sie interessiert.«

»Wir fragen noch, nur keine Sorge.«

Mrs. Garrett begann zu rauchen und pustete den Qualm in meine Richtung. Hastings und Owen flüsterten miteinander, und neben mir war das schwere Atmen von Robert zu hören. Vom langen Emporhalten begannen meine Arme zu zittern.

Don Owen hielt mir ein Werkstück vor den Kopf.

»Wir finden in diesem Stück Schaltungen angelegt, die dem Anschluß an einen Konverter für Strahlungen dienen, der erst in vierhundert Jahren konzipiert werden wird.«

Mir wurde klar, daß diese Leute nicht zu einer Sekte gehörten, sondern wie ich aus einer technisch höheren Epoche stammen mußten.

»Ist ›Eisgold‹-Kosmetik auch bloß ein Schwindel?«

Die drei, die vor mir standen, sahen sich an.

»Ein bißchen konservatives Beiwerk, damit die Sekte glaubhafter erscheint.«

Ich mußte wissen, ob sie mich zufällig entdeckt oder schon immer gesucht hatten.

»Und wozu die ganze Übung?«

»Für die gewaltige Zukunft«, sagte Owen.

Mein Herz begann zu rasen.

Für die gewaltige Zukunft.

Das war die Losung der Speermänner.

Don Owen zeigte jetzt wieder den für ihn typischen zufriedenen Ausdruck.

»Wie heißen Sie wirklich?«

»Charles Tyler.«

Sie rückten näher auf mich zu.

»Wie heißen Sie wirklich?«

Ich schwieg.

Don Owen gab Robert ein Zeichen und der drückte den kalten

Lauf an meinen Kopf.

»Wie heißen Sie wirklich?«

Ich überlegte, ob es nicht besser war, sich gleich erschießen zu lassen, als ihnen Auskünfte zu geben und danach trotzdem zu sterben.

»Wie heißen Sie?«

»Simodas.«

Mrs. Garrett zeigte, erstmalig, ein mädchenhaftes Lächeln.

»Für die gewaltige Zukunft«, sagte sie.

Die anderen drei nickten.

Magische Erfüllung

Die Speermänner steckten die Köpfe zusammen, um ihr weiteres Vorgehen zu besprechen:

Mrs. Garrett blieb in der Werkstatt zurück, um alles zu untersuchen.

Owen, Hastings und Robert formierten sich zu einem Kordon und schleiften mich in das Bethaus. Meine Arme und meinen Rumpf hielten die drei so fest umklammert, daß ich glaubte, mehrere Knochen würden brechen. Besonders Robert gefiel es, meine Schmerzen durch versteckte Gewalttätigkeiten noch zu vergrößern.

Während wir unterwegs waren, unterhielten die drei sich ziemlich erregt in ihrem heimischen Dialekt, dessen besondere Merkmale ein litaneihafter Singsang und die bevorzugte Konstruktion scheinbar endloser Sätze waren. Auch deshalb redeten Speermänner nie nacheinander, sondern immer synchron. Gemäß ihrer Doktrin war dies für sie die ›Maximierung des Nachrichtenflusses‹.

»Simodas kriegt Zelle 4«, lächelte Owen und half mit, mich in die stählerne Kammer zu drücken.

Simodas. Seit Jahrzehnten hatte ich niemanden mehr meinen Namen sagen hören, noch nicht einmal mich selber, bis vorhin in der Werkstatt nichts mehr blieb als ihn zu nennen. Ich mußte mir dabei selber vor Augen halten, daß ich tatsächlich nicht Charles Stanford Tyler hieß, sondern seit jeher Simodas. Ich war nun wieder ich selber, ich sah nur noch anders aus.

Die Tür wurde verschlossen. Ich hörte, wie die drei draußen davongingen und wie Woolly erneut seine Stimme erhob –

»Gebt mir doch Wasser; für meine Augen!«

Er wurde keiner Antwort gewürdigt.

In der Hand der Speermänner zu sein war gleichbedeutend mit der Gewißheit, von dieser Hand bald zu sterben. Ich überlegte, wie ich herauskommen könnte.

Zelle und Tür bestanden aus Stahlelementen, die, wie ich wußte, eine Stärke von eineinhalb Zoll hatten. Am Zellenende gegenüber der Tür war nahe der Decke ein Schlitz in der Wand, durch den in mäßiger Dosierung Licht zu mir kam. Der angerostete Stahl reflektierte es so, daß mir die Wände erschienen wie ein orangener Nebel, fast freundlich. Die beiden Pritschen waren Rippenmetalle und fest mit den Wänden verschweißt, ebenso eine Ablage, auf der sich eine Plastikkaraffe mit Wasser befand. Auf den Pritschen lagen mit Jute bezogene Preßstrohmatratzen, die offenkundig noch nie benutzt worden waren. Nichts in der Zelle ließ sich als Waffe oder als Werkzeug verwenden, es sei denn, man konnte eine Schlingenfalle aus der Jute-Bespannung der Schlafpolster knüpfen – vorderhand würde das reichen, um aus dem Bethaus zu entkommen. Aber was dann?

Ich konnte mit dem Rumpf noch nicht starten. Ein bis zwei Wochen Arbeit waren noch nötig, ehe der Abflug möglich sein würde. Es war unwahrscheinlich, daß mir die Speermänner nach der Flucht aus der Baracke gelassen bei der Fertigstellung zuschauten. Außerdem war nirgendwo an der Decke ein Teil auszumachen, an dem ich die Schlinge hätte fixieren können.

Ich wog ab, ob eine Aktion zu meiner Befreiung durch Dritte möglich war. Die jüngste Entwicklung mit Stella ließ kaum erwarten, daß sie sich meines Ausbleibens wegen besondere Sorgen machen würde – falls sie es überhaupt bemerkte. Als ich damals mit dem Toyota die Panne hatte, war ich einen Tag später als sonst nach Hause gekommen, ohne daß Stella dies auffiel. Von meinem Urlaub wußte sie auch nichts, sondern sie glaubte, daß ich wie immer auf dem Flughafen sei. Und meine Mitarbeiter hatten strikte Instruktion, den Anschein zu erwecken, als sei ich irgendwo auf dem Gelände unterwegs, wenn jemand von den Mayfields für mich anrief. Aber auch meine Mitarbeiter wußten nicht, wo ich in Wirklichkeit steckte. Ich selber hatte mich perfekter abgeriegelt, als meine Feinde, die Speermänner, es jemals hätten zuwege bringen können.

Fast sehnte ich mich nach der Tanzschule, und wäre ich nur dort, nicht in der Zelle gewesen, dann hätte ich es sogar auf mich genommen, das Deck wieder zu schrubben, Hauptsache, daß ich mich später in mein eigenes behagliches Bett legen konnte. Schon als ich eintraf, war die Zelle mir kalt vorgekommen, obwohl ich durch die Umklammerung unterwegs eine ziemliche Wärme hatte. Ich spürte, wie die ledrig trockene Luft sich durch die Poren meiner Kleidung und der Haut in meinen Körper tastete, um sich in Kugeln wie von elektrischen Impulsen unter der Oberfläche schockartig auszubreiten.

(in kürzester Zeit Gelenksschäden)

Ich dachte traurig an meine Frau, zu Hause auf der Plattform.

Seit mehr als vier Jahrzehnten war ich fort, vermutlich lebte sie nicht mehr.

Mit der bisherigen Technologie wäre es allenfalls möglich gewesen, aus der Vergangenheit, dem 21. Jahrhundert, in die inzwischen erreichte Normalzeit zu fliegen, zweiundvierzig Jahre nach meinem Abflug, plus etlicher Jahre Objektivreisezeit von der Erde bis zu den Plattformen. Das Abkommen untersagte es ohnehin, *mit einer Hülle* in die vollendete Vergangenheit zu gehen. Dies auf anderem Wege zu tun war aber nicht so klar verboten.

Der neue Antrieb hätte mir gestattet, meine Frau noch an dem Tage vor meinem Abflug wiederzusehen, als wäre nichts gewesen; ich mußte vorher nur der 5. Flotte die Pläne für den Umbau ihrer Hüllen überbringen.

Nun aber hatten die Speermänner das Fahrzeug – und mit ihm ein Mittel zur Verfügung, um Arthurowitz und die 6. Flotte sowie ihre eigenen Truppen zu beliebiger Zeit mit garantiertem Überraschungseffekt gegen uns einzusetzen. In meiner Vorstellung erschien das Bild, wie meine Frau auf der Plattform sich selber die Augen auskratzte, weil sie Scham darüber empfand, wie leicht die Speermänner mich und mein Fahrzeug unter Kontrolle bekommen hatten.

Es gab noch etwas Aufschub. So wie ich selbst hätte zur 5. Flotte fliegen müssen, mußten auch sie erst zu Arthurowitz und ihren Angriffstruppen kommen, damit der neue Antrieb übernommen werden konnte. Da das Nachrichtensystem der überall synchron sich ordnenden Teilchen gegen Mitleser nicht abgeschirmt werden konnte, würden die Speermänner das Risiko nicht eingehen, die technischen Details von fern zu übermitteln.

Sie würden Zeit investieren müssen, um das Fahrzeug und den Antrieb so weit zu ergründen, daß sie es selber fertigstellen und mit ihm abfliegen konnten, soviel Zeit womöglich, daß mich hier doch noch jemand fand.

Ich erinnerte mich wieder an den gereizten Polizisten, der mir begegnet war, nachdem mein Wagen stehengeblieben war und ich eben zur Erinnerung ein Photo von der Gegend machen wollte. Vielleicht wandte sich Collins an den Mann und bat ihn, mich zu suchen, wenn er die nächste Miete nicht erhielt. Man würde danach die Werkstatt durchsuchen und gewiß auch sämtliche Nachbarn befragen, vor allem die Synodisten.

Realistischer war es freilich, daß der hiesige Polizist meinetwegen erst gar nicht tätig wurde. Er würde Collins zwar versichern, mit Hochdruck nach mir Ausschau zu halten, aber in Wirklichkeit nicht das geringste unternehmen. Er haßte mich, weil ich, erstens, der Neffe von Howards war und, zweitens, dessen neuer Assistent – eine Stellung, welche der Polizist in der Vergangenheit selber innehatte; mein Verschwinden würde ihm recht sein, ihn vielleicht sogar erfreuen.

Mein Blick fiel auf den lichtdurchsickerten Schlitz: ein Fenster, um aus dem Alptraum zu schauen.

Aber zum Schauen lag es zu hoch.

Es glückte mir, vom Boden aus hinauszuschielen: die Wolken waren noch dran.

Aus Zelle 3, nebenan, wo sie den Kioskbetreiber verwahrten, drang jetzt kein Laut mehr. Inzwischen war es dem Mann wohl gelungen, sich selber seinen Kopf zu zerschmettern, was schon am Freitag, als mir Owen die Gefangenen zeigte, absehbar war. In stupide regelmäßiger Folge schrie Woolly in Zelle 1 nach Wasser für seine künstlichen Linsen, seine Tochter machte gelegentlich mit, schwieg aber meistens, wohl aus Erschöpfung. Aus Zelle 2 dagegen hörte man gar nichts. Dort lagen der ›Spanier‹, dem Owen seine prothetischen Halsmuskelkränze hatte herausnehmen wollen, und sein Kollege, der Guru, wohl immer noch in Paralyse, um sich Verhören zu entziehen. Aus dem Verhalten von Woolly glaubte ich schließen zu können, daß auch er sich durch Drogen vor Befragungen schützte, das gleiche galt wohl für die Tochter. Den Speermännern blieb zur Befragung nur noch ich. Als sie mich fingen, waren sie sichergegangen, daß ich nichts in meinen Taschen oder am Körper greifbar hätte, um mich auf ähnliche Art entziehen zu können.

Ich ärgerte mich maßlos, daß ich Owen die Residenten benannt hatte, die jetzt mit mir hier im Keller saßen. Nachdem die Mayfields, der Flugplatz und der örtliche Polizist nichts unternehmen konnten, oder würden, hätten die Residenten noch eine Chance bedeutet, aus dem Gewahrsam der Speermänner befreit zu werden.

Auf der anderen Seite war die Gefahr hier vielleicht doch nicht allzu groß, denn die Speermänner hatten nur wenig in der Hand. Ein etwas exzentrisches Bauteil, einen Rumpf, der ein Prototyp war und dessen Fähigkeiten sie daher nicht einschätzen konnten, und außerdem nur noch die Tatsache, daß ich Simodas hieß – statt Tyler.

Die Preisgabe meines wirklichen Namens sagte – für sich – aber noch gar nichts. Wenn ich die Fakten plausibel erklären konnte, dann war noch immer alles zu retten.

In der Zelle gab es keine Beleuchtung. Als es am Nachmittag dunkel wurde, legte ich mich auf eine der Pritschen. Ich wollte dösen, aber es ging nicht. Die Kälte war zu groß, um mir Entspannung zu gewähren, und mein Mantel war zu dünn, mir in der Zelle Wärme zu verschaffen, wenn ich mich nicht bewegte. Ich nahm die Preßstrohmatratze von der anderen Pritsche, um mich zusätzlich zu schützen, sie war jedoch einfach zu starr, um auf dem Körper eines Menschen Halt zu bekommen, sie fiel bei jeder Bewegung herunter.

Ich verrenkte mir den Kopf, als ich versuchte, beide Matratzen zum Kuscheln in eine Ecke zu klemmen und sie durch Andruck mit dem Schädel dort zu halten, weil eine der beiden Matratzen immer zurückspringen wollte. Immer wieder mußte ich aufstehen, um mir durch Laufen und durch Übungen ein Mindestmaß an Temperatur zu erhalten, wobei ich oft, es war ja dunkel, gegen die Pritschen und Stahlwände stieß, auch das Wasser fiel herunter, und schließlich erfaßte mich Panik, ich könnte die Matratzen in der Zelle vielleicht nicht mehr finden. Dann kam ich endlich auf die Idee, die Matratzen zwischen den Boden und eine der Pritschen zu klemmen, mich selber aber zwischen die Matratzen.

Tatsächlich faßten die Strohblöcke Wärme.

Kaum hatte ich eine halbwegs bequeme Lage gefunden, schon sicher, binnen der nächsten Minuten den Schlaf erreichen zu können, da flog mit einem Donnern die Tür der Nachbarzelle gegen die Wand. Mir schien es, als würde man eine große Maschine zu dem Kioskbetreiber schieben. Ich hörte mehrere furchtbare Schläge, als würde ein riesiger Eisenhammer wahllos gegen Boden und Wände gedroschen, gegen ein Ziel auf alle Fälle, das immer noch die Kraft hatte, sich der Vernichtung zu entziehen. Die Schläge waren so intensiv, daß der gesamte stählerne Keller in Schwingungen von äußerst niedriger Frequenz versetzt wurde, und ein Brummen entstand, das meinen Leib mit zerrenden Schmerzen erfüllte und das Denken beinahe unmöglich machte. In

Abständen bemerkte ich ein flehendes Wimmern, das Schlag für Schlag, den das Riesenobjekt austeilte, deutlich an Volumen verlor. Ein paar Minuten später spürte ich, daß aus einer Verbindungslücke zwischen den Stahlteilen dicht über dem Boden eine Flüssigkeit unter Dampfentwicklung in meine Zelle sickerte, das Blut des Kioskbetreibers wahrscheinlich, denn dessen Wimmern war gänzlich erstorben.

Für die Speermänner war es typisch, daß sie dem Mann nicht eine einzige Frage stellten, bevor sie ihn umbrachten. Vermutlich wurde ihm gerade das Gehirn herausgenommen, um ›wissenschaftlich bewertet‹ zu werden, worunter man bei den Speermännern das Foltern von vorerst noch aktiven rezeptorischen Bewußtseinsbereichen soeben getöteter Leute verstand. Mich erstaunte die Bedenkenlosigkeit, mit der die Speermänner neutrale Residenten liquidierten, denn wenn das aufkam, dann würden die neutralen Kolonien uns gegen die Speermänner unterstützen.

Ich überlegte alarmiert, ob die Speermänner inzwischen Gründe haben mochten, Vergeltung nicht mehr zu fürchten. Immerhin hatte ich keinerlei Informationen darüber, was in den letzten viereinhalb Jahrzehnten in der Galaxis vorgefallen war. Womöglich war den Speermännern schon längst ein Überraschungsschlag gelungen, und außer ihnen und den Skench, die allein schon aufgrund ihrer Anzahl niemals besiegt werden konnten, gab es nun nichts mehr in der Galaxis, auch die neutralen Kolonien nicht mehr.

Ich rutschte von der Wand weg, damit ich nicht im Blut von nebenan liegen mußte, und versuchte von neuem zu schlafen.

Wenige Minuten später merkte ich deutlich, daß meine Zelle sich rapide erhitzte. Der Stahl wurde heller und schimmerte plötzlich. Am Boden konnte ich nicht mehr bleiben. Die beiden Matratzen legte ich aufeinander und balancierte auf ihnen in der Mitte der Zelle. Die Hitze preßte den Sauerstoff aus dem Raum, er verschwand durch den Schlitz, und aus den Ritzen um die Tür kam mir nur wenig Ersatz. Das Blut des Zeitungsverkäufers auf dem Boden verkochte bereits, da wurde die Aufheizung auf einmal gestoppt. Im Stahl begann es zu knirschen, doch es blieb lange unmöglich, von den Matratzen wieder auf den Boden zu treten.

Nichts wies darauf hin, daß ich auf irgendeine Art beobachtet wurde und jemand sich an den Qualen ergötzte, die ich in meiner Zelle auszustehen hatte. Den Terror übten die Speermänner um seiner selbst willen.

»Holt sie raus!« schrie plötzlich jemand, und meine Zellentür wurde geöffnet. Ich sah den Umriß von Mrs. Garrett, vor einem Hintergrund gleißenden Lichts. Sie streckte mir eine Scheibenklinge, die traditionelle Waffe ihres Volks, entgegen, wobei aus ihrer Haltung klar hervorging, daß sie die Waffe auch zu benutzen verstand. ›Mrs. Garrett‹, wer auch immer sie sein mochte, wirkte keineswegs aggressiv oder irgendwie boshaft. Sie war eine Frau, der jeder 20 Dollar geliehen hätte, da ihr mütterlicher Ausdruck garantierte, daß sie das Geld auf alle Fälle wieder zurückgeben würde. Keine Frau hätte besser als sie die Synodisten geschäftlich vertreten können, ›Eisgold‹-Kosmetik war sicherlich allein ihre Schöpfung.

Was für Flaschen waren dagegen die anderen: der ältlich wirkende im grauen Anzug, dessen Wortschatz sich fast nur auf ›Eisgold‹ beschränkte, der dickliche Hastings, der ohne sein Notizbuch aufgeschmissen war, der ständig lächelnde Owen mit seinen Tierpräparaten und Robert, der vor allem einen Ausdruck des Zorns zu erzeugen vermochte und den die anderen gar davon abhalten mußten, in der eigenen Runde Gewalt anzuwenden. Er war der einzige unter den fünfen aus dem Bethaus, der genau jene Merkmale hatte, von denen General Roderichs Propaganda immer behauptete, daß sie typisch für alle Speermänner seien. Er kam mir jedoch eher so vor wie eine Ausnahmegestalt, in deren Gegenwart nicht gern sprachen.

Mrs. Garrett winkte mir aufzustehen und meine Zelle zu verlassen. Der Boden war immer noch heiß und durch die Schuhe zu spüren. Ich konnte zwar keine Bewegung erkennen, doch mein Schal lag auf einmal nicht mehr um meinen Hals, sondern statt dessen in zwei Stücken auf dem Boden. Mrs. Garrett hob nickend die Klinge ins Licht, was mir half, den Vorfall zu deuten.

»Sie hätten mir nicht zu beweisen brauchen, daß Sie die Waffe zu führen verstehen. Der Schal hat mich acht Dollar gekostet.«

»Das kannst du Don Owen erklären, Simodas.«

Sie führte mich nach links, wo sich der Zellenkorridor zu einem größeren Raum erweiterte. In der Mitte des nur schwach beleuchteten Gelasses saß Owen auf einem Stuhl. Ein Lärmen kam auf, und ich und Mrs. Garrett fuhren gleichzeitig herum, um dessen Quelle zu ermitteln (Owen reagierte überhaupt nicht auf das Lärmen).

Aus Zelle 1 waren ein erstaunlich kräftiges Poltern und ein Gejaule von ›Wasser für die Augen‹ zu hören, auch dort stand die Tür jetzt offen. Robert und Hastings zerrten den Wollhändler und seine Tochter auf den Korridor hinaus. Das dauerte lange, denn das Mädchen und sein Vater wehrten sich hartnäckig dagegen, die Zelle zu verlassen, und dem Wollhändler gelang es sogar, sich die Scheibenklinge von Robert überraschend aus dessen Hand zu erbeißen. Robert wurde tödlich verletzt, und Hastings hatte trotz bester Reflexe Probleme, Vater und Tochter, die außerdem immer noch Roberts Klinge besaßen, zurück in die Zelle zu drängen, ohne dabei selber von ihnen verletzt zu werden. Roberts Leichnam wurde einfach auf dem Korridor liegen gelassen, und aus der Zelle war von neuem das bekannte Gequengel nach Wasser zu hören.

»Die beruhigen sich wieder«, lächelte Owen, »ihre Waffen werden sie schließlich gegen Trinkwasser und Nahrung tauschen müssen.«

»Sonst werden sie verhungern«, keuchte Hastings, der unvermittelt zwischen uns stand und nervös mit der Klinge an seinem Jackenaufschlag schabte, bis Owen ihm mit einer Geste Einhalt gebot.

»Zu denen später«, bekräftigte er, und Mrs. Garrett zwang mich dicht vor seinen Stuhl.

»Wie kommen Sie dazu, mich mit lauter Verrückten zusammen in diesen höllischen Keller zu sperren, Owen?«

»Ich glaube, Sie wissen inzwischen, daß ich nicht Owen heiße. Sie haben doch unsere Losung erkannt, oder?«

»Sie meinen damit, was Mrs. Garrett über die Zukunft sagte?«

»Na schön. Dann lassen wir das eben. Aber die nächste Frage, die beantworten Sie bitte: Was bauen Sie da drüben?«

»Fragen Sie Collins. Dem habe ich gesagt, was ich da baue. Ich hätte es auch Ihnen gesagt, Sie hätten sich bloß zu erkundigen brauchen.«

»Also gut, dann eben jetzt: Was bauen Sie da drüben?«

»Ich bin Sammler, mein Interesse gilt alten Maschinen. Was drüben entsteht, das ist ein Bathyskaph – eine Kapsel, mit der man tauchen kann.«

»Zum Tauchen, aha. Das Meer ist aber ziemlich weit weg.«

»Tauchen soll sie ja gar nicht. Es ist ein Nachbau für das Museum in der Stadt.«

»Fürs Museum, soso.«

»Ich baue auch manchmal Turb-«

Mrs. Garrett bewegte die Klinge, und die Hälfte meines Haupthaars flog im Bogen von mir weg.

»Beim nächsten Mal bist du tot«, erklärte sie ruhig.

»Beim nächsten Mal – ?«

»Beim nächsten Mal, wenn du lügst.«

Als Mrs. Garrett das zu mir sagte, sah sie so schön aus wie noch nie. Vom lauten Sprechen waren die Lippen nun etwas mit Spucke benetzt und glänzten so lieblich wie die hellgrünen Augen. Ich mußte mir ständig in Erinnerung rufen, daß Mrs. Garrett nur hier war, um mir zu schaden – und ich machte mir außerdem deutlich, daß nur die klebstoffbedingte Sex-Abstinenz Mrs. Garrett überhaupt ansehnlich machte. Ihr durch Faltenvermeidung und Kälte gespanntes Gesicht wirkte lediglich durch die Merkmale schön, die Mrs. Garrett nicht zu steuern vermochte: spuckeglänzende Lippen und fremdes Licht auf den Augen.

Don Owen stand auf.

»Wir waren doch nur zur Tarnung pervers«, beruhigte er Mrs. Garrett und schob dabei mit dem Fuß meine Haare zu mir zurück.

»Mrs. Garrett? Ich werde selbst alles erklären.«

Er setzte sich wieder hin und schaute mich nachsichtig an.

»Daß Sie das wissen, Simodas, Sie sind hier nichts weiter als ein winziges Tier –«

»Schwanenfraß«, ergänzte Hastings. Er und Mrs. Garrett saßen plötzlich auf einer Bank hinter Owen, die ich noch nicht bemerkt hatte.

»Ein winziges Tier«, fuhr Owen fort, »das wir von jeher kennen. Uns zu betrügen ist gar nicht möglich, Simodas: Die Welt, auf der wir jetzt sind, ist in Wirklichkeit nicht die Erde. Sie hat mit der richtigen Erde nur ihre Bahn um die Sonne gemein. Alles, was Sie je hier erlebten, Simodas, wurde nur konstruiert, um Sie von Kindheit an glaubwürdig zu täuschen ...«

Owen legte mit ernster Miene dar, daß die Speermänner gemäß ihrer Doktrin der Maximierung (äußerste Mühe, um wirklich Großes zu erreichen) eine *physische*, nicht irgendwie projizierte zweite Erde erschufen, damit ich dort unter perfekter Kontrolle den neuen Antrieb konstruierte.

»Wir stellten die Erde, die wir bauten, so in die Umlaufbahn ein, daß Sie bei Ihrem Anflug unsere Erde zuerst sehen mußten. Wir wollten sicher sein, später auch wirklich an Ihr Fahrzeug zu kommen.«

Ich merkte, daß der Mann mich nicht anlog und daß die Welt, die sie erschufen, greifbar existierte, denn ich erinnerte mich jetzt, daß General Reichardt und ich beim Anflug damals die Nachricht erhielten, daß wir die Erde ungefähr 15 Minuten früher erreichten, als die Computer prognostizierten – und dies bei komplettem Datenbestand. Eine Ankunftsdifferenz von solcher Größe war selbst bei Raumfahrten ziemlich erstaunlich; also stimmte Owens Geschichte.

»Wir haben die authentische Erde, als Sie kamen, mit elektronischen Feldern abgeschirmt, damit sie nicht in die Radarerfassung kam. Ihr General Reichardt und seine Bord-Astronomen haben vom Sonnensystem nicht die geringste Ahnung.«

»Ich leite es weiter. Darf ich fragen, woher Sie wußten, daß ich zur Erde kommen würde, um dort nach Materialien für einen Raumantrieb zu forschen?«

Solange ich ruhig mit Owen sprach, würde mir niemand etwas antun. Ich mußte Zeit gewinnen und geduldig auf meine Chance warten. Owen würde sicher der Versuchung erliegen, seinen Erfolg durch dessen Darlegung für mich noch zu vergrößern.

»Wir wußten von Ihnen, weil General Weikoff von eurem komischen Komitee ein Mann aus unseren Reihen ist. Gleich nach seiner Botschaft fingen wir an, die neue Erde zu erbauen.«

»Er hat euch also informiert. Doch wozu die falsche Erde? Ihr hättet mich ja einfach auf der echten fangen können.«

»Auf der echten? Da gibt es doch die Residenten, und sogar wir können uns keine Verletzung des Abkommens leisten.«

»Nur meinetwegen erbaut –«

»Übrigens frage ich mich, ob Ihre Raumschiff-Werkstatt auf der Erde nicht auch gegen das Abkommen verstieße, allerdings hier, auf unserem Territorium ...« – er machte eine Geste, als ob es nicht weiter von Bedeutung wäre, und hielt auf einmal die Mappe in Händen, welche der Öl-Vertreter hatte abliefern wollen, die aber ich nach dessen Tod den Synodisten überbrachte. Das Hologramm auf der Mappe sah im Moment aus wie ein kubischer Kosmos, den jemand auf dem Einband hatte liegenlassen.

»Alles hier basiert auf festgelegten Plänen, nach denen die Zonen um Sie herum von unseren Leuten bespielt wurden. Jede Zone der Welt, die Sie *voraussichtlich* an einem Tage würden betreten können, wurde vorher genauestens gestaltet. Als Nachweis für das Spielen der Szenen erhielten wir von den Aufsehern Karten, genau die Karten übrigens, die Sie selber uns in der Mappe überbrachten.«

»Dieser Vertreter war ein Aufseher von Ihnen?«

»Aber ja.«

»Ein Spaß«, ergänzte die Garrett und lächelte dabei, als ob sie selbst den Zwischenfall mit dem Vertreter arrangiert hätte.

»Sie wußten natürlich nicht, was diese Zettel bedeuten, obwohl Sie sicher nachgeschaut haben.«

»Naja«, setzte ich an, noch immer verblüfft, »ich gebe zu, daß –«

»Die Zettel in der Mappe waren die Spielbestätigungen vom Freitag Ihrer Panne und von dem Aufenthalt im Hotel hinterher.«

Don Owen hielt mir gönnerhaft die Mappe vors Gesicht.

»Interessiert Sie vielleicht was Spezielles?«

Ich nahm die Mappe aus seiner Hand. Die Notizen, die mir im Auto damals aufgefallen waren, lagen noch immer obenauf.

»Zeigen Sie her!« verlangte Owen und bedeutete mir, mich so hinzustellen, daß wir zugleich die Karten betrachten konnten.

›House 24-36, Oct 27th

11.14 AM CWL START
11.17 AM CWL END‹

»Ja, das ist *so*«, erklärte Owen, »House 24-36, Oct 27th, das war im Hotel: Als Sie am Morgen nach der Panne aus Ihrem Zimmer zum Frühstücksraum gingen, befanden sich von 11.14 bis 11.17 außer Ihnen auch noch andere Leute auf dem Etagenkorridor, ›CWL‹ bedeutet ›Couple with luggage‹, Simodas.«

Tatsächlich hatte ich damals ein Ehepaar mit mehreren Koffern gesehen, und diese Koffer erschienen mir so, als ob sie Heroin enthalten könnten. Mit seinem Hinweis auf den allumfassenden Charakter der Planung hatte Owen nicht übertrieben, wenn selbst ein Korridor, der leer kaum aufgefallen wäre, der Echtheit halber trotzdem mit Statisten versehen wurde. Ich dachte daran, wer wohl alles zum Personal der Speermänner zählte, und mußte realisieren, daß es vielleicht die gesamte Bevölkerung war.

Dann reichte ich Owen die andere Karte.

›Street 1-13, Oct 26th

01.13 PM SE START
05.08 PM SE END‹

Ich sah schon selber, daß die zweite Karte, wenn ich am 27. Oktober im Hotel gewesen war, sich auf den Nachmittag meiner Panne bezog.

»Ah ja«, sagte Owen, »das haben wir hier nur einmal gemacht. Wir wollten Sie auf natürliche Weise nach Baker's Barn bringen, damit Sie dort später auch die Werkstatt in unserer Nähe finden würden. *S*olar-*E*ffekte sind konzentrierte Lichtkegel, die um Maschinen dauerhafte Absorptionsfelder erzeugen, in diesem Fall, um den Motor von Ihrem Auto zu stoppen.«

Sie hatten also fast vier Stunden gebraucht, um einen Projektionskegel aus Licht für das Feld zu schaffen, und als mein Wagen zum Stehen gebracht worden war, wieder verschwinden zu lassen. Das war auch die Erklärung dafür, weshalb die Teile des Motors einzeln zwar funktionierten, wieder zusammengesetzt jedoch nicht. Wenn man ein einzelnes Teil in einen anderen Motor einbaute, dann waren die Feldreste um das Teil nicht stark genug, ihre behindernde Wirkung auch auf den sonstigen – noch unbehandelten – Motor auszudehnen. Waren die Teile meines Motors jedoch unter sich, so etablierte sich das volle Absorptionsfeld wieder.

Ich hätte diesen Hintergrund schon eher sehen müssen, spätestens nachdem der Tankwart mir die Versuche schilderte, die er mit meinem Wagen durchgeführt hatte.

Wiederum schaute mich Owen nachsichtig an.

»Wo Sie nicht waren, Simodas, da hat auch nie etwas stattgefunden. Fernsehen, Radio, die Zeitungen, die Sie lasen, fast alles aus der Konserve. Ist Ihnen klar, daß Sie mit Ausnahme von Refferton und dem Tal, der Stadt, der Straße zwischen Tyne und der Stadt und Baker's Barn nie etwas von der Erde gesehen haben?«

»In New York war ich noch, dienstlich, und in Quebec einmal im Urlaub.«

»Ach, in New York. Da haben Sie ein Stückchen vom Flugplatz gesehen, einige Straßen, die Grand Central Station und ein Hotel. – Würden Sie schwören, daß Sie wirklich in New York gewesen sind?«

»Meinetwegen ...«

»Wir haben es verstanden, Ihr Leben, mit Ausnahme der beiden Reisen, auf die Strecke zwischen dem Flughafen und Tyne zu beschränken, damit wir den Überblick nicht verloren. Ein paar Wohnviertel mit Einkaufsmeilen und Autoverkehr, ein Stück New York und ein paar hundert Meilen Landstraße – ist das nicht wenig Aufwand, wenn man bedenkt, daß Ihr Antrieb uns jetzt den Sieg bringen wird?«

»Zugegeben, nicht viel.«

Es fiel mir schwer, deutlich zu sprechen, weil mich Don Owens Enthüllungen bis zum äußersten deprimierten. Ständig wurden Indizien beleuchtet, die mir hätten ins Auge fallen müssen, und doch nicht aufgefallen waren. Als früherer Institutsleiter war ich womöglich doch nicht der richtige Mann gewesen, eine verdeckte Operation von solcher Bedeutung durchzuführen.

»Natürlich ist inzwischen alles stillgelegt, denn nun haben wir Sie ja.«

Ich stellte mir vor, wie der Flugplatz und das Tal um Refferton herum ›stillgelegt‹ waren. Vollkommen menschenleer und inaktiv erschien zwar Refferton mir denkbar, aber der Flugplatz nie und nimmer, Maschinen und Menschen aus allen Ländern ... Dann machte ich mir klar, daß die Maschinen immer von nirgendwo kamen und ihre Besatzungen aus Statisten bestanden, die ich hatte alle Völker spielen sehen. Die Flugzeuge hatten die Speermänner sich sicher von der Erde beschafft.

»Ihre Embryonalphase hatten wir bitter nötig, Simodas. Seit Weikoff uns von Ihrem Kommen informierte, hatten wir gerade genügend Zeit, unsere Erde so zu gestalten, daß sie vom Weltraum aus glaubwürdig wirkte, wenigstens wenn man nicht so genau forschte. Wir wußten, daß Ihre spätere Mutter in Refferton Ihnen ideal erscheinen würde, um Ihr Persönlichkeitsmuster in ihr Kind zu projizieren. Daß Sie de facto blind in ihrem Bauch saßen, verschaffte uns Luft, die Feinstrukturen in der Umgebung, Elternhaus, Dorf und Tal auszubauen, die Straße dort, später dann Zug um Zug die Stadt.«

»Wie haben Sie mich ständig überwacht? Durch visuelle Kontrolle, durch Agenten?«

»Nein. Unsere Aufseher hatten Weisung, uns die Personen zu nennen, die in vorgegebenen Szenen erschienen, aber selbständig agierten, was natürlich nur Sie sein konnten, denn alle anderen Leute hatten wir ja unter Kontrolle. Ihre Aufenthalte im kleinen wurden uns laufend hinterbracht, unsere Pläne entsprechend gestaltet. Ein Raster, um Sie als Reisenden aus der Zeit hier ausfindig zu machen, brauchten wir also gar nicht. Wir haben Sie, wenn Sie uns doch einmal verlorengingen, immer sehr schnell wiedergefunden, Ihr längster unauffindbarer Aufenthalt erstreckte sich über ganze acht Minuten. Ein Raster brauchen Sie nur in einer Welt, die Sie nicht überblicken – wir aber kennen unsere Welt.«

Es war das übliche Vorgehen der Speermänner, ihre Pläne stets so zu gestalten, daß sie in jedem Stadium der Ereignisse sämtliche Einzelheiten überblickten. Die zweite Erde konnte man geradezu als ein Denkmal für ihren Nationalcharakter bezeichnen. Es hatte natürlich nach diesen Eröffnungen keinen Sinn mehr, auf Hilfe von außen zu hoffen. Die Welt um das Bethaus herum war stillgelegt worden, außer Betrieb, war doch ihr Hauptdarsteller nun heimgegangen zu den Synodisten.

»Sie haben Ihr Leben als Mensch nur deshalb geführt, um als Mittel zu unserem Sieg den neuen Antrieb zu entwickeln, nur deshalb wurden Sie auch in Ruhe gelassen, nicht in die schlimmen Probleme verstrickt, unter denen die Menschen sonst so oft leiden.«

Es schoß mir durch den Kopf, wie Stella ganz offen gesagt hatte, daß ferne Länder gar nicht existieren. Aber die Wahrheit, die sie sagte, war so ungewöhnlich gewesen, daß ich sie damals nur als eine weitere Wirkung des Klebstoffs interpretierte. Vielleicht war es tatsächlich nur dem Klebstoff zu verdanken, daß Stella mir die Wahrheit überhaupt verraten hatte.

»Australien gibt es nicht.«

Stella hatte vollkommen recht gehabt.

»Sagen Sie, Owen: Wen haben Sie verwendet, um Ihre Welt vorzuspielen?«

Owen verfiel in den für ihn typischen Ausdruck und lehnte sich auf seinem Stuhl entspannt zurück.

»Nun ja, Simodas. Sie haben wohl irgendwo schon gehört, daß wir die ›Unbewußt Gefangenen‹ haben?«

Diese spezielle Sorte von Gefangenen kam dadurch zustande, daß die Speermänner die Erinnerungen ihrer Verbrecher für die Dauer der Haft in einen elektronischen Speicher übertrugen und die Körpergehirne mit Daten bestückten, die von den Wesen dann für real gehalten wurden. Man ließ die Körper beispielsweise glauben, daß es normal und gar zufriedenstellend sei, in einem Permafrostgebiet jahraus jahrein Granit zu erhacken.

Es hatte bei den Speermännern vor vielen hundert Jahren für kurze Zeit eine soziale Tendenz existiert, die Gangart in der Innen- und Außenpolitik im humanen Sinne zu lockern.

Diese Tendenz hatte keinen Bestand. Der einzige bleibende Wert der Reformen war die Gnade, die wahre Person des Gefangenen inaktiv auf einen Speicher zu laden und nur den Körper während der Haftzeit in Anspruch zu nehmen.

Demnach waren die Erdbewohner, die man mir vorgemacht hatte, keinesfalls bewußt Betrüger gewesen. Gewisse Merkmale der Ursprungscharaktere blieben gewiß jedem Körper erhalten, freundliche Augen, eine Narbe, ein sympathischer trauriger Zug um die Lippen herum. Leute hatten den Auftrag erhalten, als meine Eltern zu handeln, als Freundin, Mayfield zu sein und Arabisch zu lernen. Ganz unglaublich schien es mir aber, daß sie ›Howards‹ bewußt erdacht haben wollten. Außerdem fiel mir noch ein, daß ja erst wenige Minuten zuvor der Speermann Robert *überraschend* von der Hand eines Gefangenen den Tod gefunden hatte, eines Gefangenen, den doch die Speermänner selbst programmiert haben wollten.

Ich zweifelte, ob ich Don Owen ernst nehmen konnte, wenn er behauptete, daß Woolly ein ›Unbewußt Gefangener‹ wäre. Es kam mir in den Sinn, daß die Speermänner in Wahrheit Menschen von der echten Erde entführt haben mochten und sie durch Regie daran hinderten, zu entdecken, daß sie sich gar nicht auf der Erde befanden, sondern lediglich auf einer Kopie, die nur aus ein paar Straßen, ein paar Häusern und einem kleinen Stück von New York bestand.

Immerhin, Robert war tot. Ich wußte zwar über die ›Unbewußt Gefangenen‹ nur wenig, war aber überzeugt, daß selbst die opferbereiten Speermänner ihre Gefangenen nie derart programmiert hätten, daß sie selber zu deren Opfern würden. Das widersprach allem, was man über sie wußte.

»Die ›Unbewußt Gefangenen‹ von Ihnen funktionieren wohl nicht recht: Robert wäre doch sonst jetzt noch am Leben.«

Owen faltete schmunzelnd seine Hände über der Brust und blickte bescheiden an sich herunter.

»Nun ... Sie verstehen das Prinzip nicht, das ist alles. Wir haben schon viel darüber gehört, wie primitiv heute die Technik auf

Ihren ›Plattformen‹ ist. Weikoff teilte uns mit, daß Ihre Supermärkte *verlaust* seien.«

»Naja ...«, fing ich an.

»Wie dem auch sei, Sie verstehen die Technologie nicht: Ein ›Unbewußt Gefangener‹ kann nur eine Rolle spielen, die auch aus Sicht eines Normalen in sich stimmig sein würde. Wir können nicht divergierende Eigenschaften in ein und dieselbe Person packen, das geht nicht. Selbst wir müssen die Diener so halten, daß sie Persönlichkeiten sind – und keine Irren. Der Mann, der hier den Wollhändler verkörpert, ist in Wirklichkeit ein Verbrecher, der verurteilt worden ist, weil er den Skench den gesamten Proviant für seinen Planeten verkaufte. Sein Gehirn wurde neu programmiert, und er glaubt jetzt, er wäre ein Resident, dessen Aufgabe natürlich auch darin besteht, den Speermännern, die ihn gefangenhalten, den Widerstand zu leisten, der ihm möglich ist. Der Zwischenfall vorhin«, er wies auf Roberts Leiche, »ist doch die beste Bestätigung dafür, daß die Programme perfekt funktionieren. Glauben Sie etwa, wir wären so verrückt, neutrale Residenten zu mißhandeln? Nein, nein. Die ›Unbewußt Gefangenen‹ sind sicherer für uns.«

»Und Robert? Ist denn egal, was ihm passierte?«

»Natürlich nicht«, erklärte Owen. »Ehrlich gesagt, er ist uns aus der Heimat erst vor kurzem überstellt worden, Sohn eines hohen Leiters. Keiner von uns mochte ihn besonders. Er hat sich in alles eingemischt, ohne irgendwo richtig Bescheid zu wissen, doch seines Vaters wegen konnten wir nichts gegen ihn machen. Ein Zwischenfall wie dieser Tod durch den Wollhändler, etwas Besseres hätte uns gar nicht passieren können. Hastings hat dicht neben Robert gestanden – und seine Klinge nicht erhoben, um Robert zu schützen, Sie haben es selber gesehen.«

Es stimmte. Ich war nachträglich überrascht, daß mir dieser Aspekt der Situation nicht schon während des Ablaufs evident geworden war.

Wie ich früher schon einmal vermutete, konnte man Speermänner als Besucher auf der Erde deshalb nie erleben, weil sie diese ohnehin schon kontrollierten.

Owen ließ einige Zeit vergehen, um den Eindruck wirken zu lassen, den seine Worte unverbergbar auf mich ausgeübt hatten. Er war aufgestanden, zu Mrs. Garrett und Hastings gegangen und flüsterte mit ihnen freundlich und sogar heiter im litaneihaften

Singsang der Speermänner, doch zu weit von mir, als daß ich sie hätte verstehen können. Ich schätzte, daß ihr Gesprächsgegenstand der zerschnittene blutige Robert war, da er gelegentlich während des Flüsterns angeschaut wurde.

Voller Würde begab sich Owen schließlich wieder auf seinen Stuhl.

»Die Form Ihrer Vernichtung wird davon abhängig sein, ob Sie uns helfen, oder nicht.«

»Kooperieren? Mit Ihnen? Für was halten Sie sich, Owen?«

»Ich bin ein Totenrichter, Simodas.«

Mir wurde sofort wieder klar, mit wem ich es zu tun hatte; das eher friedliche bisherige Gespräch hatte mich müde und lässig werden lassen, die Verkündung meiner Vernichtung durch Owen jedoch schärfte sofort wieder meine Sinne und den Willen zu überleben. Vor allem das Wort ›Totenrichter‹ machte mir deutlich, wie ernst meine Lage werden konnte und wie tapfer ich würde kämpfen müssen, um die Gefahr zu überwinden.

Die ›Totenrichter‹ der Speermänner hatten die Aufgabe, die Bevölkerung unterworfener Planeten zu vernichten und dabei für jeden einzelnen Fall eine besondere Form zu entwickeln. Da ich im Grunde der einzige authentische Bewohner der Erd-Kopie war, würde der Totenrichter Owen seine Befähigung zur Bosheit konzentriert auf eine einzelne Person richten können.

»Sie *vollenden* das Fahrzeug – und werden schnell und maßvoll getötet.«

»Aber ich bin doch Ihr Feind.«

»Natürlich sind Sie das. Es ist hier nur noch die Frage, ob Sie das spüren müssen oder bloß einfach friedlich sterben. Sie vollenden es also?«

»Sie hätten doch einfach abwarten können, bis es fertiggewesen wäre, um mich dann erst zu fangen.«

»Viel zu gefährlich, Simodas. Wir wußten schließlich nicht, was in der Werkstatt vorgeht. Einige«, er nickte verärgert zu Robert hinüber, »waren der Meinung, daß Sie schon fertig seien und Ihr Abflug in Kürze erfolgen werde.«

»Ich baue aber nicht weiter.«

»Wir könnten es auch selber vollenden, es geht aber schneller, wenn Sie das für uns machen. Die Erde hier ist ein Dauerprojekt, wir haben bereits Ewigkeiten der Geduld hinter uns. Und jetzt wollen wir endlich Ergebnisse haben!«

»Ich mache *nichts*. Zur Überlegenheit werde ich Ihnen nicht verhelfen.«

»Der Krieg muß schnellstens beendet werden.«

»Sicher.«

»Sie weigern sich also?«

»Ja.«

»Sie sind ganz sicher, daß Sie nichts anderes sagen wollen?«

Es gab sogar sehr viel, was ich nun hätte zur Sprache bringen können, ich sagte jedoch nichts. Es hatte keinen Sinn, ihn weiterhin mit Worten abhalten zu wollen, denn von einem Totenrichter der Speermänner einen Aufschub oder gar Schonung zu erhoffen, war illusorisch.

Am besten, ich lehnte frech alles ab. Das würde sie vielleicht so provozieren, daß sie mich gleich ermordeten und nicht zuvor noch lange quälten.

*

Den Schmerz zu analysieren (und so durch die Befriedigung über Gedachtes einen Ausgleich zum Leid zu erreichen) ist besser, als sich dem Schmerz gedankenlos zu ergeben.

*

»Kooperieren Sie?«

»Nein.«

»Hastings ...«

Mit einemmal war Hastings neben mir und schwang die Scheibenklinge in Richtung meiner Hüfte. Hätte ich nicht in letzter Sekunde ein Tappen von ihm gehört, dann hätte Hastings mir mit der Klinge den halben Unterleib abgeschnitten. Ich duckte mich weg und seine Klinge schwang zischend an mir vorbei. Leider trat auch Mrs. Garrett mir nun nahe und schnitt mir mit einer reflexhaft-raschen Bewegung ein langgezogenes Stück aus Kleidung und oberster Hautschicht von der Brust. Hastings, der sich ungelenk wieder aufrichtete, verletzte dabei Mrs. Garrett, weil er im Hochtaumeln mit seiner Klinge wild durch die Luft ruderte, ein wenig an der rechten Hand. Mrs. Garrett stieß einen Fluch der Speermänner aus und bat Owen um dessen Krawatte, um sich die Hand zu verbinden. Owen, der zunächst etwas verblüfft schien, gewährte ihr die Krawatte.

»Dekorationen«, grinste er.

Mir wurde schwarz vor Augen, ich brach auf einmal in die Knie. Schon dachte ich, von ihnen vorzeitig ermordet worden zu sein und glücklich entkommen, bis sich mein Blickfeld wieder erhellte und ich erkennen konnte, daß mir die Hälfte meiner linken Hand fehlte.

Ich kannte den Anblick schon; er war es, der meine Ohnmacht erzeugt hatte.

Auch jetzt wurde ich fast wieder schwach, es war das Gemisch aus Blut und feuchten Knochen, das immer wieder an mein Bewußtsein greifen wollte, viel weniger der Schmerz, der eher körnig und nur wenig intensiv war, in Relation zum Ausmaß der Verletzung jedenfalls.

Ich begriff, daß Owen den Plan haben mußte, mich täglich ein wenig mehr zu zerschneiden, bis ich aus Angst vor totaler Verkrüppelung am Ende doch zustimmen würde, das Fahrzeug für sie fertigzustellen. Mehr als ein Auge, ein Ohr und meine Sprechfähigkeit, damit ich die Speermänner anleiten konnte, brauchte mir Owen nicht zu lassen. Der Rest war entbehrlich. Ich reduzierte die Schmerzinformationen, die aus dem Körper, den ich kontrollierte, über das Intermentale Display in mein Bewußtsein gelangten. Das Display war leider ein Modell von mangelhafter Bauart. Den Aufzeichnungen des Instituts nach, dessen Direktor ich zu Hause war, hatte es früher nämlich einmal Displays gegeben, bei denen ein Willensakt genügte, um sich in Krisenlagen selber umzubringen, das heißt das Energienetz der eigenen Persönlichkeit zu löschen. Die Produktion dieses Modells war eingestellt worden, nachdem sich mehrere Personen im Lauf von Alpträumen oder plötzlichen Schocks voreilig selber getötet hatten, wodurch Missionen von zum Teil bedeutendem Ausmaß ein für uns nachteiliges Ende fanden.

Wie ich vermutet hatte, waren die Speermänner nicht dumm genug, um mich sofort umzubringen.

»Unerbittliche Gnade«, verkündete Owen. Hastings legte nun ebenfalls seine Krawatte ab und reichte sie mir, um meine Hand zu umwickeln.

»Bis morgen«, brummte er.

Man brachte mich zurück in die Zelle.

Bevor ich einschlief, fielen mir zusätzlich zu den Punkten, die Owen mir schon genannt hatte, gleich mehrere Indizien wieder ein, durch die ich frühzeitig hätte bemerken können, was wirklich auf diesem Planeten vorging. Da war die Mappe mit dem Quader aus Weltraum, die ich der Sekte überbrachte. Ich hatte doch zuvor noch den Bericht General Reichardts über die Quader gelesen, die das prägende gestalterische Element des Gefängnisses ›Kleinwintlow‹ und, nach ihrer Bedeutung in dieser Vollzugseinrichtung zu schließen, vermutlich einzigartig in der Galaxis waren. Und von den Sträflingen dort wurden auch kubische Hologramme hergestellt, respektvoll, denn die Speermänner hatten den Würfel auf Kleinwintlow zu einer Religion gemacht, durch deren Wahnsinn die ohnehin verhängten Strafen noch verschärft werden sollten.

Als ich den Quader auf der Mappe zum erstenmal sah, fiel mir nicht ein, daß er von ihnen stammen mußte, obwohl es mich hätte verwundern müssen, ein Wechsel-Hologramm von solcher Perfektion um die Jahrtausendwende vorzufinden. Daß die Speermänner den Quader hier wie in Kleinwintlow (wenn auf der Erd-Kopie auch nur in minimalem Umfang) als Dekoration verwendet hatten, mochte bedeuten, daß sie die nachgebaute Erde genauso wie Kleinwintlow als Strafanstalt klassifizierten, in der sie ›Unbewußt Gefangene‹ und mich aufbewahrten.

Der Würfel und die Tatsache, daß ich wenig später auf eine Sekte traf, hätten mich stutzig machen müssen. Hätte ich durch den Würfel an die Speermänner gedacht, dann hätte ich, mißtrauisch geworden, die Synodisten auch im Zusammenhang mit dem alten Kultus der Askese sehen können, den die Speermänner vor dem Beginn des Krieges pflegten; auf diesem Prinzip basierte ›Eisgold‹-Kosmetik.

Spätestens beim dritten Besuch, als Mrs. Garrett über die Wirkung der Präparate referierte, hätte mir aufgehen müssen, mit wem ich es zu tun hatte.

Mir träumte, daß mich Wesen umgaben, deren Art ich lange nicht bestimmen konnte. Ich war jetzt nicht mehr in der Zelle, sondern ich meinte im verdunkelten Erdgeschoß des Palastes zu liegen, in dem sich damals das Disponierende Komitee getroffen hatte. Obwohl der Raum, wie ich wußte, aus spiegelnden marmornen Flächen bestand, war die Lufttemperatur angenehm warm, entspannend und fast tropisch einschläfernd, so daß die Gedanken sich bald auf Frauen zentrierten.

Um mich herum war es schwarz. Das Aussehen des Raums hatte ich lediglich durch seine Spannungslinien im Dunkeln erraten, ebenso die Präsenz jener Wesen. Waren es Tiere? Ich meinte dauernd, daß ich soeben etwas Wichtiges verpaßte, und ein Bild meiner richtigen Frau fiel mir ein, als ihre Haare noch kurz waren und rot gefärbt. In einer offenen Tunika aus grünem Frotteematerial betrat sie die Küche, unter der Tunika einen quergestreiften Bikini, wobei die Streifen weiß und von verblaßter Aprikosenfarbe waren. Sie ging an den Kühlschrank, entnahm ihm eine vorbereitete Schnitte, machte das Fenster auf und stellte sich ins schwache Licht. Von draußen drang ein bißchen Wärme in die Küche. Meine Frau schlug ihre Tunika weiter auseinander, biß in das Brot und roch nach Sommer.

Was machte ich jetzt im Sitzungspalast?

Ich mußte mir immer wieder in Erinnerung rufen, daß mich die Wesen umgaben. Ihr Atmen war so regelmäßig, auch so synchron, daß es sich dauernd aus der Wahrnehmung ausschalten wollte. Gleichzeitig fragte ich mich, ob sich die Generäle nun oben im Plenarsaal befanden. Ich hätte mich aufraffen, nach oben gehen und Weikoff als Verräter entlarven können. Roderich war sicher geneigt, Indizien für Kapitalverbrechen zumindest sorgfältig prüfen zu lassen.

Es stand aber fest, daß mich die Wesen mit irgendeiner absurden Begründung würden abhalten wollen, nach oben zu gehen und Weikoffs Verrat bekanntzumachen.

Ich hatte plötzlich das Gefühl, daß draußen, um den Palast herum, etwas vorging, und dann kam mir wieder in den Sinn, daß ich soeben etwas Wichtiges verpaßte.

Ich dachte nicht mehr daran, als sich das Erdgeschoß mählich erhellte, aber nicht weiter als bis auf ein Niveau, das es ermöglichte, die Wesen im Raum zu erkennen.

Es waren Amphibienfahrzeuge, die mich umgaben.

Sie atmeten gleichmäßig und synchron.

Ihre Lufttanks, die aus dickem schwarzem Gummi bestanden, blähten sich wie auf ein Stichwort und sanken ebenso harmonisch in sich zusammen, wenn wieder ausgeatmet wurde.

Ich drehte mich auf die Seite.

Als ich erwachte, war es immer noch dunkel. Ich schaltete das Display ganz kurz wieder auf ›Schmerzrezeption‹, um zu prüfen, wie es inzwischen meiner Hand ging. Das Ergebnis war so, daß ich beschloß, die Rezeption sofort wieder zu stoppen. Howards hatte Verletzte auf dem Flugplatz immer mit der Erkenntnis getröstet, Körpergewebe, das schmerze, lebe wenigstens noch.

Ich versuchte, die Gedankengänge aus meinem Traum zu rekonstruieren. Vor allem beunruhigte mich, daß wiederholt das Motiv darin vorkam, ich würde gerade etwas Wichtiges verpassen und daß draußen vor dem Palast etwas vorgehen würde. Der Traum erschien mir wie ein Warntraum; nur natürlich: Ich war bereits schwer verletzt worden, und weitere Verletzungen würden mir bevorstehen. Was konnte ich also verpassen?

Ich überlegte, ob Komponenten des Traums meiner derzeitigen Realität entsprechen konnten. Wenn ja, dann mußte der Sitzungspalast – in dem ich mich nicht frei bewegen durfte – das Bethaus der Synodisten sein. Ich war im ›Erd‹-Geschoß, in der Tiefe also wie hier in meinem Kerker. ›Oben‹ saß die Runde aus Roderich, Weikoff, dem Sitzungspräsidenten und Fräulein Hofmann; drei Männer, eine Frau. Wenn man den ältlich wirkenden im grauen Anzug einbezog und Robert nicht mehr hinzurechnete, dann waren auch oben im Bethaus drei Männer und eine Frau. Wollte der Traum mir etwa zeigen, daß beide Gruppen gleich waren?

War Owen ebenso unbegabt und überheblich wie General Roderich? Konnte man Mrs. Garrett und ihre ›Eisgold‹-Kosmetik als Ebenbild von Frl. Hofmann und ihrer ›Verkaufsstelle‹ betrachten?

Ich hatte an Owen und seinen Leuten vielleicht längst schon dieselben Schwächen bemerkt, die auch Roderich, Frl. Hofmann und die zwei anderen hatten – es war mir nur nicht bewußt geworden. Die Übereinstimmung der Charaktere konnte für mich einen enormen Vorteil bedeuten, denn nun war ich fähig vorauszusehen, wie die einzelnen Synodisten auf Aktionen von mir reagieren würden. Don Owen und General Roderich waren sich fraglos äußerst ähnlich, daß Mrs. Garrett jedoch Frl. Hofmann entsprach, konnte ich nicht so recht glauben, allenfalls dann, wenn in die Enge getrieben. Aber dies war vielleicht gerade der Sinn meines Traums: mir zu zeigen, daß diese Leute in die Enge zu treiben *waren*. Wie ich mich damals im Komitee durchsetzte, so mußte ich mich auch jetzt behaupten.

Mir das deutlich vor Augen zu stellen, das war es, was ich ständig verpaßt hatte.

Dann blieb aber immer noch die Frage, was die Vorgänge um den Palast bedeuten sollten. Wenn das Bethaus der Palast war, dann *konnte* außen nichts mehr vorgehen, weil Owen mir ja selber gesagt hatte, daß die gesamte Umwelt stillgelegt worden sei. Aber die nachgebaute Erde mußte nicht unbedingt gemeint sein mit der ›Umgebung‹ des Palastes. Vielleicht war die Galaxis gemeint, und mit den Vorgängen draußen (!) der Krieg, der dort stattfand. Und im Traum war ich nicht fähig zu erkennen, was dort draußen wirklich vorging.

Ich nahm mir vor, nun nicht mehr zu vergessen, daß ich mich mitten in einem kriegerischen Ablauf befand. Ich war verrückt gewesen, mich von den Speermännern rasch töten lassen zu wollen, obwohl sie das Fahrzeug, wenn auch langsam, selber bauen konnten; für diesen Fehler hatte ich eine halbe Hand hingegeben. Mein Tod wäre nichts weiter gewesen als ein kleiner Zeitverlust für Owen und seine Gruppe.

Der größte Schaden aber, den ein Gefangener dem Gegner zufügen konnte, war die Flucht aus dem Gewahrsam, um seine eigenen Leute über den Gegner zu informieren und die Bekämpfung des Feindes fortzusetzen.

Es war nötig, sich eine Grundposition zu schaffen.

Wenn Owen General Roderich entsprach, dann würde ein kleinlautes Kapitulieren ihn sich am wohlsten fühlen lassen, weil er so unfähig und anmaßend war, daß er jeden Erfolg auskosten mußte. Sein Mißtrauen würde ganz eingeschläfert werden, so wie Roderich gegen Weikoff keinerlei Verdacht hegte, weil dieser sich klaglos ihm unterordnete.

War es bei Owen genauso, dann würden sich mir Spielräume eröffnen, in denen ich vielleicht sogar agieren konnte.

Ich wartete, nachdem es hell geworden war, ungefähr eine Stunde lang, schlug dann ein paarmal an die Tür und sagte dabei in sachlichem Ton, daß ich Don Owen sprechen wolle.

Owen, von dem ältlich wirkenden im grauen Anzug (= der moderate Sitzungspräsident) begleitet, erschien nach etwa zwanzig Minuten. In der Zelle mußte es stinken, denn Owen verzog das Gesicht, als die Tür geöffnet wurde. Der andere vermied es wie immer, mich anzuschauen, und betrachtete statt dessen den Zellenschlüssel. Owen schien hervorragend gefrühstückt zu haben, er machte ganz den Eindruck einer Person, der nicht das geringste fehlte. Er trug auch jetzt sein schwarzes Jackett, aber keine neue Krawatte.

»Schon munter? Na, was gibt es?«

»Ich hab's mir überlegt. Aufhalten kann ich Sie nicht. Es ist am besten, den Krieg zu beenden, denn wenn er weitergeht, steigt nur die Zahl der Opfer. Und ob nun Sie das machen oder wir ...«

Es schien mir nützlich, so zu tun, als suchte ich mein Nachgeben durch vorgeschobene humane Erwägungen abzumildern, um meine Niederlage halbwegs ertragen zu können. Für ihn sah es so aus, als versuchte ich erfolglos, vor ihm und mir selbst mein Gesicht zu wahren.

In Wirklichkeit verschleierte mein Humanismus aber nur, daß ich jetzt anfing, ihn und seine Gruppe zu bekämpfen.

»Es zählt nur eine Frage –«

»Ja?«

»Bauen Sie das Fahrzeug?«

»Man wird mich erst ärztlich versorgen müssen ...«

Man legte mich in Eisen. Mein Füße wurden mit einer sehr kurzen Kette verbunden, um mir die Fähigkeit zu rascher Bewegung zu nehmen. Es war schon bei langsamster Gangart ungemein schwierig, nicht hinzufallen, da ja das eine Bein immer mit einem Ruck das andere stoppte.

Roberts Leichnam hatten die Speermänner inzwischen aus dem Kellergang geschafft, alle anderen Zellen waren leer, ihre Türen standen weit offen.

»Die ›Unbewußt Gefangenen‹ sind heute nacht in ein anderes Lager verschubt worden«, erläuterte Owen, »wir sind jetzt die letzten Bewohner dieses Planeten.«

Owen und der Mann im grauen Anzug führten mich nach oben in das Büro. Owens Begleiter hielt eine Scheibenklinge spürbar an meinen Rücken gedrückt, mein Mantel war an der Stelle von der Klinge bereits durchschnitten. Ich hoffte, daß der Kerl von mir ablassen würde, bevor die Klinge in mein Fleisch drang, welches jetzt nur noch von meinem Pullover und dem Unterhemd geschützt wurde.

In Owens Büro warteten Hastings und Mrs. Garrett. Der Mann im grauen Anzug wurde hinausgeschickt, meine Bewachung mußte Hastings übernehmen.

Owen entnahm dem Schreibtisch einen Bio-Generator von hoher Entwicklungsstufe, der ungefähr die Größe einer Tonbandkassette hatte. Mrs. Garrett schaltete wortlos das Gerät ein, und eine purpurne Strahlungskugel erschien. Owen bedeutete mir, die Krawatte von meiner Hand loszuschlingen, was ein feines flüsterndes Knirschen erzeugte, als der Blutschorf zerriß, der an einigen Stellen die Windungen der Krawatte verband. Ich spürte nichts, denn die Schmerzrezeption war nach wie vor inaktiv geschaltet, aber trotzdem war ich fähig mir vorzustellen, wie es sich anfühlen mußte.

Mrs. Garrett winkte mich näher. Meinen Unterarm mit der beschädigten Hand führte sie langsam in die Strahlungskugel des Generators. Ich glaubte, ein etwas juckendes Ziehen zu spüren, meine Hand war aber in der Strahlungskugel nicht sichtbar.

Die Kugel verschwand, und meine Hand war wieder intakt. Ich schaltete die Schmerzrezeption des Displays wieder an, die Hand sandte keinen Schmerz aus.

Owen nickte zufrieden.

»Bereit?« fragte er.

»Ich gehe sofort in die Werkstatt.«

»Schön. Sie begleiten ihn, Hastings.«

Hastings hob seine Scheibenklinge an und zwang mich, vor ihm her aus der Baracke zu gehen. Draußen hatte es inzwischen starke Schneefälle gegeben, aber der Kette wegen war ich nicht fähig, meine Füße im Gehen ab und zu anzuheben, um mir den Schnee aus den Hosenbeinen zu schütteln.

Wir erreichten das Tor meiner Werkstatt. Hastings beugte sich vor.

»Eisgold«, sagte er laut in das akustische Schloß, und das Stahltor rollte zur Seite. Als er die Tür betätigte, hatte ich Zeit, Hastings' Gesicht zu betrachten. Ich hätte schon früher merken sollen, daß sein bläßlich ockerfarbener Teint nicht etwa Folge einer Leberkrankheit war, sondern daraus resultierte, daß er von einem Speermann-Planeten stammte, der, starker Strahlung ausgesetzt, nahe dem Zentrum der Galaxis am Ursprung des Spiralarms liegen mußte.

*

Es spielte sich ein, daß mich Hastings kurz vor Sonnenaufgang aus der Zelle holte und dann zum Arbeiten in die Werkstatt führte. Bereits die kurze Kette, die meine Füße verband, machte es schwer, größere Teile zu bewegen und kostete mich täglich mehrere Stunden, ganz abgesehen von dem Hautverschleiß an meinen Waden. Als würde diese Tortur noch nicht reichen, erhielt Hastings nach ein paar Tagen von Owen die Weisung, mich während der Arbeit im Rumpf noch an einer zweiten, längeren Kette festzumachen, damit ich nicht aus dem Fahrzeug davonrasseln konnte, wenn Hastings einmal einschlafen sollte oder sich, interventionsunfähig, im Toilettenverschlag aufhielt.

Die beiden Ketten bremsten den Montage-Fortschritt merkbar, doch Hastings lehnte es ab, mir während der Arbeitsperiode wenigstens die Kette an den Füßen zu erlassen. Er stimmte mir zwar zu, daß durch die Kette alles aufgehalten werde, sah darin jedoch keinen Anlaß, mir auch nur im geringsten zur Hand zu gehen. Egal, was geschah – Hastings blieb eisern sitzen und schaute mir voller Gelassenheit bei meinen Schwierigkeiten zu. Er hatte sich zu diesem Zweck mein Bett zu eigen gemacht, den Platz, von dem aus man den Rumpf am besten überblickte. Um mich im Notfall bedrohen oder abwehren zu können, trug Hastings während der Arbeitsperiode einen ›Freien Projektor‹ bei sich, ein spielkartengroßes Gerät, das einen elektrischen Fächer in den Raum auswerfen und jeden Angreifer mit einem lähmenden Halo aus Strom umgeben konnte. Eine solche Waffe war natürlich weit bequemer zu handhaben als die traditionelle Klinge, die er vom Bett aus kaum hätte einsetzen können.

»Geht's, mit der Kette?«

»Alles andere als das Gegenteil von nicht unangenehm.«

»Was?«

»Sehr angenehm«, sagte ich bitter.

»Machen Sie weiter ...«

Laut meinem Traum war Hastings die Charakterentsprechung von General Weikoff, dem dicklichen, speckigen Militär, dem Roderichs ganzes Vertrauen gehörte, obwohl Weikoff im Dienst der Speermänner stand. Weikoff hatte auf mich einen faulen, unbeweglich-engstirnigen Eindruck gemacht, den er durch aggressives Gehabe zu übertünchen versuchte. Weikoffs Fähigkeiten waren so, daß er bei jeder praktischen Anforderung versagte, er war wohl deshalb auch zum Verräter geworden, denn ein solcher sprach nur über andere, damit er nicht selber zum Thema wurde.

Hastings würde zwar nicht seine Leute verraten, doch daß sein praktisches Unvermögen ebenso groß war wie Weikoffs, wurde dadurch bestätigt, daß er es konsequent vermied, auch nur den kleinsten Handgriff zu riskieren. Er aber hatte den Freien Projektor, und ich die Kette an den Füßen.

Diese Fakten standen dafür, daß ein direkter Angriff auf Hastings niemals Erfolg haben würde.

Wie ich hier, ständig von Hastings beobachtet, am Fahrzeug bauen mußte, erinnerte mich an meine Tätigkeit zu Hause bei der Bewertungsstelle, deren Erfolge von der Militärverwaltung ebenfalls überwacht wurden. Abgesehen von den Ketten war der Druck bei der Arbeit der gleiche.

Am Mittag machte mich Hastings von der längeren Kette los, damit ich aufs WC beziehungsweise in das Büro gehen konnte, in dem ich dann für Hastings und mich zu kochen hatte. Bevorzugt ließ mich Hastings gefrorene Buletten braten, von denen die Synodisten einen erheblichen Vorrat besaßen. Als Beilagen gab es meist Toast und kaltes Gemüse, wobei sich Erbsen- und Karottenkonserven abwechselten, als Getränk zu unseren Mahlzeiten hatten wir Tee.

Zubereitet und gegessen wurde nach wie vor an der Kiste, in der sich früher der Generator befand. Hastings saß schweigend daneben, während ich im spritzenden Fett die Fleischklopse drehte, synchron Teller und Besteck spülte, das Gemüse aus der Dose in kleine Schalen verteilte und Tee mit dem Aroma von Wildkirschen kochte.

»Gut«, sagte Hastings, wenn er meinte, daß ich die Arbeit im Rumpf wiederaufnehmen sollte.

Nach dem, was ich tat, fragte mich Hastings nur einmal. Ich installierte neben den Bildschirmen für die Umgebungsüberwachung noch einen dritten Monitor.

»Wozu?« maulte Hastings.

»Na, hören Sie mal, man braucht im All doch eine Radarkontrolle.«

»Ach, richtig. Naja, ich bin schon sehr lange hier, hab vieles vergessen.«

»M-hm.«

Ich fuhr fort, den neuen Bildschirm mit dem Radarsystem und der Computersteuerung zu verbinden. Aus irgendeinem Grund war plötzlich Hastings' Interesse geweckt.

»Wird das heute schon funktionieren?«

Seine Frage brachte mich auf eine Idee. Eigentlich hatte ich vorgehabt, die Radarkontrolle – nach den nötigen Tests – vorerst auszuschalten und erst wieder beim Start zu verwenden.

Wenn die Radarkontrolle, was Hastings scheinbar so haben wollte, ab sofort auf Dauer in Betrieb genommen würde, dann würde den ganzen Tag über das Radar-Schema des benachbarten Weltalls auf dem Bildschirm zu sehen sein.

»Ja, das wird heut noch funktionieren.«

»Welche Reichweite hat es denn?«

»80 Lichtjahre. In diesem Bereich des Spiralarms gibt es kaum freie Teilchen im All, bei uns würde dieses Radar kaum 20 Lichtjahre schaffen.«

»Diese Teilchen machen viel aus. Wußten Sie, daß es zum Zentrum hin ein paar tausend Systeme gibt, die von den Dingern richtig verseucht sind?«

»Verseucht?«

»Ja, da kann nichts leben. Ich hab es selber gesehen.«

Wenn die Radarkontrolle schon jetzt lief, dann ließ sich unauffällig Material zusammentragen, mit dem ich Hastings zum gegebenen Zeitpunkt manipulieren konnte. Die Computersteuerung konnte die Bilder der Radarkontrolle aufzeichnen und bei Bedarf wieder einspielen, notfalls Sequenzen von Tagen. Das Sonnensystem befand sich dicht am Rand der Galaxis und außerdem im 21. Jahrhundert, vermutlich würde nur selten einmal eine Hülle in den Radarbereich kommen.

Absehbar war also, daß sich fast immer leeres Weltall zeigen würde.

Mit der Möglichkeit, die Bilder der Radarkontrolle zu bearbeiten, machte ich Hastings nicht bekannt. Er war erfreut, als eine halbe Stunde später der neue Monitor ihm wundervoll bunte Eindrücke verschaffte, legte den Freien Projektor beiseite und lehnte sich wie meditierend in mein Kissen. Auf den zwei anderen Bildschirmen waren der Durchgang zur Synodisten-Baracke und der Hof mit meinem Auto zu sehen.

Ich setzte mich an die Computersteuerung und aktivierte den Aufzeichnungsmodus. Die Qualität der gespeicherten Bilder übertraf meine Erwartungen. Selbst auf dem einfachen Terminal blieben die Umrisse klar und differenziert. Als Hastings sich einmal kurz abwandte, spielte ich rasch eine Sequenz aus der Aufzeichnung ein.

Hastings bemerkte den Unterschied nicht.
»Ha!«
Ich schaltete wieder auf Mitschnitt um.
Er bemerkte auch das nicht.
»Ich justiere noch etwas die Farbkontraste«, sagte ich, weil ich befürchtete, er habe vielleicht mein Lachen gehört, doch Hastings war es egal, was ich am Terminal machte. Ich beschloß, diesen Leichtsinn zu nutzen.

Eines Morgens erschien Hastings in einem sichtlich depressiven Zustand, um mich aus meiner Zelle abzuholen. Ich vermied es, ihm eine Frage zu stellen, da ich Hastings inzwischen gut genug kannte, um absehen zu können, daß er von sich aus alles erzählen würde. Genau wie Weikoff gab er sich hart, nur um am Schluß, da war ich sicher, mit allem herauszuplatzen.

»War heute nacht was zu hören?«

»Zu hören?«

Hastings winkte ab.

»Ich meine hier, in der Baracke.«

Tatsächlich war nichts zu hören gewesen.

»So? Komisch.«

Ich ging schweigend vor ihm her.

»Sie kennen doch unseren Diener.«

»Den mit den weißen Haaren, der immer nur ›Eisgold‹ sagt?«

»Ja, den. Seit heute nacht ist er weg.«

»Wie meinen Sie das, weg?«

»Ins All abgehauen.«

»Wieso sind Sie so sicher? Er könnte sich doch auch irgendwo auf dem Planeten befinden.«

»Nein, er ist weg.«

»Vorhin wollten Sie wissen, ob ich nachts was gehört hätte: Glauben Sie, daß jemand gekommen ist und ihn abgeholt hat?«

»Durchaus denkbar.«

»Dann ist er vielleicht ein Skench.«

»An die Arbeit.«

Eigentlich glaubte ich nicht, daß der Diener ein Skench gewesen war. Ich hatte nur eine Gelegenheit wahrgenommen, um ein Stichwort einzuwerfen, über das Hastings spekulieren sollte. Seine gereizte Reaktion ließ darauf schließen, daß der Begriff klar bei ihm ankam.

Hastings' Frage, ob nachts in der Baracke etwas vorgefallen sei, und daß er *mir* diese Frage stellte, war ein Hinweis darauf, daß weder er, Mrs. Garrett noch Owen die vergangene Nacht im Bethaus verbracht hatten. Waren sie in der Werkstatt gewesen, um sich das Fahrzeug anzuschauen, das ich inzwischen fast vollendet hatte?

Vielleicht waren die drei auch mit dem Wagen unterwegs, um sich die stillgelegte Stadt oder den Flugplatz anzuschauen, zum Abschied von ihrem Auftrag. Ich überlegte auch, ob Owen und Mrs. Garrett den Planeten schon verlassen haben konnten und nun, nach dem Verschwinden des Dieners, nur Hastings und ich ihn noch bewohnten.

Womöglich war der Diener ja tatsächlich ein Skench und jetzt schon unterwegs, um seine Leute zu holen, damit den Speermännern der neue Antrieb wieder abgenommen wurde. Hastings allerdings wirkte inzwischen schon wieder gefaßt und ich ermahnte mich, aus seinen Worten nicht im Übermaß zu folgern.

Hastings ließ sich wie üblich auf der Bettstelle nieder. Meine Beschäftigung mit der Computersteuerung war er inzwischen schon gewöhnt. Ich rechnete damit, daß es noch zwei oder drei Tage dauern würde, bis das Fahrzeug die Fähigkeit hatte, in das überlichtschnelle Kontinuum einzutreten. Da ich nicht vorhatte, mich von den Speermännern an diesem Tage umbringen zu lassen, lag mir sehr viel daran, meine ›Justierungen‹, mit diesem Ausdruck kaschierte ich Hastings gegenüber meine eigentliche Arbeit, bis dahin zu vollenden.

Wenn ich mein tägliches Pensum an der Computersteuerung geschafft hatte, dann montierte ich die noch fehlenden Komponenten des Fahrzeugs, meist Kleinigkeiten – einen Mikrowellengrill, die Klimaregulierung, eine Wasch- und Vorratskammer und eine größere Zahl von Sitzgelegenheiten als eigentlich geplant –, weil ich mich schließlich so verhalten mußte, als würde ich den Speermännern das Fahrzeug übergeben.

»Ein Skench war er bestimmt nicht«, setzte Hastings unser Gespräch plötzlich fort. Das Stichwort hatte ihn wirklich zum Spekulieren veranlaßt.

»Kein Skench also. Aber was dann?«

»Ein Unbewußt Gefangener, der glaubte, einer heiligen Sekte zu dienen – jedenfalls hätte er das sein sollen.«

»Vielleicht ein Erden-Agent.«

»Ein Erden-Agent? Was soll denn das sein? Die echte Erde ist wie unsere doch erst im 21. Jahrhundert. Wir bewegen uns auf der gleichen Umlaufbahn, aber denen exakt gegenüber, wir sind für die hinter der Sonne, die können uns noch nicht einmal entdecken.«

»Es wäre denkbar, daß ein Agent von der Erde mit einem Shuttle eingeschleust wurde. Der schaffte Ihren Mann auf die Seite, um dessen Platz einzunehmen.«

»Da hat die Skench-Theorie mir besser gefallen. Wenn Sie gesehen hätten, was drüben auf der Erde los ist, dann wüßten Sie, daß unser Vorgehen hier dort keinen im geringsten interessieren würde. Gegen die Zustände dort sind selbst die Plattformen von euch noch angenehme Welten.«

»Gegen eure Zustände auch.«

Er lachte und verlangte, ich solle mich beeilen, doch gänzlich unbeschwert wirkte er nicht.

»Ich habe die Erde gesehen. Als ich den Auftrag bekam, bei dem Modell hier mitzuwirken, erhielt ich gleichzeitig den Befehl, die bisherige Geschichte der Erde zu studieren. Ich bin deshalb auch schon mal drüben gewesen. Die Not ist gewaltig. Es fehlt den Menschen aber oft nur am Platz, um sich selber durch Arbeit versorgen zu können. Trotz dieser Lage unterhalten sie ›Kirchen‹, riesige leere Bauten, die für den Kult bestimmt sind. Ich habe den Leuten zu erklären versucht, daß Industriebetriebe mit dem Geländeumfang einer Kirche für die Menschen weit größere Vorteile brächten als die Aufrechterhaltung des Kults auf dem gleichen Gelände. Der Kirchenbetrieb biete nur *einen* Arbeitsplatz, ein Industriegelände aber werde vielen Arbeit schaffen. Ich kann Ihnen sagen, meine Worte hätten mich fast dazu gezwungen, mich mit der Rundklinge gegen die Zuhörer zu wehren.«

»Sie mögen die Erde wohl nicht?«

»Die Religion dort ist genauso verrückt wie die Ansichten unserer Gründer.«

»Gab's auch was Interessantes?«

»Das kann man wohl sagen, in der Geschichte jedenfalls. Diese ›Urmenschen‹, Sie wissen schon, aus der Vorzeit, bestanden eigentlich aus vielen verschiedenen Arten, die zwar alle eindeutig Menschen, aber körperlich und geistig sehr unterschiedlich ausgeprägt waren. Einige dieser Arten besaßen bereits eine Sprache, während andere nur wenige Laute benutzten und überwiegend mit Gesten kommunizierten, deren Gültigkeit sich meist auf die unmittelbare Gruppe beschränkte, Horde, Familie. Diejenigen, auch der heutige Mensch gehörte dazu, die schon Sprache besaßen und daher fähig waren, gemeinsam kompliziertere Aktionen festzulegen, benutzten diese Fähigkeit als erstes zu dem Zweck, die einfachen Menschen auszurotten, indem sie sie aufspürten, ihre Gewohnheiten erforschten und sie dann hordenweise einfingen. Die Männer wurden umgebracht, und ihre Frauen wurden gezwungen, sich mit den Siegern zu paaren. Mit dieser Methode wurden die anderen Arten ausgerottet.«

Ich prüfte seine Erzählung anhand der Verweise in meinem Intermentalen Display. Die von Hastings vertretene Theorie war nicht Bestandteil einer erhaltenen akademischen Meinung. Vermutlich hatten die Worte lange in ihm gelagert.

»Und was schließen Sie daraus?«

»Naja, das zeigt doch, daß unser Krieg gar nicht so schlimm ist. Unter uns herrscht doch wenigstens geistige Ebenbürtigkeit.«

Daß Hastings den entsetzlichen Sachverhalt als eine Art Trost bewerten würde, wäre mir nicht in den Sinn gekommen, obwohl es bei seiner Herkunft und dem gewöhnlichen Verhalten der Speermänner eigentlich auf der Hand lag.

»... dann haben sie Überlieferungen, übel, sage ich Ihnen. Es gibt da einen Menschen, der Methusalem heißt, und von dem wird bis heute gelehrt, er wäre 969 Jahre alt geworden. Es wissen alle, daß die Berichte darüber im Laufe der Jahrtausende x-mal übersetzt wurden. Kann doch sein, daß mal aus ›Monaten‹ irgendwann ›Jahre‹ wurden: 969 Monate sind immerhin fast 81 Jahre, das ist ja wirklich ein ziemliches Alter.«

»Klingt vernünftig«, gab ich zu.

»Für Pyramiden haben sie heute nicht mehr das Hirn. Aber sie haben ja die Berge, um ihre Kreuze aufzustellen.«

Hastings faßte aus seiner Thermoskanne Tee und fragte mich, ob ich auch etwas wolle ...

»Am besten hat mir immer dieser Lenin gefallen: es kommt nicht darauf an, wie groß die Ausgangsbasis ist, sondern mit *wem* man auf Eroberungen geht.«

»Und Sie werden alles erobern.«

»Ich freue mich schon, wenn es endlich geschafft ist – Luxus und nasse Mädchen, das ist dann der Tag.«

Ich fuhr in meiner Arbeit fort. Hastings, der sich zu sagen schien, daß seine Siegessicherheit mich weiter eingeschüchtert hatte, streckte sich zufrieden auf meinem Bett.

Einmal erhielt ich im Traum die Information, daß Stella verwünscht sei. Jemand bat mich, in die Tanzschule zu kommen, um Stella von dem Bann zu erlösen. Tyne war ganz abgeschaltet, es regte sich nicht mal ein Lüftchen. Auf den Straßen war niemand zu sehen, und der Himmel drohte in finsterem Grau, doch in den Häusern brannte kein Licht. Ich fand Stella auf ihrem Lager. Wo sich ihr Unterleib befand, war auf dem Bettbezug ein grünes Handtuch ausgebreitet. Zwischen den Schamlippen lugte golden und weiß eine Dose hervor, mit der Aufschrift ›Eisgold Nail Flash‹. Indizien deuteten darauf hin, daß Stella den Inhalt der Dose gegen Klebstoff vertauscht haben mußte.

Im instabilen Obergeschoß erschien eine Hand aus rotem Plastik unmittelbar vor meinem Gesicht. Die Hand war geöffnet. Ich legte einen Dollar hinein, und die Hand zog sich zitternd zurück (die Hand wurde vielleicht mit einem Stock oder mit Hilfe einer Angel bewegt). Ich bemerkte, daß Tropfen auf seltsame Art von der Decke des Zimmers fielen, ihr Fallen war viel zu langsam, um für Wasser natürlich zu sein. An den Oberflächen der Möbel und auf dem Teppich konnte ich sehen, daß die Tropfen aus Klebstoff bestanden (unglaublich real: ich dachte da, dies schon geträumt zu haben). Erkläre Stella (ihr Vater bestätigt), nur Liebe helfe gegen den Bann (in einem Umkleideraum).

Ich ging zum Telephon, weil ich jemanden anrufen wollte, um aus der Zelle befreit zu werden. Immer, wenn ich versuchte, Verbindung zu bekommen, quoll Unsinn aus dem Hörer, ein zu schnell laufendes Tonband oder ähnliche Geräusche.

Der Koran empfiehlt, Schlafende schlafen zu lassen.

Homer (Odyssee) auch.

*

Der letzte Tag der Montage war gekommen. Hastings verhielt sich von Anfang an so, als ob er sich für den Abschied von mir schon präpariert hätte.

»An die Arbeit, Simodas.«

»Sie haben mich seit langem nicht mit meinem Namen angesprochen.«

Er zuckte die Achseln.

»Heute ...«

Wir gingen aus dem Zellenblock und langsam auf den Hof der Fabrik.

Das Stahltor rollte zur Seite.

»Wie heißen *Sie* eigentlich wirklich?«

»Leutnant Karg.«

»Sie sind Soldat?«

»So kann man das bei uns nicht sagen. Wir kämpfen alle. Jeder tut das Beste auf seinem Platz.«

Leutnant Karg nahm seinen Platz auf dem Bett ein und wies mich an, die Monitore in Betrieb zu setzen. Im Weltraum und um die Fabrik herum rührte sich nichts.

»Ich bin froh, wenn ich endlich wieder zu Hause bin«, seufzte Karg.

Ich brauchte noch etwas Zeit, um meine Vorbereitungen am Terminal abzuschließen.

Selbst Karg mußte sehen, daß das Fahrzeug längst starten konnte. Aus Mitgefühl mochte er vorhaben, mich überraschend zu töten, schließlich kannten wir uns etwas. Bestimmt war ich aber geschützt, solange ich mit ihm sprach. Ich wollte nicht jetzt noch mein Leben riskieren –

»Sagen Sie, Karg, wie ist es so bei Ihnen, zu Hause, wo Sie herkommen?«

Karg schenkte sich Tee ein und schnupperte den Dampf.

»Naja, ich komme von keinem der Hauptplaneten, mehr von der Seite des Spiralarms, die zum Zentrum hin liegt.«

»Gibt's was Besonderes bei euch?«

Leutnant Karg mußte nicht lange überlegen.

»Komisch, daß Sie das fragen. Wir haben so was tatsächlich. Im Hochgebirge gibt es bei uns ein Phänomen, das nennen wir ›Schwerkraft-Feedback‹. Dauerte lange, bis es entdeckt worden ist, denn bei uns wohnt in den Bergen kein Mensch.«

»So kalt?«

»Nein. Wir haben bei uns genügend Land, wo es bequemer ist als im Gebirge.«

»Verstehe. Und dieses Schwerkraft-Feedback, wie äußert es sich?«

»Wie es sich äußert … Naja, man muß nur etwas Rauhes berühren, und dann kann man entsprechend lange fliegen.«

»Tatsächlich fliegen, nicht nur kurz angehoben oder so?«

»Nein, nein: wirklich fliegen. Sie fassen etwas Rauhes, einen

Felsen meinetwegen, für zehn Sekunden an und fliegen dann zehn Sekunden. Im Gebirge ist es aber nicht praktisch, wenn eine Flugfähigkeit plötzlich aufhört.«

»Aber sonst ist Ihr Planet wohl recht modern?«

»Kommt drauf an. Wenige Leute. Bevor die Speermänner sie eingenommen haben, war immer Krieg auf meiner Welt. Die ›Salzenen‹ führten das Land, da waren aber auch noch viele andere Parteien.«

»Die ›Salzenen‹? Wer war das?«

»Niemandem ist heute mehr bekannt, was aus den Salzenen schließlich wurde. In alten Schriften wird von einer Weissagung berichtet, die Salzenen würden schwach auf dem Berge Mount Connell enden.«

Ich brauchte bloß noch ein paar Minuten.

Karg stellte gähnend seinen Becher auf die Seite. Im nächsten Augenblick war er schon aus dem Bett.

»Wissen Sie, warum wir immer gewinnen?«

»Ja: weil Sie an Ihre Truppen gesinnungshemmende Medikamente verteilen.«

Er griff nach dem Freien Projektor. Ich war nicht sicher, ob die Zeit reichen würde. Ganz unverblümt verstellte er den Regler für die Stärke des elektrischen Halos. Das nächste Opfer der Waffe sollte offenkundig schockartig gegrillt werden.

Meine Finger bewegten sich rasend über die Tastatur.

»Möchten Sie gern noch einen Tee?«

»Ach ja«, sagte ich und erhob mich. Leutnant Karg gab mir den Tee, und pustend lief ich mit dem Becher auf und ab.

»Sind Sie fertig?« fragte er.

»Fast«, sagte ich. »Nur die Energiesysteme und die Maschine, die die Teilchen erzeugt, müssen jetzt noch zusammengeschaltet werden.«

»Das kann ich auch selbst«, erklärte der Leutnant überraschend und zerrte mich an der längeren Kette bis an die Wand, in der sie verankert war. Dann schloß er mich los und holte eine andere Kette, mit der ich ganz dicht an der Wand bleiben mußte. Er schloß sie ab und richtete wortlos den Freien Projektor auf mich.

Unsere Blicke fielen gleichzeitig auf das Monitorbild der Radarkontrolle. Am äußersten Rand der rechten unteren Bildschirmecke, eben noch im Einzugsbereich des Radars, erschien ein pulsierender gelber Punkt, der sich langsam ins Zentrum des Bildschirms bewegte.

»Was heißt das?« fragte Karg.

»Gelbe Punkte sind nach dem Schlüssel Einheiten der Skench.«

Karg lief mit raschen Schritten zum Bildschirm und rief aus der Computersteuerung die Bestätigung ab, daß nach dem Schlüssel gelbe Punkte Einheiten der *Skench* waren. Das alte Stichwort wirkte sofort. Karg mußte noch argwöhnen, daß der verschwundene Diener ein Skench gewesen sein könnte. Und eine Hülle der Skench trat nun hier in Erscheinung.

»Die anderen sind drüben, packen«, plapperte Karg und wirkte dabei endlich beunruhigt. Nach kurzem, aufgeregtem Hin- und Hertappen war er auf einmal aus dem Rumpf. Die Umgebungskontrolle zeigte, daß er über den Durchgang in Richtung Baracke eilte.

Ich hatte nichts weiter getan, als die unbelebten Radarsequenzen, von denen ich mehrere Stunden aufzeichnete, unter den Augen von Leutnant Karg, der glaubte, ich würde Funktionen justieren, durch das Computerbild einer anfliegenden Hülle des Skench-Typs zu *ergänzen*. Karg würde jetzt Owen und Mrs. Garrett dazu drängen, unverzüglich zu starten, weil sonst mein Raumfahrzeug in die Hände der Skench fallen würde.

Mein Plan war es gewesen, Hastings – beziehungsweise Leutnant Karg – dazu zu bringen, den Rumpf heute kurz zu verlassen. Alles war fertig. Ich hätte, sobald er draußen war, mein Fahrzeug sofort starten können.

Mein Plan hatte nicht funktioniert: die Kette, an der Karg mich ermorden wollte, erlaubte es mir nicht, der Steuereinheit auch nur nahe zu kommen, ich war wie meilenweit von ihr entfernt und entdeckte auch nichts in der Nähe, womit ich die Kette durchtrennen konnte. Wenn die drei drüben im Bethaus sich, in Panik, mit dem Packen wirklich beeilten, dann würden sie in Kürze hier erscheinen, mich töten und dann selber starten.

Durch meinen Plan war nichts gewonnen. Ich ließ mich traurig auf den Boden nieder und schaute auf den Schirm der Radarkontrolle, auf dem der gelbe Punkt sich ungehindert bewegen konnte.

»Naja«, seufzte ich, als plötzlich eine Kugel aus Licht den Bildschirm zu erfüllen begann, der ganz links stand und den Durchgang zum Bethaus der Synodisten zeigte, den Karg noch eben durcheilt hatte. Eine Sekunde später traf eine Druckwelle die Fabrik und ein trampelnder Lärm brauste auf, der aber gleich wieder verebbte. Als nächstes zeigte der Monitor, daß der Schnee aus dem Durchgang verschwunden war, die Feuerkugel hatte ihn weggeschmolzen.

Irgendeine Sache mußten die drei zu schnell verpackt haben.

*

Stunden vergingen. Karg hatte das Stahltor nicht wieder verschlossen, als er davongehastet war, und der Frost war in voller Stärke in die Fabrik vorgedrungen. Auch die Drucktür stand offen, und der Heizkörper im Rumpf kam nicht gegen die Kälte an. Ich trug zwar meinen Mantel, doch da ich mich kaum bewegen konnte, war staubare Wärme nicht zu erzielen. Ich lag gegen die stählerne Wand gekauert und überlegte.

Es war grotesk, daß eine Kette mich festhielt. Die Kette war nichts Besonderes, gewiß hatten die Römer keine schlechteren gehabt.

Die fiktive Einheit der Skench verfolgte seit geraumer Zeit auf dem Bildschirm eine Bewegungsrichtung, die ich gewiß nicht so programmiert hatte. Zwar hatte bei der Arbeit ein Druck auf mir gelastet, aber erst jetzt konnte ich sehen, wie intensiv er gewesen sein mußte. Fehler von solchem Ausmaß waren mir niemals zuvor unterlaufen. Zum Glück hatte die Täuschung gehalten, bis Leutnant Karg außer Reichweite war. Aber geholfen hatte es doch nichts. Ich würde an dieser Kette verhungern, obwohl ich meine Ziele erreicht hatte: Der neue Antrieb war verfügbar und meine Gegner waren nicht mehr gefährlich.

Aus der Dauer der aktionslosen Phase seit dem Eintritt der Explosion glaubte ich schließen zu können, daß von Owen und seiner Gruppe niemand dieses Ereignis überlebt hatte.

Die Speermänner hatten gemäß ihrem ›Maximierungsprinzip‹ einen fast unvorstellbaren Aufwand betrieben, um mir, einem einzelnen Mann, den neuen Antrieb wegzunehmen. Sie hatten für diese Sache die gleiche Menge an Zeit hingegeben wie ich für meine. Und trotzdem hatte auch ihr Plan am Ende keinen Erfolg gehabt. Wenn ich den Grad der Verfeinerung, den sie bei der Beschaffung von Informationen und Materialien erreicht hatten, mit den Methoden verglich, die Roderich und seine Clique für geeignet hielten, unsere Gegner auszuforschen, dann war es wohl unausweichlich, daß die Speermänner den Krieg am Ende gewinnen mußten. Das Recherche-Büro General Rodericks besorgte Nachrichten über den Gegner und dessen technische Fortschritte bevorzugt aus den Salons und Amüsierbetrieben unserer eigenen Hauptstadt, wo man in Form von Spekulationen zu diesen Fragen einen gewissen Meinungsaustausch pflegte. Rodericks gesamter Spionageapparat war durch und durch verschimmelt. Verfettete Lebemänner in Gala-Uniformen, denen nichts Geheimes mehr anhaftete, machten weit mehr durch Schiebereien von sich reden als durch Aufklärungserfolge, mit denen die Armee etwas anfangen konnte. Um eine ›Falle‹ für einen gegnerischen Agenten zu stellen, wären die meisten von ihnen zu dumm gewesen, geschweige denn, solch ein Projekt zu ersinnen, wie es die Speermänner hier mit dem künstlichen Planeten realisiert hatten. Rodericks Spionagesystem war noch nicht einmal dazu fähig, Personen zu observieren, die für jedermann ersichtlich Informationen in der Hauptstadt sammelten und ihren Lebensunterhalt aus nicht näher bekannten Quellen bezogen. Häufig wurde die Hauptstadt von Sabotage-Akten erschüttert, deren bevorzugtes Ziel die Wasseraufbereitung unter der Einkaufsstraße war. Bislang hinterließen die Anschläge zwar keine größeren Schäden, aber der erste mit meßbarer Wirkung würde der Plattform sofort die Grundlage ihres Daseins entziehen. Roderick hatte keine Ahnung, wie gefährlich seine Nachlässigkeit auch für ihn selbst noch werden konnte, denn ohne Wasser war es nicht möglich, die Generatoren zu kühlen, mit deren Leistung unsere Shuttles beim Start unterstützt werden mußten, bis sie die Sauerstoffhülle der Plattform verließen. Ohne ein Shuttle hätte selbst Roderick die Hauptstadt nicht verlassen können. Da die Ergänzung des Atmosphärensauerstoffs ebenfalls auf der Verfügbarkeit von Wasser basierte, konnte die Plattform sich nach einem Anschlag höchstens zwei bis drei Tage lang halten, ehe die Luftvorräte verbraucht sein würden. Die Atemluft länger zu strecken, wäre nicht möglich, denn hätte man die Maschinen gestoppt, die am meisten Sauerstoff verbrauchten, wären die Grundtemperaturen von Oberfläche und Luft außer Kontrolle geraten, wie ich und meine Mitarbeiter in der Bewertungsstelle bei Durchsicht der Pläne hatten feststellen müssen. Alles griff ineinander. Es grenzte schon fast an ein Wunder, daß die Plattformen unter der Last so vieler Menschen nicht bereits längst zusammenklappten und daß das Leben dort noch immer erhalten werden konnte.

Es hing alles am seidenen Faden. Man schwebte ohne Sicherheit im Weltraum. Roderich und seine Vorgänger hatten zum Zeitpunkt meines Abflugs im Grunde schon alles verloren: sämtliche Planeten unbewohnbar, nur zwei mit hohem Aufwand jemals zu retten; die Sonnen im braunen Verglimmen, kurz vor dem schwärzlichen Kälteverfall – ebenfalls ein Resultat des Überblicks in der Führung. Aufgrund von diplomatischer Unfähigkeit war, vollkommen ohne Sinn, zusätzlich zu den zwei laufenden Kriegen noch der Konflikt mit den Gewandmeistern entstanden, bei dem es schon ein Verbrechen war, daß er überhaupt ausbrach.

Eigentlich war es komisch, wenn man sich überlegte, daß Roderich nichts mehr besaß als ein paar hochsensible wackelige Plattformen, auf denen Flüchtlinge sich drängten, daß er, ein Herrscher, der nicht eine einzige funktionierende Sonne und keinen belebten Planeten mehr hatte, gleichzeitig von seinen Rostgestellen aus militärisch den Anspruch verfolgte, Gebieter über den ganzen Spiralarm zu sein. Doch selbst die nackte Rettung war inzwischen illusorisch: Da ich angekettet war, würden die Speermänner ihn jetzt zerklatschen wie eine Fliege.

Mit dem Antrieb in der Hand hätte man, wenn nicht gewinnen, doch wenigstens versuchen können, mit den Feinden zu Verhandlungen zu kommen. Gewiß hätten die Speermänner gestattet, daß wir Fahrzeuge mit dem neuen Antrieb bauten, um den Spiralarm zu verlassen, wenn sie als Gegenleistung die Pläne erhielten. Sie und die Skench hätten dann weiterhin um den Spiralarm kämpfen können, während wir in kürzester Zeit das halbe Universum durchquerten, um uns irgendwo anzusiedeln, wo man die letzten zweitausend Jahre vergessen konnte.

*

Ich war eingenickt, schreckte aber empor, weil ich ein schleifendes Geräusch vernommen hatte, als würde ein poröser Block in Stößen über glatten Untergrund bewegt. Als ich zur Seite blickte, konnte ich sehen, daß Owen sich mit den Armen durch die Drucktür zog. Sein Gesicht schien intakt, sein rechtes Bein jedoch bestand nur noch aus einer Kohlenstoffmasse, mit da und dort einem blutigen Glänzen auf ihr.

Owen sah mich an und sah mich nicht.

Es fiel ihm schwer, seine Klinge zu heben, und trotzdem schien er selber zu glauben, daß er mir wirkungsvoll drohen könne. Es stand außer Frage, daß die Ereignisse und seine Verletzung die Sinne von Owen verwirrt hatten. Man merkte es nicht nur an seinem Verhalten, sondern auch daran, daß er ein langes textiles Stück bei sich hatte, von dem ich glaubte, daß es die Totenbekleidung von Mrs. Garrett gewesen war.

Übergangslos erzeugte Owen sein zufriedenes Nicken.

»Nun, Sie steuern das Schiff für mich, ja?«

»Natürlich, wenn Sie es wollen.«

»Es geht mir nicht gut«, sagte Owen, »muß schlafen.«

Er machte Anstalten, sich auf das Bett zu schleppen.

»Owen?«

»Was gibt es denn noch?«

»Wenn ich das Fahrzeug steuern soll, dann brauche ich das Eisen, das jetzt ganz genau rechts von Ihnen auf dem Terminal liegt.«

Owen griff nach dem Stück Schiene, das als Papierbeschwerer auf dem Terminal lag, und stieß es mir über den Boden bis dicht an meine Füße.

Er schaffte sich auf das Bett.

»Wir müssen zum Regierungssitz, Sie kennen die Koordinaten ...«

Während Owen über das Reiseziel sprach, erregte der Monitor der Radarkontrolle durch unprogrammierte Bewegungssequenzen des gelben Punkts erneut mein Interesse. Mit einemmal begriff ich, daß mir der Monitor längst kein Programm mehr zeigte, sondern daß die Steuerungskontrolle aufgrund einer realen Bewegung im All auf Wiedergabe aktueller Fakten umgeschaltet hatte. Wenn die Entfernungskreise des Radarbildes nicht trogen, dann war – laut Schlüssel – eine Einheit der Skench dem künstlichen Planeten schon so nahe, daß sie in wenigen Minuten ihre Leute würden zu Boden bringen können. Von draußen brandete plötzlich ein tiefer Donner, womöglich waren die Skench soeben gelandet (meine Vermutung hatte tatsächlich gestimmt: der Diener hatte für sie gearbeitet und sie geholt, bevor die Speermänner oder ich mit dem Fahrzeug verschwinden konnten).

Ich reckte mich nach der Schiene, ergriff sie, dann schnellte ich hoch und drehte in zwei rasenden Bewegungen die Verankerung meiner Kette aus dem Rumpf. Die Schiene noch in der Hand, rannte ich, unter entsetzlichen Schmerzen, welche die Fußkette erzeugte, an das Kontrollpult und rief die Startsequenz auf, hastete weiter, an die Drucktür, zog die Planke heraus, warf sie weg, verriegelte die Türe. Im Verriegeln konnte ich sehen, wie ein Teil der Fabrik von einer Waffe zerstört wurde – und auf dem Rückweg ans Kontrollpult, wie Owen tot aus dem Bett fiel. Ein schwerer Gegenstand flog auf den Rumpf, die Startsequenz kam in Gang.

Das Fahrzeug und ich traten direkt aus der Fabrik in den überlichtschnellen Kosmos ein.

Ich errechnete die Position der 5. Flotte.

*

Landkarte/Taten
Energie/Freude

*

Den Skench war es nicht möglich, mir in das überlichtschnelle Kontinuum zu folgen. Wie die Speermänner, meine eigenen Leute und alle anderen unterlagen sie den Beschränkungen der bisherigen Technik, die lediglich die Bewegung in einem Rücklauf-Universum und dem gewöhnlichen Raum gestattete. Reisen über den Rücklauf-Kosmos dauerten Jahrzehnte, und das schon innerhalb des Spiralarms, ins Weltall trat man nur ein, um auf Planeten anzufliegen oder die Hüllen von ihnen aus zu starten, da Übergänge in Planetenatmosphären sämtliche elektrische und chemische Prozesse, also auch Lebensfunktionen, in der Umgebung störten.

Für mich galt das nun nicht mehr, Geschwindigkeit und Zeit ließen sich gegenseitig regeln. Ich befand mich mit dem Fahrzeug in Strömen von Teilchen, die sich im überlichtschnellen Universum wie auf Kanälen zwischen Neutronensternen bewegten. Ihre Geschwindigkeit hätte man in Parsec pro Sekunde ausdrücken können, doch jede andere Einheit wäre genauso gut gewesen. Da, abhängig von der Beschleunigung der Teilchen, der Zeitfaktor sich gegen null oder weit darüber hinaus verschob, war es mir möglich, meine Reisedauer und damit die Ankunftszeit beliebig zu manipulieren, indem ich die Teilchenstreuung durch das Fahrzeug selber veränderte. Mit dem Ausstoß der Teilchen verhielt sich das Fahrzeug, als entstammte es, so wie die Teilchenströme selber, einer Massenkatastrophe im gewöhnlichen All (von dort mußte das Fahrzeug ja starten). Auf diese Weise ›akzeptierte‹ der überlichtschnelle Kosmos das Fahrzeug, und es kam in die Ströme der Teilchen.

Wenn ich die Kennung abschwächte, weniger Teilchen aussandte, dann lockerte sich die Verbindung, und die Einhängung des Fahrzeugs in den überlichtschnellen Kosmos ließ nach, womit ich an den ›Rand‹ der Ströme geriet, wo sie langsamer waren (so wie die Uferzone eines realen Flusses). Wenn ich den Ausstoß meiner Teilchen-Kennung aber auf Maximum stellte, so war ich im Zentrum der Kräfte verankert und reiste entsprechend schneller.

Das ganze Phänomen war ein riesiger Austausch: Bei Massenkatastrophen im dreidimensionalen Weltall, die erstmals von den Skench im Umfeld von Neutronensternen beobachtet wurden, traten masselose Teilchen in Erscheinung, die eine viel zu hohe Geschwindigkeit hatten, um im normalen Kosmos verweilen zu können – und daher sofort wieder verschwanden. Diese Teilchen traten so, wie ich es mit meinem Fahrzeug nachgeahmt hatte, in den überlichtschnellen Kosmos ein und suchten dort, sich zu Strömen ordnend, nach Neutronensternen, die schwächer waren als die, von denen sie ausgegangen waren. Die Neutronensterne aus unserem eigenen Universum waren im überlichtschnellen Kosmos ebenfalls vorhanden. In ihnen sammelten die Teilchen sich, bis eine Massenkatastrophe sie erneut aus den Neutronensternen in den gewöhnlichen Kosmos schleuderte – und so weiter.

Ich dagegen brauchte nur die Teilchendiffussion des Fahrzeugs auszuschalten, um, ganz nach Belieben und zu jedem gewünschten lokalen Zeitpunkt, in den Rücklauf-Kosmos, in dem die Hüllen sich bewegten, oder den dreidimensionalen Weltraum zurückzukehren. Ein Wiedereinstieg im Stile der Teilchen, über Neutronensterne natürlich, hätte sicher das Fahrzeug zerstört.

Ich hatte die Steuerung so programmiert, daß ich die Hüllen der 5. Flotte unmittelbar nach ihrem Abflug von den Welten der Gewandmeister erreichte. Mit den Möglichkeiten einer Flotte war es nicht besonders schwer, die Hüllen in erträglicher Zeit auf den neuen Antrieb umzurüsten. Schon jetzt stand außer Frage, daß Arthurowitz, die 6. Flotte und die Einheiten der Speermänner, mit denen sie jetzt operierten, keine Chance mehr hatten, die Plattformen unverteidigt vorzufinden: Kommandant Heinrich, der Chef der 5. Flotte, galt als rabiat und würde die Leistungskraft des neuen Antriebs ausnutzen wollen, um einen Angriff zu unternehmen, ehe der Gegner überhaupt das Speermänner-Gebiet verlassen hatte.

Arthurowitz, so fiel mir plötzlich wieder ein, war übergelaufen, weil General Weikoff die Eltern von Arthurowitz hatte umbringen lassen, versehentlich, wie er sagte. Der gleiche General Weikoff, der die Speermänner damals von meinem Auftrag informierte …

Ich programmierte das Ertönen eines Signals für den Moment, wo das Radar nach Eintritt in den Rücklauf-Kosmos die 5. Flotte finden würde, und erhob mich müde vom Terminal. Neben dem Bett lag immer noch Owen, die Decke hatte er mit sich heruntergerissen. Aber auch der Bezug, den er obengelassen hatte, war nicht mehr zu gebrauchen. Die Wäschestücke waren mit Bröseln verkohlten Fleisches und glibberigen Schlieren aus gelblichen Sekreten und Blut überzogen.

Owens verbranntes Bein war beim Herunterfallen halb abgeknickt und teilweise mit dem Kleid umwickelt, von dem ich annahm, daß Mrs. Garrett es beim Sterben getragen hatte.

Ich wickelte Owen zunächst in das Kleid und die Decke, schaudernd, weil ich nicht sicher war, ob ich die Wassertanks bereits gefüllt hatte und meine Hände sich an Owen und der Decke kontaminierten, obwohl ich ihn vorsichtig einschlug. Den Packen band ich mit dem Laken zusammen und fragte mich, was ich als nächstes machen sollte.

Um den zwei Meter langen Wulst in den überlichtschnellen Kosmos zu kippen, war die Ausschleusungsöffnung zu klein, sie faßte allenfalls Objekte bis zu der Größe einer Flasche.

Ich mußte Owen also im Fahrzeug verwahren. Ich schweißte den Ballen mit der Leiche in eine Plastikplane ein und spannte ihn mit der kurzen Kette von Hastings/Leutnant Karg unweit der Drucktür gegen den Rumpf. Der Totenrichter wäre gewiß recht erstaunt gewesen, wenn man ihm diesen Ausgang vor vierzehn Tagen prophezeit hätte.

Ich imitierte Owens Nicken, als ich die Leiche am Rumpf verspannt hatte, und reinigte das Bett. Statt eines Lakens legte ich einfach ein Stück Teppichboden auf, das ich nicht mehr gebraucht hatte, und anstelle einer Decke nahm ich mir ein großes Viereck Schaumstoffisolierung (ohne dessen Dämpfung der Teilchendiffusor sicher auch gut funktionierte).

Das Kissen war noch brauchbar, und die Bequemlichkeit war zufriedenstellend. Bevor ich mich ganz zusammenrollte, schaute ich kurz noch auf die Bildschirme, die nunmehr auf die Kameras am Rumpf geschaltet waren.

Die Monitore zeigten ein gleichbleibendes Dunkel mit da und dort einer Spur von dunkelgrauen Flecken, die aber genausogut von Schmutz auf den Linsen der Kameras stammen konnten. Der überlichtschnelle Kosmos war optisch nicht erfaßbar.

Ich rollte mich zusammen.

Ich sah mich in der Nähe eines Grenzübergangs am Meer. Der Himmel war grau, durchschossen mit purpurnen Streifen. Ich stand in einer Straße mit allerlei Geschäften, die sich in flachen Häusern befanden, deren Fenster vor lauter Waren und Reklame so bunt erschienen, als wären sie Wiesen, die auf den Häuserwänden wuchsen. Das alles stach deutlich von der Witterung ab, die den Raum um die Häuser beherrschte.

Am Ende der Straße begann eine hohe Brücke aus Stahl, welche die beiden Enden der Bucht miteinander verband. In der Mitte der Bucht verlief die Grenze zu dem Land, das ich aufsuchen mußte, die erste Stadt lag auf der anderen Seite der Bucht, ich mußte nur noch über die Brücke.

Von den Zöllnern des anderen Landes wurde berichtet, daß ihre Durchlaßzeiten unberechenbar seien. Es gebe zwar keine Probleme, eingelassen zu werden, aber nur wenige Stunden am Tage sei der Kontrollpunkt auf der Brücke geöffnet, und feste Dienststunden existierten nicht. Es werde mal von Mitternacht bis vormittags geöffnet, am frühen Abend für zwei Stunden, dann wieder nur eine halbe Stunde vor Sonnenaufgang, dann wieder tagelang gar nicht, und dann wieder tagelang ununterbrochen.

Ich wußte nicht, ob ich vor jemandem auf der Flucht war oder ob der Zweck meiner Reise erst dann offenbar werden würde, wenn ich das Ziel schließlich erreicht hatte. Auf alle Fälle konnte ich sehen, daß zahlreiche Menschen um mich her sich auf der Flucht befinden mußten. Vielleicht standen die Hintergründe meiner Reise in irgendeinem Zusammenhang mit den flüchtenden Menschen. Es wollte vielleicht jemand wissen, ob die Menschen vor Katastrophen oder vor Kriegen flüchteten und ob diese Ereignisse auch andere bedrohten, weil Grenzen solche Phänomene manchmal nicht zurückzuhalten vermochten.

Was nun die Öffnungszeiten des Kontrollpunktes betraf, so lag das Problem nicht darin, ihn womöglich verwaist vorzufinden und wieder umkehren zu müssen, sondern darin, daß man nicht befugt war, die Brücke wieder zu verlassen, wenn man die Ausreisekontrolle auf der hiesigen Seite passiert hatte. Die Wieder-Einreise war über diese nicht gestattet.

Der hiesige Kontrollpunkt befand sich an der Auffahrt der Brücke und der des anderen Staats in der Mitte der Brücke. War der Kontrollpunkt in der Mitte nicht besetzt, dann mußte man auf der Brücke verweilen, bis die Beamten wieder erschienen – was eben manchmal Tage dauern konnte. Man durfte dann nicht vor und nicht zurück, hatte im Niemandsland zu verharren. Bei den Seewinden über der Bucht, den häufigen Regenfällen und den tiefen Temperaturen bei Nacht war dieses Warten eine äußerst harte Prüfung, die manche nicht überstanden. Man mußte den richtigen Zeitpunkt erahnen, wenn man die Grenze ohne Risiken überschreiten wollte. Kein Flüchtender hatte das Geld für einen Lebensmittelvorrat oder besaß noch eine Decke, um sich zu wärmen. Die meisten gingen nur mit einer kleinen Flasche Wasser auf die Brücke, um wenigstens ein Minimum an Flüssigkeit zu haben. Nur dafür reichte das Geld.

Ich schaute zur Brücke empor, wie sie von einer zur anderen Seite die Bucht überspannte. Die Brücke hatte keine Geländer, sondern haushohe Wände aus Stahl an den Seiten, die früher wohl spiegelnd glänzten, nun aber grau und milchig angelaufen waren und ein Zebramuster aus den Spuren von heruntergelaufenem Regen hatten.

Durch diese Wälle war nicht zu sehen, ob sich Beamte im Kontrollpunkt auf der Brücke befanden. Ich suchte zu erspüren, wie sich die Lage auf der Brücke gerade darstellte. Zwar zeigte mir die Phantasie eine Reihe von Szenen, die sich oben abspielen konnten, doch welche davon im Augenblick vonstatten gehen mochte, war durch keinerlei Logik einzugrenzen. Hinter den Wänden war alles möglich.

Da die Zöllner keinen Dienstplan befolgten, war es der Logik nach völlig egal, ob ich die Brücke gleich jetzt oder später betrat. Ich kaufte mir eine Flasche mit Wasser und eine Packung Kekse und brachte, ohne anstehen zu müssen, die Ausreise rasch hinter mich.

Der Boden der Brücke bestand nicht aus Asphalt, sondern aus Stahl wie die Wände. Ihre Innenseiten, die ich jetzt zum erstenmal sah, bestanden aus zusammengenieteten Platten, die aber bei weitem nicht so stark angelaufen waren wie die Außenseite. Da es Abend wurde, reflektierten die Platten den dunkelgrauen Himmel.

Ich lief bedrückt zwischen den Wänden, als hätte ich eine tiefe und düstere Klamm zu passieren. Ein kalter Nieselregen stellte sich ein.

Das Zollbüro in der Mitte der Brücke fand ich unbesetzt vor. Die Gitter waren heruntergelassen, und die Absperrungen zu dem anderen Land zeigten sich sorgfältig verschlossen. Am anderen Ende der Brücke waren feuchtgraue Häuser zu sehen, die im Frühabendlicht allmählich verglommen, zwischen ihnen eine nasse Asphaltstraße, welche vom Brückenende ausging. Auf der rechten Seite der Straße glaubte ich zwei Passanten zu sehen, die sich vom Ende der Brücke in Richtung der Häuser bewegten. Nirgendwo aber war ein Offizieller oder wenigstens ein Soldat auszumachen, die hätten Auskunft geben können, ob das Ende des Wartens abzusehen war.

An der Absperrung warteten außer mir zwei alte Frauen in dikken Pullovern und ein Seemann in Jeans und Ölzeug, ebenfalls alt, von dem ich annahm, daß er mit einer der Frauen verheiratet sei.

Niemand sagte ein Wort. Wir warteten über Stunden. Als die Nacht die Brücke aus Stahl zu einem riesigen Kühlgefäß machte, kauerten wir eng in einem Winkel zwischen der rechten Seitenwand der Brücke und einer Mauer des Kontrollpunkts.

Ich glaubte schon von der Kälte zerschnitten zu werden, und die drei Alten litten nicht minder, als im Kontrollpunkt auf einmal eine Lampe erstrahlte und die Gitter vor den Fenstern unter spitzem Gequietsche nach oben glitten.

Zwei Zöllner in grünen Uniformen schlossen die Absperrungen auf und winkten den Alten und mir, über die Grenze zu kommen.

»Holländische Brücke – Grenzkontrolle«, sagte der eine, während der andere meine Tasche und meinen Ausweis überprüfte. Nach Sekunden war die Kontrolle beendet, und im Nieselregen ging ich die Brücke herunter.

In den durchnäßten grauen Häusern lebten freundliche Menschen.

Ich war von selber aufgewacht, bevor der Signalton erklang. An den Monitoren konnte ich ablesen, daß mein Fahrzeug sich bereits im Rücklauf-Kosmos befand und ich in Kürze auf die Hüllen der 5. Flotte treffen würde.

Tatsächlich erklang das Signal, noch ehe ich aus dem Bett war. Die Radarkontrolle zeigte an, daß die Flotte soeben in die Erfassungszone flog, an der schmalsten Stelle des Radarkegels, nur zweieinhalb Lichtjahre von mir entfernt. Sie näherten sich schnell, vermutlich hatten sie mich auch schon erfaßt. Ich bemühte mich, visuellen Kontakt zu General Heinrich herzustellen. Heinrich konnte jetzt, erst kurz nach dem Abflug von den Gewandmeister-Welten, noch keine Informationen von meinem Auftrag haben, da nach den Werten meines Fahrzeugs die Sitzung des Disponierenden Komitees noch gar nicht stattgefunden hatte. General Heinrich mochte mein Fahrzeug als gegnerisch interpretieren. Ich beeilte mich Kontakt herzustellen, bevor sie nahe genug sein würden, um das Feuer zu eröffnen.

Über das Terminal schickte ich ihnen eine Nachricht.

»Simodas. Technische Bewertungsstelle, Direktor. Bringe neue technische Mittel für Sie und Befehle des Disponierenden Komitees.«

Es kam nicht gleich eine Antwort. Natürlich brauchte es Zeit, bis sie die Nachricht diskutiert hatten und Einigkeit über die angemessene Reaktion erreichen konnten. Ich verfügte mich in die Waschkammer, putzte die Zähne, rasierte mich, reinigte frierend meinen Körper und zog den schlichten schwarzen Anzug an, den ich mir für die Ankunft bei meinen Leuten gekauft hatte. Meine alten Kleider schleuste ich aus – bis auf den Mantel, der meine Schilderungen der Ereignisse durch seinen Zustand beredt untermauern würde.

Vom Terminal war ein Summton zu hören.

»Strecken Sie Ihre Waffen. Schalten Sie alle Energiesysteme ab. Ich schicke ein Shuttle, das Sie abschleppen wird. Heinrich, Kommandant.«

Ich tat, wie mir geheißen, und konnte auf dem Monitor der Radarkontrolle verfolgen, wie sich ein Shuttle von einer der Hüllen löste und meinem Fahrzeug langsam näherte. Ferngesteuerte Mechanismen versahen den Rumpf mit einem Magnetischen Spiegel, ohne den es nicht möglich war, mich nicht-mechanisch abzuschleppen. Ich merkte, wie es ruckte, als das Shuttle schließlich beschleunigte, und auf den Bildschirmen konnte ich sehen, wie es mich mitten in den Hüllenpulk der 5. Flotte manövrierte. Eine der Hüllen öffnete sich, und das Fahrzeug schwang mein Shuttle hinein wie einen Basketball in den Korb.

Mein Fahrzeug kam sanft in der Hülle zur Ruhe.

Ich hörte eine Lautsprecherstimme, welche in schroffem Tonfall die Anweisung gab, ich solle die Drucktür öffnen und langsam, mit über dem Kopf verschränkten Händen, mein Fahrzeug verlassen.

Der Einflugshangar der Hülle war hell erleuchtet. Ein gutes Dutzend Soldaten hielt den Raum um die Drucktür umstellt, die Männer trugen Angriffswaffen, wie man sie sonst für den Straßenkampf bei Invasionen benutzte. Im Hintergrund standen mehrere Offiziere beisammen, die sichtlich verblüfft auf mein Fahrzeug blickten. Niemand im Hangar sagte etwas zu mir. Zwei der Soldaten erhielten ein Zeichen und traten vor, mich zu durchsuchen. Ich sah mich vor, sie nicht zu provozieren, denn diese Männer zählten zu siegreichen Truppen und mochten bei vermeintlichen Attacken entsprechend selbstbewußt reagieren. Aus ihrer Sicht war seit dem Angriff, den sie gegen die Gewandmeister geführt hatten, noch nicht einmal ein Tag vergangen.

»Keine Waffen bei ihm –«

Die Offiziere schien das nicht zu überraschen.

»Er ist Gefangener des Kommandanten. Bringt ihn in eine Zelle und fragt ihn, was er essen möchte. Doppelte Bewachung.«

Meine Hände mußte ich weiterhin auf dem Kopf halten. Vier der Soldaten brachten mich über Treppen, mit Aufzügen und über Laufbänder mehrere Decks weit nach oben, in einen Raum mit einem Tisch und einem Bett, das angenehm nach frischem Waschpulver roch.

»Brauchen Sie noch was?«

»Nein, vielen Dank.«

»Auch nichts zu essen?«

»Etwas Suppe vielleicht.«

Es dauerte nur wenige Minuten, bis mir die Suppe gebracht wurde. Danach wurde ich lange mir selbst überlassen. Aus einem Lautsprecher an der Decke dudelte läppische Unterhaltungsmusik.

Zwei Männer kamen herein, wohl mit der Absicht, mich zu verhören. Tatsächlich wurde sofort ein entsprechendes Gerät aufgebaut. Anders als bei den Speermännern wurde die Wahrheit bei uns nicht durch Folter ermittelt, sondern durch Anschluß des Gefangenen an eine Apparatur, mit der sich die Erinnerungen eines Wesens anschauen ließen, als wären sie gespeicherte Kamerabilder.

Vermutlich war die Führung der Flotte begierig, die Herkunft meines Fahrzeugs zu ermitteln. Die Ingenieure der Flotte mußten inzwischen erkannt haben, wie groß die Potentiale des neuen Antriebs waren. Die Herkunft *mußte* sie interessieren.

Ich ließ die Nachschau über mich ergehen. Die Befrager sahen jetzt alles – die Auseinandersetzung im Disponierenden Komitee darüber, daß Arthurowitz nun gemeinsam mit den Speermännern kämpfte. Daß deren Angriff Erfolg haben würde, wenn es nicht glückte, die 5. Flotte weit schneller als bisher denkbar nach Hause zu bringen. Meine Reise zur Erde, meine Tätigkeit dort, die Entstehung des Fahrzeugs.

Aus gewissen kleinen Details glaubte ich ablesen zu können, daß die Bilder auch Kommandant Heinrich überspielt wurden.

Es war nicht möglich, diese Maschine zu belügen, nicht möglich, Widerstand zu leisten – weil man die Abtastung durch die Maschine in keiner Weise spürte und deshalb auch nicht wissen konnte, wann man Widerstand hätte entwickeln müssen. Das Gerät war eine Entwicklung der Skench. Es diente bei ihnen dazu, die eigenen Massen zu kontrollieren, denn Aufstände und Rebellionen stürzten häufig lokale Regierungen. Außer ihnen und uns besaß niemand dieses Gerät, den Speermännern war es bisher nicht gelungen, sich einen Prototyp zu verschaffen.

Sie blieben über sechs Stunden lang und sahen alles, was ich erlebt hatte.

Dann wurde ich endlich zu Heinrich gebracht.

*

Im Gegensatz zu General Reichardt, der mich zur Erde gebracht hatte, wollte Kommandant Heinrich offenbar, daß jeder Winkel seiner Hülle einen möglichst prächtigen Eindruck machte. Die Korridore waren vorschriftsmäßig mit den Maximen der Militärverwaltung geschmückt, und metallene Büsten der Gründer sah man an Stellen angebracht, wo bei Reichardt nur überfüllte Papierkörbe standen. Freilich waren auch überall Kisten mit Beute von den Gewandmeistern zu sehen, wodurch die Eleganz wieder ein wenig relativiert wurde.

»Wie war der Flug?« begrüßte Kommandant Heinrich mich entsprechend der Tradition.

Auf seinem Schreibtisch standen ein Kühler mit Sekt und zwei Gläser. Heinrich gab seinem Adjutanten einen Wink, die Flasche zu öffnen. Die beiden Befrager schickte er fort.

»Ich habe natürlich mitgeschaut«, gab Heinrich zu und reichte mir ein volles Glas.

Ich imitierte Owens Nicken und trank einen Schluck.

»Ehrlich gesagt«, brummte er, »die Entwicklung überrascht mich. Sie konnten zwar nur die Wahrheit zeigen, aber Arthurowitz, daß ausgerechnet er zu den Speermännern geht ...«

»Zum Überlaufen hat ihn doch Weikoff gebracht. Er wußte, daß Arthurowitz ein Verbrechen an seinen Eltern nicht hinnehmen würde – und ließ die Eltern eben aus diesem Grunde töten. Arthurowitz hat keine Ahnung, daß er zu denen überlief, die den Tod seiner Eltern veranlaßt haben.«

»Und da Weikoff sowieso als Idiot gilt, kam keiner auf die Idee, daß die Ermordung nicht versehentlich, sondern mit Vorsatz geschah.«

»Leute, die allen als blöde gelten, sind eben manchmal ganz besonders gefährlich.«

»Roderichs rechte Hand ein Mann der Einfluß-Sabotage ... wissen Sie, Simodas, unser Recherche-Büro hat noch nie viel getaugt.«

»Das fiel mir auch dazu ein.«

Heinrich schenkte mir nach.

»Natürlich wird man zufrieden sein mit dem, was Sie da geleistet haben. Diese sogenannte Erde und die Speermänner da – und trotzdem haben Sie's dann bis hierher geschafft.«

»Einfach war's nicht.«

»Sie waren am Ende des zweiten Jahrtausends, nicht wahr?«

»Überwiegend, ja.«

Kommandant Heinrich zeigte etwas wie ein Lächeln.

»Ich würde gern von Ihnen privat etwas wissen, es ist wirklich reine Neugier ...«

»Von mir aus«, sagte ich und stellte mein leeres Glas auf den Tisch.

»Die Flasche ist leider leer«, murmelte Heinrich, »ich frage jetzt aber doch: Was hat Sie auf der Erde am meisten berührt?«

Ich griff gelassen in die Brusttasche des Mantels und zeigte Heinrich, was ich dort verwahrt gehalten hatte –

Geben Sie bitte *1 Dollar!*

Heinrich wendete den Zettel, sah, daß die Rückseite unbeschriftet war und gab ihn mir wieder zurück.

»*Dollar?*«

»Zettel wie diese«, erklärte ich, »werden als Hilfe zur Verständigung verwendet, der ganz spezielle Inhalt von diesem hier ist gar nicht so wichtig.«

»Konnten die Menschen denn nicht sprechen?«

»Weniger als heute. Nur innerhalb der eigenen Nation konnten die Leute sich verstehen, meistens jedenfalls, sie hatten keine Einheitssprache wie wir und unsere Feinde.«

»Erstaunlich.«

Heinrich schüttelte ungläubig seinen Kopf. Der Adjutant erschien mit zwei Schwenkern, die offenbar Cognac enthielten. Heinrich trank sofort davon, ich jedoch rührte den Cognac nicht an.

»Sie müssen schon verzeihen«, meinte er, »Ihr Erscheinen hier–«, er machte eine hilflose Handbewegung.

Ich zuckte die Achseln, als ob es mir nach all dem Erlebten nichts ausmachen würde, Antwort auf ein paar Fragen zu geben. Natürlich mußte er aufgeregt sein, wenn er so unerwartet einen solch gewaltigen Vorteil für den Kampf erhalten hatte, dazu die Nachricht über den Umschwung bei der 6. Flotte. Auch saß er einem Mann gegenüber, der in Wirklichkeit nicht seine jetzige Gestalt hatte, sondern nichts als ein geistiges Muster auf einem Schaltelement war, das nur vergrößert überhaupt gesehen werden konnte.

Bisher hatten die Chancen zum Überleben des Kriegs im günstigsten Fall darin bestanden, den Speermännern und den Skench eine bedingte Kapitulation anzubieten, ehe ihr Sieg unausweichlich wurde. Nun bestand die Möglichkeit, sich aus eigener Stärke zu retten.

»Ist es denn schwer, eine andere Sprache zu lernen?«

»War es schwer, die von uns zu lernen?«

Er lachte und begann, meinen Cognac zu trinken.

»Das gilt nicht, Simodas, und Sie wissen es auch. Immerhin hat man in Kinderzeiten ansonsten wenig zu tun.«

»Nein, nein. Kindern geht es genauso, als würde unsereiner ins Ausland kommen, wenn sie das Licht der Welt erblickt haben; sie müssen gleichzeitig alles mögliche lernen, alle Sitten, was man essen darf und was nicht.«

»So betrachtet ...«

»Ein Kind kann doch Ihnen nicht überlegen sein, Heinrich, oder?«

Heinrich versicherte vehement, daß dieses nicht der Fall sei und er durchaus willens, noch eine Sprache zu erlernen, wenn im Spiralarm nicht nur eine üblich wäre.

Er war nun etwas angetrunken und wiegte sich heftig in seinem drehbaren Sessel hin und her.

»Was ist denn sonst interessant an der Erde damals?«

»Eine Neigung zu Abk. –«

»Eine Neigung – zu was?«

»Abkürzungen. Die streichen dort bis zum Unsinn. Selbst bei Beschriftungen, die eigentlich der Propaganda dienen sollen, wird aus Kostengründen nur soviel geschrieben, daß man oft nichts mehr aus ihnen ablesen kann. Aber vergessen Sie nicht, was ich sah, war die Erde der Speermänner, nicht die authentische.«

»Richtig«, rief Heinrich überrascht, der das offenbar auch immer wieder vergaß, und schüttelte heftig den Kopf, als hoffte er dadurch wieder klarer zu werden. Er schickte den Adjutanten nach Wasser und nahm vorderhand eine Pille.

»Was glauben Sie, wie lange Ihre Leute noch dazu brauchen, die Struktur meines Antriebs zu dokumentieren?«

»Oh, das ist schwierig. Bis jetzt ist mir noch kein Bericht darüber vorgelegt worden. Bestimmt noch ein paar Stunden.«

»Hm.«

»Haben Sie's denn so eilig?«

»Da fragen Sie noch? In der Zukunft wartet mein Körper auf mich, General Reichardt sollte ihn auf den Planeten unseres Abflugs zurückbringen.«

»Er ist noch gar nicht da?«

»Nein, er wird erst noch dort erscheinen. Sie werden aber sehen, daß das nur *einer* der Vorteile ist, die mein Antrieb aufzuweisen hat. Von Universum zu Universum können Sie zu jedem beliebigen Zeitpunkt wechseln.«

»Komisches Ding.«

»Ja, die Geschwindigkeit und die Zeit schaukeln sich gegenseitig hoch, aber manipulierbar.«

»Wenn der blöde Vertrag nicht wäre, dann könnten wir das sonstwie verwenden.«

»Ja.«

Heinrich, vom Alkohol etwas ermüdet, schwieg unangenehm lange.

Ich nahm mir vor, etwas höflich zu sein.

»Sie haben sicher auch viel erlebt?«

»Nichts Besonderes«, seufzte Heinrich, »die Unternehmung gegen die Gewandmeister verlief völlig nach Plan.«

»Sehr zufrieden wirken Sie aber nicht.«

»Gewonnen haben wir ja«, beharrte Heinrich, »aber wir haben auch Material vorgefunden. Ich bin deshalb ziemlich beunruhigt.«

»Trotz des neuen Antriebs?«

»Ja.«

Das Wasser wurde serviert.

»Was wir gefunden haben, ist ... Es ist wohl am besten, wir gehen einfach, und ich zeige es Ihnen. Sie haben ja auch noch Zeit. Sie werden sehen, das ist besser als eine Erklärung.«

Heinrich führte mich quer durch die Hülle zu einem Labor, in welchem Hunderttausende von Datenträgern eines mir unbekannten Typs lagerten. Sie waren säuberlich in gläsernen Vitrinen aufgereiht, und in der Mitte des Raums stand ein Podest mit einer Maschine, wohl dem Abspielmechanismus.

Heinrich legte einen der Datenträger ein.

»Passen Sie sehr genau auf.«

Auf dem Bildschirm erschien irgendein Ausschnitt, der vermutlich das galaktische Zentrum zeigte. Aus technischen Mängeln ging hervor, daß die Aufnahme schon älter sein mußte. Das Bild blieb eine halbe Minute stehen und verschwand dann ohne Ersatz.

»Was soll das sein, das war doch nichts Besonderes, oder?«

»Das war nicht unsere Galaxis.«

»Nicht unsere? Es war doch aber ganz aus der Nähe photographiert.«

»Eben.«

»Und? Es könnte doch irgendwer in historischer Zeit dorthin vorgedrungen sein und das Bild mit unserer Nachrichtentechnik binär zurückgeschickt haben.«

»Das ist die einzige Erklärung«, sagte Heinrich, »es sei denn, es würde jemand einen Antrieb Ihres Musters besitzen.«

»Das ist nicht sehr wahrscheinlich. Welche Galaxis soll das eigentlich sein?«

»Keine Ahnung.«

Ich bat Heinrich, das Bild noch einmal zu spielen, und ließ es dabei vom Display in verschiedenen Hinsichten prüfen.

Ich mußte lachen.

»Wissen Sie, was ein ›Teleskop‹ ist, Heinrich?«

»Ein ›Teleskop‹? Nein, ich wüßte nicht.«

»Das Bild wurde mit Hilfe einer solchen Apparatur und aus weiter Entfernung gemacht. Teleskope wirken auf optischer Ebene so wie ein Radar mit großem Radius, selbst auf die Ferne kann man alles deutlich erkennen.«

»Sie meinen, dann ist es gar nicht gefährlich?«

»Nein, nur ein Photo.«

Das Display hatte mir lediglich eine Notiz am linken Bildrand vergrößert, aus der hervorging, daß das Photo aus einem Observatorium stammte.

Heinrich war fast enttäuscht, daß es sich nicht um eine Gefahr handelte, nahm den Träger aus dem Gerät und warf ihn mürrisch zur Seite.

»Man ist schon viel zu lange im Krieg«, jammerte er, »und deshalb hält man alles für möglich. Als ich die Aufzeichnung das erstemal sah, war ich gleich sicher, daß sie nichts anderes als eine Bedrohung zeigen konnte, so wie der Krieg heute ist.«

»Schon gut«, sagte ich sanft.

Doch Heinrich machte weiter.

»Die Divisionen sind heute so groß, daß schon der Verlust einer einzigen das Schicksal einer ganzen Flotte entscheidet. Wissen Sie, wie die Speermänner ihre Leute zum Äußersten treiben?«

»Nein, nie gehört.«

»Wenn Einheiten, die sich im Kriegsgebiet befanden, nach Kämpfen keine Verluste melden, dann vernichten die Speermänner zur Strafe die eigenen Leute, weil der Verdacht besteht, daß sie den Gegner nicht stark genug angegriffen haben: Sabotage könnte der Hintergrund sein.«

Ich hatte selber ja erlebt, wie Owen bis zum letzten versuchte, den neuen Antrieb doch noch an sich zu bringen.

Heinrich, der eben hinausgehen wollte, drehte sich plötzlich erfreut nach mir um.

»Vielleicht sollten wir lieber in meinen eigenen Vorführraum gehen; wir haben sehr gute Dokumente von unserem Einsatz bis gestern.«

»Vielleicht zu Hause mal«, winkte ich ab, »wenn Ihre Leute inzwischen mit der Untersuchung fertig sind, dann würde ich die Flotte jetzt lieber verlassen. Sie wissen ja, mein Körper.«

Er filmte säuerlich mit seinen Augen mein Gesicht, drehte sich mehrmals nach den Seiten und war gezwungen mir einzugestehen, daß er inzwischen über den Abschluß der Arbeiten informiert worden sei, der Adjutant habe es ihm beim Servieren des Wassers gemeldet.

»Dann will ich jetzt zu meinem Fahrzeug.«

Verärgert darüber, daß es mir wichtiger sein konnte, zu meinem Körper zu gelangen als seinen Einsatz anzuschauen, führte Heinrich mich wortlos zum Hangar. Ich sah auf einen Blick, daß man mein Fahrzeug gründlich gereinigt und die Leiche von Owen entfernt hatte. Das Bett war frisch bezogen, und neben dem Kissen lag eine Platte mit guten schokoladenen Süßigkeiten, von denen ich gleich eine kostete.

Heinrich war mir mit raschen Schritten in mein Fahrzeug gefolgt und machte nun wieder einen freundlichen Eindruck.

»Ich hätte wissen sollen, daß Sie wieder Sie selber sein möchten; man versetzt sich da sehr schwer rein. Jedenfalls gut, daß Sie hierhergekommen sind.«

»Es hat ein paar Ideen eingebracht«, erwiderte ich höflich. (traditioneller Dank für eine Zusammenkunft)

Als wir zur Erde flogen, hatte ich General Reichardt darum gebeten, bei seiner Rückkehr zu den Plattformen meinen Körper auf dem Planeten zu deponieren, von dem wir zur Erde gestartet waren. Es war einer der beiden Planeten, von denen wir glaubten, sie eines Tages wieder bewohnen zu können.

Nach dieser Absprache war mein Geist auf das Display übertragen worden.

Die Techniker der 5. Flotte hatten mir einen Transformator mitgegeben, der mich befähigte, meinen eigenen Körper zurückzugewinnen. Ich mußte lediglich über den Transformator eine Verbindung zwischen beliebigen Punkten der beiden Nervensysteme herstellen. Es genügte, in einen Finger von Tyler und einen eigenen eine Nadel zu stechen und die Nadeln über Kabel mit dem Trafo zu verbinden. Dann würde es nur noch eine Sekunde dauern.

Der Körper von Tyler, der selber nie lernte zu atmen und keine Kenntnis von seinem Vorhandensein hatte, nur ein noch unbenutztes Gehirn, würde vermutlich binnen kurzem ersticken, wenn mein Geist ihn verlassen hatte.

Ich bedauerte das nicht. Der ganze Auftrag war eine Last gewesen, ich wollte nicht als ständige Mahnung auch noch den Leib, welchen der Auftrag mir beschert hatte. Ich wollte – und würde – wieder zu der Ruhe gelangen, die einst mein Leben bestimmt hatte und die ich damals noch nicht zu schätzen wußte. Ein freies Bewußtsein, mit dem ich den Leib namens Tyler erhalten konnte, stand mir nicht zur Verfügung – sonst hätte ich ihn erhalten. Aber aus Rücksicht auf ihn wollte ich nicht auf meinen eigenen Körper verzichten, der, abgesehen davon, sonst das gleiche Schicksal erlitt. Es gab keinen anderen Weg.

Räumlich waren die Plattformen und der Startplanet nicht weit voneinander entfernt. Ich ermittelte den Kurs und stellte den Ausstoß von Teilchen auf ein relativ schwaches Niveau, um gemächlich in die nähere Zukunft zu kommen.

Der Planet hatte aus meiner Perspektive mit einer Samenbank große Ähnlichkeit, weil man in beiden Fällen das physische Potential deponierte. Der Himmel des Planeten war diesmal weniger frei, er zeigte sich verspannt mit grauem Wolkengespinst, das mir massiv erschien wie ein Gitter. Beim Landeanflug vermied ich, den einzelnen Streben nahe zu kommen. Ich wollte nicht in letzter Sekunde vor dem Wechsel durch Wolken, die wie ein Gitter erschienen, aber in Wirklichkeit womöglich ein Gitter mit wolkenartigem Aussehen waren, in einen Unfall verwickelt werden.

Natürlich waren es nur Wolken. Die Äußerungen General Heinrichs, er sehe in allem eine Gefahr, hatten mich unbewußt zu stark beschäftigt. Ich drängte ihren Einfluß zurück, führte Messungen durch, um die Dichte der Wolken zu ermitteln – und realisierte, daß alles in Ordnung war.

Ich fand das Hochplateau wieder, auf dem uns damals die Hülle General Reichardts erwartet hatte. Es brannte noch immer der Kreis aus Lichtern, die zur Markierung des Plateaus aufgestellt worden waren. In der Mitte des Kreises war ein Container abgestellt, auf dem in riesigen weißen Lettern ›Simodas‹ zu lesen stand, ein Hinweis General Reichardts für mich.

Vor Ungeduld stürzte ich fast aus dem Fahrzeug, den Transformator, ein Paar Nadeln und zwei Drähte in meiner Hand. Um den

Container herum hatte der Sand eine altrosa Farbe, während den Rest des Plateaus gewöhnlicher hellbrauner Sand bedeckte.

Ich umschritt den Container und stellte fest, daß er geöffnet worden war, die Luke mußte mit roher Gewalt aufgestemmt worden sein, und eine unbestimmte Zeit lang hatte die Witterung ungebremst eindringen können. Ich betrat den Container und knipste das Licht an. Im Inneren standen Pfützen. Die Textilien, welche die Halterungen mit meinem Körper umgaben, waren bräunlich von den Gestellen gefault, die Isolierungen der Kabel an der Lebenserhaltungsmaschine waren von Grünspan durchbrochen; über allem stand ein sporiger Gestank.

Die Körperschatulle war aufgebrochen worden, und ich sah mich halb auf dem Boden liegen, das linke Bein noch in der Schatulle. Bis auf weniges war es die Position, die auch Owen, tot aus dem Bett fallend, eingenommen hatte.

Aus dem Zustand des Körpers ging deutlich hervor, daß er bereits an Bord der Hülle gestorben sein mußte, wahrscheinlich kurz nach der Verwahrung im Container, möglicherweise aufgrund einer Infektion, welche man nicht bemerkt hatte. Dicke bräunliche Knoten bedeckten den ganzen Leib. Der Einbruch in den Container stand in keinem Zusammenhang mit dem Tod, man wollte offenbar Wertsachen stehlen.

Ich überprüfte den Container, weil ich hoffte, es gäbe noch weitere Spuren.

Zu finden war nichts. Tatsache war: ich konnte die Teilchenströme, auf denen ich kam, nicht in der Gegenrichtung nutzen, um Reichardt zur Erde zurückzuverfolgen und meinen Körper noch unversehrt wieder einzunehmen, ehe die Krankheit seinen Tod verursachen würde.

Ich trat erneut in den überlichtschnellen Kosmos ein, doch eine Route in Richtung Erde, die so lag, daß ich Reichardt von ihr aus erreichen konnte, existierte nicht in ihm, die Neutronensterne im fraglichen Sektor lagen zu weit auseinander. Ein Koordinatenvergleich ergab, daß ich bisher schon nichts als Glück gehabt hatte. Es existierte zwar eine Teilchenroute von der Erde zur 5. Flotte, zu dem Planeten mit dem Container und sogar weiter bis zu den Plattformen, aber nur deshalb, weil sich alle drei Ziele durch Zufall auf einem einzigen universellen Bogen befanden. Die Zielauswahl bei meiner Antriebsmethode war, wie ich feststellen mußte, keineswegs so beliebig wie die Geschwindigkeit und der Moment, in dem das Fahrzeug im Rücklauf-Kosmos oder im Weltall erscheinen konnte. Zwar würde dies die 5. Flotte nicht daran hindern, Arthurowitz und die Speermänner zu stoppen, denn im Grenzgebiet zu den Speermännern waren Neutronensterne und damit Routen in alle Richtungen reichlich vorhanden, es verminderte jedoch meine Chancen, zu Reichardt zu gelangen.

Ich stellte fest, daß ich ihn trotzdem theoretisch in der Zeit einholen konnte, doch nur, wenn ich das Risiko einging, im überlichtschnellen Kontinuum eine Teilchenroute ganz zu verlassen, um deren Nachbarstrom im normalen Flug zu erreichen. Ich würde allerdings erst dann, wenn ich die erste Route vollständig verlassen haben würde, Gewißheit darüber erlangen, ob der überlichtschnelle Kosmos überhaupt im Normalflug durchquert werden konnte. War dies nicht möglich, dann würde ich hilflos treiben und nie mehr zurückkehren können.

Schon einmal hatte ich alles riskiert, denn bis vor kurzem stand noch nicht einmal fest, ob der überlichtschnelle Kosmos nicht in Wirklichkeit ein sinnloses und daher unbrauchbares ungeordnetes Gestöber von Teilchen war.

Mir fehlten die Daten, um eine lückenlose Berechnung durchzuführen, es sah aber so aus, als sei eine Fortbewegung zwischen den Strömen in jenem Kosmos unmöglich.

Ich kehrte zu dem Planeten zurück, auf dem sich der Container befand und steckte sein Inneres an. Nach einigem Zögern verwarf ich meine Absicht, auch den Trafo in das Feuer zu werfen, sondern ich steckte ihn behutsam in die Brusttasche meines Jacketts. Immerhin, es war ja möglich, daß ich, geplagt von Alter und Schwächen, die Aussicht auf einen jungen, gesunden Körper einst schätzbar finden würde, ganz egal, wem er vorher gehört hatte.

Für einen kurzen Augenblick schob sich das Wolkengitter zur Seite, sekundenlang waren blaß Sterne zu sehen, Streusalz der Nacht, vorbei.

(nicht mehr als eine Entschädigung)

*

Ich flog zurück zu dem Tag, an dem der Zusammentritt des Disponierenden Komitees erfolgte. Die Atmosphäre über der Plattform erschien mir wie zugezogen, wie ein, wenn auch durchdringbarer, Kokon um die Plattform herum. Ich landete mit meinem Fahrzeug im verwilderten botanischen Garten der Bewertungsstelle und ging in mein Büro. Es war stromfreier Tag, im Gebäude befand sich sonst niemand.

Ich sank matt in meinen Sessel und stützte mich schwer auf den Schreibtisch. Wären Leute dagewesen, dann hätte keiner von ihnen mich in mein eigenes Büro gehen lassen. Natürlich konnte ich beweisen, daß ich Kenntnisse besaß, die ich nur haben konnte, wenn ›Simodas‹ und ich identisch waren. Man konnte sofort mit Kommandant Heinrich Kontakt aufnehmen und sich alles bestätigen lassen, man konnte meine Erinnerungen aber auch hier noch einmal prüfen; ich konnte mich selbst beweisen.

Ich rollte mit dem Drehstuhl ans Fenster und schaute auf die Straße, niemand und nichts rührte sich dort.

Mir war bange, was meine Frau sagen würde, wenn ich ohne meinen Körper zurückkam. Obwohl es, wenn ich heute, noch vor meinem Abflug wieder zurückkam, Vorwürfe geben würde, daß ich mich ohne eine Besprechung mit ihr zu meiner Reise auf die Erde hatte bereit finden können. Da ich nämlich als Tyler erschien, war die Tatsache eines Zwischenfalls nicht zu kaschieren, während bei Rückkehr in meinem eigenen Körper die ganze Reise erst gar nicht hätte zur Sprache kommen müssen.

Ich seufzte. Es würde nichts übrigbleiben, als alles zu erzählen und zu hoffen, daß meine Frau am Ende einsah, daß die Erhaltung unserer Plattform – und damit auch des Lebens meiner Frau – nur möglich war, weil ich die Reise zur Erde durchgeführt hatte.

Ich verließ mein Büro und das Gebäude der Bewertungsstelle und lief meinen üblichen Heimweg. Der Tag war so passantenarm und friedlich, wie ich ihn in Erinnerung hatte, und auf den ersten Blick sah auch ich selber so aus wie damals, wenn ich flüchtig in die Vitrinen mit Auslagen schaute. Der Anzug stimmte, nicht jedoch die Größe, die Hände und der Kopf. Auf der Straße wurde mir klar, wie winzig ich hier erschien. Die Klinken oder auch Griffe an den Türen und die Geländer an der Straße überragte ich gerade um eineinhalb Köpfe. Eine Gruppe von jungen Leuten, auf der anderen Seite der Straße mit mir auf gleicher Höhe sich bewegend, warf ständig seltsame Blicke nach mir, bis sich erst leise, dann sehr hörbar, Schimpf und spöttische Reden aus ihren Mündern ergossen.

Hier war Tylers Körper kaum mehr als ein Zwerg, was meiner Frau nicht gefallen würde. Bei den exakt umrissenen geschlechtlichen Rollen, die sich in unserer Kultur in den vergangenen Jahrhunderten ausgeprägt hatten, konnte meine Frau, selbst wenn sie es wollte, nicht mit einem Mann zusammenleben, der einen halben Oberkörper kleiner war als sie, nachdem sie vor dem Heiratsausschuß geschworen hatte, sich ›in völliger Harmonie‹ mit einem Mann zu befinden, der *sie* fast um diese Höhe überragt hatte. Die Verwaltung würde ihr keinerlei Schwierigkeiten machen, die Verbindung deshalb zu lösen. Ich konnte schlecht von Stella erzählen, um meine Frau zu überzeugen, daß eine Partnerschaft eines kleineren Manns mit einer größeren Frau durchaus möglich war.

Ich kam an die Kreuzung, wo unser Haus stand.

Von unten war hektisches Ausstrahlungsflimmern an der Decke unseres Wohnraums zu sehen, auch meinte ich, den Schatten meiner Frau dort erkennen zu können. Etwas in mir drängte mich mächtig, umzukehren und wegzulaufen, zurück in die Bewertungsstelle, in den Garten und das Fahrzeug, fort von der schrecklichen Szene, die mir jetzt gleich bevorstand, irgendwohin ins All, auf einen Planeten, wo es nur träge federndes Moos gab, in dem ich mich erst einmal ausruhen konnte.

Ich lief noch einmal unruhig hin und her, doch dann voller Entschlossenheit über die Kreuzung und an die Tür unseres Hauses.

Ich hatte schon den Finger an der Klingel, als mich ein Schreck erfaßte, daß ich den Finger gleich wieder zurückzog. Ich reckte mich dicht an die Glasfront um die Türe herum.

Zu sehen war ein weiterer Effekt des neuen Antriebs, welchen ich – ebenso wie die Eingeschränktheit der Teilchenrouten – beim Bau nicht bedacht hatte.

An den Briefkästen im Innern sah ich mich selbst, das Schreiben der Militärverwaltung in Händen, durch das mein Leben sich bald verändern sollte.

Kremer, der Kriegsversehrte, den damals im Hausflur getroffen zu haben ich mich erinnerte, war nicht mehr zugegen; ich stand offenbar kurz davor, mich auf den Weg zum Disponierenden Komitee zu machen. Meiner Frau hatte ich damals gesagt, ich wolle nur nach dem Briefkasten sehen und dann noch einen Spaziergang machen.

Nur noch ein paar Sekunden, bis ich den Brief einstecken und aus dem Haus treten würde.

Ich beugte mich an die Klingelknöpfe, als würde ich jemanden suchen.

Ich trat arglos aus dem Haus.

Ich stieß meinen echten Körper, als er herauskam, durch die noch nicht wieder geschlossene Türe mit aller Kraft ins Gebäude zurück, schlug zweimal zu und zerrte mich halbbenommen um einen Mauervorsprung auf die Stufen der Kellertreppe. Mein echter Körper atmete schwer. Er war zwar bei Bewußtsein, im Augenblick jedoch durch meine Treffer noch so geschwächt, daß er nicht Widerstand leisten konnte.

Ich stellte ihm mein rechtes Bein auf die Brust und nahm den Transformator aus der Tasche. Ich stieß meinem echten Körper und mir die Nadeln in die Finger und schaltete den Trafo ein, sobald wir beide mit ihm verbunden waren.

*

Ich fühlte mich schwach, am Rande der Ohnmacht. Über mir stand ein Mann, dessen Gesicht von einem Ausdruck der angespanntesten Konzentration übergangslos in einen Zustand völliger Schlaffheit sackte. Der Mann wußte offenbar nicht, wie er sich weiterhin auf seinen Beinen halten sollte, und fiel, zur Seite über mich hinweg, mit ein paar schweren Schlägen die Kellertreppe hinunter.

Danach kam von unten kein Laut mehr. Er hatte sich vielleicht seinen Hals gebrochen, vielleicht war er auch schon erstickt.

Und wenn nicht?

Ich überlegte, daß er auch tagelang durch unseren Keller kriechen konnte, Gehen hatte er ja niemals gelernt, bis er aus Nahrungsmangel, vor allem Mangel an Wasser, sterben würde, denn er wußte ja auch nicht, sich Nahrung zu verschaffen. Ich erhob mich, steckte den Trafo in die Tasche zu dem Brief der Militärverwaltung, ordnete mich etwas und begab mich zu unserer Wohnung. Meine Frau, die meinen charakteristischen Schritt über den Korridor kommen hörte, öffnete mir die Tür, ohne daß ich mich weiter bemerkbar machen mußte.

»Schon zurück? War was für mich im Briefkasten, Sim?«

»Im Briefkasten, für dich? Nein, für mich war auch nichts drin.«

»Wolltest du nicht an die Luft?«

»Wir können ja später zusammen noch fort.«

Sie schien erfreut und zog sich in die Küche zurück, unter Gesumme und mit lieblich wippendem Hintern. Ich legte meinen richtigen Mantel ab und betrachtete mich kurz im Spiegel.

Alles in Ordnung. Jetzt brauchte ich Roderich bloß noch zu sagen, die Sache sei bereits erledigt – und daß man Weikoff festnehmen müsse.

Ich legte mich wie immer auf mein Sofa und las gelangweilt in Forschungsberichten.

(15. 01. 1994–12. 01. 1995)yK

suhrkamp taschenbücher
Eine Auswahl

Adorno: Erziehung zur Mündigkeit. st 11
Aitmatow: Dshamilja. st 1579
Alain: Die Pflicht, glücklich zu sein. st 859
Allende: Eva Luna. st 1897
– Das Geisterhaus. st 1676
– Die Geschichten der Eva Luna. st 2193
– Von Liebe und Schatten. st 1735
The Best of H.C. Artmann. st 275
Augustin: Der amerikanische Traum. st 1840
Bachmann: Malina. st 641
Bahlow: Deutsches Namenlexikon. st 65
Ball: Hermann Hesse. st 385
Barnes: Nachtgewächs. st 2195
Barnet: Ein Kubaner in New York. st 1978
Barthes: Fragmente einer Sprache der Liebe. st 1586
Becker, Jürgen: Gedichte. st 690
Becker, Jurek: Bronsteins Kinder. st 1517
– Jakob der Lügner. st 774
Beckett: Endspiel. st 171
– Malone stirbt. st 407
– Molloy. st 229
– Warten auf Godot. st 1
– Watt. st 46
Beig: Hochzeitslose. st 1163
– Rabenkrächzen. Eine Chronik aus Oberschwaben. st 911
Benjamin: Angelus Novus. st 1512
– Illuminationen. st 345
Berkéwicz: Adam. st 1664
Berkéwicz: Josef stirbt. st 1125
– Maria, Maria. st 1809
Bernhard: Alte Meister. st 1553
– Auslöschung. Ein Zerfall. st 1563
– Beton. st 1488
– Claus Peymann kauft sich eine Hose und geht mit mir essen. st 2222
– Gesammelte Gedichte. st 2262
– Holzfällen. st 1523
– Stücke 1-4. st 1524, 1534, 1544, 1554
– Der Untergeher. st 1497
– Verstörung. st 1480
Blackwood: Der Tanz in den Tod. st 848
Blatter: Das blaue Haus. st 2141
– Wassermann. st 1597
Brasch: Der schöne 27. September. st 903
Braun, Volker: Gedichte. st 499
– Hinze-Kunze-Roman. st 1538
Brecht: Dreigroschenroman. st 1846
– Gedichte über die Liebe. st 1001
– Geschichten vom Herrn Keuner. st 16
– Hauspostille. st 2152
Bertolt Brechts Dreigroschenbuch. st 87
Broch: Die Verzauberung. st 350
– Die Schuldlosen. st 209
Buch: Die Hochzeit von Port-au-Prince. st 1260
– Tropische Früchte. st 2231
Burger: Der Schuß auf die Kanzel. st 1823
Cabrera Infante: Drei traurige Tiger. st 1714

265/1/11.93

265/2/11.93

265/3/11.93

suhrkamp taschenbücher
Eine Auswahl

Koeppen: Tauben im Gras. st 601
– Der Tod in Rom. st 241
– Das Treibhaus. st 78
Konrád: Der Komplize. st 1220
– Melinda und Dragoman. st 2257
Kracauer: Die Angestellten. st 13
– Kino. st 126
Kraus: Schriften in 20 Bänden. st 1311-1320, st 1323-1330
– Die letzten Tage der Menschheit. st 1320
– Literatur und Lüge. st 1313
– Sittlichkeit und Kriminalität. st 1311
Karl-Kraus-Lesebuch. st 1435
Kundera: Abschiedswalzer. st 1815
– Das Buch vom Lachen und vom Vergessen. st 2288
– Das Leben ist anderswo. st 1950
Laederach: Laederachs 69 Arten den Blues zu spielen. st 1446
Least Heat Moon: Blue Highways. st 1621
Lem: Die Astronauten. st 441
– Frieden auf Erden. st 1574
– Der futurologische Kongreß. st 534
– Das Katastrophenprinzip. st 999
– Lokaltermin. st 1455
– Robotermärchen. st 856
– Sterntagebücher. st 459
– Waffensysteme des 21. Jahrhunderts. st 998
Lenz, Hermann: Die Augen eines Dieners. st 348
Leutenegger: Ninive. st 685
Lezama Lima: Paradiso. st 1005
Lovecraft: Berge des Wahnsinns. st 1780
– Der Fall Charles Dexter Ward. st 1782
– Stadt ohne Namen. st 694
Mastretta: Mexikanischer Tango. st 1787
Mayer: Außenseiter. st 736
– Ein Deutscher auf Widerruf. Bd. 1. st 1500
– Ein Deutscher auf Widerruf. d. 2. st 1501
– Georg Büchner und seine Zeit. st 58
– Thomas Mann. st 1047
– Der Turm von Babel. st 2174
Mayröcker: Ausgewählte Gedichte. st 1302
Meyer, E. Y.: In Trubschachen. st 501
Miller: Am Anfang war Erziehung. st 951
Das Drama des begabten Kindes. st 950
– Du sollst nicht merken. st 952
Morshäuser: Die Berliner Simulation. st 1293
Moser: Grammatik der Gefühle. st 897
– Körpertherapeutische Phantasien. st 1896
– Lehrjahre auf der Couch. st 352
– Vorsicht Berührung. st 2144
Muschg: Albissers Grund. st 334
– Fremdkörper. st 964
– Im Sommer des Hasen. st 263
– Das Licht und der Schlüssel. st 1560

265/4/11.93

265/5/11.93

265/6/11.93

Phantastische Bibliothek in den suhrkamp taschenbüchern

»Phantastische Bibliothek« – das ist Verzauberung der Phantasie, keine Betäubung der Sinne, sondern Öffnen der Augen als Blick über den nächsten Horizont ins Hypothetisch-Virtuelle. Das Zukünftige verbindet sich mit dem Zeitlosen, rationales Kalkül steht neben poetischer Vision, denkbare Wirklichkeit und analytischer Blick in menschliche Abgründe neben Wunsch- und Alptraum. Anregend und unterhaltsam ist es immer.

Abe, Kōbō: Die Entdeckung des R62. Vier Erzählungen. Aus dem Japanischen von Michael Noetzel. PhB 333. st 2559

– Die vierte Zwischeneiszeit. Roman. Aus dem Japanischen von Siegfried Schaarschmidt. PhB 331. st 2530

Benson, E. F.: Der Mann, der zu weit ging. Gespenstergeschichten. Aus dem Englischen von Michael Koseler. PhB 310. st 2305

Bester, Alfred: Die Hölle ist ewig. Science-fiction-Erzählungen. Aus dem Amerikanischen von Michael Koesler. PhB 293. st 2517

Blackwood, Algernon: Rächendes Feuer. Phantastische Erzählungen. Ausgewählt von Kalju Kirde. Aus dem Englischen von Friedrich Polakovicz. Erstausgabe. PhB 301. st 2227

Boye, Karin: Kallocain. Utopischer Roman. Aus dem Schwedischen von Hermine Clemens. PhB 303. st 2260

Carroll, Jonathan: Ein Kind am Himmel. Roman. Aus dem Amerikanischen von Michael Walter. PhB 286. st 1969

– Das Land des Lachens. Roman. Aus dem Amerikanischen von Rudolf Hermstein. Mit Illustrationen von Hans-Jörg Brehm. PhB 284. st 1954

– Vor dem Hundemuseum. Roman. Aus dem Amerikanischen von Mechthild Kühling. PhB 316. st 2387

Eliade, Mircea: Die drei Grazien. Phantastische Erzählung. Aus dem Rumänischen von Edith Silbermann. PhB 302. st 2234

Franke, Herbert W.: Die Glasfalle. Science-fiction-Roman. PhB 295. st 2169

– Sirius Transit. PhB 30. st 535

Hammerschmitt, Marcus: Der Glasmensch. Und andere Science-fiction-Geschichten. PhB 324. st 2473

Irwin, Robert: Der arabische Nachtmahr oder die Geschichte der 1002. Nacht. Roman. Übersetzt und vorgestellt von Annemarie Schimmel. PhB 304. st 2266

Kazic, Mihajlo: Die unterbrochene Reise. Roman. PhB 334. st 2566

Kiss, Ady Henry: Manhattan II. Roman. PhB 319. st 2416

Künstliche Menschen. Dichtungen und Dokumente über Golems, Homunculi, lebende Statuen und Androiden. Herausgegeben von Klaus Völker. PhB 308. st 2293

252/1/11.95

Phantastische Bibliothek in den suhrkamp taschenbüchern

Lem, Stanisław: Also sprach GOLEM. Aus dem Polnischen von Friedrich Griese. PhB 175. st 1266

– Altruizin und andere kybernetische Beglückungen. Der Kyberiade zweiter Teil. Mit Zeichnungen von Daniel Mróz. Aus dem Polnischen von Jens Reuter. Die Übersetzung wurde vom Autor autorisiert. PhB 163. st 1215

– Die Astronauten. Aus dem Polnischen von Rudolf Pabel. PhB 16. st 441

– Frieden auf Erden. Science-fiction-Roman. Aus dem Polnischen von Hubert Schumann. PhB 220. st 1574

– Imaginäre Größe. Aus dem Polnischen von Caesar Rymasowicz und Jens Reuter. PhB 335. st 2580

– Irrläufer. Erzählungen. Aus dem Polnischen von Hanna Rottensteiner. PhB 285. st 1890

– Die Jagd. Neue Geschichten des Piloten Pirx. Aus dem Polnischen von Roswitha Buschmann, Kurt Kelm, Barbara Sparing. PhB 18. st 302

– Das Katastrophenprinzip. Die kreative Zerstörung im Weltall. Aus Lems Bibliothek des 21. Jahrhunderts. Aus dem Polnischen von Friedrich Griese. PhB 125. st 999

– Lokaltermin. Science-fiction-Roman. Aus dem Polnischen von Hubert Schumann. PhB 200. st 1455

– Mehr phantastische Erzählungen des Stanisław Lem. Herausgegeben von Franz Rottensteiner. PhB 232. st 1636

– Memoiren, gefunden in der Badewanne. Mit einer Einleitung des Autors. Aus dem Polnischen von Walter Tiel. Autorisierte Übersetzung. PhB 25. st 508

– Der Mensch vom Mars. Science-fiction-Roman. Aus dem Polnischen von Hanna Rottensteiner. PhB 291. st 2145

– Eine Minute der Menschheit. Eine Momentaufnahme. Aus Lems Bibliothek des 21. Jahrhunderts. Aus dem Polnischen von Edda Werfel. PhB 110. st 955

– Mondnacht. Hör- und Fernsehspiele. Aus dem Polnischen übersetzt von Klaus Staemmler, Charlotte Eckert, Jutta Janke und I. Zimmermann-Göllheim. PhB 57. st 729

– Nacht und Schimmel. Erzählungen. Aus dem Polnischen von I. Zimmermann-Göllheim. PhB 1. st 356

– Die phantastischen Erzählungen. Herausgegeben von Werner Berthel. PhB 210. st 1525

– Die Ratte im Labyrinth. Ausgewählt von Franz Rottensteiner. PhB 73. st 806

252/2/11.95

Phantastische Bibliothek
in den suhrkamp taschenbüchern

Lem, Stanisław: Robotermärchen. Herausgegeben von Franz Rottensteiner. Aus dem Polnischen von I. Zimmermann- Göllheim und Caesar Rymarowicz. PhB 85. st 856

– Der Schnupfen. Kriminalroman. Autorisierte Übersetzung aus dem Polnischen von Klaus Staemmler. PhB 33. st 570

– Sterntagebücher. Mit Zeichnungen des Autors. Aus dem Polnischen von Caesar Rymarowicz. PhB 20. st 459

– Die Stimme des Herrn. Roman. Aus dem Polnischen von Roswitha Buschmann. PhB 311. st 2494

– Terminus und andere Geschichten des Piloten Pirx. Aus dem Polnischen übersetzt von Caesar Rymarowicz. PhB 61. st 740

– Der Unbesiegbare. Roman. Aus dem Polnischen von Roswitha Dietrich. PhB 322. st 2459

– Die Untersuchung. Kriminalroman. Aus dem Polnischen von Jens Reuter und Hans Juergen Mayer. PhB 14. st 435

– Vom Nutzen des Drachen. Erzählungen. Aus dem Polnischen von Hubert Schumann und Hanna Rottensteiner. PhB 297. st 2199

– Wie die Welt noch einmal davonkam. Der Kyberiade erster Teil. Mit Zeichnungen von Daniel Mróz. Aus dem Polnischen von Jens Reuter, Caesar Rymarowicz, Karl Dedecius und Klaus Staemmler. PhB 158. st 1181

Lovecraft, Howard Phillips: Azathoth. Vermischte Schriften. Ausgewählt von Kalju Kirde. Aus dem Amerikanischen von Franz Rottensteiner. PhB 230. st 1627

– Cthulhu. Geistergeschichten. Deutsch von H.C. Artmann. Vorwort von Giorgio Manganelli. Übersetzung des Vorworts von Gerald Bissinger. PhB 19. st 29

– Das Ding auf der Schwelle. Unheimliche Geschichten. Mit einem Nachwort von Kalju Kirde. Deutsch von Rudolf Hermstein. PhB 2. st 357

– Das Grauen im Museum und andere Erzählungen. Ausgewählt von Kalju Kirde. Aus dem Amerikanischen von Rudolf Hermstein. PhB 136. st 1067

– In der Gruft und andere makabre Erzählungen. Deutsch von Michael Walter. PhB 71. st 779

– Die Katzen von Ulthar und andere Erzählungen. Herausgegeben von Kalju Kirde. Deutsch von Michael Walter. PhB 43. st 625

– Die Literatur der Angst. Zur Geschichte der phantastischen Literatur. PhB 320. st 2422

– Lovecraft-Lesebuch. Herausgegeben von Franz Rottensteiner. Mit einem Essay von Barton Levi St. Armand. PhB 184. st 1306

252/3/11.95